RESISTÊNCIA PERDIDA

Série Aliança de Sangue — Livro 03

Tradução
ANDRÉIA BARBOZA

AUTORA BESTSELLER DO USA TODAY

LEXI C. FOSS

 — VOCÊ É... TALENTOSO.

Silas riu e o som soou baixo e sedutor.

— Talentoso, é?

Engoli em seco.

— Sim. Você... ah, sim. — Balancei a cabeça e senti a pele esquentar. — Não devemos mais falar sobre isso. — Ou eu cederia à vontade de experimentar tudo de novo, e isso seria uma catástrofe.

— Ah, não sei. Estou achando essa conversa fascinante — uma voz masculina falou do corredor. — Por favor, continue, querida. Conte-nos como o Silas fez você se sentir com sua língua.

Minhas mãos ficaram paralisadas no queixo de Silas e meu coração foi parar na garganta. Silas não pareceu estar surpreso. Ou ele sentiu a chegada do alfa ou não se importou. Eu não sabia. Mas provavelmente era a primeira opção.

Eu não tinha ouvido ou sentindo a aproximação de Edon, algo que atribuí a seus modos alfa furtivos e ao fato de que sua colônia era um elemento permanente dentro da casa.

Ele entrou e se apoiou no batente da porta.

— Então, Luna. Conte-nos sobre o talento dele. Ou você prefere que eu resuma? Afinal, vi tudo acontecer.

— Edon... — Minha garganta parecia uma lixa e seu nome soou áspero. Não adiantava engolir em seco ou pigarrear, pois a sensação persistia e se recusava a me deixar. E o tempo todo ele ficou ali com uma sobrancelha arqueada e a expressão indecifrável, pois sem dúvida sentiu o cheiro da excitação que permeava o cômodo.

Não consegui esconder. E Silas também não.

— Só estava cortando o cabelo dele — falei, explicando a nossa proximidade. Coloquei a lâmina na bancada, pois estava quase terminando mesmo. — Ele parecia um cachorro peludo.

— Um cachorro peludo com a língua talentosa — Edon respondeu, evidentemente sem deixar essa parte de lado. — Não foi isso que perguntei, pequena. Quero ouvir sobre o que você fez e como ele fez você se sentir. Se você for realmente descritiva, talvez eu permita que ele faça de novo, algo que sei que vocês dois desejam. Certo, Silas?

Silas não parecia tão aborrecido quanto eu e seu olhar encontrou o do alfa irritado sem piscar.

— Sim.

A Aliança de Sangue

Inocência Perdida

Liberdade Perdida

Resistência Perdida

Para Katie, por amar este trio de lycans tanto quanto eu e por sua amizade e apoio incríveis. Sou mais grata do que você imagina!

Para Matt, por seu amor, paciência e companhia. E por sua disposição de se aventurar pelo mundo inteiro comigo e com meu laptop.

E para os leitores, por me darem a chance de experimentar coisas novas. Eu realmente espero que você goste dos lycans. Eles mordem.

RESISTÊNCIA PERDIDA

Série Aliança de Sangue — Livro 03

Houve um tempo em que a humanidade governava o mundo enquanto lycans e vampiros viviam em segredo.

Esse tempo já passou.

Bem-vindo ao futuro, onde as linhagens superiores fazem as regras.

PROSSIGA POR SUA CONTA E RISCO.

A Aliança de Sangue

O direito internacional substitui toda a governança nacional e será mantido pela Aliança de Sangue — um conselho global dividido em partes iguais entre lycans e vampiros.

Todos os recursos devem ser distribuídos igualmente entre lycans e vampiros, incluindo território e escravos de sangue. No entanto, a posição social e a riqueza ficarão a critério de cada grupos e casas.

Matar, machucar ou provocar um ser superior é passível de punição com morte imediata. Todas as disputas devem ser apresentadas à Aliança de Sangue para julgamento final.

Relações sexuais entre lycans e vampiros são estritamente proibidas. No entanto, parcerias de negócios, quando proveitosas e adequadas, são permitidas.

Os seres humanos são classificados como propriedade e não possuem direitos legais. Cada um será marcado através de um sistema de classificação com base no mérito, inteligência, linhagem, habilidade e beleza. Priorização a ser estabelecida no nascimento e finalizada no Dia do Sangue.

Por ano, doze mortais serão selecionados para competir pelo status imortal do sangue, a critério da Aliança de Sangue. Desses doze, dois serão mordidos para a imortalidade. Os outros vão morrer. Criar um lycan ou vampiro fora desse processo é ilegal e passível de punição com a morte imediata.

Todas as outras leis ficam a critério dos grupos e da realeza, mas não devem desafiar a Aliança de Sangue.

Prólogo

VINTE E DOIS ANOS de promessas baseadas em mentiras.

Vença a Copa Imortal, disseram. *E junte-se a nós na imortalidade.* As imagens que se seguiram foram de riqueza, excitação e uma eternidade de indulgência.

Essas imagens mostravam o pior tipo de engano.

Enquanto me contorcia no chão, rosnando de dor nas minhas "boas-vindas" à imortalidade, não pude deixar de desejar estar morto.

Porque o que havia pela frente era um destino pior que a morte.

Edon, meu torturador, se agachou diante de mim com a expressão entediada.

— Vai passar. — A multidão ao nosso redor riu.

Seu pai, o alfa Walter, bufou.

— A safra deste ano foi uma merda.

— É óbvio. — Edon concordou, de pé. — Podemos terminar com isso agora?

Ainda não está terminado? Puta merda.

— Parte da diversão é ver quanto tempo os novatos duram no limbo — o alfa respondeu com o tom enojado. — Mas claramente ele não está ansioso por este mundo.

— Um desistente — alguém zombou.

Queria rosnar ao ouvir a palavra, provar que ele estava errado, mas a dor me fez gemer. Muitas semanas sem comida e lutando pela vida, me enfraqueceram onde me degradaram ao ponto em que eu mal conseguia me mover.

Mas eu ganhei.

E para quê?

Tortura.

Edon suspirou.

— Ele prometia muito. — Passou os dedos pelos meus cabelos emaranhados e pela minha mandíbula. Um toque surpreendentemente íntimo vindo de um homem. — Devo acabar com ele ou já chega?

— Depende de você, filho. Essas são decisões que um alfa deve tomar para o clã. — O alfa mais velho falou. O som pareceu perfurar meu crânio e me fez ver estrelas. E então ele uivou. Outros se juntaram, incluindo Edon e a energia cintilou no ar.

Mudança.

Senti a magia sobre a minha pele, me seduzindo a seguir o exemplo deles, mas algo bloqueou minha capacidade, me fazendo soltar um rosnado baixo e selvagem.

Edon arqueou as sobrancelhas.

— Bem, bem. — Ele inclinou a cabeça, ainda em forma humana enquanto seu clã circulava e cheirava. Seus focinhos eram terrivelmente grandes. — Talvez ainda haja esperança para você, Silas.

Meus lábios se curvaram enquanto um instinto defensivo estremeceu minha coluna.

A palma da mão de Edon circulou minha garganta, suas pupilas negras como obsidianas eram rodeadas de pontos cinza.

— Desafiar o filho de um alfa é uma jogada perigosa. E corajosa pra cacete. — Ele apertou, mas não cedi.

Se quisesse me matar, tudo bem. Passei pelo inferno e voltei só para descobrir que lutei por uma vida que não existia. Não aqui. Não com o Clã Clemente.

A multidão ficou mais animada enquanto a decisão da minha vida estava nas mãos do seu futuro alfa.

E então ele atacou.

Suas presas afundaram no meu pescoço. O poder ondulou sobre a minha pele e se conectou à sua mordida anterior.

Meu gemido se transformou em algo mais profundo, mais sombrio, mais animalesco quando meus ossos se tornaram algo diferente.

Edon observou com a palma da mão se deslocando para minha nuca e com o olhar frio e impiedoso.

Eu o odiava.

O temia.

Queria ser ele.

Tudo no espaço de segundos em que meu corpo passou para sua nova forma.

Mais uivos.

Os meus próprios ingressando na briga.

Meus instintos aumentaram.

Aromas e visões que eu nunca soube que existiam.

E então dedos humanos fortes passaram pelo meus pelos brancos e a testa de Edon pressionou a minha.

— Bem-vindo ao Clã Clemente, Silas.

Várias semanas depois ...

Seja útil, me disseram. *Tome conta do perímetro.*

Em outras palavras, não queriam que eu perturbasse a preciosa cerimônia de acasalamento entre meu criador — o herdeiro alfa — e a prometida do Clã Ernest.

Tudo bem.

Fiquei rondando por ali, memorizando os aromas, ouvindo segredos de longe e fazendo planos. Porque eu não podia continuar como pária no Clã Clemente. O único lobo transformado em mais de duas décadas. Meio-sangue para todos eles.

Não.

Não sobrevivi a toda essa besteira para ser exilado.

Nada neste mundo era como o que nos haviam prometido. Nada.

Odiava esse lugar. Detestava minha vida como lycan. E, embora eu soubesse que poderia ser muito pior, também poderia ser melhor. Tinha que haver algo mais por aí, alguma outra maneira de todos nós vivermos em harmonia.

Um rosnado baixo chamou minha atenção vindo da floresta que cercava a festa e meus olhos encontraram uma mulher alta com feições élficas perto da entrada.

Os punhos cerrados mostravam seu desconforto e seu foco estava em um homem mais alto.

— Você vai se comportar — o lobo alfa rosnou. — Se renda a ele, Luna. É uma ordem.

Com essas palavras ditas em tom baixo, ele entrou nas festividades, deixando-a rosnar em seu rastro.

A pretendente do alfa, percebi. Sua estatura mostrava força e desafio, marcando-a como diferente de todas as outras mulheres que já vi ao seu redor. Também reconheci seu nome como aquele sussurrado entre os membros do Clã Clemente. Todos estavam curiosos com sua aparência.

Linda, pensei. *Linda e chateada.*

Isso me intrigou. Certamente eu não era o único insatisfeito com minhas circunstâncias.

Seu foco mudou para mim ao sentir minha presença na floresta. Eu a encarei, pois meus instintos me fazem recusar me curvar para outro ser.

Ela bufou, o som carregado pela brisa.

Em vez de vir atrás de mim, como a maioria dos lobos alfa estariam inclinados a fazer, ela jogou os longos cabelos escuros por cima do ombro e voltou para a festa, me tratando como um ser insignificante.

Assim como todos os outros.

Meu pelo se arrepiou com irritação.

Um dia, esses lobos me levariam a sério.

Eu só tinha que descobrir meu lugar neste novo mundo. Porque uma coisa eu sabia com certeza: eu não pertencia ao lado inferior.

Capítulo um

QUE. SE. FODA. ESSA. MERDA.

Eu não conseguia decidir quem eu queria socar mais — meu pai ou Walter, o alfa do Clã Clemente.

Provavelmente os dois.

Minha mãe apertou minha mão. Mais uma vez. Um lembrete educado para manter a boca fechada e aceitar meu destino. Assim como ela fez durante todos esses anos. E ela não era uma fêmea feliz?

Quase bufei. Tudo isso era uma grande besteira. Eu queria escolher meu futuro companheiro, não ter um arranjado para mim. Especialmente um idiota como Edon. Ele se parecia com o pai, com aqueles olhos escuros e pecaminosos, os cabelos quase pretos e o sorriso arrogante.

Walter era conhecido por levar seu harém à morte por excessos no sexo. Sua pobre *companheira* geralmente era forçada a assistir ou participar. E ela parecia tão acabada quanto muitas das mulheres neste clã.

Meu futuro, rosnei para mim mesma. *Não ia acontecer.* Eu quebraria o pau do Edon antes que ele me tocasse. E o deixei ver o que o esperava com um olhar.

Ele arqueou as sobrancelhas e suas pupilas brilharam com curiosidade.

Claro que ele queria jogar.

Todos os homens queriam.

Mas eu tinha um plano para fazê-lo me recusar hoje à noite. Depois, eu voltaria por conta própria para o Clã Ernest. Ah, meu pai ficaria chateado. Provavelmente tentaria me leiloar. Mas eu lidaria com isso quando chegasse a hora, exatamente como planejava lidar com o ritual desta noite.

Os alfas eram possessivos.

E eu pretendia usar isso a meu favor.

Meu pai me apresentou a um vampiro da realeza e ao seu novo brinquedo. Mal ouvi. A política neste mundo era péssima. A maioria das pessoas conhecia tudo desse jeito, mas minha mentora passou muito tempo falando de uma época em que as mulheres tinham mais direitos. Onde escolhíamos nossos próprios companheiros. E nos escondíamos de vampiros e humanos.

O que eu não daria para nascer *naquele* século?

Infelizmente, não nasci. Estava presa aqui com esses idiotas que esperavam que eu me curvasse, fizesse uma reverência e mantivesse uma conversa educada como se eu não fosse uma mulher alfa. Me forçando a negar todos os meus instintos, a aceitar um lugar abaixo dos machos do bando, mesmo que eu pudesse matar com facilidade a maioria deles.

Esse pensamento agitou meu estômago.

A conversa fluía ao meu redor. As formalidades eram enfiadas na minha garganta. Até que, finalmente, a cerimônia começou.

Mal podia esperar para acabar com isso.

E pelo que percebi, nem meu pretendente. Só que ele estava ansioso por algo muito diferente do que eu, algo que não ia acontecer quando ele descobrisse meu segredo.

Zumbidos de aprovação ecoaram. Os lobos estavam ansiosos para o show começar. Só alguns vampiros da realeza continuaram ali, principalmente aqueles que estavam curiosos com os rituais lycan. Não fiquei surpresa ao ver Jace entre eles. Ele era famoso por levar lobas para a cama. Uma proposta perigosa para alguém que se alimenta de sangue, mas acho que ele é alguém que se pode controlar.

Estava com outros dois membros da realeza, cujos olhos brilhavam na noite.

Eu os ignorei, preferindo os alfas com expressões famintas e cheias de expectativas enquanto formavam um grupo perto do altar sob a lua cheia.

No próximo mês, quando isso acontecesse, seria para concluir o vínculo de união.

Mas eu não estaria aqui. Porque eu não tinha intenção de ver essa cena.

Edon deu um passo à frente. Sua camisa preta de botão estava desabotoada no colarinho. Ao contrário de mim, ele tinha permissão para usar roupas para este evento. Eu deveria me aproximar dele nua a fim de mostrar tudo o que eu tinha para oferecer.

Porque todos os machos alfas só se importavam com sexo.

E ele gostaria de ter certeza de que eu atendia às suas necessidades físicas.

Meus lábios se curvaram. *Ah, você não vai ficar chocado.*

Os cânticos começaram e meus pais tomaram suas posições nas laterais do corredor. A plateia estava repleta de lobos e vampiros, todos em forma humana.

Fiquei de pé no final desse mesmo corredor, deixando minha mãe tirar meu vestido e o sapato.

Não estava usando roupas de baixo — não por qualquer requisito, mas porque eu preferia assim. Era mais fácil me mover usando o mínimo de roupas possível.

Girei os ombros, confiante com a minha aparência. Nosso clã se despia um em frente ao outro o tempo todo. Alguns nem se incomodavam com roupas. Mas era um pouco esquisito andar nua entre lycans desconhecidos.

O Clã Clemente tinha uma vibração diferente. O ar daqui também. Parecia um beijo sensual na minha pele pálida. Eu preferia os ventos gelados de casa. *Que ficava na Rússia do passado*, como minha orientadora falou uma vez. O Clã Clemente ficava ao sul dos Estados Unidos. Todos esses nomes eram estranhos neste mundo novo, mas eu sabia tudo sobre o antigo. Algo que se meus pais descobrissem ficariam enfurecidos, e era por isso que mantinha esse segredo com Claudette e meu irmão, Logan.

— Quero apresentá-los a Luna, do Clã Ernest — meu pai disse com o tom de voz cheio de orgulho quando nos aproximamos do alfa do Clã Clemente e seu herdeiro.

Sim, espero que você tenha muito orgulho de me obrigar a acasalar com um homem que não conheço, pensei. *Que parentalidade excelente.*

Edon encarou-me encarou. O desafio em suas profundezas escuras era nítido. Ele esperava que eu me curvasse. Em vez disso, semicerrei os olhos.

Não me curvo a ninguém.

Minha mãe arranhou meu antebraço, me fazendo estremecer.

Meu pai pigarreou.

Eu praticamente podia ouvir Logan me xingando também. *Não seja idiota, Luna*, ele dizia. *Vá com calma.*

Provavelmente era a única pessoa a quem eu ouvia.

Tudo bem, pensei para todos eles. *Tudo bem.*

Eu me curvaria. Só porque este seria o nosso primeiro e último encontro.

Inclinei os joelhos e abaixei a cabeça. Isso parecia muito errado. Ridículo. E não pude deixar de espiar enquanto fazia isso, o que me rendeu um olhar surpreso do herdeiro alfa.

— Você vai ter trabalho com essa, filho — Walter comentou.

— Estou vendo — ele respondeu, seco.

Idiotas, pensei, me corrigindo depois da tentativa de fazer uma reverência.

Edon deu um passo à frente e seus olhos vagaram por mim como se estivesse avaliando um pedaço de carne. O que, eu imaginava, era preciso, considerando nossa situação.

Meus pais se afastaram para permitir que ele me visse por todos os ângulos. Uma inspeção. Se ele aprovasse, ficaríamos noivos. Se não, eu seria mandada para casa com um pai alfa muito zangado.

Mas já havia lidado com sua ira muitas vezes.

Sabia o que ele faria.

E não me importava.

Uma vida como uma lycan desonesta seria melhor do que um acasalamento forçado com um monstro do Clã Clemente.

Edon passou o dedo pelo meu braço e o calor do seu peito tocou minhas costas.

— O que há de errado, lobinha? — ele sussurrou no meu ouvido. — Receosa?

— Não — respondi, me virando e encarando-o para grande choque da plateia.

As pretendentes deveriam permanecer absolutamente imóveis durante a inspeção do macho alfa. Minha mãe repassou as regras mil vezes, e seu suspiro demonstravam como ela se sentia em relação à minha desobediência.

A raiva coloria os laços familiares. A irritação do meu pai era palpável.

Eu só parei porque sabia que ele não puniria a mim por esse comportamento, mas minha mãe. Percebi nas intenções dele, que prometiam tanta violência que fez meus olhos focarem na pele bronzeada que aparecia no colarinho desabotoado de Edon.

Ele não se moveu, talvez não soubesse como lidar com a minha grosseria. Deveria me castigar diante de todos? Ou talvez deixar passar, por eu ainda não ser sua?

Senti uma pontada de desconforto na coluna. Ele simplesmente continuou olhando, como se estivesse esperando que eu fizesse outra coisa.

Quando não fiz nada, ele continuou sua análise, acariciando minha pele com os dedos. Ninguém falou. A plateia esperava por sua decisão. Poderia levar minutos ou horas. Ele poderia escolher transar comigo aqui só para testar a mercadoria. Ele poderia me deixar de joelhos. Poderia me perguntar qualquer coisa que quisesse saber e eu teria que responder.

Era tudo muito unilateral.

O que o macho alfa quisesse, ele teria. Os desejos da fêmea não importavam.

Edon colocou a mão na minha nuca. Foi um gesto que demonstrava domínio e arrepiou meus braços. Eu o odiava. Queria rosnar, lutar e mandá-lo se afastar, mas senti a tensão do meu pai através do vínculo. Mais uma explosão e minha mãe pagaria. Severamente.

Então ele realmente não iria gostar do que viria a seguir.

Já havia feito o impensável. Ele só não sabia ainda.

Mas Edon suspeitava. Eu podia dizer pela forma com que suas narinas se abriram e ele semicerrou os olhos quando, corajosamente, olhei em seus olhos novamente.

Os lábios dele se curvaram. Não exatamente para rosnar, mas em um sorriso.

Ele se inclinou para tocar minha boca com a sua em um beijo casto que resultou em rosnados de aprovação da plateia.

Eles queriam um show.

Queriam que ele montasse em mim.

Eu podia sentir isso no ar. No modo com que os cabelos em minha nuca se arrepiaram. Este bando era cruel. Não acreditavam em igualdade.

Mas nenhum dos clãs acreditava. Não mais.

Edon passou o nariz da minha bochecha até a orelha e depois desceu pela base do pescoço. Me farejando. Procurando a anomalia que eu sabia que seus sentidos de lobo haviam percebido. Ele continuou a descer pelo vale dos meus seios, ao longo do meu estômago liso e até chegar ao ápice entre as minhas coxas.

De joelhos, ele me olhou. As piscinas de obsidiana que eram suas íris cintilavam com aviso. Era provável que agora ele soubesse. Com certeza sentiu o cheiro e a evidência do homem com quem transei esta manhã.

Seu rosnado confirmou que sim.

Só que não era o som ameaçador que eu esperava, mas algo repleto de calor e fome. O tipo de som que um lobo fazia quando desejava sua companheira.

Isso está errado, pensei, muito confusa.

Os machos alfa eram possessivos. E os rituais exigiam minha virgindade. Algo que dei há vinte e quatro horas para me certificar de que ele soubesse.

E ele sabia.

Vi pelo jeito que me observava.

Sua língua deslizou em meus lábios, me provando profundamente, sem que eu tivesse qualquer dúvida de que havia percebido. Porque não tomei banho de propósito. Queria que ele soubesse.

Outra lambida fez meus joelhos ficarem fracos.

Isso não pode estar acontecendo.

Ele deveria estar furioso. Irado. Ameaçando matar quem contaminou meu corpo. Exigir que meus pais me levassem embora imediatamente. Não...

Senti seus dentes mordiscarem minha pele, me fazendo gemer de surpresa. Os lycans na plateia vibraram de emoção, apreciando a exibição primordial de propriedade.

O cretino tinha acabado de me marcar.

Bem na coxa.

E a forma como me olhou, me permitiu ver seu prazer em fazê--lo. Ele se levantou devagar, se elevando sobre mim. Ele apertou meu queixo e me manteve imóvel enquanto roçava os lábios ensanguentados nos meus. Lutei contra o desejo de rosnar com a necessidade.

Então sua língua entrou, me forçando a experimentar a mistura inebriante da minha própria excitação.

Cretino, pensei.

Ele sorriu contra a minha boca.

— Bem-vinda ao Clã Clemente, pequena — disse alto o suficiente para que todos pudessem ouvir.

Foi como se uma mão envolvesse meu pescoço, cercando meu coração enquanto a realidade das suas ações e palavras se estabeleciam perante todos os presentes.

Ele me mordeu e me reivindicou em voz alta.

A cerimônia já estava completa, os laços do noivado bem atados.

Ele cortou meus laços com o Clã Ernest com aquela mordida na coxa, e fiquei tão chocada que nem senti meus laços familiares se quebrarem.

Mas agora eu sentia.

Especialmente quando olhei para minha mãe, notando a leve névoa em seu olhar. E então para o meu irmão. Ele estava na fila da frente. Tinha os cabelos da mesma cor que os meus e os olhos de um tom azul brilhante. Parecia tão imperturbável quanto todo mundo na plateia, mas a tristeza irradiava dele, o mesmo sentimento que eu sentia em meu coração.

Adeus, ele estava dizendo. Uma palavra que já havia me dito ontem à noite quando me deixou com seu último conselho para me comportar e manter a cabeça erguida.

— *Você pode ser dele, mas ainda é uma fêmea alfa, Luna. Nunca se esqueça.*

Sua declaração de despedida envolveu minha alma, tentando me firmar enquanto o desespero ameaçava me despedaçar.

Eu não era mais membro do Clã Ernest, mas a alfa prometida ao herdeiro do Clã Clemente.

Senti a surpresa misturada com horror dentro de mim. Eu tinha tanta certeza de que isso não aconteceria. Nenhum alfa em sã consciência aceitaria mercadoria usada.

Virei a cabeça na sua direção e seus dedos ainda tocavam minha mandíbula. Fiquei boquiaberta enquanto os uivos ecoavam ao nosso redor. A próxima fase dos rituais estava prestes a começar.

Edon sorriu e aproximou os lábios a minha orelha.

— Prefiro que minhas mulheres sejam experientes, pequena. Isso torna a transa ainda mais emocionante.

Meu coração foi parar na garganta. Minha contaminação teve o impacto oposto ao que eu havia antecipado. Isso me tornou ainda mais desejável aos olhos dele.

E agora...

Agora sua matilha esperava que consumássemos o vínculo. Que ele transasse comigo a noite toda. Diante de todos ou na privacidade de seus aposentos. A escolha era dele, não minha.

Lobos não eram tímidos. Nós éramos seres primitivos. Mas a ideia de ter intimidade com ele na frente do grupo todo me deixou em dúvida.

Eu não era realmente experiente.

O caso estúpido desta manhã durou apenas alguns minutos.

E eu odiei.

Mas estar com Edon? Seria muito pior. Ele me morderia de novo, só que com muito mais força que antes. Ele me tomaria como e quantas vezes quisesse, mesmo que eu chorasse. Merda, ele podia até *querer* que eu chorasse.

Isso não deveria acontecer.

Seus olhos rastrearam cada pensamento enquanto passavam pela minha mente e seus lábios se curvaram com malícia. Tanta conspiração. Tanto desejo.

Isto ia doer.

Estraguei tudo mesmo.

Capítulo dois

LUNA DO CLÃ ERNEST não era o que eu esperava. Nem um pouco.

As fêmeas do Clã Clemente estavam sempre dispostas, às vezes até demais. Mas Luna cheirava a desafio. E eu achei o cheiro forte intoxicante.

Ela havia transado com outro lobo hoje de manhã.

Inteligente e traiçoeira, pequena.

Se eu não estivesse me enterrado em outra vagina ontem à noite, poderia ter me importado mais. Mas me pareceu contraditório esperar que minha prometida viesse a mim como virgem. E falei sério — preferia minhas parceiras experientes.

Também preferia que elas fossem participantes entusiasmadas. Transar com uma mulher relutante não tinha nenhum valor para

15

mim. Ainda que eu adorasse a caçada, queria que minha presa desejasse sua captura.

Ah, mas Luna não tinha nenhum desejo de estar aqui. Era possível ler em sua expressão corporal, na fúria se destacando em seus olhos castanhos e no ar de resistência que permeava sua aura.

— Venha — exigi, com a mão em sua nuca enquanto a levava para longe do caos da cerimônia.

Meu pai não ficaria feliz.

Ele pretendia que eu a tomasse na frente do clã.

Mas como o alfa em ascensão, eu escolhia minhas ações. Não ele. O cretino podia se entregar às suas propensões doentias. Eu não ia compartilhar minha companheira como ele compartilhou minha mãe e as outras mulheres — humanas ou não.

Luna continuou frágil sob o meu toque, mas suas pernas seguiram minha direção.

A fêmea alfa nela queria se rebelar. A mulher sabia que não devia. Porque se tentasse, eu a colocaria em seu lugar tão rápido que sua cabeça giraria. E realmente não queria fazer isso. Não aqui.

Talvez na privacidade do meu quarto.

Dois sentinelas saíram do meu caminho quando me aproximei e fizeram uma pequena reverência.

Eu os ignorei, guiando Luna pela casa da frente até os pátios reais, seguindo para a minha cabana de madeira. Era menor que a do meu pai, que ficava no lado oposto da propriedade enorme. Nossas casas eram separadas por bosques amplos. Era uma necessidade devido às nossas naturezas conflitantes.

Ele era o alfa atual.

Eu estava destinado a assumir seu lugar.

Isso, às vezes, trazia complicações. Ultimamente, aconteciam muitas complicações na minha vida para o desgosto dele.

Luna olhou para os salgueiros do lado de fora de minha casa, me fazendo parar um instante.

Estávamos completamente sozinhos aqui fora. Ninguém ousaria entrar na minha propriedade sem permissão ou motivo suficiente. E a maioria do clã estava ocupada comemorando.

As transições de alfa aconteciam uma vez a cada trezentos anos, tornando o próximo mês um momento raro para os lycans. Foi também o primeiro a ocorrer para o Clã Clemente.

Era tudo novidade.

Modernidade.

Emoção.

O que significava que estavam ocupados demais se divertindo para se preocuparem conosco. Eles esperavam que eu transasse com a minha noiva. Como a maioria já havia me visto no auge da paixão, não ficariam intrigados agora.

Meu pai queria que eu a tomasse na frente de todos, mas ele precisaria lidar com a minha escolha de fazer as coisas do meu jeito.

Luna engoliu em seco. Sua tensão era palpável.

Eu a soltei e dei um passo para trás, dando a ela o espaço que desejava.

— Estamos sozinhos aqui.

Ela piscou e fez uma careta em sinal de confusão.

Não, não era belo.

Era lindo.

As fêmeas alfas não-acasaladas não tinham autorização para participar de eventos políticos, como as cerimônias do Dia do Sangue ou da Copa Imortal. Esses eram reservados para alfas do clã e seus respectivos companheiros. Mas eu imaginei suas feições depois de conhecer os pais há muitos anos. Ela tinha os olhos cor de caramelo da mãe e os cabelos castanhos do pai. Sua pele clara era uma combinação dos dois — uma marca registrada da sua região no mundo —, mas as curvas eram todas suas.

Pernas ágeis e atléticas.

Cintura macia.

Seios fantásticos.

E uma carranca que fazia meu coração disparar.

Ah, isso seria divertido.

— Por quê? — ela exigiu, parecendo ter reencontrado sua confiança.

— Por que o quê? — questionei, sabendo exatamente o que ela queria dizer, mas esperando que saísse da sua boca. Que admitisse que havia transado com outro homem esta manhã só para me irritar.

Luna rosnou. O som era primal e sexy pra caramba.

— Não sou virgem.

Eu sorri.

— Nem eu, querida.

— Ser virgem é um requisito para possíveis companheiras.

— Talvez eu não me importe com os *requisitos* — respondi, falando sério. Se eu quisesse uma loba dócil, teria tomado uma do nosso clã como companheira. Não, eu preferia uma fêmea alfa, alguém que pudesse lutar comigo quando precisasse, e essa era mais do que adequada.

Existiam outras três reservadas caso eu precisasse.

Mas meu pai e Niko eram velhos amigos. Este pacto entre nossos clãs foi feito no dia de seu nascimento.

Ela sempre foi minha.

Assim como sempre fui seu.

Nenhuma transa apagaria isso.

Suas pupilas brilhavam ao luar e sua postura era defensiva.

— Não vou ceder a você.

Inclinei a cabeça para frente, me divertindo profundamente.

— Ah, vai, sim. E vai me implorar pra te comer também.

Ela bufou.

— De jeito nenhum.

Eu ri e balancei a cabeça.

— Tudo bem, pequena. Vamos brincar. — Desabotoei a camisa, sem querer sujá-la na terra, dobrei e a coloquei na porta. Suas narinas abriram e fecharam quando desabotoei a calça.

Ela achou que eu pretendia que transássemos.

A pobrezinha estava em choque.

Tirei os sapatos, as meias e a calça, me igualando a ela.

— Faça o seu pior — convidei.

Ela afastou o olhar do meu pênis e suas bochechas coraram.

— *O quê?*

— Me ataque, pequena. Me mostre o que você pode fazer. A matilha queria que eu a deflorasse. Bem, isso já foi feito. Então, vou prová-la de outras maneiras. Começando com sua capacidade de me acompanhar.

— Eu... — Ela umedeceu os lábios. Sua confusão era adorável.

— O quê?

— Se você não quer lutar, então vamos transar — respondi, tentando provocá-la. — É um ou outro. A escolha é da dama.

— Quer que eu lute com você?

— Sim. Você alega que não vai ceder. Prove. — Arqueei uma sobrancelha. — A menos que já esteja cedendo. Nesse caso, eu preferiria te comer por trás. — Ela tinha uma bunda deliciosa que ficaria perfeita em contato com a minha virilha...

O punho de Luna errou por pouco o meu rosto. Seu soco havia sido surpreendentemente preciso e poderoso. Senti que passou pela minha bochecha enquanto eu me esquivava.

Impressionante.

Ela seguiu com outro gancho que quase atingiu meu estômago.

Não esperava ter que me esforçar para evitar seus golpes, mas ela provou ser uma boxeadora quando me atacou com força total, me fazendo desviar e pular para evitar ser atingido.

Nesse ritmo, ela ficaria exausta em minutos.

Mas gostei bastante de ver seus peitos saltarem a cada movimento.

E sempre gostei de lutar um pouco antes de transar.

Eu a peguei no golpe seguinte. Girei-a com habilidade em meus braços, para puxá-la para minha frente e prendi o braço oposto ao seu redor.

— Boxe é divertido, mas e luta livre? — me perguntei em voz alta.

Ela respondeu inclinando a perna de tal forma que quase me fez cair sentado e seguiu com um chute na minha canela.

Rosnei, excitado e furioso ao mesmo tempo.

A maioria consideraria isso um aviso.

Luna, não.

Ela veio até mim de novo, ainda não estava sem fôlego, e percebi que essa coisinha poderia fazer com que eu me esforçasse para isso.

Desta vez, quando ela tentou me dar um soco no rosto, peguei seu pulso e o torci, colocando-a no chão. Ela gritou em resposta, embalando o braço enquanto eu estava sobre seu corpo.

— Estou impressionado — admiti. — Mas *eu* sou o alfa deste clã, não você.

Dei um passo para trás e me assustei quando ela pulou em mim como um gato selvagem, me derrubando. Suas mãos tentaram encontrar meu pescoço e suas unhas se transformaram em garras. O cheiro de sangue permeou o ar quando ela passou as garras afiadas pela minha pele com a intenção de mutilar.

Puta merda.

Os instintos de proteção me venceram, me forçando a revidar. Agarrei seus antebraços, usando um ponto de pressão para afrouxar seu aperto e a prendi contra o chão em um esforço para contê-la. Mas ela frustrou vários dos meus movimentos com habilidade, confirmando que não só era inteligente, mas também rápida. E forte.

Demorou muitos minutos para finalmente colocá-la de costas em uma posição da qual não podia escapar. Meus quadris e coxas prenderam os dela, segurei os pulsos acima da cabeça com uma das mãos enquanto a outra apertava com força sua garganta.

— Se renda — exigi. Raramente precisava utilizar esse tipo de rosnado com outros lobos.

— Vá se foder — ela retrucou, nem mesmo perturbada por sua posição inferior.

— Péssima escolha de palavras — falei, pressionando meu pau muito excitado em sua boceta escorregadia. Não para dentro. Apenas causando atrito. O suficiente para demonstrar meu domínio e alertá-la sobre a minha intenção caso ela pressionasse demais.

Ela mordeu o lábio inferior e as bochechas coraram. Quando tentei encará-la, ela desviou o olhar.

O primeiro sinal de submissão.

E muito revelador.

Ainda que seu corpo estivesse molhado e disposto sob o meu, sua mente não estava nem remotamente pronta. Se eu a tomasse agora, só confirmaria que eu era um monstro. Como tínhamos vários séculos pela frente, preferi não começar com a pata errada.

Suspirei, balançando a cabeça.

— Eu realmente espero que você tenha gostado do macho com quem você transou, pequena, porque é a última vez que alguém que não seja eu vai te agradar. — Eu a soltei e pulei antes que ela pudesse dar outro golpe.

Ela se levantou de forma hábil, assumindo a posição de luta.

— Eu não me rendi.

Sorri, me divertindo com sua determinação.

— Não. Não com palavras pelo menos. Mas seu corpo se rendeu.— Olhei diretamente para o meu pau úmido da sua excitação e depois para ela. — Eu deveria fazer você chupá-lo. Só para provar meu argumento.

Embora eu suspeitasse que ela teria me mordido. Sua mandíbula tensionada me confirmou que essa era uma avaliação precisa. Deveria ter me irritado. Mas só conseguiu me agradar muito.

Definitivamente, escolhi certo.

As lobas que experimentei eram muito submissas. Eu desejava uma mulher que lutasse. Alguém que não tinha medo de me desafiar.

Como Luna fez agora.

Segurei seu queixo e passei o braço pelas suas costas quando ela tentou me atacar novamente. Fiquei tranquilo e permiti que ela sentisse isso segurando-a. Ela não conseguia se contorcer, mal conseguia respirar. Foi assim que a segurei enquanto observava todos os detalhes de seu lindo rosto.

— Ninguém vai tocar em você aqui — falei baixinho. — Não quando todos sabem que você é minha. — Minhas palavras serviram como um aviso, ao mesmo tempo em que confirmava a sua segurança no bando. Porque ela não precisava temer ninguém. Mas também não podia transar com ninguém além de mim.

— Me solte — ela exigiu, e finalmente ouvi uma nota de medo sua voz doce.

Ignorei seu pedido enquanto a fazia me encarar.

— Não se preocupe, pequena. Nunca vou te forçar e há muita oferta de boceta por esses lados.

Permiti que isso a atingisse, obrigando-a a ver a verdade da minha afirmação. Em seguida, a soltei com um empurrão, afastando-a para que não pudesse retaliar fisicamente.

— Sugiro que você considere nossas circunstâncias, Luna. Você está aqui porque preciso de um herdeiro. E terei um. —

Porque eu não tinha dúvida de que um dia ela sucumbiria a mim. Elas sempre sucumbiam. — O que você tem que decidir é se quer acabar sozinha depois de cumprir seu propósito ou estar ao meu lado. Porque eu falo sério. Nenhum dos meus lobos tocará em você. Jamais.

— Enquanto você pode trepar com quem quiser — ela respondeu, dando uma risada rude. — Sim, estou muito ciente das regras da sociedade, *Alfa*.

Muito desrespeitosa.

Gostosa demais.

Meu pau pulsou, ansioso para colocá-la de costas novamente. Mas me contive, encarando-a com um dos meus infames olhares *alfa*.

— Me mantenha satisfeito e talvez eu não deseje mais ninguém. — Palavras cruéis, mas verdadeiras. A sociedade lycan incentivava os machos a tomar um harém, mesmo quando acasalados. Mas as fêmeas, não. Uma vez acasaladas, permaneciam fiéis.

Aquelas que não morriam.

Luna tinha que saber disso.

Ela riu, mas faltou humor. E balançou a cabeça devagar.

— Pode transar com quem quiser, *Alfa*.

Semicerrei os olhos, descontente com sua dispensa fácil. A maioria na minha posição já a teria montado e forçado sua submissão. Eu me ofereci para lutar primeiro.

Ainda assim, ela me recusou.

Mesmo com o corpo pronto e disposto.

— Tudo bem — respondi. Esta é a minha casa. Escolha a cama que quiser. Só não a minha. Posso ter companhia mais tarde.

Não esperei por uma resposta, meu lobo interior estava desesperado para transar ou correr. E eu escolhi o último.

Sua excitação era ainda mais potente quando me movi e meu nariz sentiu o perfume que escorria por suas coxas. Foi preciso um esforço considerável para recuar e não atacar o que queria.

Ela não me queria. Ainda não.

Corri em direção à linha das árvores com um rosnado vibrando na minha garganta.

As fêmeas mais ousadas do bando poderiam me rastrear,

exigindo que eu permitisse que elas satisfizessem a luxúria que queimava dentro de mim.

E talvez eu deixasse.

Ainda não estava acasalado. Nem tinha uma companheira disposta. Então, por que não deveria me entregar a outra?

O rosnado de Luna me fez para dentro da linha das árvores e vi sua cabeça se curvar quando ela caiu de joelhos.

— *Merda* — ela rosnou. — Merda. Merda. Merda!

Entreabri os lábios diante da sua demonstração de raiva. Parecia que minha prometida se importava. Ela se importava *muito*. Mas havia também uma nota de astúcia em seu perfume, um plano se enraizando na sua mente. Algo que eu queria muito conhecer.

O que está pensando, pequena? Eu me perguntava até que uma imagem dela tentando escapar das nossas terras surgiu em meus olhos. Será que surgiu por conexão? Ou de algo completamente diferente?

Independentemente disso, me intrigou.

Esperava que ela tentasse fugir.

Porque sempre gostei de uma boa perseguição.

Capítulo três

ESSA TAREFA É UM SACO, pensei, chutando uma pedra com a pata.

Todos os dias, eles me mandavam para cá "guardar" o perímetro. Certo. Porque o território mais próximo ficava a centenas de quilômetros, o que significava que havia outras patrulhas por aí fazendo a mesma coisa e impedindo que algo pudesse chegar tão perto.

Provavelmente vão me mandar para lá. A única razão pela qual me foi permitido ficar tão próximo dos mais influentes do grupo foi a minha suposta necessidade de treinamento. Não que alguém tivesse se dado ao trabalho de me explicar algo.

Não.

Tudo o que fizeram foi me mandar patrulhar. Como se eu

pudesse aprender alguma coisa cheirando grama e terra na forma de lobo. Bufei. *Ah, tá.*

O único cheiro que continuei a sentir aqui foi um aroma doce de flor de laranjeira que pertencia a pretendente de Edon. Ela parecia gostar de correr pelo perímetro. Sozinha.

Todo mundo se manteve afastado, eu inclusive. Mas não pude deixar de me perguntar o que ela estava fazendo aqui.

Segui seu perfume pelo riacho, à distância. Como estávamos nos limites das terras, isso ainda era considerado parte do meu trabalho. O que proporcionou algo um pouco mais emocionante para fazer.

Algo nela me intrigava. Seu cheiro era diferente, mas meu interesse era mais profundo. Sua presença ostentava uma ponta de orgulho que as outras mulheres por aqui pareciam não ter. Talvez porque Luna fosse alfa — uma designação rara para mulheres lycans.

Humm, não, era a forma graciosa com que se movia na beira do rio, com as pernas compridas percorrendo o local com facilidade.

Quase me aproximei duas vezes esta semana, só para conhecê--lo, mas senti que isso quebraria uma infinidade de regras.

Por um lado, eu era o ômega da matilha. Submisso a todos os outros. Era um lobo novo. Um fraco.

Pelo menos, aos olhos de todos os outros.

Mas não me sentia fraco. Na verdade, me sentia inquieto. Como se eu precisasse fazer algo mais importante do que vaguear...

Morte.

Franzi o focinho.

Outra brisa agitou meu pelo com o mau cheiro, deixando meus instintos em alerta máximo.

De onde está vindo?

Segui pelo arbustos até o outro lado do riacho. Essas terras ainda pertenciam ao Clã Clemente, mas ficavam fora do terreno principal que abrigava a hierarquia de matilha.

E algo estava muito errado.

Entreabri os lábios em um rosnado baixo enquanto o cheiro de violência perturbava meu interior. Algo ou alguém morreu aqui da pior maneira possível.

Tortura.

Entranhas.

Sangue.

Levantei o focinho e farejei a origem.

Ali. Passei pelas árvores cobertas de musgo, sem fazer barulho.

Um cadáver estava caído na grama.

A cabeça estava a alguns metros de distância e o tronco só tinha um toco nojento de pescoço.

Vampiro.

O cheiro da matilha se misturou ao cheiro da decomposição, indicando claramente que o assassino era alguém do Clã Clemente. Mas quem faria isso? Uma das leis mais sagradas da Aliança de Sangue havia sido quebrada — não exterminar a vida imortal sem ordem superior.

E a morte deste vampiro claramente não foi sancionada.

A menos que Walter tivesse aprovado.

Ou a de quem esse vampiro pertencia.

Mas, nesse caso, uma cerimônia teria sido realizada.

Não. Definitivamente, foi uma matança não autorizada.

Levantei a cabeça e uivei para alertar meus companheiros sentinelas, incerto sobre como proceder, já que ninguém havia me dado detalhes sobre o protocolo adequado.

O que houve? uma voz profunda perguntou na minha cabeça, me fazendo tropeçar.

Que merda é essa? pensei, olhando de um lado para o outro. Que eu saiba, ninguém no Clã Clemente tinha habilidades telepáticas. Ou talvez tivessem. Como é que eu saberia? Ninguém me disse nada.

Silas, a voz rosnou. *Relatório.*

Quem é? questionei, girando novamente, confuso pra cacete e meio paranoico pensando que eu poderia estar ouvindo coisas.

Edon, o seu alfa, a voz falou com uma pontada de irritação em seu tom agora reconhecidamente arrogante. *Relatório.*

Como você está na minha cabeça? perguntei. *Espere, todos nós podemos fazer isso?*

Ah, merda. Isso seria ruim. Muito ruim mesmo. Não queria

ninguém na minha cabeça. Havia pensamentos particulares e rebeldes demais se formando ali, coisas que, se expressadas em voz alta, poderiam me matar.

Como meu interesse no cheiro extraordinário de Luna.

E meu ódio total por essa nova vida.

Um suspiro sofrido que não me pertencia — na minha própria cabeça — fez meu pelo ficar arrepiado.

Se acalme, Silas. Eu te fiz. É o elo entre o criador e seu descendente. Existe na psiquê da matilha, mas só pode ser acessado por nós. Agora, pode me dizer o que é que está acontecendo por aí?

Foi o máximo que o herdeiro alfa me disse desde que me transformou. E, no entanto, essa conexão existia o tempo todo?

Puta merda.

E o que é a psique da matilha?

Silas, ele grunhiu. *Mantenha o foco antes que eu vá até aí.*

A ameaça em seu tom me fez engolir um gemido. Não queria vê-lo aqui. Nem em lugar algum. Especialmente depois do inferno que ele me infligiu durante a transformação.

Edon não era um lycan gentil. Eu tinha certeza disso. Mesmo que ele parecesse permitir que sua companheira vagasse livremente pelo terreno.

Silas! Você está testando severamente minha paciência, algo que recomendo que não faça.

Me sentei a vários metros de distância do cadáver, fazendo uma careta, mesmo em forma de lobo.

Há um vampiro morto nos arredores da propriedade e tem o cheiro da matilha.

Silêncio.

Edon? Não tinha certeza se ele me ouviu ou não.

Estou a caminho. Não deixe ninguém tocar na porra da cena ou vou arrancar sua pele.

Rosnei em resposta à ameaça, odiando-o ainda mais. Mas quando o som de patas se aproximando soou nos meus ouvidos, assumi a guarda como ele exigiu. Voltei à forma humana, algo que doeu nas primeiras vezes, mas que agora parecia ser uma segunda natureza, e fiquei com os braços cruzados.

Apareceram três lobos com casacos brancos acetinados, todos

machos e da raça pura do bando — o que significava que nasceram como lycans. Desde que um dos pais tivesse gene de lobo, a criança nascia lycan. Daí a necessidade das fazendas de procriação.

Onde a Willow está sendo mantida, pensei, recuando. Ela fez parte da minha turma e era uma das minhas melhores amigas. No Dia do Sangue, o Magistrado a enviou para as fazendas de procriação para criar mais humanos ou lycans.

Eu realmente esperava que fosse o primeiro.

Pelo menos a Rae está bem, eu me consolava, pensando na minha outra melhor amiga. Foi um choque bem-vindo vê-la nas cerimônias alfa. Quando soube que Kylan, o infame membro da realeza que matou seu harém, a tomou como companheira, fiquei preocupado com seu bem-estar. Mas ela parecia bem. Feliz mesmo.

Bem, pelo menos um de nós está, pensei enquanto os lobos que se aproximavam mudavam para a forma humana.

— O que você fez? — exigiu o mais corpulento. Qual era o nome dele? Edwin? Ethan? Golias?

Eu não fazia ideia.

Nenhum deles queria ser amigo do humano que virou lycan, então eu também não queria.

— Fiz uma pergunta, vira-lata — Golias – o nome combinava com ele – rosnou.

— Encontrei um vampiro morto — falei, afirmando o óbvio.

Três expressões desaprovadoras me encararam.

— Edon disse para não tocá-lo até que ele chegue aqui — acrescentei.

Isso pareceu atrair o interesse deles.

— Edon, é? — O ruivo coçou a barba por fazer em sua mandíbula. — Recebemos ordens do Edon, Barry?

— Não, não recebemos, Glenn — o terceiro respondeu. Seu corpo magro era o menos ameaçador do trio.

— Acho que não. — Glenn sorriu com uma expressão de quem estava com má intenção.

Isso vai acabar mal, murmurei para mim mesmo.

— Ele pode não ser o seu alfa ainda, mas é o herdeiro. É melhor fazer o que ele disse.

O olhar de Glenn se iluminou com determinação perversa.

— Não, não recebi nenhuma ordem, vira-lata. Acho que faremos o que quisermos. Não é, rapazes?

— Sim — os lacaios ao seu lado disseram em uníssono.

Parte de mim queria recebê-los no funeral de braços abertos e permitir que eles fizessem o que quisessem. Mas o meu lado obediente — aquele que foi treinado durante anos de submissão na universidade — me fez cruzar os braços e me posicionar na frente do cadáver.

— Não.

Não dei explicação.

Não estabeleci uma ameaça.

Só reforcei o fato de que eles não iam fazer nada com o cadáver do vampiro até que o Edon desse sua aprovação.

Barry riu, balançando a cabeça.

— Permita-me.

Vi quando ele se preparou para o soco. Notei o jeito como seu corpo se inclinou para a luta antes que ele desse um passo. Com habilidade, desviei do golpe ao mesmo tempo em que o golpeava no abdômen.

— Arghh — ele gemeu, se curvando por causa da pancada que eu sabia que o deixaria sem fôlego por pelo menos trinta segundos.

Infelizmente, minha reação instintiva fez com que seus amigos me atacassem de uma só vez.

Segurei o punho de Glenn, torci seu braço e o coloquei de joelhos. Isso deixou meu lado direito livre para o ataque brutal de Golias.

Uma pancada nas minhas costelas e outra nas minhas costas em rápida sucessão me fizeram cair. Mas sofri coisa muito pior. Sobrevivi à porra da Copa Imortal. Sabia como isso funcionava e usei sua vitória temporária em meu proveito.

Porque ele não tentou me bater de novo.

Ele ficou lá sorrindo como um idiota, assumindo que eu não me recuperaria.

A descrença em seu olhar foi uma visão deslumbrante quando me ergui em segundos e soquei seu nariz.

Crack.

A outra mão bateu no seu esterno.

Flap.

E meu joelho atingiu sua lateral.

Pow.

Seu uivo quando caiu no chão foi música para meus ouvidos.

O movimento na visão periférica me fez dar um chute de lado no abdômen de Glenn e dei um soco em seu crânio com um golpe ensurdecedor. Ele choramingou, caindo em cima do amigo quando Barry se levantou e estendeu as mãos em derrota.

Semicerrei os olhos para ele.

— Terminamos?

— Sim — uma voz baixa rosnou vinda da floresta.

Edon.

Ele veio de pé, sem camisa e usando jeans. Uma indicação de que o cretino tinha corrido até aqui com duas pernas em vez de mudar para a forma mais rápida, de quatro.

Em outras palavras, o idiota demorou de propósito.

— O que aconteceu? — exigiu, observando a cena dos dois lobos feridos e a postura contrita de Barry.

— Estávamos só brincando, chefe — o idiota falou.

Brincando é o cacete, pensei.

Edon arqueou uma sobrancelha para mim.

Cuidado para não dizer isso em voz alta.

Cruzei os braços e o encarei.

Ficamos em silêncio.

Eu não era do tipo dedo duro. Além disso, era bastante óbvio o que havia acontecido. Eles atacaram. Eu me defendi.

Ninguém tocou o corpo, acrescentei mentalmente. *Vossa Alteza.*

Edon bufou.

— Barry, leve os gêmeos idiotas de volta ao centro. Vou lidar com todos vocês mais tarde. Silas, você fica.

Au au, pensei. Ah, era bem estúpido desafiar um alfa. Eu sabia. Mas não tinha nada a perder além da minha vida, e isso só poderia ser tirado com o devido motivo. Edon, mais cedo ou mais tarde, me jogaria para os renegados do mundo, um lugar onde eu suspeitava que poderia ser mais feliz.

Talvez então eu pudesse encontrar uma cama velha para dormir em vez de me enrolar no chão, debaixo de uma árvore qualquer.

Ou talvez, não.

Mas um lobo poderia sonhar.

Os três patetas se despediram, mancando diante do olhar cuidadoso do seu futuro alfa. Quando ele me olhou, não falei nada. Se ele achava que eu pretendia pedir desculpas por colocar aqueles idiotas em seus lugares, estava bem enganado.

— Eles ameaçaram tocar o cadáver, não é? — ele perguntou quando estavam longe demais para ouvir.

Não confirmei, nem neguei, apenas continuei olhando para ele.

— Desafiar um alfa é perigoso — alertou.

— Tente dizer isso aos três idiotas — sugeri.

— Esses três idiotas, como você diz, são de raça pura e superiores a você na matilha.

Como se eu não soubesse. Era por isso que eles viviam nos terrenos principais. Porque eles tinham um teto sobre suas cabeças e eu, não. Porque eles poderiam conversar com alguém do status de Edon enquanto esperavam que eu me curvasse e rastejasse.

Bem, que se foda.

Edon me olhou de cima a baixo e suas íris arderam sobre cada centímetro exposto da minha pele. A nudez nunca me incomodou. Passei muitos e muitos anos sendo avaliado por imortais pela minha aparência, agilidade e inteligência. Sabia do meu potencial. O fato de me tornar lycan só aumentou todos esses atributos. Enquanto lobos como o trio de idiotas nunca tiveram que lutar por nada na vida. Eles nasceram em suas posições. Assim como Edon.

Eu *conquistei* a minha.

Lutei por isso.

E continuaria lutando até o meu último suspiro.

Edon sorriu.

— Você conseguiu, vira-lata. Conquistou um pouco de respeito. Tente mantê-lo, está bem? — Seu foco mudou para o vampiro morto e sua expressão divertida desapareceu enquanto observava o torso severamente agredido, com marcas de mordida e ligamentos torcidos.

Ele começou a rondar com cautela enquanto suas palavras se repetiam na minha cabeça.

Ele viu a luta.

Por que mais ele comentaria sobre eu me segurar? A menos que fosse pelos machos caídos no chão quando ele chegou.

Mas, não.

Eu suspeitava que ele tinha visto a coisa toda se desenrolar como uma espécie de teste.

— Você me disse para tomar conta do corpo — falei em voz alta.

— Claro que sim — ele respondeu, se agachando perto da cabeça do vampiro. — Você é meu único descendente. Eu tinha que ver se podia confiar em você. — Seus olhos brilharam com uma pontada de respeito em suas profundezas. — Sua lealdade pode ser recompensada um dia. Algo para você se lembrar.

Engoli o som duvidoso que estava ameaçando sair da minha garganta.

— Que cheiro você sente? — ele perguntou com a atenção focada novamente na cena.

— Vampiro morto e matilha.

Edon balançou a cabeça.

— Quero saber se está sentindo algo mais. Alguma coisa que possa nos ajudar a determinar quem se envolveu nessa matança não autorizada?

Farejei novamente e franzi a testa.

— Tudo o que sinto é o cheiro da matilha, mas ainda não aprendi as características de todos.

— Também estou sentindo cheiro da matilha — ele concordou, franzindo a testa. — O que significa que alguém cobriu seus rastros intencionalmente. — Ele agarrou o queixo do vampiro, inclinou-o de um lado para o outro. — É um dos Silvano. Um funcionário do alto escalão, mas não um soberano ou um regente. Um diplomata aspirante a nível superior.

Edon ficou de pé e olhou em volta com as narinas dilatadas.

— Preciso que você enterre o corpo — ele continuou. — Talvez perto de um dos riachos vizinhos.

Franzi a testa. O quê?

— Não deveríamos contar a alguém? — Acho que a Deusa gostaria de saber. Silvano, o vampiro real, provavelmente também apreciaria um aviso.

Ele me encarou.

— E se contarmos, o que aconteceria? — Seu tom carecia da arrogância habitual e, em vez disso, demonstrava uma nota de curiosidade.

Outro teste, percebi.

Considerei a pergunta com cuidado, relembrando todos os meus anos de estudo político.

E franzi a testa.

— Vão exigir olho por olho. — Edon não confirmou nem negou e seus olhos quase negros me encararam, esperando que eu continuasse. — O que você seria forçado a aceitar — acrescentei, pensando em voz alta. — E o ômega da matilha seria sacrificado. No caso, eu.

— Então sugiro que você enterre o corpo, *Ômega* — Edon respondeu.

Fiz uma careta. Ali estava o idiota pomposo que eu adorava odiar.

Mas ele estava certo.

Porque o que mais eu poderia fazer?

Quase entreabri os lábios em concordância quando o toque de flores de laranjeira provocou meu nariz. Luna.

Seus olhos castanhos claros brilharam sob as árvores a alguns metros de distância e seu casaco branco se destacou na decoração da paisagem.

Se Edon notou sua presença, não demonstrou. Ela analisou a cena sem nenhum medo de ter sigo pega em flagrante.

Será que ela percebeu que eu a segui?

Que eu adorava a maneira como as suas patas...

— Silas? — Edon interrompeu.

Certo. A exigência do alfa. Cobiçar sua fêmea também não era das melhores ideias.

Limpei a garganta.

— Vou trabalhar. — Olhei para a linha das árvores mais uma vez, mas Luna já tinha sumido. *O que está acontecendo?*, me perguntei, não pela primeira vez hoje.

Edon sorriu, colocou as mãos no jeans e o desabotoou.

— Tenho uma lobinha para pegar, então vou correr — ele murmurou, deslizando o tecido por suas pernas musculosas. — Guarde para mim — acrescentou, me entregando a calça. — Voltarei para buscar.

Queria rosnar uma resposta desagradável, mas a magia do seu deslocamento manteve minha língua presa na boca.

Foi bonito. Gracioso. A transformação mais perfeita que já vi, e observei vários nas últimas semanas por esse motivo. Ele era muito fluido, hábil e suave.

Um dia eu seria assim? Não sabia. Meus ossos ainda trituravam. Os dele pareciam deslizar para o lugar certo como se ele sempre ficasse nessa forma gigante de lobo.

Edon sacudiu os pelos, se alongando.

Não, se *exibindo*.

Ele sabia que eu o estava admirando.

E gostou.

Eu poderia dizer pelo brilho arrogante em seu olhar.

Ele me cutucou com o focinho, me empurrando de forma pouco gentil em direção ao corpo do vampiro. Seu toque no meu braço parecia ser um aviso.

Depressa, disse na minha cabeça. *Volto em uma hora.*

E com isso, ele partiu pela floresta — na direção do perfume de flor de laranjeira de Luna.

Capítulo quatro

MERDA. MERDA. MERDA. Ele está perto demais.

Corri pelo terreno tentando colocar o máximo de distância possível entre mim e Edon. O descendente ter me notado, tudo bem. O alfa, nem tanto. Eu o evitei a maior parte da semana e queria continuar assim.

Argh.

A porcaria do meu focinho sempre me metia em problemas. No entanto, o cheiro me atraiu para o perímetro, onde assisti, em choque, o novo lycan enfrentar três machos puro sangue enquanto Edon observava de longe. Eu tinha certeza de que o alfa interviria e bateria no jovem lobo até sua submissão.

Não foi o que aconteceu.

Em vez disso, ele se apoiou em uma árvore e assistiu com uma expressão de diversão.

Os outros estavam presos demais à testosterona para vê-lo. Mas vi a inclinação sexy da sua boca quando ele apareceu no meio da ação.

O sorriso sumiu com a mesma rapidez com que apareceu quando ele entrou em cena. Os três puro-sangue se encolheram. O jovem, não. E isso só me atraiu mais para a ação. A minha curiosidade me forçou a dar um passo à frente para ouvir cada palavra.

A atitude convencida do novato me chocou, mas não tanto quanto a reação de Edon. Ele *permitiu*.

Meu pai nunca teria tolerado esse tipo de postura. Ele teria açoitado a pele do lobo desobediente.

Um mordiscar no meu calcanhar me fez girar no meio do caminho e o rosnado que saía dos meus lábios se desfez quando Edon se elevou sobre mim.

Ah, caramba, ele é rápido.

E furtivo também, porque nem o senti se aproximar, muito menos estar perto o suficiente para morder.

Engoli em seco, incerta. Ele estava com raiva por eu estar espiando? Eu ainda não era parte oficial da matilha, logo não deveria ter conhecimento de nenhum assunto político. Mas sua postura parecia calma, não agressiva. Na verdade, ele parecia gentil.

Não conversávamos desde aquela primeira noite e, desde então, tenho feito minhas próprias coisas. Ele começou a me circular, avaliando cada centímetro da minha forma de loba. Era difícil não me encolher com seu tamanho.

Se alguém questionasse seu status de alfa, só precisaria pedir para que esse cara se movesse, porque, *uau*.

Até eu podia admirar a largura de seus ombros, as coxas fortes e seu pelo branco elegante. A perfeição em forma de lobo. E o som baixo vindo de seu peito dizia que ele sentia o mesmo por mim.

Outro mordiscar na pata traseira me fez girar novamente com um rosnado preso na garganta. Ele pulou para me seguir e seus dentes mordiscaram meu traseiro — não com força, mas de brincadeira.

Não entendi o que ele estava fazendo.

Continuamos dançando em círculos. Seus dentes tocavam minha pele e ele girava ao meu redor até que, finalmente, me joguei contra ele. Não gostei desse jogo confuso.

Seu rosnado masculino fez meu sangue gelar quando ele tentou me prender com a mandíbula na minha nuca.

Ah. Droga. Não.

Pulei para longe, mas como sou menor, acabei embaixo dele, lutando para me manter de pé. Comecei a pensar em me virar para exigir que ele se explicasse, mas seu focinho no meu pescoço me forçou a lutar.

Dávamos voltas e voltas, lutando na forma de lobos sob os salgueiros.

Ele não rosnou.

Mas eu, sim.

Especialmente quando segurei sua nuca com minhas garras. Mas ele se sacudiu, me afastou e me e atacou novamente.

Foi ridículo.

E... reconhecidamente divertido.

Ele está brincando, percebi com um choque que me atingiu de novo.

Sua boca se fechou sobre o meu flanco, me fazendo deslizar para longe mais uma vez, agora, em uma corrida implacável pela vegetação. Ele me perseguiu. Seus passos eram mais longos, mais conscientes, mas me recusei a desistir.

Corri com tudo que havia dentro de mim.

Com rapidez e firmeza.

Corri sobre a terra a uma velocidade vertiginosa.

Foi incrível. Libertador. Emocionante.

E toda vez que seus dentes roçavam minha pele, eu me esforçava para acelerar ainda mais.

As patas de Edon eram silenciosas, sua presença atrás de mim tão invisível que pensei que o tinha perdido.

Até que ele pulou em mim mais uma vez.

Caímos e rolamos com o impacto, descendo em cascata por uma colina até a margem de um rio. Edon apertou minha nuca para me impedir de mergulhar, depois me puxou de volta com gentileza.

Pisquei várias vezes, atordoada.

Senti algo macio e reconfortante em meu focinho. A língua de Edon.

Me afastei, mas um grunhido me manteve cativa quando ele me lambeu novamente. Doeu um pouco, o que demonstrava que eu tinha raspado o focinho em alguma coisa — provavelmente durante a queda — e Edon estava *limpando* a ferida.

Me encolhi com a sensação da sua língua deslizando por meu pelo. Não parecia ruim, apenas íntimo. E eu não queria ter intimidade com ele.

Mas a loba dentro de mim tinha sentimentos muito diferentes no que dizia respeito a isso. Ela estava praticamente se curvando sob seu toque, pedindo que eu me inclinasse e implorasse por mais.

Discordar de minha alma animalesca ia contra meus instintos, provocando um desconforto interior que eu queria aliviar.

Mas me recusava a ceder a Edon ou a qualquer outro alfa.

Queria estar no comando da minha vida. Ser livre para fazer minhas próprias escolhas. Não precisava de um alfa para me orientar.

Edon ronronou — o som era de prazer e felicidade — e a porcaria da minha loba quase ronronou em resposta.

Precisava voltar à forma humana, onde meu cérebro governava. Mas não consegui. Ela se recusou a se mexer.

Argh. Droga de hormônios alfa!

Jurei que ele ria, como se soubesse tudo sobre a minha luta interna. E talvez soubesse mesmo. A marca na minha coxa me reivindicava como sua, independentemente de como meu coração ou cabeça se sentissem. Isso significava que nosso vínculo de união havia começado. Seria apenas uma questão de tempo até que ele possuísse cada parte de mim.

Enquanto eu não teria nada dele.

Como foi comprovado por seu comportamento na semana passada. Eu não tinha ideia de onde ele dormiu, mas não foi em sua cama. Não que eu me importasse. Na verdade, foi um alívio.

Mas com certeza me deu uma ideia de como seria a vida aqui.

Eu, sozinha, criando um filhote enquanto ele transava, brincava e governava.

Edon esfregou meu focinho. Seus olhos cor de obsidiana brilhavam com curiosidade. Talvez ele não estivesse tão entrincheirado na minha cabeça quanto eu temia. Ele rolou para dentro de mim e seu calor parecia um cobertor de segurança que deixou meus pelos no limite.

Não precisava da sua proteção.

Sua adoração.

Nem a atenção.

Não *queria* nada disso.

Mas minha loba parecia bastante satisfeita em aceitar tudo. Ela se banhou em sua energia, se deleitando com o poder que ele possuía, sua força e agilidade.

A água corria diante de nós, ondulando sobre as rochas e fluindo em direção ao oceano ao sul. Estudei bastante a geografia antes de vir e passei a última semana passeando pelos jardins para me familiarizar com os perímetros.

Inicialmente, identifiquei o novato como o elo mais fraco. Depois de assistir a sua apresentação hoje, não tinha tanta certeza.

Mas eu poderia enfrentá-lo.

Ele não era um alfa, só um homem. Meu treinamento, força e anos como loba superavam em muito os dele. Não seria difícil. Eu só tinha que encontrar o momento certo para pegá-lo desprevenido, subjugá-lo e correr.

Dada a liberdade que essa matilha havia me permitido, ia levar pelo menos um dia para eles perceberem que eu tinha ido embora.

Edon ainda mais, se continuasse evitando sua casa à noite.

Ele se levantou e se esticou ao meu lado, atraindo meu olhar para as linhas atléticas da sua forma, a masculinidade sexy de seu pelo e a largura de seus ombros.

Ele era um lobo grande. Em todos os sentidos.

Sua imagem nua em forma humana surgiu na minha cabeça, me fazendo lembrar da sua constituição muscular e a maneira como seu abdômen se afunilava em um impressionante V na cintura, que parecia apontar para sua parte mais masculina. E, sim, eu podia admitir, embora com relutância, que ele era bem proporcional.

Ele me cutucou com o focinho, fazendo meus olhos se fixarem nos seus. Diversão e fome brilhavam intensamente naqueles olhos castanhos. Uma promessa da paixão que estava por vir.

E você vai me implorar para te comer também.

Suas palavras pareciam ecoar, sendo gravadas no momento e prometendo dar frutos.

Quanta arrogância.

Mas ele era um lycan alfa. Todos eram arrogantes.

E se dependesse da minha loba, ele com certeza venceria.

Baixei a cabeça. Era o meu jeito de demonstrar tédio e desinteresse. Isso me rendeu um som baixo em resposta. Um rosnado de aviso.

Isso não vai acontecer, pensei, transmitindo as palavras com a minha postura corporal, me recusando a encará-lo.

Silêncio caiu entre nós.

Meus pelos se arrepiaram em antecipação, esperando que ele atacasse novamente, que me envolvesse em outro jogo. Mas segundos se tornaram minutos. Até que finalmente olhei para cima e ele havia ido embora.

Ele me deixou sem uma palavra.

Algo que achei adequado, porque pretendia fazer o mesmo com ele. E logo.

Capítulo cinco

BEM, pelo menos a loba de Luna gostava de mim.

Mas a mulher, com certeza, não.

Isso era bom. Depois daquela bela exibição de velocidade, eu poderia esperar. Porque conquistá-la valeria a pena.

Alguém havia criado minha fêmea ideal. Agitada, sexy, atlética e feroz. Só de senti-la, meu sangue aqueceu. E o seu choque com meu desejo de brincar me divertiu profundamente.

O Clã Ernest não se envolvia em tais questões? Porque nós, do Clã Clemente, desfrutávamos da nossa luta. Bem, já estávamos acostumados.

A maneira do meu pai governar nosso povo era mais egoísta do que cuidadosa. Pelo que meu avô me disse, nem sempre foi assim. E não precisaria continuar, a menos que eu quisesse. Eu ainda decidiria como ia ser.

Trotei pelo terreno, farejando algo suspeito pelo caminho. Os Testes Alfa já estavam bem encaminhados, e meu pai parecia decidido a me fazer passar por isso. Se eu falhasse, ele continuaria a governar por mais um ano até que pudéssemos reiniciar o processo.

Alguns alfas precisaram de quase uma década para concluir a ascensão.

Eu planejei fazer isso em um.

Este ano.

Por isso, eu acatava tudo que ele impusesse. Mesmo que fosse na forma de um vampiro morto.

Só podia ser um teste para ver como eu ia lidar com a situação.

Eu tinha certeza de que só havia uma opção: a matilha em primeiro lugar. Sempre. E que se foda a política. Eu não sacrificaria meu único descendente por um cadáver. Especialmente porque ele estava se mostrando útil.

A maioria da minha espécie desprezava os vira-latas, alegando que eram mestiços já que não haviam nascidos lycans. Mas eu via essa questão por uma perspectiva diferente. Silas cresceu lutando por sua vida. Isso mexia com a pessoa. Fortalecia sua determinação, o tornava mais forte, mais rápido e mais inteligente. Nada havia sido entregue a ele em uma bandeja de ouro, ao contrário dos idiotas que questionaram minha autoridade. Todos eram membros pomposos da realeza, sentados ordenadamente sob a linhagem alfa e aguardando seu futuro em papéis glorificados de executores.

Ao contrário de Silas, que não tinha nenhum papel.

Ele era único, já que todos os mortais anteriores que se tornaram lycans estavam mortos em nosso clã. Principalmente, porque meu pai os transformou. O último em nosso território foi transformado há pouco mais de duas décadas. Eu era um filhote, mas com idade suficiente para testemunhar o que aconteceu com a fêmea que venceu a Copa Imortal naquele ano.

Meu pai a transformou.

Em seguida, deu-a aos seus amigos como presente.

Só a vi novamente durante o enterro que meu avô organizou

em sua homenagem. Ele me forçou a comparecer, dizendo que eu precisava saber como respeitar adequadamente os mortos. Quando perguntei sobre meu pai, curioso com sua ausência, me disseram que os tempos haviam mudado.

— *Seu pai lidera de forma diferente* — ele explicou naquele dia. — *Isso fica evidenciado agora pelo tratamento dado a essa pobre garota.*

Pensei nela quando me deparei com Silas sentado nu em um tronco com minha calça perfeitamente dobrada ao seu lado. O cheiro de morte havia diminuído, mas localizei o túmulo a vários metros de distância. Ele provavelmente havia se afastado para cavar o buraco em sua forma de lobo. O que explicava o cabelo molhado. E foi se lavar no riacho depois.

Porque ele não tinha casa. Ou banheiro.

Ninguém lhe daria abrigo aqui, mas sua presença era necessária no local. Suspeitei que meu pai pretendia usá-lo de alguma forma nos Testes Alfas.

Vamos correr, eu disse a Silas, encontrando seu olhar cauteloso. Eu pegaria a calça mais tarde. *Mexa-se.*

Não esperei que ele obedecesse, apenas pulei sobre o tronco em que ele estava sentado e me afastei do terreno principal, indo mais adiante nos pântanos. Os lobos não moravam aqui, principalmente porque preferíamos ficar juntos.

Mas havia momentos em que alguns de nós precisavam de uma fuga — especialmente eu. Na verdade, passei as últimas noites aqui, longe das expectativas da matilha, para clarear a cabeça. Foi por isso que eu estava tão perto de Silas quando ele uivou alarmado.

Eu só precisava de espaço.

Dos meus companheiros de matilha. Do meu pai. Dos testes que viriam. De Luna.

Havia certas demandas que eu ainda não havia atendido, para grande fúria de meu pai. Quando ele descobriu que deixei Luna sozinha após o ritual de acasalamento, ele me bateu. Com força. Mas eu não era como ele. Não forçaria uma mulher relutante a ir para a cama. E, em vez de revidar, fui embora, dizendo para que tomasse cuidado com sua posição. Porque nós dois sabíamos que em uma luta, ele perderia, e as tradições que se danassem.

Meu avô me encontrou nos fundos da casa, onde sugeriu que eu me afastasse por alguns dias. Dada a crescente ansiedade do bando e as boas-vindas frias de Luna, concordei.

O cheiro de Silas ficou mais forte quando ele me alcançou, sua transição para a forma de lobo demorou mais do que deveria.

Você tem comido e dormido regularmente?, perguntei.

Ele não respondeu, mas sua mente o fez com uma série de imagens descritas em suas memórias.

As primeiras noites... frias e sozinhas.

Dormindo debaixo de uma árvore em forma de lobo.

Aprendendo a caçar sozinho depois de vários dias sem comida.

Tomando banho no riacho quando percebeu que não teria acesso a chuveiros normais.

Roubando um pãozinho da cerimônia de acasalamento e depois vomitando quando o sabor elaborado atingiu seu estômago.

Suspirei. Eu o negligenciei demais. Principalmente para protegê-lo. Meu pai queria que eu o matasse, não o transformasse. Considerei isso depois de observar sua transição inicial, mas a luta em seu olhar quando me encarou naquela noite me fez decidir pelo oposto. Observá-lo hoje confirmou minha decisão.

Mas se eu tivesse demonstrado alguma benevolência a ele diante do bando, eles definitivamente usariam Silas contra mim nos testes.

Estou bem, Silas respondeu após um instante, sem vontade de expressar o que realmente estava pensando. O que eu traduzi como sendo, *De jeito nenhum*, com base nos seus pensamentos sobre socar meu queixo.

Se eu estivesse na forma humana, teria sorrido. Gostava desse novato. Ele era bem corajoso. Seu estilo de lutar também não era ruim.

Os testes são um momento difícil para um herdeiro alfa. Com meu pai liderando-os, suspeito que serão quase insuportáveis. Determinei o ritmo da nossa corrida, o que Silas acompanhou com facilidade. Pelo menos, sua habilidade atlética se mantinha, apesar dos poucos nutrientes. Ele realmente era um lutador. *Acho que o vampiro foi o primeiro teste.*

Silas me seguiu em silêncio, sua cabeça exibindo imagens do

corpo e do ambiente. Ele fez um balanço de todos os detalhes, aromas e todas as pistas em potencial.

A cada segundo que passava, esse homem me surpreendia mais.

A maioria dos lobos da minha idade era como Glenn e seus servos idiotas. Silas era diferente, sua abordagem era completa e não impulsiva.

Meu avô provavelmente gostaria dele.

Se isso é um teste, você falhou, Silas disse, me surpreendendo. *A Aliança de Sangue favorece a ordem e você violou o governo cardinal da Deusa ao encobrir o assassinato.*

Minhas orelhas balançaram em irritação.

Você acha que eu deveria ter denunciado?

Sim. Ele me olhou. *Quero dizer, estou agradecido por você não ter feito isso. Mas não ficarei surpreso se o vampiro morto ressurgir nas próximas semanas, te forçando a agir.*

Então talvez precisemos escondê-lo melhor, pensei.

O rio levaria os restos para o oceano, onde o corpo acabaria se decompondo com as ondas.

Um plano sólido que ocultaria as evidências. Também tornaria impossível para qualquer um do bando tropeçar nos restos mortais. Deveria ter sugerido isso antes, em vez de mandar que o enterrasse, mas fiquei distraído com o cheiro persistente de Luna. Meu desejo de caçar substituiu a razão.

Vou lidar com isso, disse a ele.

Silas tropeçou ao meu lado, deixando seu choque evidente nas linhas tensas de seus membros. Com certeza, ele esperava que eu exigisse que ele resolvesse o problema, mas eu tinha outra tarefa em mente para ele.

Preciso que você fique de olho nas coisas para mim, relate tudo que desperte sua curiosidade. Se algo não parecer certo, quero saber. Se você vir membros da matilha agindo de forma suspeita, me diga. Diminui a velocidade e me abaixei sob um salgueiro, indo em direção a um caminho que ninguém além de mim já havia percorrido.

Estávamos a quase dois quilômetros da periferia da zona central da matilha. Poucos se davam ao trabalho de se aventurar para tão longe nos terrenos que abrangiam quarenta e oito quilômetros de terra bem-cuidada. Esta área era um poço em comparação.

Mas isso mantinha um segredo.

Aquele que meu avô me ofereceu há uma década.

Uma fuga.

Claro, Silas respondeu, parecendo tão animado quanto um filhote tomando seu primeiro banho.

A tarefa não é fácil, ômega. Você pode receber uma grande recompensa se tiver um bom desempenho. Ter o respeito do Alfa do clã tinha muito peso. E considerando que planejei uma revisão completa da equipe do meu pai, seria sensato Silas permanecer do lado bom.

Claro, eu não tinha dado ao novato motivos para confiar em mim.

Também não confiava nele.

No entanto, nosso vínculo de criação proporcionava uma oportunidade única. Algo que eu pretendia explorar em meu benefício.

Não é como se eu tivesse algo melhor para fazer, Silas murmurou com o tom que quase cruzava a linha do desrespeito.

Meu pai o colocaria em seu lugar com uma mordida dura na nuca. Ou pior. Ele acreditava em governar com mão de ferro e sua preferência pela crueldade era bem conhecida no Clã Clemente. Seus conselheiros aprovavam, assim como as famílias mais antigas do bando.

Famílias como as de Glenn.

Esses eram os homens com que meu pai me forçou a fazer amizade, quem ele queria que influenciasse minha educação e opinião.

Meu avô tinha outras ideias.

Ele me ensinou sobre os costumes antigos que haviam sido extintos há muito tempo, graças às leis da sociedade de hoje. Ele me ensinou o valor do respeito.

Se meu pai descobrisse, expulsaria meu avô e o forçaria a viver com os renegados na terra de ninguém.

Felizmente, meu pai estava muito ocupado dominando seu reino para perceber. Na verdade, ele parecia animado por não ter que lidar com o filho.

Até agora.

As regras o forçavam a interagir comigo para os Testes Alfas.

E ele foi muito claro sobre sua decepção até agora.

Acho que a Luna está tramando algo, Silas falou, me surpreendendo mais uma vez.

O que você quer dizer?

Ela não para de explorar os limites, como se estivesse considerando a melhor rota de fuga. Silas parecia nervoso. *Eu a vi cruzar algumas vezes, só para se certificar se alguém a impediria.*

Bufei. *Claro que ela faria isso.* Suspeitei dessa intenção depois da cerimônia de acasalamento e hoje quando a encontrei perto do perímetro.

Ela é uma fêmea alfa, acrescentei. *A independência está arraigada nela. Estou realmente surpreso que ela ainda não tenha fugido.*

Você não está bravo. Não era uma pergunta, mas uma afirmação.

Não. Estou intrigado. Espero que ela fuja. Porque assim, poderei capturá-la. E isso seria incrivelmente divertido. *Fique de olho nela. Se ela tentar fugir, me avise.*

E depois?

Diminuí a velocidade, me transformando em minha forma humana enquanto me movia. Meus ossos se alongaram e a magia da minha alma lycan deu lugar ao meu homem interno. Girei os ombros, estalei o pescoço e coloquei as articulações no lugar.

— Depois vou caçá-la — respondi em voz alta, olhando a propriedade à frente.

Silas permaneceu em sua forma de lobo, provavelmente porque a mudança exigia muito dele. Talvez não quisesse que eu visse o quando ele estava fraco por todas as suas transformações hoje.

Lobo esperto.

Mostrar fraqueza ao alfa era a maneira mais rápida de ser dominado.

— Esta cabana é minha — disse a ele, acenando para o pequeno chalé de madeira à frente. — É um pouco arcaica e usa a tecnologia solar para manter tudo funcionando, mas a mantenho bem abastecida de suprimentos. — Olhei para ele. — E há uma cama extra que raramente é usada.

Uma nota de esperança adornou o ar, algo que só percebi por que estava esperando por ela. Silas escondeu-a ao respirar e manteve a posição entediada enquanto examinava a área com o nariz.

— Você pode ficar aqui, mas não conte a ninguém. — Não que eu esperasse que alguém notasse. Meu focinho nunca farejou ninguém da matilha aqui. Era por isso que a usava como refúgio. Só o meu avô parecia saber disso. — O que você encontrar aí, está a sua disposição. Incluindo a comida. — Tentaria manter o mais abastecida possível para ele. Se ele ia me ajudar, então eu precisava dele na melhor forma.

Também queria ver que tipo de lycan ele se tornaria sob as circunstâncias certas, porque ele já estava se mostrando mais forte e mais rápido do que a metade dos lycans puros do acampamento principal.

Por que está fazendo isso?, ele perguntou, parecendo hesitante.

Porque é a coisa certa a se fazer, admiti. *Além disso, preciso de um aliado, e ninguém vai suspeitar que eu esteja trabalhando com você para os testes alfa.* O clã achava que eu tinha deixado Silas cuidando de si mesmo, assim como meu pai teria feito.

E, na verdade, eu tinha. Não necessariamente porque não me importava, mas porque estava um pouco preocupado com a ascensão que se aproximava.

Isso mudou hoje.

Como sabe que pode confiar em mim para ajudá-lo?, ele perguntou com o tom incrédulo.

— Não sei — respondi em voz alta.

Parece um risco.

— E é — concordei.

Ele ficou quieto por um instante, depois se levantou e sacudiu o pelo.

Tem chuveiro lá dentro?

— Sim.

Tudo bem, ele respondeu. *Um favor por outro.*

Se era assim que ele queria, então funcionaria para mim.

— Vou deixar você se familiarizar com o lugar enquanto vou buscar minha calça e lidar com nosso amigo sem cabeça. — Não me incomodei em dar tchau. Se ele precisasse de mim, poderia me chamar por pensamento.

Embora, eu suspeitasse que ele não faria.

Silas me parecia um lobo que confiava apenas em si mesmo para sobreviver. Era algo que tínhamos em comum.

Porque ainda que eu desejasse a sua ajuda, não dependeria disso.

O único que poderia vencer esse teste era eu. Mas eu usaria todas as vantagens que pudesse, incluindo o vínculo de progenitura com Silas.

Capítulo seis

NÃO CONSEGUIA ESCAPAR do cheiro de Edon. Ele voltou para casa há dois dias, algumas horas depois da nossa brincadeira, e só saiu duas vezes para cuidar dos negócios da matilha.

Eu odiava isso.

Sua presença me dominava, provocava meu lado feminino e me deixava excitada na cama.

E o cretino também sabia disso.

Estava escrito na sua expressão de diversão quando entrei na sala. Ele estava sentado, vestindo a calça jeans que usava como um rei, o peito nu, o abdômen definido e o tanquinho...

Pare, exigi, me concentrando na cozinha e não no lobo muito viril no sofá de couro.

— Tem café — ele disse. — Acabei de fazer.

Claro que fez. Porque ele me sentiu acordar do sonho que sua proximidade provocou.

Ou era mais provável que minhas fantasias viessem da sua mordida indesejada na outra noite. Eu me curei quase que instantaneamente, mas sua reivindicação floresceu dentro de mim, aquecendo minhas veias e me forçando a seguir meu destino. Minha loba estava em sintonia com o lobo que havia dentro dele, curiosa, faminta e intrigada.

Eu a forçava a se afastar toda vez que ele entrava na sala. Mas todos nós sabíamos que, eventualmente, ele me conquistaria. Provavelmente assim em que eu entrasse no cio.

Ele estava atrás de mim agora. Seus movimentos eram furtivos, quase imperceptíveis aos meus sentidos, mas *senti* seu calor. Como um líquido acariciando minha coluna que culminou entre minhas coxas.

— Quer correr? — perguntou com a voz profunda, sedutora e dominante demais.

Me servi de uma xícara de café — algo que pretendia fazer ao entrar, mas meus hormônios me mantiveram paralisada no meio da sala como uma idiota.

O ódio por estar aqui me atingiu e a ira substituiu o desejo.

Minha família nem se despediu depois da cerimônia. Não que eu esperasse que isso acontecesse. Fui criada única e exclusivamente para esse fim. Foi o meu irmão quem me ensinou a lutar, quem se certificou que eu estivesse preparada para as provações que viriam pela frente. Ao contrário do meu pai, Logan realmente se importava que eu sobrevivesse. Minha mãe provavelmente também se importaria se meu pai não a tivesse degradado ao seu status de ômega.

Vi tratamentos semelhantes a esse aqui, no Clã Clemente. A mãe de Edon só olhava para o chão, a fêmea alfa era tão submissa a Walter que eu mal conseguia olhar para ela.

E as outras fêmeas eram ômegas ou betas, todas com os rabos entre as pernas no que se referia aos machos daqui.

Estava errado e, no entanto, era muito comum. Nossa sociedade via os homens como superiores e as mulheres só serviam para um único objetivo — proporcionar prazer e ter filhotes.

Bem, eu não faria qualquer uma dessas coisas se pudesse.

Edon podia se danar.

Como se tivesse me ouvido, ele pressionou a virilha na minha bunda enquanto segurava meus quadris, e aproximou os lábios da minha orelha.

— Sabe que lutar comigo só me faz te querer mais, certo?

Um grunhido retumbou no meu peito. Tentei engolir o som com um pouco de café quente, mas já era tarde demais. Nós dois o ouvimos.

Ele riu e deu um beijo no meu pescoço. O gesto era sedutor, mas também possuía uma pontada daquele domínio que eu detestava.

— Corra comigo mais tarde.

Passamos do estágio de pedir para exigir. Coloquei a caneca na bancada e me virei em seus braços. Foi um grande erro, porque ele me prensou contra a madeira e prendeu os braços musculosos ao meu redor. Ele segurou a bancada de ambos os lados, seu corpo se inclinou sobre o meu e se aproximou mais.

— É só uma corrida — ele disse antes que eu pudesse falar. — Não estou pedindo para você transar comigo, mesmo que nós dois saibamos que você quer. Só quero...

— Não quero transar com você — retruquei.

Ele curvou os lábios.

— Não? — Edon se inclinou para passar o nariz ao longo da minha bochecha e depois no meu pescoço. A leve carícia arrepiou meus braços. Estremeci, mas não porque estava com frio. — Humm, seu cheiro demonstra que é mentira.

— É a minha loba. — Minha voz saiu grave, repleta de frustração e desejo, me fazendo odiar o tom sensual. — Você forçou o vínculo de acasalamento. Minha loba está respondendo.

— Forcei? — ele repetiu, recuando um pouco e arqueou as sobrancelhas. — Não forcei nada.

— Hã? — Fingi surpresa. — Então você não me mordeu na outra noite em uma cerimônia de reivindicação? Ah. Não sabia que tinha sonhado com isso. — Tentei voltar a tomar o café, mas seu joelho me manteve cativa diante dele.

— Você já era minha, com minha mordida ou não. Fique grata

por eu não ter feito mais. — A ameaça em seu tom fez minhas gargalhadas aumentarem.

— Grata. Certo. — Eu bufei. — Muito bem. Obrigada por não me violar, Edon. *Por enquanto.*

Ele semicerrou os olhos castanhos.

— A maioria das lobas implora para que eu transe com elas.

— Não sou a maioria das lobas.

— Não, não é. Você é minha pretendente. Mas há algo que você parece estar ignorando, pequena. Eu também não tive escolha.

— Você tinha mais escolha que eu — argumentei. — Poderia ter me recusado.

— E aí? Sujeitaria você a qualquer punição que Niko desejasse? Sabe que ele teria te matado, não é?

— Ele teria ficado chateado, mas não o suficiente para me matar.

— Não? — Ele riu, mas faltava humor. — Você realmente não sabe como nossa política funciona se acredita nisso. Meu pai teria exigido sua vida por tal desrespeito, e Niko a teria dado para honrar os laços do clã. Porque você não teria serventia para ele depois da minha rejeição.

Abri a boca para discutir, mas depois a fechei. Eu sabia que meu pai teria me castigado por desafiar suas ordens. Isso não seria novidade. Foi o comentário de Edon sobre Walter que me fez parar. Nunca considerei sua reação ou o que ele exigiria, e dado o pouco que observei dele durante a última semana no território Clemente, eu estava inclinada a acreditar nas palavras de Edon.

Ah, eu teria lutado contra isso, mas com tantos lobos furiosos? Eu não teria chance.

— Ah, você entendeu, não é? — Edon provocou com um tom de ameaça. — Achou que transar com outro lobo ia te salvar de uma vida ao meu lado, mas tudo o que fez foi garantir que isso acontecesse. — Ele se aproximou tanto que senti sua respiração contra meus lábios quando acrescentou: — Você não é a única que gosta de desafio, pequena.

Estremeci embaixo dele, em conflito.

Ele não era nada como eu imaginava. Alfa, sim. Mas não exigiu minha submissão da forma como meu pai exigiria da minha mãe. Em vez disso, Edon parecia querer me vencer, como se estivéssemos jogando algum tipo de jogo. Só que eu não entendia as regras dessa batalha entre nós.

— Você não foi a única a ser forçada durante a cerimônia — ele continuou, roçando a boca contra a minha a cada palavra. — Sim, eu poderia ter te rejeitado e escolhido realizar a cerimônia em um ano com outra pretendente. Mas a matilha precisa de uma mudança de regime. Não vou falhar com eles.

Suas palavras me surpreenderam quase tanto quanto o desejo em meu ventre. Sua proximidade, seu toque e seus lábios tão próximos dos meus estavam ferrando com a minha cabeça.

Eu precisava de espaço.

Para respirar.

Para *correr*.

Ele mordeu meu lábio inferior com gentileza. Uma provocação. Uma promessa do que poderia ser se eu permitisse.

Só a minha loba estava possuída por sua mordida. Nunca seria realmente consensual quando eu me submetesse, e nós dois sabíamos disso.

Engoli em seco e fechei os olhos.

O que ele quis dizer com sua matilha precisar de uma mudança de regime? Edon planejava governá-los de uma forma diferente? Queria perguntar, pedir que esclarecesse suas intenções, mas não cedi. Se eu fizesse essas perguntas, arriscaria ceder a ele. E eu me recusava a fazer isso. Preferia viver uma vida como vilã do que como um animal alfa dominado.

— Edon? — Uma voz feminina chamou da entrada, perturbando o momento.

— Humm, já que você não quer correr, acho que vou brincar. — Ele deu um beijo rápido nos meus lábios antes de se afastar para encontrar a intrusa no corredor. — Bianca — ele cumprimentou. O tom sedutor em sua voz fez meu estômago se apertar. Não havia dúvida sobre o que aqueles dois pretendiam fazer.

E quando ela apareceu, pude ver o porquê.

A loira beta e curvilínea exalava sexo.

— Bianca, você já conheceu a Luna? — O jeito que ele perguntou me disse que sabia que ainda não tínhamos nos conhecido. Ele estava aumentando muito sua aposta em nosso jogo ao me apresentar a uma de suas amantes. E eu não tinha dúvida de que havia várias em todo o clã. Todos os alfas tinham um harém de humanos e lobos. Edon não seria diferente.

Era parte da loucura psicológica que acabava com as fêmeas alfa. Éramos uma raça possessiva e compartilhar nossos companheiros com outras ia contra nossos instintos naturais.

Ainda nem havia aceitado Edon como meu e minha loba já queria rasgar Bianca em pedaços. Especialmente quando o braço dela envolveu a cintura dele em uma carícia que demonstrava intimidade e familiaridade. O fato de ele se inclinar para beijar seus cabelos loiros perfeitos só me enfureceu ainda mais.

— Eu a vi andando por aí — Bianca respondeu com uma nota de desinteresse na voz. — Ela não é muito amigável — acrescentou.

Edon riu.

— Não. Ela não é.

Vão se foder vocês dois, pensei enquanto me virava para jogar o café na pia.

Se Edon queria me provocar, que assim fosse. Ele não ia vencer.

Me virei com um sorriso sereno, encontrando seu olhar sem hesitar.

— Vou dar pouco privacidade a vocês e dar uma corrida. — Puxei a camisa por cima da cabeça, desabotoei o short e o tirei enquanto me concentrava apenas nele.

Seu sorriso morreu ao ver meus seios nus e seus olhos desceram para os pelos bem aparados entre minhas coxas.

Ele conseguiria farejar minha excitação e a maneira como meu corpo respondia ao seu. Talvez isso aumentasse seu tempo com *Bianca*.

Me recusei a pensar nisso.

— Divirtam-se — acrescentei, sorrindo com sua expressão conflitante.

Ele bloqueou minha saída com o braço, segurou meu quadril

com uma das mãos para me puxar para si enquanto me beijava.

Bianca rosnou, aborrecida. Por algum motivo, aquilo me fez querer retribuir o beijo para irritá-la.

Eu nem conhecia a fêmea e a odiei à primeira vista.

Principalmente porque ela teve a audácia de entrar na casa de Edon sem bater, sabendo que eu estava aqui. Sua ousadia indicou confiança e seu desejo de desequilibrar nosso vínculo. Então me vi querendo retribuir sua ação.

Porque mesmo que Edon tivesse um harém, ninguém nunca se compararia ao que teríamos juntos.

Permiti que sua língua deslizasse para dentro da minha boca a fim de explorar e pressionei meu corpo no seu ao mesmo tempo. Ele gemeu em aprovação e seus quadris se inclinaram em direção aos meus enquanto aprofundava o beijo.

Não era a primeira vez que eu abraçava um homem como esse, mas foi a primeira vez que *reagi* a isso.

O que começou como uma pontada de diversão e vingança se transformou em algo primordial. Sexy. Esmagador.

Minha loba se esticou dentro de mim, rugindo para a vida e assumindo meus instintos. Deslizei os braços ao redor do seu pescoço, pressionando meus seios no seu peito nu. Ele rosnou em resposta, e esfregou sua virilha quente contra a minha.

Puta merda. Isso era muito excitante e parecia certo. Pretendia brincar com ele, mas agora não podia soltá-lo. Queria mais. Desejava sentir sua maestria, seu domínio, sua habilidade no quarto.

Ele me beijou com o mesmo vigor e sua língua habilmente dominou a minha enquanto a mão envolvia a parte inferior das minhas costas.

Queria subir nele como uma árvore e descobrir o que mais ele poderia me oferecer.

Até que seus lábios deixaram os meus para se aproximar da minha orelha.

— Obrigado, Luna. A Bianca vai cuidar do resto. Afinal, não quero te *forçar.*

Meu sangue esfriou e meus lábios ficaram imóveis em seu pescoço.

Sua risada divertida me fez ficar enjoada.

Cretino, pensei, lívida.

Rocei as unhas em sua nuca, tirando sangue e marcando-o como *meu* antes de soltá-lo por completo. Suas narinas dilataram e a diversão morreu.

— Aproveite a brincadeira — falei, me odiando pelo desejo que transparecia em minha voz.

Bianca praticamente ronronou ao lado dele e passou os dedos do peito, que eu havia acabado de soltar, até o cinto.

Me recusei a ficar ali para ver o que aconteceria ou para ouvi-lo transar com ela na casa em que estávamos destinados a compartilhar.

Mas isso me deu uma boa dose de realidade sobre minha nova vida. E eu não aceitaria isso.

Passei os últimos dias testando os limites. Eu sabia para onde ir. Como correr. E parecia que Bianca tinha acabado de me oferecer a distração que eu precisava para manter Edon fora do meu alcance.

Ele queria transar com ela? Ótimo. Esperava que ele gostasse. Porque eu não voltaria para descobrir.

Me transformei na sua frente e fugi da casa.

Chega de Clã Clemente.

Chega de Edon.

Chega de ser controlada.

Eu fazia minhas regras, controlava a minha vida e meu destino. Mais ninguém.

Fodam-se todos vocês.

Capítulo sete

LEVEI ALGUNS MINUTOS para me orientar enquanto recuperava a consciência.

Um colchão, amortecia minha coluna ao invés de folhas. Em vez de galhos de árvores, vigas de madeira decoravam o teto acima de mim. E uma janela aberta ao meu lado agraciava meus sentidos com o ar fresco da floresta.

Meus olhos ardiam com uma emoção que eu não queria reconhecer. *Alívio.*

Puta merda, não conseguia me lembrar da última vez que dormi em uma cama. Sabia que fazia só alguns meses desde que saí da universidade. Mas tudo isso parecia ter acontecido há várias vidas, entre a luta pela imortalidade e a transição para a vida no Clã Clemente.

Tudo dentro de mim doía. Não por tensão física, mas só existir. Eu havia matado tantas pessoas, todas em um jogo destinado a entreter os outros. Minha recompensa? Ser transformado em lycan e ficar exilado do bando só por estar vivo.

Você poderia estar na situação da Willow, meu subconsciente sussurrou, me fazendo recuar.

Ser forçado a transar com humanos ou lycans para procriar pelo resto da minha vida seria pior. Assim como várias outras dezenas de caminhos disponíveis para os seres humanos neste mundo. Inferno, eu poderia ter sido escolhido para uma caçada lunar.

Gemi com o pensamento, enfiando as mãos nos olhos.

Puta merda. Eu teria que participar de uma caçada lunar um dia desses. Eu seria capaz de caçar e matar humanos? Duvido.

Virei de lado e senti o estomago revirar com o movimento e os pensamentos que corriam desenfreados pela minha mente.

Fazer uma refeição completa ontem à noite não tinha sido uma decisão sábia. Mal mantive metade da comida no estômago. Tudo era saboroso demais. Muito forte. Não se parecia em nada com a comida da minha vida anterior, ou mesmo da nova.

O peixe cru dos riachos não era meu alimento favorito, mas pelo menos ficava no meu estômago. A carne da geladeira de Edon era saborosa demais para o meu paladar.

No entanto, o lobo em mim ansiava por mais.

Era louco demais ter essa criatura dentro de mim, ditando meus desejos e necessidades acima do meu senso comum.

Com um grunhido profundo, me forcei a sair da cama. Não tinha ideia de que horas eram, nem me importava. Mas parecia que eu dormi por dias, não horas.

Fiz uma careta para a minha aparência no espelho. *Talvez eu tenha dormido por dias*. Porque eu parecia muito melhor do que na noite anterior, ou desde que me transformei.

As olheiras sumiram.

Meu cabelo ainda estava uma confusão de mechas loiras e os fios desgrenhados batiam logo abaixo das minhas orelhas.

Preciso mesmo de um corte de cabelo.

Tem uma tesoura na cozinha, uma voz masculina fria respondeu, me fazendo parar.

Você está sempre na minha cabeça?, questionei, me sentindo um pouco violado por toda essa besteira de vínculo de descendência.

Sim. Ele não explicou. Não que eu esperasse que o fizesse. O alfa não era tagarela, só autoritário.

E talvez um pouco simpático — uma característica que me deixou em conflito. Não queria gostar dele. No entanto, não podia negar que senti uma pontada de gratidão por me dar um lugar para descansar.

Soltei um suspiro e me confortei com um banho quente. Quando a água bateu nas minhas costas, me deu um breve vislumbre do céu.

Praticamente me perdi na primeira vez que entrei neste recinto de mármore, e meu corpo estava muito agradecido pela chance de ter um banho adequado. Agora, eu me satisfiz com ele, porque não tinha certeza se poderia tomar outro novamente. Quem sabe quando Edon mudaria de ideia sobre os arranjos? Essa coisa era temporária.

Ele queria que eu ficasse de olho em tudo para ele.

Certo.

Eu faria isso porque não havia mais nada a fazer aqui.

E também porque gostei do chuveiro.

Foi preciso deixar o sabão e a água para trás, mas consegui encontrar a tesoura que Edon mencionou. Olhei para o meu reflexo mais uma vez. Eu não tinha ideia de por onde começar ou como alcançaria a parte de trás.

— Que se dane — falei, dando o meu melhor. Não era como se eu fosse impressionar alguém.

Trinta minutos depois, eu parecia quase humano novamente. Sem o brilho feroz nos olhos azuis, onde o lobo espreitava. Já tinha visto meu reflexo na água várias vezes, sabia como eu era, mas agora parecia ainda mais real quando eu estava diante do espelho.

Você perdeu dois dias de turno, Ômega, Edon falou, invadindo meus pensamentos mais uma vez. *Andam falando sobre seu sumiço. Apareça para calar os comentários antes que alguém me diga para procurá-lo.*

Dois dias?

Você precisava dormir., foi a resposta dele.

Merda. Não era à toa que me sentia melhor.

Me afastei da pia e me aventurei na cozinha para pegar outro pedaço da carne muito saborosa. Quase vomitei quando mastiguei e engoli, mas o lobo em mim sorriu. Engoli um pouco de um líquido laranja doce, fazendo careta o tempo todo, e saí para o sol do meio da tarde.

Os painéis solares que Edon mencionou ficavam no alto das árvores, e os fios eram amarrados aos troncos como uma videira para alimentar a cabana. Pelo que pude perceber, a água vinha de um poço ali perto. Algo no sistema o bombeava para dentro de casa e a transportava através de um filtro. Na verdade, gostei do sabor.

Fechando os olhos, me concentrei em chamar meu lobo para a superfície — algo que me vinha naturalmente agora, para minha surpresa. A transição me modificou, transformando meus ossos e me fazendo ficar em quatro patas. Eu não era tão elegante quanto Edon. Não chegava nem perto. Mas funcionava para mim, e isso era tudo o que importava.

Com um sacolejar dos meus pelos, saí em direção ao terreno principal. Felizmente, só precisavam de uma aparição. Se alguém exigisse uma explicação, eu diria que adormeci nos pântanos.

Mas algo me disse que ninguém se importaria o suficiente para perguntar.

Eu era membro ômega da matilha. O novato. O inferior.

Eu só existia por causa de um jogo que me deixou nas mãos do clã.

A maioria diria que eu tinha sorte de estar vivo.

Hoje, pela primeira vez, eu meio que concordei.

Um cheiro de ferrugem atingiu minhas narinas, me fazendo parar no meio da corrida. Vampiro. Mas isso não fazia sentido. Estávamos a centenas de quilômetros dos territórios vampíricos mais próximos. Eu conhecia a geografia, entendia a posição do Clã Clemente no mundo, incluindo o coração da capital. Os vampiros não deveriam estar perto daqui.

Então, por que apareceu um morto no outro dia?

E agora este?

Farejei, rastreando a fonte. Ao contrário do primeiro visitante, este permeava o ar com vida. Seu cheiro não combinava com nenhum dos visitantes do ritual de acasalamento, e o sangue não possuía a rica qualidade de alguém da realeza.

Era algum tipo de ladino? Um vampiro sem domínio?

A trilha me levou mais fundo nos pântanos, longe da cabana de Edon e da sede do clã. Tudo o que existia aqui fora era pântano e vida selvagem. Por que ele escolheria passar pela sujeira...

Um raio branco na minha visão periférica me fez virar.

Meus instintos dispararam a caçada antes que eu pudesse registrar que estava correndo. Minhas patas saltavam sobre a terra em direção ao que quer que tivesse me chamando a atenção.

Vários metros depois, o cheiro de flor de laranjeira atingiu minhas narinas, se tornando mais intenso. *Luna.*

Eu sabia que aquela loba iria fugir daqui!

Pelo que parecia, ela estava indo para o sul, provavelmente com o oceano em mente. Para onde ela pretendia ir, não fazia ideia. Mas não planejava deixá-la chegar tão longe.

Meu impulso predador me fez correr mais, aumentando a velocidade a um ponto que enviou arrepios de prazer pelas minhas pernas. Era bom correr tão rápido. Muito bom.

Luna era rápida.

Mas meus passos eram mais longos.

Peguei sua pata traseira com a mandíbula e a puxei para o lado. Ela girou em um rosnado, sua mandíbula indo para a minha garganta sem preâmbulos.

Puta merda.

Desviei dela e ataquei enquanto meu lobo assumia as reações. Subjugá-la se tornou meu objetivo principal, a inclinação fortemente ligada à sobrevivência.

Ela era selvagem.

Feroz.

Furiosa.

Mas não importava o quanto ela fosse ágil ou se movesse rápido, ela não conseguia segurar meu pescoço. Eu me recusava. E quando vi uma abertura para atacar *seu* pescoço, eu a segurei, jogando-a no chão embaixo de mim.

Aconteceu em questão de segundos que pareceram minutos.

Ela parou com um grunhido, sua derrota evidente.

E então ela começou a se transformar.

Pulei para trás, confuso.

Até que ela me atacou de novo. Com duas pernas.

A mulher era louca!

Mas então percebi porque ela havia feito isso.

Se eu a deixasse marcado, Edon arrancaria minhas bolas.

Droga. Fiquei quase impressionado com sua inteligência. Mas estava mais focado em me tornar humano, algo que aconteceu mais rápido que nunca.

Ela saiu correndo em vez de me bater enquanto eu estava vulnerável.

E eu a persegui.

Estar de pé, em duas pernas parecia algo natural para mim, minha corrida dessa forma é superior ao meu desempenho em quatro patas. Eu a peguei em segundos, derrubando-a na grama mais uma vez.

Ela me empurrou e se debateu, nos fazendo ficar esparramados, até que a segurei pela cintura e fiquei em cima dela.

Seu rosnado vibrou em meu peito enquanto ela levava o punho na direção do meu queixo. Eu a capturei bem a tempo, empurrando-a para o chão, depois fiz o mesmo com a outra mão. O que a deixou se contorcendo debaixo de mim em um esforço para se afastar.

— Pare — grunhi.

Ela não parou.

Ela torceu as pernas, tentando ganhar vantagem, e eu sabia exatamente o que ela pretendia, então pressionei a virilha em seu sexo, percebendo tarde demais o quanto essa ideia era ruim. Eu só queria impedi-la de me dar uma joelhada.

E então alinhei meu pau semi ereto em sua entrada lisa.

Ela parou no mesmo instante.

Parei somente para respirar, pois estava com o coração disparado.

Seus olhos castanhos claros encaravam os meus e suas pupilas dilataram em uma mistura de medo e algo mais. Algo mais sombrio.

— Vá — ela falou. — Me domine até terminar.

Era um desafio que atingia uma necessidade que eu não entendia.

— Eu não... — Engoli em seco, sentindo o sangue correndo quente demais para o meu gosto. Essa posição agitava o caos em minha mente. Uma parte primária em mim: o lobo, queria transar com ela. *Intensamente.* Enquanto meu lado humano sabia que era errado.

No entanto, eu não podia soltá-la.

Ela correria de novo. Podia ver isso na curva teimosa da sua mandíbula.

— Covarde — ela provocou.

Arqueei as sobrancelhas.

— Está me chamando de covarde por não te estuprar? Isso é encantador.

Seus dentes afundaram no meu lábio inferior antes que eu percebesse que ela havia se movido. Sua mordida profunda arrancou sangue.

— *Puta merda.* — Afastei a boca da sua, xingando novamente com a pontada de dor resultante da ferida aberta.

Ela sorriu para mim com meu sangue em seus lábios.

— Você é louca — acusei, um tanto enlouquecido por vê-la feroz. *O que há de errado comigo?* Era o lobo lá dentro. Instintos que substituem os motivos. Afastei-os, precisando manter a cabeça limpa.

Mas Luna esfregou sua boceta encharcada no meu comprimento e um gemido baixo de desejo emanou de seu peito.

— Você nem sabe meu nome — me surpreendi.

— Silas — ela murmurou. — Novato. Dominante. Masculino.

A fala pontuada me confundiu. Então percebi que a loba havia roubado seus sentidos. Porque agora ela me encarava com olhos negros e não castanhos claros.

— Luna...

— Me tome — ela implorou, pressionando em mim mais uma vez.

— Não. — Saí de cima dela e fiquei de pé quando ela veio atrás de mim em uma névoa de cabelos castanhos e pele branca.

Suas unhas arranharam meu peito, seus joelhos atingiram minha virilha e seu punho tentou dar outro golpe no meu rosto. Eu a peguei e a girei em meus braços, forçando-a a ficar de frente para mim. Ela tentou pisar no meu pé e chutou minhas panturrilhas.

Doeu.

— Pare com isso, Luna.

— Nunca. — Ela estava completamente desnorteada em meus braços, lutando por sua vida. E claramente tentando acabar com a minha.

Seu único objetivo parecia ser me matar, sem me deixar outra opção a não ser me defender mais uma vez. Bloquei golpes e pontapés, desviei de suas garras e tentei encontrar uma maneira de subjugá-la que não acabasse conosco no chão novamente.

Machucá-la seria um erro. Em algum nível básico, eu entendia isso. Mas anos e anos de luta por sobrevivência vieram à tona, nublando minha visão.

Eu não tinha sobrevivido tanto tempo para ser derrubado por uma loba alfa zangada.

Matei homens vários homens muito maiores que ela.

— Luna — rosnei, exigindo sua submissão, exigindo que ela parasse com isso antes que eu realmente lutasse com ela.

Ela não ouviu o aviso, sua forma flexível pulando ao meu redor em uma onda de violência que chamava meu animal interior.

— Se renda, pequena alfa — exigi, lhe dando uma última chance de fazer a coisa certa.

— Vá se foder — ela gritou e suas garras atingiram minha bochecha, deixando um arranhão em seu rastro.

A necessidade primordial vibrou em minhas veias, provocando uma reação interna que não pude reprimir. Eu a coloquei de costas em um segundo golpe, com as mãos cruzadas acima da cabeça, e a outra mão em sua garganta.

— *Se renda* — meu lobo rugiu.

E ela se rendeu. Ah, e como.

Suas narinas se abriram, seus olhos pareciam piscinas de luxúria e sua boca brilhava com traços do meu sangue.

Lambi por instinto, ganhando um rosnado de aprovação da

fêmea abaixo de mim. Ela entreabriu os lábios e sua língua tocou a minha.

Meu peito rugiu. *Mais.*

Parte de mim reconhecia a grande merda que estava fazendo, mas sentir sua maciez anulou minha sanidade.

Eu precisava prová-la.

Dominá-la.

Conquistá-la.

Minha boca cobriu a sua, e o beijo brutal era ao mesmo tempo terrível e perfeito. Ela acompanhou meus movimentos com avidez e sua excitação adoçou o aroma natural de flor de laranjeira enquanto nos devorávamos.

Sangue.

Rosnados.

Mordidas.

Lambida.

Continuamos e eu abracei uma das experiências mais eróticas da minha vida, e ainda nem estávamos transando. Não de verdade. Apenas acasalamos nossas bocas em um beijo proibido.

Soltei suas mãos, precisando e querendo sentir cada centímetro seu.

Ela agarrou meus cabelos, me segurando enquanto retribuía a paixão. A outra mão arranhava minhas costas, me marcando.

Era primitivo demais.

Muito errado.

No entanto, muito certo.

— Não podemos fazer isso — uma parte fraca de mim conseguiu dizer. Mas eu não conseguia lembrar o porquê.

— Podemos fazer o que quisermos — Luna respondeu e o tom sensual da sua voz me levou direto para um mundo de sensações e mulheres alfa.

Ela me dominou.

O que ela quisesse, eu faria, desde que isso significasse que eu poderia continuar provando o paraíso que ela oferecia. A felicidade. A fuga sedutora da realidade.

Eu queria tudo.

E achei na forma de uma loba que não era minha...

Capítulo oito

NÃO CONSEGUIA TIRAR os olhos da cena que se desenrolava diante de mim. Entreabri os lábios em absoluto espanto.

Uma energia primordial irradiava de Luna e Silas. O aroma erótico seduzia meus sentidos e inflamava a ira que queimava por dentro. Uma combinação intoxicante que me deixou paralisado ao lado de uma árvore.

Silas tinha gritado o nome de Luna repetidamente em sua mente, o que me fez correr para encontrá-los envolvidos em uma batalha entre seus lobos em forma humana.

Não entendi tudo, mas a natureza predatória do duelo me disse o que eu precisava saber.

Nenhum dos dois estava pensando com a cabeça. Apenas com seus instintos.

Silas pegou Luna.

Agora ela queria se submeter ao lobo mais forte, senti-lo dominá-la da maneira mais básica: através do sexo.

Era por isso que eu queria persegui-la. Queria ser o lobo em cima dela. Mas Silas me derrotou.

Mas algo o deteve.

E em vez de aproveitar o momento para subjugar os dois, me inclinei sobre o tronco da árvore e o observei acariciar sua boca com a língua.

Eu deveria estar furioso.

Não estava.

Bem, na verdade, eu estava.

Mas também achava bem *sensual.*

Os dois estavam nus, suados e sujos do sangue de Silas. Até onde meu descendente iria com isso? Faria tudo? Ou essa hesitação ganharia do seu desejo?

Luna quase se perdeu para sua loba. Seu corpo se contorcia embaixo dele e suas pernas longas e sensuais envolviam a cintura dele em um esforço para movê-lo. Mas Silas não lhe deu o que ela ansiava. Ele controlou o beijo enquanto suas mãos a alisavam em movimentos tentadores que pareciam excitá-la ainda mais.

Sua cabeça me disse o quanto ele queria continuar, como ele desejava se afundar dentro da umidade dela e entrar e sair até atingir o clímax. No fundo, ele sabia que era errado. Senti o conflito em seus pensamentos. Mas seu lobo se recusava a reconhecer isso, pois estava ansioso demais para se entregar à mulher disposta debaixo dele.

Silas mostrou uma força notável em afastar o desejo e se satisfazer lambendo Luna. Começou no seu pescoço, fazendo uma pausa para circular seu pulso acelerado antes de continuar um caminho até os seios.

Ela passou os dedos pelos cabelos loiros dele, segurando-o enquanto gemia de prazer com o toque da boca pecaminosa. Uma imagem dele fazendo o mesmo comigo surgiu nos meus pensamentos, me fazendo parar.

E enquanto ele passava a boca pelo abdômen dela, imaginei que era o meu corpo que ele acariciava com a língua.

Puta merda, pensei comigo mesmo, minhas bolas tensionaram a fantasia intensa. O que só se aprofundou quando adicionei Luna ao pensamento. A imaginei nesta árvore, observando Silas lamber e chupar meu pau inteiro. Seus dedinhos desapareceriam entre suas coxas, entrando e saindo em resposta, e seus gemidos seriam música para nossos ouvidos.

Gemidos que ouvia enquanto Silas a lambia onde só eu deveria tocar.

E ainda assim, não consegui me mexer, fascinado demais pelo show e pelas ideias estranhas que povoavam minha mente.

Silas de joelhos diante de mim, levando meu pau profundamente em sua garganta antes de me passar para Luna, ansiosa esperando que eu estocasse sua boca.

Assim que a visão terminou, comecei a me imaginar dentro de Luna, entrando e saindo da sua boceta cheia do gozo que Silas lambia da mesma forma que fazia agora. Depois ela retribuía o favor, chupando-o até que ele gozasse.

Estremeci e meu pau ficou mais duro que nunca.

Os gritos de satisfação de Luna se misturaram aos gemidos de Silas, que estava com o rosto ensopado da sua boceta. A cena inteira se desenrolou diante dos meus olhos até que ela atingiu o clímax com um grito que ecoou nas árvores, fazendo os pássaros voarem.

E ela voou com eles, seu corpo vibrando lindamente debaixo de Silas.

Outro homem.

Aquele que eu transformei.

Alguém que me *devia* sua vida.

No entanto, ele contaminou essa parceria ao pegar minha fêmea. E continuou a fazê-lo com abandono, levando-a a outro orgasmo devastador que senti até em meus ossos.

Queria destruir os dois. Rasgá-los completamente. Mas, ao mesmo tempo, queria transar com eles.

Esse turbilhão de sensações, essa raiva, essa *necessidade*, não faziam sentido. Eu não sabia dizer o que ansiava mais: vingança ou a boca de Silas em volta do meu pau. E Luna, ah, querida Luna, queria transar com ela mais do que jamais desejei outra mulher.

Fazia mais de uma semana desde a sua chegada e mal passamos um momento juntos, exceto na primeira noite e em nossa corrida no outro dia. Eu a evitei, passando um tempo com meu avô. Precisava me preparar para os testes. Ele era o único disposto a me ajudar.

Agora eu me arrependia mais que nunca de não ter ido até ela, de não tê-la forçado a ceder da maneira que fazia com Sila.

Era o nome dele que saía da sua boca quando gritou pela terceira vez.

Rosnei em resposta. Um som baixo e feroz que a fez se acalmar embaixo de Silas. Ele levantou a cabeça, procurando a fonte. Em vez de deixá-lo me ver, me escondi atrás da árvore, pois ainda não estava pronto para discipliná-los por suas ações.

Porque eu acabaria matando ou transando com os dois.

Passei a mão no rosto, sentindo o pau pressionar o zíper da calça. *O que é que há de errado comigo?* Não deveria nem ser uma dúvida. Silas precisava morrer por me trair, por trair seu criador, dessa forma. E Luna tinha que se submeter.

Ainda não conseguia me mexer.

Meu sangue pulsava rápido enquanto a necessidade tensionava minha virilha e meu desejo básico me dizia para correr até lá e me *juntar* a eles, não para puni-los.

Balancei a cabeça. Atordoado. Confuso. Excitado demais para o meu próprio bem.

Deveria ter aceitado a oferta de Bianca para transar esta tarde. Deveria tê-la deixado de joelhos como uma boa loba e estocado naqueles lábios grossos.

Mas não consegui.

Pareceu errado.

Ah, incitar Luna tinha sido divertido. Pelo menos até ela fugir. Não que eu a culpasse. Fui um idiota, mas seus comentários sobre estupro e ter forçado o vínculo realmente me irritaram.

As mulheres geralmente me adoravam, mas Luna agia como se fosse um sofrimento imposto a ela, mesmo quando seu corpo desejava o meu.

Isso me enfureceu, me deixou frustrado e, uma parte distorcida de mim queria magoá-la.

Obviamente, o tiro saiu pela culatra, porque eu a deixei excitada e com o desejo de fugir. E agora, todas as ameaças que fiz de que ela não encontraria um lobo para transar voaram pela janela por culpa do meu descendente.

Como isso aconteceu?

Não, a pergunta era outra.

Por que deixei *isso acontecer?*

Respirei fundo, precisando que essa loucura terminasse. Se eu transaria ou os mataria, eu ainda ia resolver. Não podia ficar aqui como um idiota e permitir que aquilo continuasse.

Mas quando finalmente entrei na clareira, os dois tinham ido embora.

O cheiro de Silas me levou de volta à casa que emprestei a ele com generosidade, enquanto o de Luna seguia em direção às propriedades principais.

Eles se separaram, deixando nas minhas mãos a escolha de quem seguir primeiro.

Foi mais fácil do que eu esperava. Escolhi Silas. Porque era seu dono. E ele estava prestes a descobrir o que significava quebrar a confiança entre descendente e criador.

Talvez depois que eu lidasse com ele, esse desejo de caçar Luna e transar com ela até a sua submissão diminuísse.

Talvez, mas não era provável.

Eu era o alfa aqui. Não ela. Nem Silas.

Estava na hora de os dois perceberem isso.

Estava na hora de se *submeterem.*

Capítulo nove

PUTA MERDA. O que foi que eu fiz? Como pude deixar isso acontecer?

Fiquei andando perdido pelo interior da cabana.

Edon sabia.

Senti que ele sabia. A energia queimava e vinha direto para mim. Mas eu estava impotente para correr. Era como se ele tivesse colocado um grilhão na minha perna, me forçando a ficar aqui, esperando-o.

Eu era um lobo morto. Sabia disso com todas as fibras do meu ser. Não havia desculpa no mundo que me salvasse agora. Não que eu tivesse qualquer uma.

Lutar me deixou excitado.

E Luna. *Puta merda.* Eu não poderia dizer não, não queria negar.

Parte de mim se questionava se me colocar nessa posição não foi intencional para distrair seu pretendente, que ficaria muito irado.

Mas vi o medo em seu olhar quando ouvimos o rosnado de Edon. Ela correu mais rápido que eu e seu terror deixou um cheiro pungente para trás.

O que ele faria com ela? Ele estaria punindo-a agora?

Não. Não estava.

Porque eu podia senti-lo aqui.

Podia senti-lo à espreita nas sombras da sala, decidindo o meu destino.

Estremeci, sem saber o que fazer. *Devo tentar lutar? Me defender?*

Ele me cercou com seu domínio. Seu poder era uma presença palpável que pesava na minha coluna, exigindo submissão. No entanto, minhas pernas travaram e meu abdômen se contraiu com a intensidade.

— Você tocou em algo que não lhe pertencia — ele falou com a voz baixa. Era um som rude que arrepiou minha espinha.

Engoli em seco.

— Eu sei. — Não era a resposta certa. Eu deveria ter me desculpado, ter prometido que isso não aconteceria novamente.

Mas as duas afirmações seriam mentiras.

Não me arrependi nem prometia não repetir. Porque algo aconteceu entre Luna e eu, algum tipo de atração intensa, e estava longe de ter acabado. Eu queria prová-la de novo. Transar com ela. Possuí-la.

Era completamente insano.

Eu mal a conhecia.

No entanto, meu lobo a desejava. Não como companheira, mas como prêmio. E ele se recusava a ser rejeitado.

Edon andou em volta de mim e as sombras da sala mantiveram sua presença escondida. No entanto, eu o *senti* se mover, me olhando como uma presa.

O sol poente lá fora parecia um presságio do que estava por vir: o fim de um dia, o fim de uma vida.

— Que gosto ela tinha? — Edon perguntou baixinho. Suas palavras tinham uma pontada de letalidade. Quase como se ele estivesse me desafiando a responder.

Se eu fosse morrer, seria com a dignidade intacta.

— De laranjas.

— Humm. — Edon estava atrás de mim agora, seu zumbido provocou uma vibração n a parte de trás do meu pescoço. — E você gostou?

— Sim.

Esperei o golpe chegar, esperei por uma ameaça, *alguma coisa.*

O silêncio caiu entre nós. Se o calor da sua pele não me alcançasse, pensaria que ele tinha ido embora. A consciência provocou meus sentidos, um novo perfume surgiu.

Não. Estava lá desde que Edon chegou.

Um aroma sombrio e viciante. O cheiro da floresta, de um predador no auge, avaliando seu alvo: eu.

Mas não era violência irradiava dele, e sim algo mais severo. Uma *necessidade selvagem.*

Meu coração acelerou, o que fez minha pulsação disparar, bombeando sangue para uma parte de mim que eu não podia permitir que reagisse.

Mas algo na masculinidade de Edon me atraiu. Seu domínio era uma característica a ser reverenciada. Respeitada. Reconhecida.

Foi preciso um esforço significativo para manter a cabeça ereta quando tudo que eu queria fazer era me curvar. Me ajoelhar diante dele. Reconhecê-lo como o lobo mais forte.

— Com certeza você fez treinamento oral na universidade. — Suas palavras eram sussurradas no meu ouvido e seu peito era uma chama ameaçadora roçando minhas costas.

Minha boca ficou seca e meu corpo reagiu à sua proximidade de uma maneira que eu nunca teria previsto.

É por causa da briga e da foda subsequente, disse a mim mesmo. *Você está excitado por causa da Luna.*

Está?, a voz de Edon me provocou.

— Você só aprendeu como agradar as mulheres em suas aulas? — ele perguntou, segurando meu quadril. — Ou aprendeu a dar prazer aos homens também?

Ah, merda. Eu não era o único excitado. Não era à toa que ele irradiava calor. Seu pau estava tão duro quanto o meu e tocava a abertura entre minhas nádegas.

Umedeci os lábios, sentindo as palavras presas na minha garganta.

Silas, ele rosnou em minha mente. *Minha paciência tem limite.*

Sim, admiti com um tremor. *Sim, aprendi a dar prazer a homens e mulheres.* Eu queria estar completamente preparado para o que quer que a vida me apresentasse.

Nunca, em meus sonhos mais loucos, eu esperava que fosse um alfa-lycan excitado.

Nem teria imaginado que minha reação instintiva a essa situação fosse favorável.

Mas meu pau ficou ereto, minha pele arrepiada de desejo e meu estômago se apertou com uma prontidão que exigia satisfação.

Luna podia ter começado. Mas uma parte doentia e distorcida de mim queria que Edon terminasse.

— Ajoelhe-se — ele exigiu.

Dentro de mim, uma guerra estava travada. Meu orgulho me dizia para permanecer de pé, enquanto meu lobo me *implorava* para obedecer.

Cedi ao meu lobo e me ajoelhei.

Edon colocou a mão na minha cabeça e passou os dedos pelos meus cabelos enquanto dava a volta para ficar diante de mim.

Já estive nessa posição antes: ajoelhado para chupar o pau de um lycan. Os seres humanos aprendiam todo tipo de habilidades nas universidades. Me aperfeiçoei em sexo oral e obtive notas altas com homens e mulheres.

Seu aperto no meu cabelo aumentou, puxando meu couro cabeludo e me forçando a olhar para ele.

Um turbilhão negro de fúria misturado com excitação olhou para mim.

Eu não sabia dizer se ele queria me comer ou me matar, pois ele parecia estar dividido entre as duas coisas.

Ele me apertou e a mão oposta foi para a minha garganta.

— Eu deveria te matar pelo seu flagrante desrespeito.

Engoli em seco sob sua mão, fazendo-o apertar um pouco mais. Eu ainda conseguia respirar, mas bem pouco. E embora isso devesse ter me assustado, tudo o que senti foi um formigamento. Um anseio entre as pernas.

Era uma coisa louca.

Como eu poderia me sentir atraído por esse imbecil?

Nunca tive uma preferência quando se tratava de sexo, mas nunca me vi em uma situação de troca de poder.

— Eu deveria te matar — ele repetiu. — Mas me sinto mais intrigado com suas habilidades orais. Luna pareceu gostar. E agora me pergunto como vou me sentir quanto a elas. Acha que vai me agradar o suficiente para me fazer mudar de ideia sobre sua vida, Silas? Ou isso vai me fazer querer te matar ainda mais?

Suas palavras deveriam ter me enojado e me deixado com medo do meu futuro. Mas tudo o que elas evocaram foi uma sensação de desafio, um desejo de provar que posso deixá-lo louco. Isso? Isso eu poderia fazer. E faria bem.

— Foda a minha boca e descubra.

O sorriso que surgiu nos lábios de Edon era todo lobo. Faminto, selvagem e mal contido.

— Abra, Silas.

O desafio em sua voz me fez agarrar seus quadris e puxá-lo para frente.

Ele queria me dominar? Teria que se esforçar mais.

Porque eu sabia como deixar um homem de joelhos. Já havia feito isso antes e faria novamente agora.

Eu o tomei profundamente, do jeito que eu gostava, e gemi com seu sabor masculino. Puta merda, meus sentidos de lobo se intensificaram, assim como fizeram com Luna, me proporcionando uma nova experiência, apesar dos meus anos de treinamento.

Ele me lembrava a floresta e as folhas frescas misturadas com a vida. Tão diferente do aroma de laranja de Luna, mas sua combinação de sabores criou a mistura perfeita na minha língua. Eu queria mais. Muito, muito mais.

E então eu o tomei, levando-o ao fundo da minha garganta enquanto chupava ao mesmo tempo.

— *Puta merda* — Edon murmurou e puxou meu cabelo com mais firmeza em um grau doloroso.

Enterrei as unhas em sua pele, forçando-o a ficar no lugar enquanto eu o devorava com a boca. Suas coxas ficaram tensas e o poder em seu corpo ondulou ao meu redor em de um jeito violento. Minhas bolas doíam, meu corpo se preparava com o que pareciam horas de preliminares com Luna e agora com Edon.

Foi esmagador ao ponto da dor.

Mas o gosto dele me levou adiante e seu pau ameaçava meu reflexo de vômito enquanto ele tentava controlar o ritmo.

Não foi gentil.

Não foi fácil.

Era uma mistura inebriante de brutalidade alfa, luxúria não adulterada e raiva, tudo junto em um culminar de grunhidos e impulsos impiedosos.

Deslizei uma mão para segurar seu saco, apertando-o em aviso enquanto ele se esforçava ainda mais, tentando me fazer engolir seu pau até o fim.

Minha reprimenda silenciosa apenas intensificou sua energia, sua necessidade de me colocar sob dominação. Mas me mantive firme, aceitando apenas o que pude enquanto o deixava louco com a língua.

As respirações fortes dele me disseram que eu estava ganhando, que ele não poderia me segurar por muito mais tempo.

Ele queria isso quase tanto quanto eu, talvez até mais.

— Engula — ele grunhiu e as palavras aqueceram minhas veias, fazendo o líquido pré ejaculatório escorrer do meu pau com desejo, implorando para ser tocado.

Mas me concentrei nele.

No seu pau.

O líquido salgado provocou minha língua.

Seus sons eram guturais enquanto ele se aproximava do clímax que tanto desejava.

A cada movimento dos seus quadris ficava mais difícil de respirar.

Aceitei tudo, lutando com a boca da única maneira que sabia: forçando-o a se aproximar do clímax a cada chupada, mordida e lambida.

Ele xingou e seu rosto se contorceu em uma careta. Ele não queria gostar, não precisava, mas não conseguia evitar. Seu pau pulsou, sinalizando que iria gozar e depois explodiu na minha garganta.

— Silas — ele sussurrou, arranhando meu couro cabeludo com uma mão e a outra na minha nuca, me forçando a tomar cada centímetro enquanto ele gozava.

Meu próprio aperto aumentou, indicando que eu não conseguia respirar.

Mas ele não parecia se importar, perdido demais no clímax para perceber.

Ou talvez tenha sido de propósito.

Talvez ele quisesse que eu morresse assim, de joelhos, com seu pau enterrado na garganta.

Essa ideia me irritou e me fez empurrá-lo, o que pareceu atordoá-lo.

Ele me soltou o suficiente para recuperar o fôlego, depois passou a mão em volta da minha garganta, me puxou para ficar de pé e me empurrou contra uma parede. Ofeguei com o movimento repentino e minhas costas protestaram diante do tratamento selvagem.

Seus olhos estavam ardentes e sua mandíbula estava tão tensionada que pensei que poderia quebrar. Mas então sua boca cobriu a minha. Não de forma graciosa. Nem gentil. Mas sem piedade. Como se ele não quisesse me beijar, mas não conseguisse se conter.

E eu respondi com a mesma intensidade.

Porque eu também não queria beijá-lo. Não queria estar perto dele. No entanto, meu pau praticamente implorava para tocá-lo e acariciá-lo mais uma vez, para fazer *alguma coisa*.

Como se tivesse ouvido o apelo, ele alinhou sua virilha com a minha e senti sua pele úmida contra minha pele dolorida.

Não conseguia me impedir de pressionar contra ele, buscando atrito, calor e *alívio*.

Seus dentes afundaram no meu lábio inferior, tirando sangue.

Eu o mordi de volta, ganhando um rosnado como resposta.

O segurei com a mesma crueldade, cravei as unhas com tanta força quanto as dele, o que aumentou minha necessidade de lutar com ele de forma severa e aparente. E ainda nos beijamos como se fôssemos velhos amantes, lutando em uma névoa de violência.

Eu o odiava.

Eu o queria.

Eu o detestava.

Eu o desejava.

E seus rosnados me disseram que ele sentia o mesmo.

Não era algo inédito para alfas e membros da realeza escolherem membros de harém do mesmo sexo. A maioria desfrutava de uma boa degradação.

Mas isso era mais profundo.

Não tinha relação com o fato de Edon precisar me humilhar ou me domar. Senti em seus movimentos, sua mente, seus rosnados, suas carícias e em seu beijo que isso ia além das brincadeiras e convenções sociais.

Estávamos conectados em um nível bizarro por ele ter me transformando em lobo. Isso nos uniu em uma dança proibida que nos deixava famintos.

— Se masturbe — ele disse e moveu as mãos para minha garganta. — Agora.

Vá se foder, eu queria dizer, mas não consegui, e movi a palma em direção a minha ereção. Grunhi no primeiro movimento e arqueei as costas em sua direção.

Ele não me beijou de novo, mas observou cada um dos meus movimentos com um brilho faminto que só me excitou ainda mais.

Nunca senti nada assim. Todas as minhas experiências anteriores haviam sido quase clínicas em comparação. Não tínhamos permissão para participar de atividades sexuais fora das aulas, não que eu já tivesse desejado alguém o suficiente para tentar. Rae e Willow eram minhas melhores amigas, não minhas amigas de transa. E nenhum dos homens em meus cursos jamais me intrigou, apesar das coisas sexuais que tínhamos que fazer um com o outro nas aulas.

Mas Edon... ele fazia meu sangue *ferver*.

E Luna, puta merda, seu perfume me deixava louco.

Só podia ser por causa do meu lobo. Todas as sensações novas provocaram um tumulto de desejo insaciável.

A pressão aumentou em meu ventre, me fazendo intensificar o aperto e acelerar os movimentos. Se ele me dissesse para parar, eu o mataria. Ou pior, eu o desobedeceria.

Eu precisava disso, merecia, *exigia*.

Meu saco praticamente se contorceu para encontrar alívio e meu ventre ameaçou explodir sob o ataque erótico do momento.

Edon me encarou e me manteve cativo enquanto intensificava seu aperto, me fazendo perder o ar.

E me forçando a entrar em erupção.

Meu gemido vibrou em sua mão, saindo como um som sufocado que me deixou ofegante e suando frio. Jatos de sêmen se espalharam por seu abdômen e minha excitação o marcou de uma maneira que não deveria.

No entanto, me deu um breve momento de alegria reivindicar algo que não me pertencia. Dizer que aquele alfa era *meu*.

Ele devia saber e ter visto o brilho de prazer nos meus olhos, porque me fez ficar de joelhos com uma única exigência.

— Me lamba até limpar tudo.

Senti um arrepio de aborrecimento. Não por causa da tarefa, que era realmente degradante, mas pela ideia de remover meu cheiro da sua pele.

Isso é fodido demais. Ele não podia ser meu e eu não queria que fosse.

Nunca.

Provei a mim mesmo enquanto fazia exatamente o que ele ordenou, lambendo cada pedaço do seu abdômen para remover a evidência da minha excitação de sua pele.

Ele permaneceu em uma posição elevada acima de mim por tanto tempo que pensei que me mandar chupá-lo novamente. Seu pênis se esticou em direção a minha boca, como se estivesse de acordo. Seu corpo estava quente, duro e claramente necessitado.

Não ousei olhar em seus olhos. Se eu o fizesse, repetiríamos tudo isso. E não tinha certeza se sobreviveria a outro aperto na garganta hoje. A raiva irradiava dele, misturada a uma intenção letal.

Ele me queria morto por tocar em Luna.

Eu não poderia culpá-lo. Os alfas eram possessivos.

Mas ele também parecia estar lutando com algo mais profundo: essa conexão bizarra entre nós.

No final, foi a conexão que venceu.

Ele me soltou sem dizer nada e saiu tão silenciosamente quanto havia chegado.

Fiquei imóvel, de joelhos e incapaz de falar ou me mover.

Porque meu destino ainda estava na balança.

Ele só me poupou por mais um dia, deixando para resolver quando quisesse.

De alguma forma, isso era quase pior.

Capítulo dez

O CHEIRO DA VADIA Beta estava na casa de Edon. Levantei o queixo em resposta e toda e qualquer culpa que havia em minha loba desapareceu em um instante.

Não devia ter me submetido a Silas. Isso foi estúpido. Muito, *muito* estúpido. Não que eu tivesse muita escolha. Ele era muito mais forte do que eu esperava e suas proezas eram muito incomuns para um novato. A maioria dos humanos se parecia com filhotes depois de uma transformação, pelo menos foi o que soube. Não conheci nenhum, pois era extremamente raro, mas Silas me pareceu muito mais extraordinário que o habitual.

Infelizmente, agora ele era um lobo morto, graças a mim, e provavelmente estava sendo punido, daí a prolongada ausência de Edon.

Merda.

Tudo bem, talvez tenha restado um pouco da culpa.

Enterrei a cabeça em minhas mãos, me escondendo no quarto e temendo o retorno de Edon.

Ele *sabia*. Seu grunhido estremeceu o chão no pântano, aumentando as sensações no meu centro para um nível perigoso.

Por ter florescido da caçada, meu corpo reagiu de forma indescritível à adrenalina que o atingiu. Isso, associado ao beijo agressivo de Edon a menos de uma hora me deixou desesperada de desejo.

Ah, e a língua de Silas. *Puta merda*, a língua desse homem podia vencer guerras. Ele me fez gozar mais rápido que eu conseguia com minhas mãos, me deixando excitada, carente e pedindo por mais.

Até o rosnado de Edon ecoar.

Parecia muito como o que eu ouvia agora pela casa.

Engoli em seco. Merda. Ele voltou. Senti sua raiva no ar, espessa, intoxicante e esmagadora.

Ele não bateu na porta. Abriu.

Quase me afoguei nas poças escuras e furiosas de seus olhos.

— Gostou da corrida? — ele perguntou, com a voz enganosamente calma.

— Gostou de brincar? — devolvi a pergunta, observando o brilho perigoso em seus olhos.

Ele curvou os lábios.

— Ah, você não faz ideia. Foi a melhor boca que já me tocou. Você terá muito o que superar.

Um grunhido se formou na minha garganta e meu sangue esquentou enquanto meu estômago se contraía. Como ele podia ser tão evidente por foder a boca de outra mulher?

Quase bufei. Como se eu tivesse o direito de ficar chateada. Tinha acabado de voltar para casa depois de ter a língua de outro lobo entre minhas coxas.

E Edon chegou logo depois de puni-lo. Senti o cheiro de Silas nele. Qualquer que fosse o castigo que ele havia recebido, não foi bom. Isso também era culpa minha.

Meus ombros caíram, denotando um sentimento de derrota. Era uma sensação que eu odiava. Uma fraqueza. Mas não pude evitar. Minhas ações levaram à sentença de morte de outro lobo, alguém que, para todos os efeitos, não merecia esse destino.

— O quê? Nenhuma oferta para me provar que estou errado? — Edon provocou.

— Você parece muito satisfeito — murmurei, acenando para sua virilha bem dotada, mas claramente apaziguada. — Se precisar de mais, então vá se foder.

Um som feroz soou do seu peito, provocando um arrepio na minha coluna.

— Cuidado, Luna. Ou da próxima vez vou fazer você assistir enquanto eu transo com outra pessoa.

Engoli em seco. A maneira como ele disse isso soou como uma promessa, não uma situação em potencial. Meu pai forçava minha mãe a observar suas atividades ao longo dos anos e cada uma a destruía um pouco mais.

— E aí? Não vai responder de forma impetuosa? — Ele esperou. — Não me diga que já perdeu seu dom de provocação.

Não falei nada. Ele queria minha submissão. Em vez disso, lhe dei o meu silêncio.

— Seus privilégios de correr pelo perímetro estão oficialmente revogados. Da próxima vez que quiser correr, vai precisar me pedir. Se eu te pegar fora dos limites da vila sem minha permissão expressa, vou te punir. Entendeu?

Encontrei seu olhar. Se entendi?

— Sim.

Se eu concordaria? Com certeza, não.

A inclinação de seus lábios disse que ele também sabia.

E que ele gostaria de me punir seja lá de que forma ele tivesse em mente.

Tudo bem.

Isso não me assustava.

Ele não tinha ideia de quais tipos de punições cresci suportando. Eu era tão incrivelmente versada na arte de tolerar que ele teria que ser extremamente criativo para me impressionar.

Boa sorte para ele.

Edon saiu sem outro comentário, deixando o ar cheio de promessas e sexo em seu rastro.

Queria vomitar.

Hoje, tentei e não consegui escapar.

Amanhã, tentaria novamente.

E no dia seguinte.

E no outro.

Até que eu morresse tentando ou conseguindo.

Edon achou que eu desistiria? Dificilmente. Eu estava só começando.

* * *

ACORDEI COM SILÊNCIO TOTAL.

Ou Edon esperava que eu obedecesse ao seu comando ou tinha uma armadilha esperando por mim.

Independentemente disso, eu ia correr. Ninguém me castigaria. Especialmente ele.

Depois de vestir jeans e uma blusa, decidi dar um passeio pelos arredores da casa e ver o que a matilha estava comentando. Porque se Edon os informou da minha prisão domiciliar, então eu precisava saber de quem fugir.

Também me daria cobertura se ele perguntasse aonde fui hoje. *Ah, você sabe, por aí.*

Só que, no segundo em que pisei na propriedade principal da sede do Clã Clemente, me arrependi.

Bianca estava com um grupo de amigas, e seu rosto brilhava enquanto gritava sobre as coisas que Edon fez com ela na noite passada.

Você foi até ela? De novo?, pensei, irritada além da medida. Era bem ilógico e totalmente injusto, já que compartilhei uma sessão erótica com seu descendente, mas saber que ele correu para essa vadia, me irritou absurdamente.

Foi a justificativa que encontrei para meu punho encontrar seu rosto.

Duas vezes.

Tudo aconteceu muito rápido, reagi ao ouvi-la se gabar — na

minha frente — de ter transado com meu companheiro, que não consegui segurar minha loba antes de ela atacar.

O fato de ela estar com o cheiro de Edon só piorou as coisas.

Meu, minha loba rosnou, me fazendo atingir a mandíbula da vadia pela terceira vez.

— *Chega* — uma voz masculina exigiu, repleta de autoridade.

Uma voz que pertencia a um alfa.

Walter.

Me ajoelhei sem titubear e inclinei a cabeça em tamanha submissão que senti até meus ossos. *Sobrevivência*, minha loba sussurrou. Algo que não acontecia com Edon. Porque em algum lugar lá no fundo, eu sabia que ele não me machucaria, ao contrário do alfa que se aproximava de mim agora.

Walter me chicotaria de bom grado, me estupraria e me espancaria. Eu sentia isso em suas intenções a cada passo, via seu interesse em destruir quem ele via como a mulher mais forte da sua matilha: uma mulher que precisava aprender a se submeter adequadamente.

As costas da sua mão encontraram a lateral do meu rosto e o ataque me derrubou no chão com um gemido.

— Você não tem autoridade aqui, Luna do Clã Ernest — ele disse com a voz enganosamente calma.

Seu pé atingiu minha barriga, e eu me curvei para me proteger, e os anos de tratamento semelhante do meu pai me vieram à mente.

Posso fazer isso.

Dói só por um tempo.

Vá para o seu lugar feliz.

Pense em suas lutas com Logan.

Não...

Seu próximo ataque foi em minhas costas, causando dor na minha coluna.

— Senhores, quem quer me ajudar a ensinar uma lição a lobinha? — ele perguntou e o tom libidinoso em sua voz que fez minhas veias gelarem.

Porque eu sabia o que ele estava propondo.

Vi meu pai fazer o mesmo com minha mãe por se comportar

mal, tive que assistir sua matilha estuprá-la. Não era para o prazer dela, mas do meu pai. E enquanto supervisionava o ato, ele não se importava com aqueles que buscavam seu próprio êxtase através do corpo dela.

Ele até transava com outra mulher ao lado dela, só para provar seu argumento.

Isso me deixava tão doente que Logan precisava me abraçar com força a noite toda para me aquecer. Ele me prometeu que, quando assumisse, as coisas seriam diferentes, que não trataria nosso povo com tanto desrespeito.

Mas agora que eu não estava lá, quem podia saber que coisas vis que meu pai colocaria na cabeça do Logan?

Uma multidão se formou e senti a testosterona masculina faminta encher o ar.

Era como se chovesse violência sobre mim, na forma de golpes, pontapés e tapas que eu não queria sentir.

Tudo se misturou, e o caos nublou minha cabeça.

Isso não pode me derrubar, implorei a mim mesma. *Você já foi surrada antes. Afogada. Sobreviveu a temperaturas abaixo de zero por dias. Você consegue fazer isso. Você consegue fazer isso. Você pode...*

Um rosnado furioso retumbou no chão, o que pareceu sacudir as bases do meu coração e rompeu a névoa cruel que circundava meu corpo dolorido.

— *Minha* — a voz falou. — Você não vai tocar no que é *meu*.

— Ela é uma vadia desobediente que precisa aprender uma lição — Walter respondeu com um cinto na mão que parecia cheio de sangue.

Meu sangue.

Não me lembrava dele me bater, não conseguia sentir os golpes, mas tinha certeza de que ele havia me atingido mais de uma vez.

— E não será você quem fará isso.

— Você é quem pensa — o alfa rosnou.

Edon pegou o pulso do pai e o torceu com tanta força que o osso ameaçou quebrar.

— Você não tem autoridade sobre a minha companheira. Se *eu* quiser que ela seja espancada, ela será espancada. Se eu quiser que ela seja estuprada, ela será estuprada. Mas você não ditará o castigo. *Eu* farei.

Ele empurrou o alfa com uma força que fez a multidão ofegar. Muito poder. Muito controle.

Um alfa em seu auge.

O herdeiro em ascensão.

Vi em sua posição, na maneira como seus músculos se agitavam nas costas nuas. Mesmo usando só uma calça jeans, ele tinha uma autoridade que poucos outros possuíam.

Este homem *exigia* domínio.

E se eu já não estivesse no chão, estaria ajoelhada aos seus pés, sob a aura de superioridade que emanava dele.

Edon se virou, e seus olhos negros levaram a maior parte da multidão a se ajoelhar com um único olhar.

Ninguém o desafiaria.

Aqui, não.

Nunca.

— A Luna é *minha* — disse, seu tom ecoou pela vila e provavelmente pelas áreas circundantes. — Se alguém quiser lutar comigo pelo direito de tocar em minha propriedade, estou bem preparado. — Ele olhou para todos os homens presentes que permaneciam em pé, até que cada um inclinou a cabeça. E então ele se virou para Walter, que havia ficado com um ambiente de fúria que esfriou a atmosfera ao nosso redor. — Os seus dias estão contados, alfa incumbente. Já não me curvo mais a você. Não toque na Luna novamente sem a minha permissão, ou vou fazer você se arrepender, *velho*.

Edon não esperou por resposta. Me pegou do chão e me carregou através da multidão de lobos.

Ninguém nos parou.

Ninguém disse uma palavra.

Nem mesmo o alfa furioso atrás de nós.

Enterrei a cabeça no pescoço de Edon, com o rosto molhado das lágrimas. Só o medo daqueles homens me tocarem havia destruído minha confiança, a percepção impotente de meu destino e o conhecimento de que eu não poderia lutar contra todos.

Eles não teriam me matado.

Teriam me subjugado e teria doído muito mais.

Edon passou um dedo pela minha espinha e seu toque queimou através do tecido da camisa. Foi só um toque suave, uma noção de conforto que, de alguma forma, doeu ainda mais.

Perdi a cabeça por causa de uma mulher que se gabou por ter transado com ele, quando, na verdade, ele não me pertencia. Eu nem conseguia imaginar o que ele havia feito com Silas.

O ciúme dentro de mim tinha inflamado tanto que trouxe minha loba à tona. E isso tinha sido só o começo.

Edon sempre tomaria outras mulheres, provavelmente até na minha frente. Como eu aguentaria se não podia lidar com isso agora?

O cheiro da sua casa atraiu meus olhos para as vigas familiares do teto e suas pernas se moveram tão rapidamente que nem percebi que estávamos aqui até que ele bateu a porta com força.

Eu esperava que ele me deixasse no meu quarto ou no sofá, mas ele me levou para o seu quarto.

Punição, percebi. Ele tinha que fazer alguma coisa para me colocar no meu lugar por me comportar daquele jeito, e era aqui que ele planejava fazer isso.

Ele me faria chupá-lo? Transar com ele? Usar um cinto contra a minha pele como o seu pai fez? Me estrangular? Me queimar?

Os lycans se curavam rapidamente, especialmente os de raça pura como eu. O que significava que eu podia suportar todo tipo de tortura antes de desmaiar e quase sempre acordava quase como nova e sem cicatrizes.

Abri a boca para explicar, para pedir desculpas, para dizer *alguma coisa*, mas minha garganta se recusou a funcionar. Estava muito fechada. Eu mal conseguia respirar.

Ele me colocou no colchão.

— Levante os braços — exigiu.

Só obedeci porque não sabia mais o que fazer e choraminguei quando ele arrancou os restos da minha camisa ensanguentada. Ele me virou de lado e automaticamente curvei as pernas contra o abdômen.

Isso ia doer.

Eu precisava encontrar meu lugar feliz, pensar nos poucos

bons momentos que desfrutei na minha infância, em Logan e Claudette e todas as nossas lições juntos sobre o mundo antigo. Fingir que morava lá. Com eles. Em harmonia. Sem tirania. Em um lugar...

Senti a dor nas costelas que me fez chorar.

Edon me segurou enquanto seus dedos cutucavam minha pele macia com a expressão lívida.

Levei um momento para perceber que ele não estava causando dor de propósito, mas estava tentando avaliar minhas feridas.

— Porra, eu vou matá-lo — ele grunhiu enquanto me virava lentamente para o outro lado para examinar melhor minhas costas. Doeu pra cacete, e meu corpo inteiro formigou com seu toque. Ele xingou e o som foi forte o suficiente para me fazer estremecer. — Não se mexa.

Como se eu pudesse.

Meu corpo doía por causa dos dois chutes. Espere, não houve mais de dois? *Sim.* Walter estava com um cinto ensanguentado. Mas eu não conseguia me lembrar o que ele havia feito. Eu me refugiei em...

Senti como se uma faca estivesse sendo enfiada no meu braço, o que provocou um grito, mas uma mão firme me forçou a ficar parada. O cômodo começou a girar um pouco, fazendo com que minha visão girasse, como se eu estivesse bêbada. Tentei afastá-lo, tentei me concentrar na parede que rodava, mas não consegui.

Esse era o castigo de Edon?

Me fazer delirar?

Foder com a minha cabeça?

— Não vou te punir, Luna — ele disse baixinho enquanto um pano quente deslizava sobre as minhas costas e me fazendo sibilar.

— *Porra...* — Doeu. Não, *queimou.*

E, espere, eu disse algo em voz alta? Ou ele leu minha mente?

— Shh. — Ele afastou meu cabelo do rosto e colocou a palma da mão na parte de trás do meu pescoço. — O remédio para dor deve fazer efeito em breve e proporcionar algum alívio. Não vai durar muito tempo com a rapidez com que nosso corpo consome drogas, mas deve te dar um pouco de conforto enquanto seu interior se cura.

Outro toque do pano me fez apertar os lençóis e entreabri os lábios em um gemido que se transformou em um apelo para ele parar.

Eu odiava essa demonstração de fraqueza.

Odiava mais como eu desejava seu toque.

— Preciso limpar as feridas — ele explicou e passou o pano de novo. Ou talvez fosse um novo. Eu não sabia. O cheiro de antibióticos fez meu estômago revirar e minha pele ardeu sob a pomada curativa.

Até que outra onda de tontura me atingiu.

Pisquei rapidamente, tentando afastar os pontos pretos da minha visão.

— Remédio para dor. — As três palavras eram um murmúrio perto do meu ouvido e seu toque se transformou em uma carícia nas minhas costas. Fechei os olhos e a sensação me deixou em um casulo de calor que eu desejava viver para sempre.

Então uma segunda picada me fez abrir os olhos com preocupação, mas fui acalmada por um rosnado baixo de Edon.

Companheiro, minha loba reconheceu, em paz com seu toque, com a maneira como ele cuidava de mim e como ele me protegia dos outros.

Seu corpo quente envolveu o meu na cama, me puxando gentilmente contra si.

Durma, minha mente sussurrou.

Ou talvez fosse Edon.

Humm, mas eu não queria dormir ainda.

Minha língua estava muito engraçada. Grossa. Seca. Como se eu tivesse lambido uma lixa.

Estranho.

Torci o nariz enquanto os aromas giravam ao nosso redor, me confundindo.

Eu só sentia o cheiro do Edon.

E outro perfume masculino, que me lembrava ciprestes. Gostava bastante da natureza calmante, mas não sabia de onde vinha.

— Meu avô — Edon sussurrou, por ter lido minha mente ou porque decifrou meu farejar. — Era onde eu estava ontem à noite, pequena. Bianca estava se exibindo porque eu a rejeitei. Ela está com ciúmes de você.

Fiz uma careta. Ele podia tê-la recusado na noite passada, mas havia ficado com ela ontem.

— Fiquei? — ele perguntou baixinho enquanto acariciava meu pescoço com os lábios. — Eu disse que alguém me chupou, mas não disse que havia sido ela.

Não entendi.

Também não sabia como ele estava na minha cabeça, como ele ouvia meus pensamentos. A menos que eu os estivesse expressando em voz alta? Eu me sentia muito estranha. Tonta. Como se estivesse à beira de um sonho, sem dormir.

— É o medicamento. — Ele beijou minha têmpora e passou o braço passando pelo meu peito enquanto deslizou o outro por baixo da minha cabeça. — Descanse, pequena. Você vai acordar como nova. Prometo.

Por que ele está sendo tão gentil comigo?, pensei, desconfiada. Não era assim que os alfas tratavam suas companheiras. Não em muito tempo, pelo menos.

Claudette sussurrou sobre um tempo diferente, em que mulheres e homens se escolhiam para a vida toda, e sua fidelidade era o coração do vínculo de acasalamento.

Agora, os homens eram incentivados a trair e as mulheres tinham que suportar.

Logan disse uma vez que preferia o mundo que Claudette falava em nossos estudos.

Eu também.

Mas não seria capaz de encontrar isso aqui. Ou em qualquer lugar, na verdade. O antigo mundo não existia mais. Apenas essa nova sociedade controlada pela Aliança do Sangue.

Fechei os olhos e as palavras de Claudette soaram um murmúrio baixo em minha mente.

Todo mundo merece uma escolha. Todo mundo merece o seu próprio Jolene Mason.

Ela amou uma vez.

Um homem chamado Jolene. Claudette falava dele com frequência, sobre como as escolhas eram importantes. No final, o coração dele era de outra, mas o dela sempre pertenceu a ele. Por isso ela nunca acasalou.

— O que você disse? — Edon perguntou, e sua respiração esquentava a minha pele.

Balancei a cabeça, sem saber o que ele queria dizer. Eu não disse uma palavra. Ou talvez tivesse dito. Mas o que isso importaria neste momento?

Os sonhos não existiam aqui.

E o amor era uma invenção do mundo antigo.

— Me dê uma chance, Luna — Edon murmurou. — Eu posso te surpreender.

— Você já conseguiu. — As palavras saíram arrastadas, como se eu estivesse bêbada de sono.

Ele roçou o nariz em meu pescoço e o gesto foi muito mais suave do que eu queria admitir.

Mas isso me levou a uma falsa sensação de segurança.

Algo que me seguiu em meus sonhos, onde eu imaginava um mundo que não existia. Um futuro de fantasia baseado em um passado que eu não conhecia, mas desejava conhecer.

Capítulo onze

LUNA DORMIU PROFUNDAMENTE na minha cama e seu corpo se enrolou em um dos meus travesseiros. Ela não se mexeu muito nos últimos dois dias, mas seu corpo parecia estar completamente curado. *Finalmente.*

Afastei seu cabelo para dar um beijo em sua têmpora e me aventurei na sala de estar, onde Silas estava esperando.

Eu o chamei pela nossa conexão de descendência, para seu aborrecimento.

Ele estava vestido de maneira semelhante a mim, de calça jeans. Seus cabelos loiros estavam úmidos pela corrida e sua pele brilhava de suor, o que parecia definir ainda mais seus músculos.

Silas arqueou uma sobrancelha e seu ceticismo ficou nítido só nessa expressão. Mas também ouvi a incerteza sublinhada com uma satisfação relutante por eu exigir sua presença em seus pensamentos.

Ele vai me matar? Ou me comer? ele se perguntou, fazendo meus lábios tremerem.

— Ainda não decidi. — Mentira, é claro. Se eu quisesse matá-lo, ele já estaria morto. Era a parte do que se referia a ele que ainda não tinha entendido. Porque eu queria. Só não achava que seria certo.

Claro, já aproveitei sua boca. Por que não pressioná-lo a fazer tudo?

— Odeio que você esteja sempre na minha cabeça — falou de forma categórica.

— É melhor se acostumar. — Eu sempre estaria lá, a menos que um de nós morresse. E se ele olhasse fundo o suficiente, perceberia que a conexão era nos dois sentidos. — Preciso que você tome conta da Luna por mim.

Ele entreabriu os lábios, chamando minha atenção para sua boca.

O que me lembrou da outra noite e da habilidade com que ele tomou meu pau.

Humm, sim, eu queria fazer isso de novo.

— *O quê?* — Ele deu uma risada. — Está de sacanagem comigo.

— Nem de perto — falei, dando um passo em sua direção. Ele se manteve firme, algo que só me intrigou ainda mais. — Você é o único em quem posso confiar com Luna. — Porque eu tinha uma conexão permanente com ele que poderia acessar, independentemente da distância. — Só não toque nela.

Sem minha permissão, eu queria acrescentar, me surpreendendo. Uma imagem de Silas se curvando sobre Luna surgiu na minha cabeça, fazendo meu sangue ferver de um jeito bom. Afastei o pensamento, me forçando a focar na tarefa em mãos.

— Pode fazer isso, Silas? Pode cuidar dela sem tocá-la?

Suas narinas se abriram, o desafio estava escrito em suas feições.

— Você está me preparando para o fracasso antes mesmo de começar.

— Isso não é um teste.

— Tudo neste mundo de merda é um teste — ele respondeu irado. Eu queria jogar, pressioná-lo ainda mais, ver até onde podia ir antes que ele explodisse.

Se não fosse, ele teria um amigo de verdade fazendo isso, Silas acrescentou, falando consigo mesmo.

— Eu não tenho amigos. — Nem precisava. — Meu último *amigo*, termo que uso livremente, morreu logo após o meu décimo terceiro aniversário. Meu pai o chamava de distração. Disse que eu não precisava e cortou o garoto ao meio na frente do clã. Depois disso, não houve muitas ofertas de amizade.

Silas arregalou os olhos, a única indicação de que minhas palavras o haviam alarmado.

— Olha, preciso falar com meu avô — continuei, sem saber por que sentia a necessidade de me explicar, mas o fiz de qualquer maneira. — E preciso de alguém em quem eu possa confiar para proteger a Luna. Você é esse alguém, Silas. Não estou te pedindo um favor. Não estou te testando. Estou te dando uma tarefa como seu alfa e criador. Você vai ficar aqui e proteger minha companheira até eu voltar. Se alguém perturbar minha casa, a você ou Luna, irá me alertar. Entendeu?

Ele deu de ombros.

— Certo.

Ah, seu desafio provocou meu lobo interior. Eu queria incliná--lo e transar com ele até a sua submissão. Mas não tinha tempo.

E isso acordaria Luna.

— Vamos conversar mais tarde sobre obediência — falei, me afastando dele. — E provavelmente isso vai acabar com você de joelhos novamente.

A fome brilhou em seu olhar antes que ele pudesse escondê-la.

— Você é o alfa.

— E você é meu ômega — respondi com diversão no tom. — Comporte-se.

Silas latiu em minha cabeça quando saí, me fazendo rir enquanto eu corria em direção à propriedade do meu avô.

A loucura do que havia acontecido com Luna me deixou tenso, mas alguns minutos com Silas me esfriaram o suficiente para percorrer o terreno sem tentar matar ninguém. Isso mudaria se alguém se colocasse no meu caminho. Especialmente se fosse um dos idiotas que se juntou ao meu pai em seu pequeno círculo de punição no outro dia.

Um dos membros mais velhos do clã, o pai de Barry, me encontrou na floresta e me alertou das intenções do meu pai. Saí correndo antes que ele terminasse, chegando no momento em que dois lobos — Glenn e o idiota do irmão — começaram a tirar as calças.

Não era preciso ser um gênio para entender o plano deles.

Eles iam estuprar Luna em grupo.

Só sobre o meu cadáver, pensei, enquanto meus pés descalços batiam na terra, e meu sangue fervilhava de raiva mais uma vez.

Se esse tivesse sido outro dos testes de meu pai, eu havia falhado e não dava a mínima. Luna era minha. Ninguém a tocava, exceto eu. Os outros podiam desejar uma mulher devastada no quarto, mas eu não. Seu fogo era uma das minhas características favoritas nela, e a matilha o apagou, deixando-a fria e perturbadoramente distante em meus braços.

Luna tinha sido abusada antes, pois sabia como recuar em sua mente.

Já havia visto esse olhar muitas vezes no rosto da minha mãe. Hoje em dia, ela o mantinha permanentemente. Ela nem reconhecia minha presença quando eu a visitava, de tão destroçada e sozinha.

Isso não aconteceria com Luna.

Eu me recusava a permitir.

A incerteza de Silas alcançou nossa conexão, fazendo minha corrida desacelerar enquanto eu navegava através de seus pensamentos em busca da causa.

Fome. Ele estava prestes a comer quando o chamei. Não querendo correr com o estômago cheio, ele devolveu os itens à geladeira e partiu em direção ao seu destino. O que, aparentemente, ele pensou que incluiria sua morte em público.

O homem com certeza escondia bem o seu medo, porque eu não tinha percebido nada, apenas um homem arrogante e irritado. Mas sua cabeça pintava uma cena muito diferente.

Coma o que quiser, pensei para ele. *E quero saber quando a Luna estiver acordada.*

Nossa conexão ficou sombria com aborrecimento.

Certo.

Eu sorri.

Não soe tão agradecido, Silas, ou posso ficar inclinado a fazer algo pouco gracioso no futuro.

Como foder minha boca? ele perguntou. *Ou devo considerar isso um ato gracioso?*

Ah, a coragem desse homem rivalizava com a minha.

Continue falando, descendente. Estou considerando isso preliminares.

Provavelmente é melhor que não flerte muito comigo, Senhor. Há uma linda fêmea alfa no outro quarto.

Parei de correr.

Tipo, fiquei completamente congelado.

E ele deve ter percebido minha pausa repentina, porque acrescentou:

Não vou tocá-la.

É melhor que não. Mas minha excitação anterior retornou, me fazendo pensar no que aconteceria se eu entrasse em outro interlúdio sexual entre eles. Meu sangue esquentou mais uma vez, a ideia me excitando pra caramba.

Volte depressa, Silas retrucou, parecendo entediado. *Ou vou comer toda a sua comida.*

Bufei.

Vá em frente. Ele precisava mais do que eu. Sua forma magra e musculosa pedia um pouco mais de volume, algo que eu sabia que ele tinha mais antes da Copa Imortal e do recrutamento no Clã Clemente.

Ele se recuperaria.

Voltei à corrida e sorri quando encontrei meu avô esperando na antiga varanda, o ombro apoiado em um poste no topo da escada.

— Problemas no paraíso? — perguntou, provavelmente tendo percebido minha hesitação há cerca de um quilômetro ao conversar com Silas.

— Descendente desobediente — respondi, subindo as escadas

e passando por ele para dentro de casa.

— Mal posso esperar para conhecê-lo.

— Eu sei. — Já havia contado algumas coisas sobre Silas ao meu avô, principalmente em relação a suas habilidades de luta e desafio. — Tenho certeza de que você vai me renegar por ele.

Meu avô riu e fechou a porta atrás de nós antes de se acomodar em sua poltrona favorita.

— Já estava na hora de você ter que competir um pouco pelo meu carinho.

Bufei e me sentei no sofá.

— Está brincando? Mal posso esperar para me livrar de você, coroa.

— Sim. Sim. É por isso que você me vê praticamente todos os dias desde que sua companheira chegou, não é? — Ele me deu um olhar compreensivo. — O que ela fez agora?

Nada como ir direto ao ponto da minha visita.

— Atacou a Bianca. — E, de acordo com o pai de Barry, a vadia mereceu por provocar uma fêmea alfa publicamente. A reação possessiva de Luna deveria ter me agradado, mas as violentas consequências do incidente mancharam severamente meu prazer. — Como resultado, meu pai tentou levar Luna à submissão.

Meu avô assobiou.

— Foi uma jogada ousada tocar a fêmea de outro alfa.

— Acho que nós dois sabemos que ele não tem respeito por mim ou por minha reivindicação pendente de seu território. — As coisas estavam tensas com meu pai há anos, e eu tinha fortes suspeitas de que ele me queria morto. Felizmente, ele não era forte o suficiente para isso. Tampouco poderia enfrentar as repercussões políticas de assassinar seu único herdeiro.

— Você precisa de aliados — meu avô falou pela milésima vez. — Walter fez um ótimo trabalho te alienando a tal ponto, que é quase certo que você irá falhar nessas tentativas.

— Puxa, obrigado pelo voto de confiança — falei, irritado.

— Você precisa da Luna ao seu lado. E daquele garoto, Silas. E qualquer outra pessoa que você possa ajudar. Porque tudo o que Walter planejou, será ruim.

— Já é ruim — eu o corrigi, pensando no vampiro que tive que cortar em pedaços antes de jogá-lo no oceano. Meu avô confirmou que definitivamente era o começo dos meus Testes Alfas, e que a ideia de Silas de se livrar das evidências era sólida.

— Ele está apenas começando.

Eu sei, pensei, me inclinando para a frente com os cotovelos apoiados nos joelhos.

— Não vim aqui para discutir os testes, vô. Preciso te perguntar sobre outra coisa.

— Sim? — Ele inclinou a cabeça daquele jeito curioso que o fazia parecer um filhote jovem, apesar de ter quase setecentos anos de idade, com cabelos brancos e a pele enrugada. Ele era um dos lycans mais antigos que existia, a maioria morria por volta dos seiscentos ou setecentos anos. Mas não meu avô. Ele era um velho teimoso, para grande desgosto de meu pai.

A matilha lhe dava seu espaço por respeito, enquanto meu pai o evitava completamente.

— E então? — meu avô questionou. — Não estou ficando mais jovem.

Curvei os lábios. Ele sempre parecia saber o que eu estava pensando. Mas eu duvidava que ele pudesse antecipar o que eu queria saber agora.

— Quem é Claudette?

Luna havia murmurado sobre a mulher em seu torpor induzido por drogas, dizendo algo sobre suas lições e a história do mundo. Eu já sabia a maior parte disso, tendo aprendido muito com meu avô sobre os velhos tempos, mas Luna disse algo totalmente fascinante.

— Todo mundo merece uma escolha — repeti suas palavras agora e semicerrei os olhos para ele. — Todo mundo merece seu próprio Jolene Mason.

Palavras estranhas de uma mulher que nunca conheceu meu avô.

Ainda mais estranho que ela tivesse usado seu nome completo, não a designação alfa da matilha pela qual ele respondeu nos últimos séculos.

E a névoa em seu olhar me disse que eu tinha descoberto algo.

Havia uma história aqui.
Bem longa.

Capítulo doze

Ovos e espinafre.

Cresci comendo os dois itens que, de alguma forma, conseguiam ter um sabor rico demais agora.

Meu paladar lycan era muito intenso para o meu estômago. Eu não conseguia comer nada sem que a comida se agitasse dentro de mim. Mesmo agora, meu café da manhã ameaçava se espalhar pelos balcões de granito da casa de Edon.

Tudo pela minha promessa de comer toda a comida dele.

Me forcei a dar outra mordida, fazendo uma careta enquanto engolia.

— Argh — gemi, baixei o garfo e inclinei a cabeça. — Odeio isso.

Os pelos na parte de trás do meu pescoço se arrepiaram, me

alertando de uma presença que se aproximava. Mas relaxei quando senti as conhecidas flores de laranjeira do perfume de Luna.

Ela está acordada, disse a Edon, já que ele exigiu que eu o informasse.

Certo. Não a toque.

Revirei os olhos e não me incomodei em responder. Olhei por cima do ombro e admirei sua aproximação sonolenta. Ela usava uma camisa grande demais para seu corpo, que chegava aos joelhos.

Ela está usando a sua camisa, pensei para Edon, depois parei, confuso sobre o motivo pelo qual senti a necessidade de compartilhar esses detalhes.

É? Como ela está?

Gostosa, admiti, mais uma vez surpreso com a facilidade em ser franco com o macho alfa.

Provavelmente era o resultado de ter seu pênis na minha garganta. Meio que apagou toda e qualquer formalidade entre nós. O fato de que eu talvez quisesse fazer de novo, bem, eu ainda não sabia como me sentir sobre isso.

— Você está vivo — Luna sussurrou, arregalando os olhos.

— Por enquanto — respondi, de pé. — Quer ovos? Fiz muitos.
— Não era verdade. Só não queria comer mais.

A maneira como suas narinas se abriram em desgosto me deu sua resposta antes que ela expressasse.

— Não. Vou fazer algo mais apetitoso.

Fiz uma careta.

— São ovos e espinafre. O essencial.

— É sem graça e chato — ela rebateu, mexendo nos armários com a facilidade de alguém que conhecia a cozinha. Especificamente, esta cozinha.

O que, sim, fazia sentido. Ela era a companheira de Edon.

O que ela está fazendo? Edon perguntou.

Volte para cá e descubra, pensei para ele.

Sua diversão chegou a mim, parecendo com uma carícia que aqueceu meu sangue.

Ah, Silas. Você é especialista em respeitar seus superiores, não é?

Bufei.

Você parecia bastante satisfeito a meu respeito na outra noite.

Ele rosnou, o som parecendo faminto e excitado.

Está flertando comigo?

Não. Estou afirmando um fato. Nós dois sabemos que você gostou. Não negue.

Eu não sonharia com isso, ele respondeu com a voz macia como seda, sensual e profunda. *Cuidado ou vou exigir uma repetição.*

Espero que você exija. Me arrependi do pensamento imediatamente e segurei a bancada quando fechei minha mente. Ele não deveria ouvir isso, mas o silêncio resultante me disse que ele ouviu. *Merda. Me ignore. Só estou irritado.* O eufemismo do século. Não só estava irritado, como confuso com o tumulto na minha cabeça.

Pressionei a testa contra o mármore frio, tentando impedir a intromissão na minha cabeça.

E falhei, porque Edon estava de volta à minha mente.

Não toque na Luna até eu voltar. Seu comando só me irritou mais.

— Já disse que não vou — resmunguei em voz alta e na minha cabeça.

— Não vai o quê? — Luna perguntou, chamando minha atenção para sua bunda curvilínea. Ela se inclinou para pegar algo na geladeira, me apresentando seu traseiro delicioso. A camisa havia subido até o final das nádegas arredondadas.

Sem calcinha.

Puta merda.

Edon me disse algo, mas eu o ignorei em favor da mulher diante de mim.

— O Edon não me deixa em paz — falei em um esforço para explicar minha demonstração de insanidade mental. — É essa porcaria de vínculo de descendência.

— Ah, a psiquê. Presumo que você seja o único que ele pode acessar além de mim, não que ele tenha tentado abrir nossa porta. O que significa que ele provavelmente é mais esperto do que imagino. — Ela finalmente se levantou e estava segurando uma variedade de itens que me fez franzir a testa. — Não é um vínculo comum. O vínculo com o seu criador, quero dizer. A maioria dos lycans nasce, não é transformado. — Seus olhos castanhos claros encontraram os meus. — Não é algo que eu possa experimentar um dia.

— Confie em mim, você deveria ser grata. O Edon é um pé no saco.

Ela curvou os lábios.

— Você não tem medo dele, não é?

Eu tinha?

— Na verdade, não. — Eu não sabia exatamente o porquê. Talvez porque eu, ingenuamente, confiasse nele, graças ao vínculo de descendência. Ou talvez porque ele nunca tenha sido particularmente cruel comigo. Mesmo no dia da minha transformação, ele me deu alívio ao não estender a dor. O que desagradou seu pai. Uma emoção forte que senti, mais do que testemunhei, no ar naquele dia.

— Eu também não — ela respondeu enquanto quebrava um ovo em uma tigela. Acrescentou mais alguns enquanto mordiscava o lábio inferior. — Eu deveria temê-lo — ela continuou, baixinho. — Ele é mais poderoso que o Walter. Posso sentir isso em sua aura, no jeito que ele assume o controle, mas um lado meu se recusa a recuar do jeito que eu deveria.

— Talvez porque você seja a companheira dele. — Cruzei os braços e me inclinei um pouco para a frente no banquinho para observar suas escolhas de ingredientes. — Ele não pode te machucar.

Ela bufou.

— É óbvio que você não teve muito contato com casais alfa. Quero dizer, você viu a companheiro do Walter, certo? Ela está completamente destruída. Foi nesse meio que o Edon cresceu, e é o que ele provavelmente pretende fazer comigo. Ainda que... — Ela parou e ergueu os olhos para os meus. — Ele me salvou do Walter na noite passada. Bom, acho que foi na noite passada. Honestamente, as drogas que Edon me deu meio que embolaram meu conceito de tempo.

— Do que você está falando? — perguntei, confuso. — O que aconteceu?

— Você não estava lá? — ela questionou e depois balançou a cabeça. — Certo. Você provavelmente não deve ter autorização para ficar na vila principal, sendo um novato. — Ela inclinou a cabeça. — Espere, como você está aqui agora?

— O Edon me mandou te proteger — admiti. — Ele está preocupado que membros da matilha te usem contra ele nos Testes Alfa. — O que eu suspeitava que tinha algo a ver com o que ela havia acabado de mencionar sobre Walter. O que será que havia acontecido com ela enquanto eu estava vagando pelos limites?

— E ele te escolheu para me proteger? — Ela parecia tão surpresa, que eu rosnei, sentindo minha irritação anterior voltar com força total.

— Posso ser um *novato*, mas não sou fraco, Luna. — Algo que ela sabia. — Te dei uma canseira no outro dia, não foi?

Ela se irritou e sua loba começou a aparecer.

— Primeiramente, sim, você me deu. E quero revanche. Em segundo lugar, não foi isso que eu quis dizer, idiota. — Ela jogou os longos cabelos por cima do ombro e voltou à estranha mistura de farinha, ovos e leite. A adição de canela fez minhas narinas queimarem.

Quando ela ficou em silêncio, perguntei:

— O que você quis dizer?

— Que não é comum um alfa falar com um novato, muito menos interagir com ele. E te convidar para a casa dele? Especialmente depois do outro dia? Isso não é normal. Você deveria estar morto por me tocar, não sentado calmamente na cozinha do alfa, me vigiando enquanto eu faço panquecas.

— Você parece decepcionada — observei e inclinei a cabeça. — Desejava que ele tivesse me matado? — perguntei em voz alta e sorri. — Devo lembrá-la que você me implorou para te comer e não o contrário?

Não sabia por que disse isso. Talvez porque eu quisesse falar sobre o que foi que aconteceu entre nós. Ou talvez porque um lado sombrio meu quisesse saber como ela se sentia sobre tudo isso. Descobrir se ela queria explorar a dança proibida que começamos e não chegamos nem perto de terminar.

Um tópico perigoso.

Algo de que eu deveria desviar.

E, no entanto, não foi o que fiz. Em vez disso, esperei e vi quando ela parou de mexer a mistura.

— Não te implorei — ela falou. A voz suave parecia revestida de aço.

— Implorou, sim.

— Não — ela retrucou entre dentes. — Eu estava... a luta... minha loba... eu não *implorei*.

Eu ri.

— Como quiser, Luazinha. — O apelido escapou dos meus lábios de forma espontânea, em um sussurro do animal que espreitava em mim. Depois que falei, não podia mais retirar. Nem queria. Combinava com ela e servia como o primeiro apelido que já dei a uma pessoa.

— *Luazinha?* — ela repetiu, rosnando. — Sério?

— Diz aquela que me chama de novato — apontei.

— Isso não é um termo carinhoso, Silas. É um título. É quem você é.

Eu sorri.

— *Luna.* — Demorei a pronunciar seu nome, provocando-a. — Significa lua, não é? E você é menor que eu. Então, eu poderia argumentar que também é o que você é.

— Não é apropriado que alguém dê um apelido a companheira do alfa.

— Deveria ter pensado nisso antes de me implorar para te comer. — Eu deveria parar de implicar com ela, mas o em seus lábios me divertiu bastante. Fazia muito tempo desde que tive alguém com quem discutir verbalmente, e Edon não contava. Ele não *discutia*, ordenava.

Muito diferente da Rae e da Willow, que discutiam comigo sem sequer recuar. Elas foram a razão pela qual sobrevivi aos meus anos na universidade. Mas, de alguma forma, brigar com Luna parecia diferente. Mais íntimo.

Não por causa do sexo oral.

Eu conhecia Rae tão bem quanto conhecia Luna naquele departamento, tendo provado as duas entre as coxas. Embora minha experiência com Rae fosse puramente clínica em um ambiente de classe universitária, ela fingia entusiasmo. Enquanto Luna, bem, esse foi um momento de calor e paixão e diferente de tudo que jamais imaginei. Então, talvez isso tenha adicionado tensão à nossa discussão, que vibrava através do meu sangue enquanto ela rosnava em resposta à minha provocação.

Um respingo de massa atingiu minha testa, me tirando dos meus pensamentos.

— O que é isso?

— Isso é por dizer que *implorei* quando nós dois sabemos que não o fiz — Luna respondeu, já se concentrando em sua massa repugnante. — Eu ordenei. Há uma diferença.

Estendi a mão sobre o balcão para pegar um pano de prato e o usei para limpar minha cabeça.

— Sério? Briga de comida? — Bufei. — Não é de se admirar que eu tenha te vencido com tanta facilidade.

— Você sabe que eu tinha acabado de correr cerca de vinte e quatro quilômetros e estava cansada.

— Se isso te ajuda a se sentir melhor. — Nós dois sabíamos que eu a dominaria mesmo completamente descansada. Ela era menor, mais rápida e definitivamente atlética, mas eu tinha o impulso e a determinação de sobrevivência incutidos em mim após anos de luta pela minha vida. Luna, para todos os efeitos, viveu uma existência mimada em comparação a mim. Como evidenciado pela facilidade com que ela começou a montar suas panquecas na chapa.

Ela cantarolou um pouco enquanto trabalhava, se esquecendo de mim no balcão atrás dela.

Foi estranhamente relaxante. Eu mal conhecia a fêmea, mas algo no elemento caseiro do momento aplacou meu lobo interior. Me forneceu uma visão de como seria a vida como lycan.

Não com ela, mas com uma loba minha.

Se me permitissem ter essa experiência. Se é que isso existia aqui.

Eu tinha que sair do domínio de Edon primeiro. Junto com um milhão de outras tarefas, como descobrir como pertencer a este clã.

— Seu estresse está arruinando minha experiência na cozinha, que normalmente é calmante — Luna falou baixinho enquanto jogava uma panqueca na pilha crescente. — É por causa do que aconteceu no outro dia?

Limpei a garganta.

— Não. Aquilo foi bom. Eu estou...

— Bom? — ela repetiu, olhando para mim com uma sobrancelha arqueada. — Fui mais do que *bom*, obrigada.

Meus lábios tremeram.

— Pelo que me lembro, você não fez nada. Então eu não posso saber, não é?

Ela pousou a espátula e me encarou, apoiando as palmas das mãos no balcão.

— Você quer outra prova, novato?

— Talvez eu queira — respondi, provocando-a um pouco. Edon provavelmente arrancaria minhas bolas se soubesse, mas ei, ele queria que eu a observasse sem tocar. Ele não disse nada sobre provocá-la ou me envolver em uma brincadeira saudável.

Além disso, essa era a conversa mais longa que já tive com alguém em meses.

De jeito nenhum eu ia parar agora.

Luna semicerrou os lábios.

— Você deve ter um desejo de morte, lobo.

— Ou nada a perder. — Dei de ombros. Não tenho família. Nem amigos. Exceto Rae e Willow, mas elas não estavam exatamente aqui. E eu não tinha certeza se a Willow ainda estava viva. Esse pensamento estragou o momento, desanimando meu espírito e desfazendo meu sorriso. — Não tenho clã de verdade. Sou só um vira-lata sem casa, propriedade de um alfa que só precisa de mim até que ele termine suas provações, e depois voltarei a ficar sozinho. Voltando ao *status quo*, sem qualquer consideração por meus sentimentos ou necessidades. Apenas um novo lycan lutando para sobreviver neste inferno.

Qualquer diversão que senti da minha brincadeira com Luna morreu no final da minha síntese. Era realmente bastante deprimente. E o brilho em seus olhos disse que ela concordava.

— Não costumava ser assim — Luna sussurrou com a voz baixa e cautelosa. — Os lycans costumavam valorizar a família. A hierarquia da matilha era baseada em respeito, não em ditadura. As fêmeas alfa tinham poder de escolha e as companheiras eram reverenciadas, não tratadas como brinquedos para serem usados e jogados de lado. — Ela engoliu em seco. — Estamos todos no inferno, Silas. Somente aqueles que estão no topo parecem se beneficiar neste novo mundo.

— Novo mundo — repeti, confuso. — Estamos no ano cento e dezessete. — Eu sabia por que havia competido na 107ª Copa Imortal.

— Sim. Ano cento e dezessete do novo mundo — ela explicou. — Você sabe que vampiros e lycans são muito mais velhos, certo?

— Claro. — Alguns membros da realeza, como o companheiro de Rae, Kylan, tinham mais de três mil anos de idade. — Mas nunca o ouvi chamar de "novo mundo" antes.

— Você nunca se perguntou como era o mundo há cento e dezoito anos? Ou há duzentos anos?

Fiz uma careta.

— Todo mundo sabe como era: peste e fome. A Aliança do Sangue curou as nações das suas guerras violentas e incutiu leis e ordem.

O sorriso dela era triste.

— Isso é o que a universidade fala sobre a sociedade que você foi forçado a aceitar. Mas, me fale, a vida lycan é o que você sonhou, Silas? Isso é tudo o que você queria?

Quase ri, mas não consegui. Minha garganta se contraiu de emoção. Ela encontrou um assunto um pouco sensível para mim.

— Não. Tudo o que me prometeram era mentira.

— Exatamente — ela respondeu. — Eles doutrinam os seres humanos na ideologia da sociedade, os alimentam com falsas expectativas para mantê-los controlados, tudo pela falsa honra de ganhar a Copa Imortal. Mas como você vê agora, não é tão gratificante, é? E você, Silas, conseguiu mais do que a maioria.

Engoli em seco, considerando suas palavras, e vi quando ela se virou para verificar a comida.

Aqui estava eu, sentado na bancada da cozinha de um alfa, um pouco saudável e bem alimentado, o que, segundo Luna, era raro. No entanto, nunca me senti mais solitário do que ultimamente, deitado sozinho à noite, me perguntando o que teria que viver a seguir.

O objetivo sempre foi conquistar a Copa Imortal e alcançar a imortalidade. E agora que consegui, não sabia mais com o que sonhar.

Porque todos aqueles sonhos do futuro estavam cheios de mentiras.

No entanto, como Luna disse, eu o tinha mais que a maioria.

— Sabe como está o Yao? — perguntei em voz alta, falando do homem que ficou em segundo lugar na Copa Imortal. Ele foi para a região de Jace para se tornar vampiro.

Todos os anos, os vampiros e lycans se revezavam, pegando os dois últimos candidatos e lhes dando a imortalidade. No meu ano tinha sido a vez de Walter e Jace.

Walter foi o primeiro a escolher e optou por mim.

— Não. — Ela parecia se desculpar. — Boa parte dos vencedores desaparece após a Copa Imortal, a maioria não consegue passar do primeiro ano. Especialmente nos clãs lycan. — Ela desligou o fogo com um suspiro. — Mas ele deve estar bem. Os vampiros gostam de aumentar seu povo, enquanto os lycans podem fazê-lo da maneira antiga. Vira-latas – sem ofensas – tendem a ser mais dispensáveis como resultado.

E foi exatamente assim que me senti. *Descartável.*

— Bem, como você disse, consegui mais do que a maioria.

— Acho que nós dois conseguimos — Luna respondeu e colocou um prato cheio de panquecas na minha frente. — Edon não é...

— Como os outros? — sugeri.

— Parece que sim — ela murmurou e foi até a geladeira novamente. — Bom, ele deixou você viver.

— Por enquanto.

Ela sorriu quando voltou com uma garrafa de xarope de bordo.

— Não há nada temporário se ele te deixou ficar aqui sozinho comigo.

— Talvez. — Apalpei a parte de trás do meu pescoço, respirando fundo. — Honestamente, eu luto para entendê-lo.

— Eu também. — Ela pegou minha comida não consumida e a jogou no lixo. — Tudo bem, chega de Edon. Que tal uma lição de ser lobo?

Arqueei uma sobrancelha.

— Tenho certeza de que já estou por dentro da coisa de ser lobo agora, mas obrigado.

Ela riu.

— Querido, você não está nem perto de dominar a coisa lycan. Confie em mim.

— Te dei ou não uma canseira no outro dia? — rebati. — E *querido*?

— Prefere lobão? — Ela piscou com inocência para mim. — Posso improvisar qualquer tipo de apelido. E, talvez você tenha ganhado porque eu quis.

— Você tentou me matar.

Ela deu de ombros.

— E agora quero te alimentar. Você está interessado na lição ou não?

Considerando que ninguém mais queria me ensinar nada, eu não estava disposto a dizer não.

— Sou todo ouvidos, Luazinha.

Ela sorriu.

— Certo. Lição número um sobre ser um lycan: você precisa agradar o seu paladar. E quando terminarmos, vou arrumar seu cabelo. Essa será a lição número dois. Agora abra a boca, Silas.

Suas palavras aqueceram meu sangue com a lembrança de Edon me dizendo exatamente essas mesmas palavras por uma razão completamente diferente.

Engoli em seco, incapaz de recusar, apesar do enjoo que eu sabia que se seguiria.

Porque eu queria ceder a ela, experimentar, por alguns momentos, como seria ser cuidado por outro. Especialmente alguém tão bonito quanto Luna.

Não, ela não era minha.

Mas só por um momento, me permiti fingir e abri os lábios por ela.

Capítulo treze

A SATISFAÇÃO DE SILAS AQUECEU o vínculo de descendência.

O que você está fazendo?, pensei.

Comendo panqueca, ele respondeu. *E é incrível.*

Você fez panquecas?

A Luna fez.

Eu sorri.

Ela cozinha? Essa notícia fez com que meus lábios se curvassem nos cantos.

— Silas? — meu avô perguntou, com um olhar conhecedor.

— A Luna fez panquecas para ele. — Deveria ter me incomodado que ela cozinhasse para ele e não para mim, mas, estranhamente, isso não aconteceu. Na verdade, gostei da ideia deles cuidando um do outro.

— A Claudette deve tê-la ensinado — meu avô comentou, sorrindo. — Ela era uma cozinheira incrível.

— E agora ela é mentora do Clã Ernest — respondi, lembrando os detalhes que meu avô havia acabado de me dar. — Cujo objetivo principal é treinar e preparar a futura liderança para uma revolta. — Só que, de acordo com meu avô, o objetivo principal de Claudette era o irmão de Luna, Logan. Mas parecia que ela havia educado os dois. — E seu trabalho é me orientar — acrescentei, arqueando uma sobrancelha. — Isso resume tudo?

— Não é como se eu desse todas essas lições de história por diversão, garoto — ele falou, sorrindo.

— Nunca achei que fosse — admiti. Eu só não tinha percebido toda a extensão até agora. Ele me forneceu contextos históricos para me convencer do lado revolucionário. Para me esclarecer sobre outro modo de vida. Me recrutar para uma nova aliança entre aqueles que desejavam mudanças. — Você só estava esperando minha ascensão antes de explicar todos os detalhes.

— E ainda estou — ele admitiu. — Nós apenas começamos, mas os planos estão em andamento há mais de um século.

— Por que esperar tanto tempo? Por que não se rebelar no começo?

— Vários fizeram. E todos morreram. — Ele fez uma pausa. — Suspeitamos que os que estão no poder agora planejem sua aquisição por muitos, muitos anos.

— E agora você está fazendo o mesmo. — Através da arte de "orientar" a liderança que chega, pelo menos em clãs selecionados. Isso não seria tão fácil de se conseguir na sociedade dos vampiros, pois eles não procriam ou morrem. Os lycans, no entanto, exigiram mudanças de regime porque envelhecíamos constantemente. Eu estava em ascensão como o novo alfa, e meu futuro filho me substituiria em algumas centenas de anos.

— Sim. Estamos colocando todas as peças em jogo, mas ainda temos pelo menos mais uma década antes de realmente começarmos.

Suspirei, balançando a cabeça.

— E os vampiros? — me perguntei em voz alta.

— Alguns que estão no poder hoje estão ao nosso lado.

— Quais?

Ele sorriu.

— Ainda não posso fornecer essas informações, filho.

Semicerrei os olhos.

— Não confia em mim, coroa? — Eu sabia que sim, ou ele não teria passado as últimas duas décadas me aconselhando dessa maneira. Eu só gostava de implicar com ele.

— Não, não tenho o direito de compartilhar isso. Mas você descobrirá em breve. — Ele cruzou as pernas. — Sempre haverá diversidade nos sistemas de classe entre vampiros e lycans, mas não estou sozinho em minha crença de que nossa superioridade também vem com grande responsabilidade. Temos o dever de proteger aqueles que estão abaixo de nós.

— Você quer dizer os humanos.

— Quero dizer a todos. A sua Luna, por exemplo. Você a protegeu do seu pai, e está fazendo isso novamente agora, deixando Silas de guarda em sua casa.

— Isso é diferente. — E eu duvidava que Luna apreciasse meu avô dizer que ela estava abaixo de mim, mesmo que fosse verdade.

— É? Ela está sob seus cuidados como sua companheira e você optou por cumprir seu dever de protegê-la. Sem isso, ela provavelmente estaria em uma cama em algum lugar com sua dignidade e tendências alfa destroçadas.

Suas palavras me fizeram estremecer.

O que resultou em um sorriso do meu avô.

— Você é o alfa que este clã precisa, Edon. Sua reação agora prova isso. Por que seu pai? Ele sorriria com entusiasmo só de pensar em acabar com o orgulho daquela garota. Você fez uma careta.

— Porque isso é errado.

— Exatamente. Fêmeas alfas são espécies estimadas e muito raras. Sem elas, os machos alfas não podem ser concebidos. Mas, em vez de respeitar as poucas que restam, os lycans como seu pai escolheram destruir a moral delas e desrespeitar a santidade do vínculo de união. Você viu o que isso faz com um lobo, Edon. Sua mãe é o futuro de Luna, se você optar por seguir os passos de seu pai.

Só de pensar nisso, senti meu estômago revirar.

— Não farei isso com a Luna. — Ah, eu a desafiaria, sim. Mas não desse jeito. Nunca assim.

— Eu sei. Mas outros tentarão exigir que você faça, porque esse é o mundo em que vivemos agora. — O sorriso dele ficou triste. — Sua avó era o amor da minha existência. O que tínhamos era muito especial. Único também. E profundamente reverenciado. Algo sobre o qual falaremos mais em breve. Mas vou te dizer agora, se outra loba me olhasse da maneira errada, sua avó teria lidado com o problema com rapidez e eficiência.

— Como a Luna fez com a Bianca — comentei.

— Sim. As fêmeas alfa são tão possessivas quanto os machos, ou costumavam ser.

— Não entendo por que isso mudou. — Ou porque os homens gostavam de acabar com o orgulho de suas mulheres. O fogo de Luna foi o que me atraiu para ela, o que a tornou irresistível para o meu lobo. Seu desafio lembrava as preliminares.

Meu avô esfregou a barba grisalha por fazer que pontilhava sua mandíbula.

— Quebrar os laços sagrados de acasalamento rompe a lealdade do lobo e reestrutura toda a dinâmica da matilha. Se o alfa não está sendo fiel à sua companheira, os betas sentem que precisam seguir o exemplo com suas próprias companheiras e assim por diante.

— Certo, mas por quê? — interrompi. — Por que os lycans decidiram começar a fazer isso?

— Eles não escolheram. Aqueles no poder o fizeram. Os alfas que hoje formam a Aliança de Sangue criaram esse novo modo de vida para provocar discórdia entre os bandos. Quebrar as lealdades que costumavam fazer parte da nossa base principal.

— Certo, mas por que alguém iria querer isso? — questionei, pasmo.

— Controle — ele respondeu. — Somos animais de carga. Lutamos por nós mesmos. Mas se você desabilita essa mentalidade, destrói os laços que nos unem, começamos a lutar por nós mesmos, não como uma unidade. Então você dá aos lobos alguém para proteger e valorizar – um alfa – e esse alfa colhe todas as recompensas e benefícios. Mas para manter esse poder absoluto? Ele tem que garantir que sempre fique no topo, sem vínculos ou lealdade a mais ninguém. Caso contrário, o que acontece?

— Eventos como os do outro dia — respondi, seguindo sua linha de pensamento.

— Sim. Você escolheu sua companheira em vez dos pedidos do alfa atual da matilha.

— Então ele provavelmente está furioso. — O que eu sentia, é claro. Eu simplesmente não dava a mínima. Luna foi minha única preocupação. — Falhei no teste de lealdade dele.

— Aos olhos dele? Com certeza. Aos meus? Você passou com louvor.

— Só que não preciso te impressionar — apontei, passando os dedos pelos cabelos. Quanto mais irritava meu pai, mais duras eram as minhas provações. — Com certeza ele vai usar a Luna contra mim.

— É por isso que você precisa trazer essa garota para o seu lado mais cedo ou mais tarde.

Bufei.

— Mais fácil falar do que fazer.

— Ela é teimosa?

— Você não tem ideia. — Mas eu adorava essa característica dela.

— Bem, é melhor você resolver isso logo, porque seu pai definitivamente não está de acordo com os testes e eu não descartaria nada com relação a ele neste momento. Incluindo até te matar para que ele possa permanecer no poder por mais um século.

Zombei disso.

— Nem ele é tão estúpido. — Seria uma clara violação da política lycan. — A matilha se revoltaria.

— Será? — ele questionou. — Porque, pelo que vi, ele criou um herdeiro e o isolou de todos os outros, garantindo assim que a lealdade da matilha fique a favor dele. — Ele deu de ombros, com indiferença. — É só uma observação.

Suas palavras soaram mais como um aviso, envoltas em um mau presságio.

Porque ele estava certo.

Meu pai sempre me tratou como um forasteiro, praticamente assustando qualquer pessoa que pensasse em se aliar a mim.

O que significava que Silas estava em muito mais perigo do que eu imaginava, porque nosso vínculo de descendência praticamente garantia sua lealdade.

E eu o deixei em minha casa com minha única responsabilidade: Luna.

Fiquei de pé.

— Tenho que ir.

— Você é um bom homem, Edon — meu avô falou.

— Vamos ver — murmurei, correndo pelas escadas.

Voltando à minha conexão com Silas, perguntei:

Está tudo bem?

Sim, ele respondeu, mas sua voz soou abafada.

O que vocês dois estão fazendo?, perguntei correndo rapidamente em direção a minha casa.

Ela está, hum, cortando meu cabelo.

Arqueei as sobrancelhas. Luna já o havia alimentado, e agora estava cuidando dele? Quem podia imaginar que a fêmea alfa poderia ser tão maternal?

Estou voltando.

Tá.

Não abaixe a guarda.

Ele bufou. O homem estava mandando que eu me fodesse. Porque sim, ele provavelmente passou a vida inteira em alerta. Os seres humanos não eram bem tratados neste mundo. No entanto, meu avô disse que nem sempre foi assim.

Quanto mais eu aprendia com ele, mais questionava nossos costumes ridículos. Particularmente, no que se referia aos Testes Alfa. Era claro para todos, incluindo meu pai, que eu era o lobo mais forte do clã. Por que eu precisava me provar?

Entrei na vila, vendo-a com uma nova perspectiva. O luxo das cabanas, os homens vagando como reis em vez de lycans trabalhadores, e me perguntei como estaria as periferias da minha região agora. Ah, eu os visitei, mas apenas com a comitiva do meu pai. E algo me disse que as pessoas fizeram uma exibição para ele.

Algo que eu queria ver além.

Que eu queria acabar.

Meu tempo estava chegando. Eu tinha que sobreviver às próximas semanas, para poder realizar mudanças. Eu começaria substituindo todos nesta vila. Esses lycans não eram meus amigos ou aliados. Eles pertenciam ao bando do meu pai. E ele deixou claro desde o início que eu não pertencia. Tinha matado o único homem forte o suficiente para fazer amizade comigo. Então os outros me deram um amplo espaço, com medo de contradizer o alfa principal.

Isso foi um erro.

Eu o retificaria muito, muito em breve.

Capítulo catorze

— FIQUE QUIETO — exigi. A tesoura estava posicionada muito perto da testa de Silas para que ele ficasse se contorcendo assim.

— Posso me barbear sozinho — ele murmurou.

— É? — Sua aparência de homem das cavernas dizia o contrário. — Seu corte de cabelo e barba me lembram um cachorro peludo, Silas.

Ele murmurou.

— Acabei de apará-los.

— Eu sei. — Eu podia ver as pontas irregulares e desgastadas por toda a cabeça. — Pare de se mexer. — Montei em sua coxa, precisando dar uma olhada mais de perto em seu "corte".

— Você sabe o que está fazendo? — ele questionou.

— Melhor do que você, aparentemente. — Eu já havia lavado

seu cabelo na pia do banheiro. Agora eu só precisava que ele se sentasse no banquinho como um bom lobinho e me deixasse trabalhar.

No entanto, ele não era muito pequeno.

Não, Silas era todo homem com mais de um metro e oitenta e uma constituição muscular que superava a da maioria dos lobos de raça pura. Exceto, talvez, Edon. Eu suspeitava que eles fossem quase iguais, com Edon tendo apenas um pouco mais de volume por causa da sua prática de exercícios. Mas Silas o alcançaria se se alimentasse corretamente.

E isso não seria algo para se ver? Dois homens sexy como o pecado com tendências alfa.

Silas podia ser o mais jovem, o novato, mas senti seu domínio. Era quase tão forte quanto o de Edon.

— Olhe para mim — falei baixinho, precisando julgar o comprimento do cabelo em ambos os lados da sua cabeça.

Seus olhos azuis brilhantes encontraram os meus. *Tão lindo*, pensei, perdida por um momento em seu olhar.

Limpei a garganta, me forçando a focar novamente na tarefa em questão.

Admirar o físico e o rosto bonito de Silas só poderia me trazer problemas, e nós já tínhamos problemas o suficiente. Não que eu não recusasse uma repetição se nossa situação fosse diferente. Porque a língua daquele lobo...

Minhas coxas ameaçavam apertar, o que era um problema, dada a minha posição.

Pare de pensar nisso.

Só que não consegui. Só pensava nisso desde que o encontrei na cozinha. As panquecas não ajudaram e, ao que parece, nem essa distração.

Na verdade, só piorou.

— Luna — ele murmurou, arqueando uma sobrancelha.

— Hum... — Umedeci os lábios. — Sim, parece uniforme. — Ou pelo menos eu esperava que sim, porque meu foco havia sido atingido.

Conserte a partir do queixo e siga daí, disse a mim mesma. *Isso vai ajudar.*

Não foi o que aconteceu.

Na verdade, estar tão perto da sua boca só aumentou minha excitação, algo que ele poderia farejar. Afinal, ele era um lobo e minhas pernas estavam afastadas a menos de um metro do seu rosto.

Felizmente, ele não me provocou. Só ficou sentado com as mãos fechadas ao lado do corpo.

Mas senti o calor saindo dele.

Ele também não estava completamente imune.

Talvez nós dois devêssemos vestir mais roupas — uma camisa para ele e eu deveria ter colocado uma calça. Porque eu estava nua por baixo da camisa de Edon, algo que Silas devia saber já que eu estava montada em sua coxa coberta pelo jeans.

Apenas termine, orientei a mim mesma. *Rápido.*

Me virei para pegar uma das lâminas que encontrei no banheiro de Edon e perdi um pouco do equilíbrio. Silas segurou meus quadris com firmeza enquanto eu me endireitava.

— Desculpe — falei. — A pia estava mais longe do que eu pensava.

— Sem problemas. — Ele parecia rude, embora um pouco rouco. Não havia nenhum sinal do macho provocador da cozinha. Isso estava mantendo-o sob controle com tudo o que possuía, e minha proximidade só piorou.

— Estou quase terminando — falei, em um esforço para consolar a nós dois. Sua mandíbula não precisava de muito, apenas uma sutil suavização. Ele devia estar usando uma faca para fazer isso antes, porque deixou seu queixo um pouco irregular.

— Certo. — Ele me soltou e seu toque deixou um calor que eu queria explorar, mas não consegui.

A natureza proibida de tocá-lo era quase como uma droga. Meus dedos se moviam para lugares que não deveriam, tudo sob o pretexto de ajeitar seu cabelo e nuca. Ele também sabia. Pude ver em seus olhos, nas íris que se transformavam em fogo líquido e na maneira como seus músculos pareciam se contrair e tensionar sob cada corte.

— O que foi aquilo no outro dia? — ele finalmente perguntou, com um toque hesitante em sua voz. — Eu sei que não devemos conversar sobre isso, mas...

Preciso saber eram as palavras finais dessa afirmação. Eu entendia por que me sentia da mesma maneira.

— Minha loba estava no modo de lutar ou fugir. Você a conquistou. Ela se submeteu. — Isso era bastante comum na comunidade lycan, mas nunca tinha acontecido comigo antes. Nenhum dos homens do Clã Ernest me desejou e meu destino estava prometido a outro desde o nascimento. A única razão pela qual Volk fez o que pedi foi pela nossa amizade, mas não gostamos.

Minha experiência com Silas foi diferente.

Ele realmente me fez gozar.

E teria feito novamente se Edon não interferido.

— É sempre assim? — Silas pigarreou. — Quero dizer, a submissão e a coisa de querer transar.

Pelo menos ele parou de reivindicar quando implorei. Mas quase preferi a provocação anterior a essa discussão séria.

Porque pensar nisso de forma clara, sem humor, despertava um desejo dentro de mim de fazer tudo de novo. De terminar o que começamos.

— Isso acontece — respondi, me referindo à sua submissão e esclarecimentos sobre sexo. — Mas os lobos precisam se atrair mutuamente.

Ele franziu a testa, dificultando que eu passasse a lâmina pela beirada dos lábios carnudos. Não que falar tivesse ajudado.

— Mas nossos lobos acabaram de se conhecer — ele disse, erguendo aqueles olhos brilhantes para os meus.

— Estávamos nos divertindo bastante, Silas. — Coloquei o polegar em sua boca para impedi-lo de responder e me concentrei em aparar os pelos logo acima e abaixo dos lábios. — Sei que você me seguiu. Eu podia sentir o cheiro da sua curiosidade. — Isso não me incomodou, apenas abafou meus planos de fuga. — Eu sabia que lutaríamos. Na verdade, escolhi você como o elo mais fraco por causa do seu status de novato. — Meus olhos encontraram os seus mais uma vez. — Obviamente, te subestimei.

Um eufemismo.

Ele me derrotou sem esforço. E o tempo todo tomando

cuidado para não me prejudicar.

— Você me impressionou — admiti baixinho, terminando o trabalho ao longo da sua mandíbula e liberando sua boca. — Impressionou minha loba.

— Foi... foi intenso.

— Sim. — Sorri. — Essa parte é normal, pelo que ouvi. Mas você foi o primeiro a, bem, me provar assim. Fiz uma careta pela forma como eu parecia inocente. Não era como se orgasmos fossem território desconhecido para mim. Apenas tê-los com outra pessoa – isso era novo. — Você é talentoso.

Silas riu e o som soou baixo e sedutor.

— Talentoso, é?

Engoli em seco.

— Sim. Você, ah, sim. — Balancei a cabeça e senti a pele esquentar. — Não devemos mais falar sobre isso. — Ou eu iria ceder à vontade de experimentar tudo de novo, e isso seria uma catástrofe.

—Ah, não sei. Estou achando essa conversa fascinante — uma voz masculina falou do corredor. — Por favor, continue, querida. Conte-nos como o Silas fez você se sentir debaixo da língua dele.

Minhas mãos congelaram no queixo de Silas e meu coração pulou na garganta. Silas não pareceu surpreso. Ou ele sentiu a chegada do alfa ou não se importou. Eu não sabia. Mas provavelmente o primeiro.

Eu não tinha ouvido ou sentindo o cheiro da aproximação de Edon, algo que atribuí a seus modos alfa furtivos e ao fato de que sua colônia era um elemento permanente dentro da casa.

Ele entrou e se apoiou no batente da porta.

— Então, Luna. Conte-nos sobre o talento dele. Ou você prefere o meu resumo? Afinal, vi tudo se desenrolar.

—Edon... — Minha garganta parecia uma lixa e seu nome soou áspero no ar. Não adiantava engolir em seco ou clarear a garganta, pois a sensação persistia e se recusava a me deixar. E o tempo todo ele ficou ali com uma sobrancelha arqueada, a expressão indecifrável, pois ele sem dúvida sentiu o cheiro da excitação que permeava o cômodo.

Não consegui esconder. E Silas também não.

— Só estava cortando o cabelo dele — falei, explicando a nossa proximidade. Coloquei a lâmina na bancada, estava quase terminando mesmo. — Ele parecia um cachorro peludo.

— Um cachorro peludo com a língua talentosa — Edon respondeu, evidentemente não deixando essa parte de lado. — Não foi isso que perguntei, pequena. Quero ouvir sobre o que fizeram e como você se sentiu. Se você for realmente descritiva, talvez eu permita que ele faça isso de novo, algo que sei que vocês dois desejam. Certo, Silas?

Silas não parecia tão aborrecido quanto eu e seu olhar encontrou o alfa irritado sem sequer piscar.

— Sim.

Sua falta de negação me chocou demais.

Assim como o rosnado em seu peito enquanto ele olhava a parte de baixo de Edon.

— Humm — o alfa murmurou. — Sua vez, Luna. Me conte como foi. Me diga se quer experimentar novamente. — Ele não desviou o foco de Silas enquanto falava, mas seu tom lembrava uma ordem, não um pedido.

Eu não conseguia falar, a intensidade violenta no cômodo era espessa demais para que eu formasse um pensamento coerente, muito menos uma frase. A energia palpável arrepiou minha nuca e deixou meu estômago em nós. Algo estava acontecendo, uma guerra de domínio, uma reivindicação, mas eu não conseguia definir o prêmio.

Não era eu exatamente. Mas girava ao meu redor, atormentando todos os meus nervos e incendiando minha corrente sanguínea.

Você é mais forte que isso, sussurrei para mim mesma. *Não deixe que ele te domine.*

Só que esse não era o meu problema. Eu poderia enfrentar Edon todos os dias da semana. Mas agora?

Sim, agora, eu não queria desafiá-lo.

E esse era um problema muito revelador.

— Não acho que ela queira repetir, Silas — Edon falou devagar, semicerrando os olhos. — Mas sei que você quer. Então, o que devemos fazer sobre isso?

Ele se afastou do batente da porta para se juntar a nós no pequeno espaço. Era um banheiro de tamanho decente, com uma banheira e pias duplas, mas dois homens viris superlotavam o espaço.

Dei um passo para trás, esperando colocar alguma distância entre nós, mas as palmas de Silas pousaram em meus quadris e me seguraram. Ele não parou de olhar para Edon, os dois parecendo se comunicar em um nível totalmente diferente.

O vínculo de descendência, percebi, engolindo em seco. Na verdade, eu nunca tinha testemunhado isso antes. Meu pai herdou uma vencedora da Copa Imortal quando eu era pequena. Nunca a conheci porque a mulher não sobreviveu.

Mas Silas sobreviveu a isso.

— Humm, ainda tão quieta — Edon refletiu. — Acho que podemos confiar em seu corpo para nos dizer o que você quer, pequena. — Ele se aproximou ainda mais, colocando seu peito nu a um braço de distância e efetivamente me prendendo entre ele e Silas.

Me senti capturada.

Sobrecarregada.

E isso era *gostoso* demais.

Os dois homens exalavam calor como se fosse o trabalho deles, e eu parecia absorvê-lo por todos os poros. Quase ofeguei em resposta, sentindo meu corpo pegar fogo sob as mãos de Silas. Seus polegares desenhavam pequenos círculos contra a camisa, como se quisessem transparecer calma.

Isso não fez nada para acalmar meu coração acelerado.

Ou para reprimir a crescente necessidade de deslizar uma coxa na outra.

Eles podem sentir o cheiro.

Eles sabem.

E o sorriso de Edon confirmou.

— Quero saber o quanto ela está molhada — ele murmurou. — Silas?

O calor no meu quadril mudou quando Silas passou os dedos pela minha coxa e depois por baixo da camisa. Seus olhos azuis encontraram os meus quando ele deslizou um dedo pela minha vagina úmida. Estremeci e levei as mãos para seus ombros para me manter em pé.

Isso tudo era muito inesperado. Muito louco. E inegavelmente excitante.

Por que Edon estava aceitando essa situação?

Como ele pôde permitir que outro homem — seu próprio descendente — me tocasse dessa maneira?

Era tudo uma manobra? Ele se voltaria contra nós depois? Puniria Silas por me tocar? Me puniria por permitir isso? O que...

Ah, merda... Aquele toque contra meu clitóris quase fez meus joelhos dobrarem.

— Ela está praticamente pingando — Silas respondeu com a voz baixa e firme, me trazendo de volta. Apenas para desmoronar nos dois dedos que me penetraram profundamente sem aviso prévio.

Eu gemi e arranhei sua pele.

Mais uma vez, quase exigi.

E como se tivesse me ouvido, ele repetiu a ação.

— O cheiro dela é incrível. — A voz de Edon estava tão próxima, que me atraiu de volta para os dois, confundindo meus sentidos e provocando ondas de choques quentes e frios por todo o meu corpo. — Quero prová-la.

Silas retirou os dedos, provocando um gemido em mim.

E então, ele levantou a mão para Edon.

Entreabri os lábios quando Edon levou os dedos de Silas à boca — profundamente — e chupou minha excitação na pele do outro homem.

Ah.

Caramba.

Essa foi a coisa mais sexy que já vi.

E o gemido que os dois soltaram?

Puta merda. Apertei as pernas, buscando atrito, mas me senti frustrada pela coxa musculosa de Silas.

— Deliciosa — Edon murmurou.

— Eu sei — Silas concordou, seus olhos azuis estavam inflamados pelo desejo enquanto estudava minha expressão. — Ela também grita lindamente.

Isso foi surreal.

Dois homens e eu, em um banheiro cheio de testosterona e luxúria.

— Beije-a por mim, Silas — Edon sussurrou. — Transe com a boca de Luna com a língua.

Silas sorriu.

— Com todo prazer.

Não tive tempo de concordar.

Não me deram tempo para compreender.

Os dedos de Silas já estavam no meu cabelo, me puxando para si com uma ferocidade que não me deixou outra escolha a não ser obedecer.

E me derreti nele.

Porque sua língua era muito cruel. O homem se destacava em beijar. Eu já sabia disso desde a minha primeira experiência, mas desta vez me surpreendeu de novo. O jeito que ele mordiscou meu lábio inferior, como assumiu o comando e puxou meu cabelo para inclinar minha cabeça para onde ele me desejava mais.

Eu gemi. Não consegui engolir o som, nem que tentasse.

E então senti Edon atrás de mim.

Seu calor parecia uma marca nas minhas costas. Ele desceu os dedos pela lateral do meu corpo, até a barra da camisa. Estremeci quando ele começou a levantá-la, expondo meu corpo aos dois, centímetro por centímetro.

Silas me soltou, permitindo que Edon puxasse o tecido sobre a minha cabeça, e levou a boca de volta na minha. Os movimentos eram tão perfeitos que eu sabia que eles estavam se comunicando mentalmente, mas não consegui me sentir de lado. Não quando Edon deu um beijo no meu ombro, depois na parte de trás do meu pescoço enquanto Silas possuía meus lábios.

Vou morrer, pensei. *E tudo bem, se for morrer assim.*

Porque, *caramba*, essa era a experiência mais intensa da minha vida.

Dois machos dominantes e gostosos me tocando, acariciando, lambendo e mordiscando.

E então eu estava beijando Edon.

Tudo aconteceu muito rápido. Seus dedos substituíram os de

Silas para puxar minha cabeça para si. Meu pescoço protestou contra o movimento acentuado, mas meu corpo exclamou de gratidão, especialmente quando Silas começou a lamber meus seios.

Ah...

Ele sugou meu mamilo, inflamando minha corrente sanguínea com outra inebriante onda de luxúria. Eu precisava de mais. Precisava que ele descesse. Precisava de *atrito.*

Meus lábios se entreabriram para pedir, mas Edon engoliu minhas palavras antes de me dominar com a boca.

Com muito mais força que Silas.

A sugestão de violência no beijo de Edon se misturou com as mordiscadas suaves nos meus seios e os toques leves nas minhas coxas.

Edon era o alfa.

Mas Silas... ele estava se segurando. Aquelas mordiscadas não foram gentis. Eram as suas marcas.

Estremeci, excitada demais, super estimulada e oprimida pelos dois.

Até Edon me libertar.

Sua boca pairou sobre a minha.

E ele manteve o aperto forte no meu cabelo.

— Sei que Silas pode chupar bem um pau, mas você sabe? — As palavras de Edon não passavam de um sussurro contra meus lábios, e me fizeram estremecer profundamente.

Ele não quis dizer...? Quando ele mencionou ter recebido o melhor boquete da sua vida, ele não estava falando sobre...?

Pisquei várias vezes.

E Edon sorriu em resposta.

— Você gostou tanto das habilidades orais dele que decidi experimentá-las. Ele é bastante habilidoso. — Ele inclinou a cabeça, aquelas piscinas de obsidiana guardavam muitos segredos — incluindo o que ele havia acabado de me contar. — Quero ver você de joelhos, Luna. Quero te ver dar prazer ao Silas, como ele me deu. Vai se ajoelhar para nós, pequena? Vai chupar o pau dele e engolir seu sêmen?

Ah, cacete...

Só de imaginar os dois juntos quase gozei. E a ideia de que Edon queria me ver chupar Silas?

Puta merda.

Silas girou a língua em meu mamilo, me fazendo focar no que ele estava fazendo. O anseio tingia de compreensão seus lindos olhos.

Nós dois sabíamos que Edon era o responsável.

Nós dois estávamos à sua mercê.

Mas isso não nos impediria de *aproveitar* as ordens do alfa.

— Luna? — Edon sussurrou, e seus lábios roçaram minha orelha. — Você gostou da língua dele entre suas coxas, não gostou?

Assenti, ainda sem voz, apesar de todos os gemidos que pareciam estar saindo da minha boca.

— Você não quer prová-lo? Senti-lo descer em sua garganta?

Minhas pernas ficaram tensas e outro gemido escapou dos meus lábios.

Silas se afastou do meu peito em resposta e arqueou uma sobrancelha loira.

— Agora é sua chance de provar que você é mais do que boa, Luazinha.

Não podia acreditar que isso estava acontecendo.

Que Edon parecia estar bem com isso.

Mas é claro que ele estava. Ele acabou de admitir que Silas o chupou no outro dia. E embora eu pudesse ter matado Bianca por admitir isso, a imagem de Silas se ajoelhando em frente a Edon provocou uma resposta completamente diferente em mim. Ainda letal, ainda violenta, mas de um modo totalmente erótico.

Meu único arrependimento foi não estar lá para assistir, merda.

Por que esses dois juntos? Eles incendiariam o quarto.

Eu sabia, porque o banheiro inteiro parecia estar pegando fogo.

Minhas mãos encontraram o peito de Silas, e seus músculos rígidos flexionaram sob minhas mãos. Nunca me ajoelhei diante de um homem — devido a minha castidade, algo que meu pai exigiu nos últimos vinte e dois anos da minha vida —, mas eu sabia a ideia geral de como realizar o ato.

E algo me disse que Silas seria muito mais paciente que Edon.

Como se sentisse meu pensamento, Edon mordiscou meu pescoço, depois lambeu a pele macia.

— Uma companheira muito boa — elogiou. — Humm, posso te recompensar. Se você nos agradar o suficiente.

Suas palavras deveriam ter me irritado, mas, em vez disso, proporcionaram o impacto oposto. Eu as tomei como um desafio. Queria impressionar os dois, não para ganhar uma recompensa, mas para ganhar o respeito deles.

Eu era uma fêmea alfa por um motivo.

Não me inclinava e aceitava.

Eu lutava.

E vencia.

Meus dedos traçaram as linhas do abdômen rígido de Silas enquanto eu me ajoelhava diante dele. Seu olhar me incentivou a continuar, dizendo sem palavras que ele também queria isso. Permiti que ele visse a alfa dentro de mim, a loba que estava prestes a destruir seu mundo da melhor maneira.

A excitação escureceu seus olhos azuis.

— Continue me olhando assim, Luna. E não pare. Nem mesmo quando meu pau estiver fundo da sua garganta.

Isso não seria um problema.

Porque eu queria vê-lo desmoronar, ganhar vantagem e dominá-lo.

A curva dos seus lábios disse que ele também sabia. E mais, ele aprovava.

— Agora, companheira — Edon falou pressionando meus ombros. — Prove-o. Chupe-o. Trepe com ele com essa boca bonita. E engula.

Capítulo quinze

NÃO A MACHUQUE, Edon alertou.

Encontrei seu olhar ardente.

Diz o homem que a forçou a me chupar.

Ela parece estar sendo forçada? ele perguntou, uma nota de provocação em suas palavras. *Você pode sentir o cheiro da excitação dela assim como eu. Ela quer fazer isso.*

Ela quer me comer vivo, respondi, observando o desafio em seus olhos. Da cabeça aos pés.

Uma fêmea alfa por completo, ele concordou, passando os dedos pelos cabelos dela.

Engoli em seco quando Luna puxou meu zíper, seu corpo perfeitamente posicionado entre minhas pernas abertas. Ela umedeceu os lábios, com a expressão faminta e puxou minha calça jeans. Meu pau saltou para a frente, ansioso para encontrar sua boca. Ela não perdeu tempo, sua língua deslizou em meu pau de um jeito que fez minhas bolas doerem por outro toque, outra prova, outra lambida.

— Puta merda — murmurei e inclinei a cabeça em uma onda de euforia. Luna constrangeu toda a minha experiência anterior e mal havia começado. O fato de eu realmente desejá-la ajudava.

Meus cursos na universidade foram todos forçados. Rae normalmente se oferecia para ser minha parceira, principalmente porque sabia que eu iria com ela. Ao contrário dos meus estudos sobre homens, que tendiam a ser um pouco mais violentos.

O que não havia acontecido com Edon.

A luxúria brilhava em suas profundezas cor de obsidiana e suas bochechas coraram enquanto ele observava Luna mover sua boca para cima e para baixo sobre o meu pau. Seus olhos estavam nos meus, seu foco no meu rosto era incrivelmente atraente enquanto ela lutava para levar ainda mais de mim em sua garganta.

Me perdi nela e em suas carícias, incapaz de me concentrar em qualquer outra coisa.

Até a boca de Edon cobrir a minha.

Ele se moveu tão silenciosamente e tão rápido que não o senti vindo até que ele empurrou sua língua entre meus lábios.

Meus músculos se contraíram.

Minhas mãos se fecharam.

Eu não sabia o que fazer com todas as sensações. O fogo queimava dentro de mim, provocando um turbilhão na minha virilha que fez meu pau endurecer ainda mais. Quase doía. Eu mal podia respirar, meu cérebro se fragmentou sob o ataque.

Humm, posso sentir seu prazer através do nosso vínculo de descendência, Edon sussurrou em meus pensamentos. *Está me deixando muito duro.*

Uma das mãos dele segurou a parte de trás do meu pescoço enquanto a outra permaneceu na cabeça de Luna, pedindo-lhe que se aprofundasse. Sempre no comando. Sempre dominante. E no momento, eu não me importava. Eu faria o que ele quisesse desde que isso não parasse.

Minha coluna formigava e minhas coxas flexionavam só de pensar nele exigindo que Luna me soltasse, me deixando frustrado e inquieto.

E se esse fosse o objetivo?

E se...

Shh, ele murmurou, cortando minhas preocupações. *Eu não sonharia em permitir que isso terminasse tão cedo.*

Por que você está fazendo isso?, perguntei, com o corpo tenso.

— Porque posso — ele rosnou contra a minha boca. — Porque quero. Porque eu gosto de ver Luna ajoelhada. — Ele olhou para ela, e sua bochecha roçou na minha. — Olhe para ela, Silas. Veja como ela está linda com seu pau na boca.

Estremeci, suas palavras, juntamente com a visão quase me desfizeram. Suas pupilas estavam dilatadas e as bochechas coradas de excitação.

— Gostou de me ver beijá-lo, companheira? — Edon continuou, com a voz baixa. Ele passou os dedos pelos cabelos dela, a outra mão na parte de trás do meu pescoço.

Ela engoliu meu pau mais uma vez, despertando um choque elétrico pelas minhas veias. E então ela gemeu em aprovação — um gemido que rivalizou com meu. A intensidade da sua boca e o tom de voz sensual de Edon provocaram meus sentidos, destruindo minha capacidade de me mover, pensar, inspirar, ser.

A energia derretida acariciou minhas veias, balançando até o âmago da minha existência. Os ruídos de Luna não ajudaram, nem seus gemidos quando ela me engoliu por inteiro. Mas não parou. De alguma forma, ele a incentivou a prosseguir e, durante todo o tempo, ela manteve o olhar no meu.

Segurei sua mandíbula e meus dedos roçaram no lado da sua cabeça perto da palma da mão de Edon. Ele tocou as pontas das minhas unhas, o que provocou um choque em mim.

Essa era uma experiência que eu nunca poderia ter previsto.

Dois lycans alfas me observando com olhares predatórios.

Luna com fome do meu esperma.

Edon desejando minha submissão.

Não pude resistir à atração, não pude negar a forma com que eles me faziam sentir.

— Estou perto. — Minha voz estava rouca.

— Bom — Edon sussurrou. Entre a boca de Luna e os lábios

dele tocando minha orelha, eu mal podia ver direito. — Goze para nós, Silas. Goze com força.

— *Puta merda.* — A ordem me fez pular do penhasco e o orgasmo foi tão intenso que me estremeceu da cabeça aos pés. Quase caí, mas Edon estava lá, seu corpo duro embalando minhas costas e suas mãos nos meus ombros.

E Luna.

Cacete, Luna.

Ela me olhou com tanto calor e tanto vigor enquanto aceitava meu sêmen na sua boca bonita. Cada. Gota. E chupou tudo enquanto ela apertava os dedos nas minhas coxas.

Tremi, estava com o pulso acelerado, a visão desfocada e a respiração ofegante entre eles.

Edon massageou meus músculos tensos e suas mãos pareciam uma marca contra a minha pele nua. Em seguida, agarrou meu queixo, forçou minha cabeça para trás e tomou minha boca mais uma vez.

Seu rosnado abalou meu espírito e não compreendi a posse naquele som. Ele tirou sangue dos meus lábios antes de me devorar com a língua.

Não consegui reagir rápido o suficiente, meus movimentos estavam sempre um passo atrás. Isso me deixou confuso, excitado e pronta para gozar de novo.

Luna parecia ansiosa por obedecer, seus lábios se moviam para cima e para baixo, suas mãos ficavam mais ousadas e exploravam meu torso, meus quadris, a parte superior das minhas coxas.

Edon sorriu contra a minha boca, e sua expressão parecia repleta de crueldade.

— Já chega, Luna. — Ele estendeu a mão sobre mim para agarrar um punhado dos seus cabelos e puxou-a para longe da minha virilha.

Ela fez um barulho de protesto. Suas pupilas estavam tão arregaladas que não pude ver o marrom claro de sua íris. Os longos cílios tremeram quando ela piscou.

— Ver isso me deixou com sede — Edon murmurou, com a voz baixa. — Luna, limpe a bagunça que fez no banheiro. Quando terminar, pode se juntar a nós na cozinha. Se quiser.

Suas feições demonstraram confusão. Algo que eu compartilhava.

Confie em mim, Edon sussurrou em minha mente. *Ela precisa desta lição.*

— Agora, Silas — ele disse em voz alta, me liberando.

Ele andou em direção à porta com a expressão de expectativa.

Limpando a garganta, me levantei, sem saber o que mais fazer. Luna olhou para mim e uma onda de emoções atravessou seu lindo rosto. Choque. Dor. Aborrecimento.

Não gostei de nenhuma delas, mas um grunhido de Edon me fez dar um passo em sua direção.

O que eu deveria fazer? Exigir dar prazer a sua companheira? Procurar outro orgasmo? Colocar Luna de quatro e transar com ela do jeito que eu ansiava?

— Silas — Edon sibilou, o alfa nele recorrendo à ligação de descendência.

Saí do banheiro sem olhar para Luna, mas senti sua decepção, sua fúria e, mais importante, sua necessidade não satisfeita.

Por que fez isso? questionei, seguindo-o pelo corredor enquanto abotoava minha calça.

Ele me levou para a cozinha, em silêncio até abrir a geladeira.

Ela te deixou na mesma posição no início desta semana, não foi?

Porque você apareceu, apontei.

Talvez. Ele pegou duas garrafas e colocou-as no balcão. *Mas ainda assim, ela o deixou duro como uma rocha e frustrado. Agora ela sabe como é.*

Bufei e me sentei em uma das três banquetas em volta da ilha da cozinha.

Então você está dando uma lição a ela sobre gratificação atrasada?

Não, a lição dela é sobre comportamento. Ela é uma fêmea alfa. Se ela quiser mais, pode exigir. E quando ela o fizer, aprenderá que estou mais do que feliz em retribuir.

Considerei seu objetivo enquanto ele pegava um abridor de garrafas na gaveta.

Você está dando o controle a ela.

Até certo ponto, sim.

Esse macho não era nada parecido com os alfas que eu havia

estudado. Todos pegavam o que queriam, os demais que se danassem. Mas Edon queria que sua companheira tivesse uma escolha e, por qualquer motivo, me incluiu nessa escolha.

— O quê? Nada de argumento em contrário? — ele provocou, me passando uma das bebidas.

— Não tenho certeza de que posso argumentar — admiti, cheirando o líquido pungente. *Cerveja*. Não era algo que eu já tivesse tomado, mas estava ciente da substância. Os lycans desfrutavam de álcool, principalmente quando brincavam com humanos.

— E eu que achava que você sempre tinha uma resposta — ele comentou, se apoiando na bancada de mármore. — Ainda acha que isso tudo é um teste?

— Sim. — Eu simplesmente não conseguia descobrir se havia passado ou falhado.

Ele segurou sua cerveja por um longo momento, apertando a boca da garrafa entre dois dedos fortes e depois colocando-a de lado.

— Meu pai não quer que eu assuma e, pelo que vejo, tenho duas responsabilidades. — Ele arqueou uma sobrancelha. — Se importa de adivinhar quem são?

Não foi difícil seguir essa implicação, mas não fazia muito sentido.

— Por que ele me consideraria uma responsabilidade? Sou só um vira-lata.

Ele semicerrou os olhos.

— Talvez, mas você é o meu vira-lata. E protejo aqueles que confiam em mim.

— Não confio em você — rebati, e semicerrei o olhar de volta para ele. — Só confio em mim mesmo.

— O que posso admirar, mas você não compreendeu a profundidade disso, Silas. É por isso que você vai ficar na minha casa – nesta casa – até segunda ordem. — Ele pegou sua cerveja novamente, me olhando enquanto tomava um gole. *E beba isso. Não é barato*, ele acrescentou mentalmente.

O cheiro é horrível, murmurei, me forçando a provar. *Tem gosto de merda também.*

— Certo. — Ele se concentrou no corredor. — Luna!

Um rosnado feminino retumbou, precedendo sua entrada.

— *O quê?* — ela exigiu, com as mãos nos quadris. Ela vestia a camisa de Edon novamente, mas não escondia os mamilos salientes através do tecido.

Ela estava irritada e excitada, o que me fez estremecer novamente.

— Termine a cerveja do Silas — ele disse, gesticulando para a bebida. — Não quero desperdiçar.

— Por que você não termina? — ela respondeu. — Tente experimentar, Edon. Sugue tudo e engula. Ouvi dizer que é divertido. — Com esse comentário irreverente, ela saiu, deixando-o sorrindo em seu rastro.

— Ah, eu a adoro. — Ele terminou sua cerveja e pegou a minha. — Se nenhum de vocês vai aceitar meu presente, vou tomar essa também. — Ele lambeu a borda, mantendo o olhar no meu. — Você vai ficar aqui.

— Não argumentei o contrário, não é? — Recusar abrigo e proteção parecia uma coisa muito estúpida, mesmo que isso infringisse a minha independência. Mas eu ainda podia cuidar de mim, mesmo sob o teto dele.

— Não, não argumentou. — Ele parecia satisfeito, um tom que estranhamente proporcionava uma sensação de alívio. Eu gostava de saber que o agradava. O que era estranho, porque geralmente não me importava com ninguém além de mim e aqueles mais próximos a mim. Supus que ele se qualificava para o último, sendo meu criador e tudo mais.

Sua garganta se moveu enquanto ele engolia, chamando minha atenção para os músculos fortes ao longo de seu pescoço e ombros. Enquanto tínhamos aproximadamente a mesma altura, ele definitivamente me superava. Isso explicava por que o jeans que encontrei no quarto dele era grande demais para mim nas coxas e na cintura. Eu ainda os usava hoje porque estavam em melhores condições do que minha única calça. Se Edon percebeu, não pareceu se importar. Ele disse que eu poderia me servir de qualquer coisa em sua cabana. Pareceu falar sério.

— Também não quero que você corra sozinho — disse após

um período de silêncio. — Isso se aplica a vocês dois, quero dizer. Prefiro que vocês dois fiquem juntos.

— É por isso que você a fez se familiarizar com meu pau? — me perguntei alto, arqueando uma sobrancelha. — Para nos ajudar a nos *relacionar*?

Ele riu.

— Não. Isso foi puramente para minha diversão. — Ele colocou a garrafa semiacabada de lado e colocou as palmas das mãos na bancada, se inclinando para a frente. — Observá-la te chupar foi sexy pra caramba. Talvez da próxima vez, você possa vê-la fazer isso comigo, ou talvez ela veja como eu desço pela sua garganta. O que prefere, Silas? — Seu olhar caiu para os meus lábios. — Porque estou ansioso para experimentar os dois.

E eu estava duro de novo.

Muito, *muito* duro.

Por que esses dois cenários? Sim, os dois me excitaram. O que era bem fodido, mas aqui estávamos nós.

Luna escolheu esse momento para se juntar a nós, e a fúria e a luxúria pairava no ar ao seu redor.

— O banheiro está limpo — ela falou, com o tom frio como o gelo. No entanto, não fez nada para alterar a temperatura da cozinha, devido ao calor que fervia entre mim e Edon, que parecia um tornado agitado de tentação esperando para nos sugar para o inferno. — Mais alguma coisa que você precise que eu faça, Alteza Real? — ela perguntou.

Eu não conseguia olhar para ela, o olhar de Edon cativando o meu, mas eu suspeitava que ela estivesse olhando para ele.

— Sim — ele falou, seu tom soando dominador. — Estou faminto, Silas. E você?

Pegando a insinuação subjacente a essas palavras, sorri. Parecia que estávamos passando para o próximo estágio da sua *lição*.

— Eu poderia comer alguma coisa.

Edon quebrou nossa conexão para olhar para Luna.

— Venha nos alimentar, pequena.

Suas bochechas coraram nos mais deliciosos tons de vermelho.

— Está falando sério? — Ela olhou entre nós com total descrença, e sua fúria parecia sedutora pra cacete. — Sim, vão à merda.

Ela se virou, mas paralisou com o rosnado de Edon. Era baixo, ameaçador e reverberou pela sala de uma maneira que apenas um alfa podia.

— Venha aqui — ele exigiu. — Agora.

Luna se irritou, mas não deu um passo em nenhuma direção.

— Você pode correr, se quiser, mas nós vamos pegá-la — ele alertou. — E sabe o que acontecerá quando atacarmos. — Ele esperou um instante, viu quando ela respirou fundo e sorriu. — O que vai ser, Luna? Você vai se comportar por nós ou nos fazer trabalhar para isso?

Capítulo dezesseis

CAPTURADA.

Foi assim que me senti.

Os dois homens me observavam com expressões predatórias, aguardando minha decisão. E algo me dizia que, independentemente da escolha que eu fizesse, estava prestes a ser devorada — pelos dois.

Fiquei muito chateada depois que Edon e Silas me deixaram naquele banheiro, excitada e frustrada. Foi a primeira vez que fiz sexo oral em um macho, e ele nem me *agradeceu*. Não, em vez disso, saiu com o alfa que me mandou fazer aquilo.

Eu não era um brinquedo, mas uma lycan. Uma *lycan alfa*. E o Edon estava me tratando como uma vadia ômega no cio.

Provavelmente porque eu estava agindo como uma.

Mas, caramba, esses dois machos estavam mexendo com a minha cabeça. Eu não conseguia pensar perto de tanta em testosterona. Havia algo profundamente não resolvido entre mim e Silas — um domínio que ainda não havia sido estabelecido.

E Edon... havia muita coisa entre nós que estava inacabada.

O alfa em questão levantou uma sobrancelha com arrogância.

— Luna?

Corra ou banque a chef.

Só que algo me dizia que não era comida que eles queriam, mas a mim. O que significava que ele estava me dando a opção de aceitar ou jogar duro para conseguir.

Depois do inferno que ele havia acabado de me colocar no banheiro? Só havia uma opção real.

— Venha me pegar.

As palavras foram jogadas por cima do ombro enquanto minhas pernas já se moviam.

Ouvi os rosnados soarem atrás de mim: Silas e Edon pulando da cozinha para a caçada.

A camisa voou sobre minha cabeça quando me transformei. Minha loba estava pronta e esperando, e correu da casa para o pátio.

Eu sabia exatamente para onde queria ir: o rio onde Edon havia me caçado antes. Era isolado e pacífico. E perfeito para a atividade que eu tinha em mente.

Porque parei de bancar a submissa desses dois homens.

Eles queriam que eu chupasse seus paus? Tudo bem. Mas teriam que retribuir.

Minhas patas bateram sobre a terra e achei o silêncio atrás de mim irritante. Eu sabia que eles estavam perto, podia sentir o domínio dos dois deslizando pelo meu pelo, mas eles se moviam com uma precisão e habilidade que me seduzia ainda mais.

Especialmente Silas.

Não só deveria ser capaz de vencê-lo em uma corrida, mas também de senti-lo. No entanto, ele era tão furtivo quanto seu criador.

Ele provocou um tremor na minha coluna e fez minha loba se envaidecer em resposta. Ninguém no Clã Ernest me atraiu assim, nem mesmo Volk. E ele foi o único que pude suportar me tocar.

Mas agora... *agora* eu queria muito mais do que tocar.

Culpei o vínculo de acasalamento. Isso me mudou demais, excitando meus hormônios em um frenesi que só o alfa podia domar. Exceto que isso não explicava Silas.

Humm, talvez fosse o vínculo de descendência confundindo minha loba, me forçando ansiar pelos dois.

Ou talvez eu finalmente tenha achado dois homens dignos da minha atenção.

Um deles mordiscou minha perna traseira. Respondi me esforçando ainda mais, a necessidade de alcançar o rio era uma presença constante na minha cabeça.

Eles poderiam me ter lá.

Mas só se concordassem com meus termos.

Um rosnado baixo fez minha coluna vibrar e dentes apertaram minha nuca para me derrubar no chão. Rolei com ele, permitindo que o corpo muito maior quase me prendesse. E usei as patas em suas costas para chutá-lo.

Apenas para ter um segundo macho ainda maior em cima de mim.

Me contorci e depois lamentei, meu objetivo de chegar à margem do rio estava tão perto e tão longe.

Edon apenas inclinou a cabeça acima de mim, seu focinho muito maior que o meu. Cutucou minha cabeça, me forçando a mostrar meu pescoço.

Renda-se, ele estava dizendo.

Eu queria, mas não aqui. Eu queria a água. A tranquilidade. A paz.

E de alguma forma ele sabia, porque me deixou sair com um suave rosnado de paciência. Dizia que ele sabia que eu era sua, que eu poderia correr para onde quisesse e que ele ainda me teria, então, se eu quisesse jogar, ele jogaria.

Fiquei de pé em um segundo e corri novamente.

Desta vez, ele me permitiu ouvir sua presença enquanto corria ao lado de Silas. A caçada deles parecia uma onda de calor nas minhas costas.

Eles me tinham e sabiam disso. Essa corrida representava as

preliminares, uma maneira de prolongar minha captura final. A expectativa aumentou, nossas passadas soavam ao vento e finalmente cheguei ao local desejado.

Edon me circulou de um lado enquanto Silas se moveu na direção oposta. Seus movimentos eram sensuais demais. Não era à toa que estavam atraídos um pelo outro. A energia sexual emanava dos dois, me deixando cheia de desejo entre eles.

Voltei para a forma humana, minhas coxas já encharcadas com a expectativa. A aceitação se formou em meus lábios, um apelo para ter o dois quando uivos soaram à distância, fazendo Edon ficar em silêncio.

Ele ouviu atentamente, assim como Silas, enquanto uma onda de avisos se espalhava pelo ar.

Minhas veias foram cobertas por gelo, acabando com meu estado de excitação.

Esse era o som de um macho alfa furioso — o pai de Edon. A ordem por sangue soou em retribuição.

Edon e Silas pareceram se comunicar, com os olhos fixos um no outro.

E então o herdeiro alfa decolou, nos deixando no riacho.

Silas se transformou e sua expressão estava sombria.

— Ele nos disse para ficar aqui.

— Percebi com a partida dele — respondi, observando a velocidade de Edon. — Ele é rápido. — Tipo, muito, muito rápido. Ele claramente estava brincando comigo e se entregando ao meu ritmo, porque caramba, esse lobo podia correr.

— Sim, ele é. — Silas apertou a parte de trás do pescoço. — Luna...

Engoli em seco, encontrando seu olhar cauteloso.

— Sim?

— Tem algo errado — ele falou, com a voz rouca. — Tipo, realmente errado.

Os pelos dos meus braços se arrepiaram e meu estômago revirou.

Ele não estava falando sobre nós ou o que estava prestes a acontecer. Não. Ele estava se referindo ao bando.

— Eu sei — sussurrei. — Também sinto isso. — Algo mal, um

chamado à morte.

E eu suspeitava que um de nós era o alvo desse chamado.

Capítulo dezessete

Bianca.

Seus olhos azuis estavam de frente para a árvore em que estava enquanto o resto do corpo estava a vários metros de distância.

Alguém tinha *mastigado* seu pescoço. Uma maneira horrível de morrer e que exigia força e habilidade para realizar.

E o cheiro de Luna estava por toda a cena.

Meus dentes cerraram enquanto me mantive fora de vista, com cuidado para manter o meu cheiro afastado dos outros. Nem meu pai havia me sentido ainda — um testemunho dos meus dons crescentes e dos seus enfraquecidos.

A fúria emanava da matilha, que trocavam palavras que fizeram meu sangue ferver. Eles já haviam feito uma votação, sem sequer ligar para que o herdeiro alfa, eu, não estivesse presente. Se eu tinha alguma dúvida sobre lealdade, agora tinha a certeza. Todos os que estavam nesta clareira eram aliados do meu pai. E seria do meu interesse lembrar disso.

— Onde está o seu filho? — um deles exigiu.

Meu pai uivou novamente, o chamado era para chegar aos meus ouvidos.

Mas não me mexi, furioso demais para dar um passo.

Isso era uma conspiração. Mas não conseguia dizer uma palavra porque eu era o álibi de Luna. Não era exatamente um caso vencedor, mesmo tendo Silas do meu lado. Porque todo mundo veria como se eu estivesse protegendo a minha companheira e o meu descendente. E ir contra uma votação da matilha tornaria meus relacionamentos irreparáveis. E essa era a última coisa que eu precisava agora.

A matilha exige vingança, disse a Silas depois de descrever a cena. *Mas ela é inocente.*

Esse não é o ponto, respondi. *Meu pai está me fazendo escolher entre a matilha e a minha companheira. É o jeito dele de me forçar a provar minha lealdade ao Clã Clemente.*

Falhar não era uma opção aqui. Se eu escolhesse Luna, a matilha poderia muito bem tentar me matar.

E você não pode escolher Luna?, Silas perguntou, sua voz mental demonstrava uma nota de incredulidade.

Suspirei. O macho podia ser um lobo impressionante, mas ainda era muito novo no que dizia respeito a política. Luna pelo menos entenderia isso. Pelo menos, eu esperava que ela entendesse.

A matilha já votou, expliquei. *Se eu ignorar a votação, arrisco um motim. O que, eu suspeito, seja o objetivo do meu pai.*

Isso não faz sentido, ele rosnou. Sabemos que ela não fez isso.

Apertei a parte de trás do pescoço, olhando para os lobos inquietos a alguns metros de mim. Se eu não aparecesse logo, iam me procurar. Ou pior, podiam me acusar de ser cúmplice do crime. Eu não permitiria que meu pai tentasse.

Me deixe explicar isso de outro jeito, falei, me concentrando em Silas e nos lobos impacientes. *Luna é nova. Ela não tem aliados aqui. No entanto, Bianca tinha vários. Aqueles que a conheciam querem vingança e não se importam com inocência depois de testemunharem Luna dar um soco nela outro dia.*

Então eles nem se importam em descobrir quem fez isso.

Na cabeça deles, Luna já é culpada. E dizer o contrário me fará parecer um homem protegendo sua companheira.

Este teste foi projetado para atingir uma das minhas fraquezas: Luna. Meu avô me avisou que isso iria acontecer. Eu só não esperava que fosse tão óbvio.

Não tenho escolha, Silas, sussurrei, entrando na clareira com uma expressão entediada. Já havia voltado para a forma humana, o que me deixou nu. Mas qualquer um que confundisse minha nudez com vulnerabilidade teria uma grande surpresa.

— Parece que minha fêmea esteve ocupada — falei, olhando os restos com desinteresse. — Acho que a Bianca não devia ter fofocado. — Porque a última vez que eu a toquei – além de um abraço casual ou quando provoquei Luna – foi bem antes da cerimônia de acasalamento.

— Você está sugerindo que Bianca merecia seu destino? — meu pai exigiu.

Dei de ombros.

— Estou dizendo que provavelmente não é sensato provocar uma fêmea alfa no meio de uma lua de acasalamento. O mesmo poderia ser dito sobre um macho alfa. — Só que eu parecia bastante à vontade em compartilhar minha pretendida com Silas. Mas isso era assunto para outro dia.

Alguns membros da matilha rosnaram. Eu os ignorei, fingindo indiferença.

— Dito isto, acredito que preciso conversar com a Luna. — Cruzei os braços. — A menos que você questione minha capacidade de punir minha companheira.

— Considerando que você interrompeu minha última punição? Sim, filho, eu questiono. — Meu pai olhou ao redor para seus amigos, que grunhiram de acordo. — Você irá puni-la publicamente ou eu mesmo a matarei.

Eu bufei.

— Você não pode matar minha companheira.

— Não posso? — ele respondeu. — Isso vai atrasar sua

ascensão em uma década ou duas, mas tenho certeza de que mais mulheres alfa estarão disponíveis em breve. Sempre podemos pedir ao Clã Ernest para produzir outra. Estou certo de que Niko agradeceria depois que o informássemos das deficiências de sua filha.

Sim, e ele também eliminaria suas frustrações na esposa. Não, obrigado.

— Não estou interessado em esperar, velho. — Escolhi as palavras com cuidado, me certificando de que ele ouviu meu rosnado na última. Seu tempo estava no fim, quer ele reconhecesse ou não.

— Não precisamos nos apressar, Edon. Estou mais do que apto a continuar cuidando das coisas — ele respondeu, soando tão indiferente quanto eu momentos atrás. — Tenho certeza de que a matilha também concordaria.

Claro que sim. Porque ele se certificou disso.

O que significava que eu não tinha escolha.

Ou puniria Luna publicamente ou arriscaria sua morte e minha posição no bando. Nenhuma das consequências era negociável da minha parte.

E Luna não merecia morrer por algo que claramente não havia feito.

Mas olhando para os lycans que cercavam Bianca, eu sabia que ninguém acreditaria em sua inocência. Nem mesmo Silas podia atestar seu paradeiro também. Na verdade, isso provavelmente resultaria na sua morte, além da de Luna.

Odeio você, disse ao meu pai com um olhar. Era breve demais para mais alguém ver, mas seus lábios se curvaram em resposta.

Este era outro de seus malditos testes.

Um teste.

E eu só tinha uma opção.

— Certo. — Foi preciso um esforço considerável para não rosnar essa única palavra. — Prepare o ringue. Vou encontrar a Luna.

Não dei chance ao meu pai de discutir, meus pés já estavam se movendo.

Silas, preciso de você para outra tarefa...

Capítulo dezoito

— DE JEITO NENHUM — rosnei no segundo que Edon apareceu. Ele estava usando calça jeans enquanto Luna e eu estávamos completamente nus diante dele. Não que eu me importasse. Estava muito focado no plano insano que ele havia me contado há menos de dez minutos.

— Não foi um pedido, Silas. — Ele nem olhou para mim, seu olhar sombrio estava focado em Luna. — Eles estão pedindo seu sangue.

— Eu sei — ela respondeu com os braços em volta de si mesma. Ela não parou de tremer desde o início dos uivos, sua mente já processando o que a matilha queria antes que eu tivesse chance de falar.

Ainda assim, transmiti todas as palavras de Edon, incluindo a tarefa que ele me deu. Uma tarefa que bufei na minha cabeça e recusei, mas o alfa escolheu não me ouvir.

— Não vou fazer isso — repeti, mantendo minha posição. Eu aguentava muita coisa. Mas isso não.

Edon se virou para mim e sua mão envolveu meu pescoço em um flash quando ele me empurrou contra uma árvore.

— A alternativa é muito pior, Silas. Se você se importa com ela, irá fazer o que eu digo.

— Mentira — respondi, lívido e nem um pouco assustado com o lobo mais forte diante de mim. — Ela é inocente. Eu não vou...

— Está tudo bem — Luna interrompeu, e sua respiração falhou em derrota. — Eu aceito o castigo. — Ela capturou o olhar de Edon, um indício de uma lutadora à espreita em suas profundezas cor de caramelo. — Mas sou inocente.

— Eu sei — ele respondeu e diminuiu o aperto no meu pescoço sem me libertar. — Mas ainda tenho que fazer isso.

Ela assentiu com os braços ainda firmemente cruzados ao redor de si mesma como se estivesse com frio.

Fiquei boquiaberto entre eles.

— Por que é que você está aceitando isso? — Lycans e vampiros deveriam ter direitos. Eles eram as espécies superiores. Essa merda de punição era apenas para humanos.

— Ainda há muito sobre a nossa sociedade que você precisa aprender. — A mão de Edon flexionou e sua expressão se intensificou. — Você fará o que eu digo, Silas, ou as coisas ficarão muito ruins para os dois.

Zombei da ameaça.

— Posso levar uma punição. — Ou várias. Suportei de tudo em meus vinte e dois anos de vida. Isso não seria diferente.

— Talvez você possa, mas e a Luna? — Edon questionou. — Se você se recusar, outra pessoa vai receber em seu lugar. Talvez mais de uma. E então, como você vai se sentir, Silas? Porque eles vão fazer você assistir enquanto a destroem, e você saberá o tempo todo que poderia ter ajudado a evitar a mutilação dela, completando essa única tarefa.

— Que você está me pedindo para fazer.

— Não, que estou *ordenando* que faça, Silas. Este não é um

pedido, porra. Preciso que você me ajude a proteger a dignidade que a Luna terá depois disso. — Ele me soltou com um empurrão. — Tem que acontecer. Caso contrário, ela morre.

Luna estremeceu.

E Edon agarrou seu braço.

— Vamos.

Olhei para eles, boquiaberto.

Por duas décadas, aprendi tudo sobre a vida glamorosa de lycans e vampiros. Especialmente os alfas e a realeza. No entanto, nunca ninguém falou sobre isso — a sede de punições, de manter companheiras lycans na linha, de brutalizar um ao outro até a submissão.

Porque era isso que estava no cerne: uma maneira de destruir a psique de Luna e forçá-la a se curvar aos seus superiores masculinos.

O herdeiro alfa não queria fazer isso.

No entanto, ele ia ter que fazer mesmo assim.

Porque o seu mundo exigia isso.

Não há vida melhor, pensei, olhando para as árvores acima de mim. *Era tudo mentira.*

Temos a chance de mudar isso, Edon disse baixinho. *Mas não posso fazer nada até que eu assuma o poder.*

O que exigia que ele tivesse uma companheira adequada — Luna.

E parecia que seu pai estava decidido a remover esse requisito, o que me levou a pensar:

Você acha que ele orquestrou a morte da Bianca e armou para Luna?

Claro que sim, ele respondeu. *Isso tudo é um teste e, se eu não castigar a Luna, ele irá matá-la e isso vai atrasar meus testes. Preciso vencê-lo em seu próprio jogo.*

Engoli em seco e cerrei os punhos.

Então você precisa de mim.

Sim.

Sem explicação. Só respondeu com uma única palavra. Servia como uma espécie de concessão. Edon poderia me exigir tudo o que quisesse, mas no fim das contas, ele pedia minha concordância para que isso funcionasse. Negar suas ordens apenas dificultava seu trabalho. Isso também acabaria machucando Luna ainda mais.

— Merda — murmurei, passando meus dedos pelos cabelos. — *Puta merda.* — Seria muito fácil correr e me esconder do que estava prestes a acontecer, mas não consegui. Uma parte estúpida de mim sentia obrigação de ficar, não apenas por Edon, mas também por Luna.

Fidelidade. Uma emoção perigosa. O que era loucura, porque eu mal os conhecia, mas uma parte inerente de mim se sentia em dívida com os dois. Não, não necessariamente em dívida, mas outra coisa. Algo mais forte.

Isso me lembrou de como eu considerava Rae e Willow, só que isso era mais intenso.

Meu lobo, falei. *É o meu lobo.*

Você tem menos de cinco minutos para tomar uma decisão, Edon alertou. *Assim que chegarmos ao ringue, vou te chamar.*

Ele não quis dizer mentalmente, mas em um uivo. E se eu ignorasse esse comando, seria caçado. Isso eu entendi. Correr, imaginei, nunca foi realmente uma opção. Ignorar o chamado de um alfa era contra a corrente, algo que senti profundamente. Meu lobo nunca permitiria isso.

E Edon sabia disso.

Senti através do nosso vínculo, a sua certeza de que não o decepcionaria.

O que quer que tenha acontecido entre nós parecia crescer a cada segundo, me levando a ele de uma maneira que eu desejava e, ao mesmo tempo, detestava. Lutei com ele porque podia, mas uma parte de mim também gostava de se submeter.

Isso me confundiu.

Me encantou.

Me ancorou.

Nunca houve uma escolha.

Eu faria o que ele havia exigido, porque ele ordenou. E o que eu mais odiava, acima de tudo, é que provavelmente eu apreciaria, porque a minha conformidade o agradaria.

— Isso é fodido demais — murmurei para mim mesmo, já me movendo em direção ao acampamento principal. Podia sentir o chamado de Edon, sua necessidade de que eu o obedecesse, fizesse o que ele exigia, e meu corpo respondeu da mesma forma.

Mas não era só por causa de Edon.

Eu também senti Luna.

De alguma forma, ela encontrou uma conexão para minhas veias, aquecendo meu sangue de uma maneira que ninguém mais havia conseguido. Balancei a cabeça, recusando. Mas aconteceu de novo, me aproximando e me forçando a me submeter a eles.

Dois alfas.

E eu. Um vira-lata.

Não sabia o que estávamos fazendo, tinha corrido atrás deles quando Edon perseguiu Luna. Não porque ele me mandou, mas porque eu queria. E isso só me deixou mais confuso. Era como se meu lobo interior, não minha mente, dirigisse meus instintos, me deixando sem alternativa a não ser seguir adiante.

Um uivo soou na noite.

Não de Edon, mas de Luna. Era agoniado e parecia que havia algo de errado. Dolorido. Destruído. Seguido por gritos de aprovação e emoção. A matilha.

O caos prosperou através do vínculo de descendência.

O que há de errado?, questionei.

Sem resposta.

Minha caminhada se transformou em uma corrida enquanto eu batia com os pés descalços sobre a terra, sem me deixar perturbar pelas pedras e sujeira sob meus calcanhares. Ramos arranhavam meus braços, minhas laterais, minhas coxas expostas - eu havia deixado o jeans na casa de Edon antes da nossa pequena corrida pela floresta.

O que está acontecendo?, perguntei de novo, correndo o mais rápido que minhas pernas permitiam. Estava do lado de fora da vila principal, e os rosnados da matilha ficavam mais altos a cada passo. Estavam perto do local onde ocorreu a cerimônia inicial de acasalamento. Parecia que era onde todos os assuntos oficiais da matilha aconteciam, bem no coração do território, cercados pelas cabanas pertencentes à elite do Clã Clemente.

Edon, chamei enquanto me aproximava de uma das cabanas maiores.

Sem resposta.

Ignorei o chamado do meu lobo, suprimindo o desejo de me transformar. Levaria muito tempo e energia, e eu precisava estar pronto para ...

Congelei do lado de fora do ringue de punição.

Luna estava enrolada em uma bola no meio da violência enquanto Edon estava do lado e observava a matilha atingi-la. Ele não me olhou, sua expressão era entediada e sua linguagem corporal indiferente. Mas senti sua raiva através do vínculo.

Por que você não os faz parar? Eles vão matá-la!

Ela está bem, ele respondeu, sua voz mental soando como um rosnado baixo. Mas ele levantou a mão, fazendo com que alguns lobos parassem. Um grunhido de aviso chamou a atenção dos outros e lhe rendeu um olhar mortal de seu pai.

— Prefere a morte dela? — Walter perguntou do outro lado da multidão. — Porque posso organizar isso com prazer. — Ele deu um passo à frente, e Edon balançou a cabeça.

— Não. Só desejo propor uma alternativa. — Não havia um pingo de raiva ou aborrecimento em seu tom, mesmo que eu sentisse isso através da nossa conexão. Se Edon pudesse, eu suspeitava que ele mataria seu pai agora. Em vez disso, ele falou: — Uma das maiores falhas de Luna é a sua incapacidade de se submeter.

— Uma falha que tentei remediar na outra noite antes de você me impedir — o pai respondeu. — E que sua matilha está disposta a resolver para você agora mesmo, se permitir que eles continuem. — Ele apontou para os homens que salivavam, com os olhares lascivos no corpo pequeno de Luna.

Walter deve ter orquestrado essa recepção severa no acampamento principal. Porque não fazia parte do plano preliminar de Edon, um fato que de alguma forma eu entendi, como se estivesse conectado à mente do meu criador.

Ele não parou o ataque inicial, porque sabia que isso o faria parecer fraco. Também sabia que seus lobos precisavam eliminar parte de sua raiva para se sentirem satisfeitos. O que lhe permitiria recomendar e facilitar a punição de Luna.

Pisquei, assustado com todo esse conhecimento. Se ele demonstrou isso para mim ou se vi por engano, não sabia. Mas senti a veracidade disso no fundo do meu peito.

Edon tinha um plano.

Tudo o que ele fazia era com um objetivo em mente. Bem assim.

— Não acho que seu método vá acabar com a propensão dela ao domínio — Edon falou, enfiando as mãos nos bolsos. — Mas tenho um que pode. — Ele deixou isso pairar no ar, despertando a curiosidade da matilha enquanto eles olhavam entre o alfa titular e o herdeiro alfa.

Walter cruzou os braços corpulentos sobre o peito nu e sorriu.

— E o que você sugere, *herdeiro alfa*? — ele perguntou, a incredulidade em seu tom de insulto claro.

— Fazer o vira-lata transar com ela. — Edon acenou com a mão na minha direção. —Não consigo imaginar algo mais degradante do que permitir que o pênis de um vira-lata fique dentro de mim. Você não concorda, pai?

Foi necessária uma força significativa para me forçar a baixar o olhar quando o foco da matilha caiu sobre mim. Queria encará-los em desafio, desafiá-los a me considerar abaixo deles, mas isso só pioraria a situação. E entendi o que Edon estava fazendo. Ele queria menosprezar a posição de Luna no grupo, fazendo com que um novato a maculasse.

— Tem certeza de que ele pode se apresentar? — Walter perguntou.

Os pelos da parte de trás do meu pescoço se arrepiaram quando a vontade de atacar me acertou no estômago.

Calma, Edon sussurrou em minha mente. *Eles assumem que você é fraco. Quero que eles mantenham essa suposição até a hora certa.*

Lutei contra o desejo de franzir a testa, pois suas palavras não eram o que eu esperava ouvir.

— Só há uma maneira de descobrir — ele disse em voz alta, se referindo as preocupações do seu pai em relação à minha capacidade de trepar. — Mesmo que ele não consiga, imagino que se submeter ao vira-lata colocará Luna firmemente em seu lugar.

Seu pai acariciou o queixo, um movimento que percebi pelo olhar periférico, pois ainda não havia levantado o olhar do chão por medo de que pudesse acidentalmente desafiar um desses idiotas. Seria impossível vencer a matilha toda junta. Mas alguns deles sozinhos? Sim, eu conseguiria. E também gostaria disso.

— Posso sentir o medo dela — um dos lycans disse, com um sorriso em sua voz. — Acho que devemos fazer o vira-lata se exibir, ver o que ele pode fazer.

— Aposto que ele não pode durar mais de dez segundos nessa boceta — disse outro.

Alguém bufou.

— Não, eu daria pelo menos trinta.

— Sério? Aposto em um minuto. Ele nem está duro ainda.

E então as apostas começaram.

A necessidade de sangue se transformou em um poço de nervosismo e expectativas lascivas em torno das minhas proezas sexuais.

— Os humanos não estudam essa merda? — um homem inteligente questionou. — Quais foram as pontuações dele?

— Não faço a mínima ideia — foi a resposta.

Edon permaneceu calado, mas senti seu alívio através da conexão. Um alívio que não compartilhei. Não era ele quem teria que se apresentar para esses idiotas. Eles não estavam apenas me pedindo para transar, mas essencialmente para estuprar Luna. Ela sabia, é claro. Já tinha me dito que tudo ficaria bem.

— *Quero dizer, não é como se nós não estivéssemos indo... você sabe...* — tinha sido sua declaração baixa pouco antes de Edon chegar.

Isso não tornava a situação certa.

Nem tornava as coisas *boas* também.

Ela permaneceu inclinada em sua pequena bola, com o corpo tremendo e o rosto escondido. Havia arranhões nas costas, onde parte da matilha a arranhou e algumas marcas nas laterais do corpo que provavelmente vinham de sapatos ou punhos.

Isso é muito errado, pensei, não pela primeira vez.

Não há alternativa, foi a resposta de Edon.

A conversa continuou fluindo ao meu redor, a matilha ficando mais ansiosa a cada segundo enquanto se divertiam com o pensamento de eu pegar Luna. Alguns votaram nos minutos. Outros nos segundos.

Se eu ia ter que fazer isso, demoraria muito para que nenhum desses idiotas vencesse.

Mas estaria prolongando o tormento de Luna.

Resisti à vontade de agarrar meu cabelo e puxá-lo, e mantive minha atenção ainda fixa no chão. Os lycans começaram a me circundar, tomar minha medida, pesar minhas habilidades com base na minha aparência.

Era ridículo.

Eu não podia acreditar que lutei na Copa Imortal para suportar esse tratamento. Eles me consideravam um ser menor só porque não nasci um lycan. Mas as provações da vida me colocaram muito acima de todos eles. E um dia, eu provaria.

— Tudo bem, filho. Vamos tentar do seu jeito — Walter falou, com relutância.

Foi então que percebi por que Edon havia escolhido esse método — ele sabia que a matilha aprovaria. Ele usou as técnicas do pai contra ele, explorando a sede de degradação do clã.

Porque não era apenas Luna que eles estariam constrangendo, mas a mim também.

— Só que quero que ele coma sua bunda — Walter acrescentou, fazendo o mundo parar ao meu redor. — Ele não merece experimentar a boceta alfa.

Luna pareceu congelar, sua tensão era palpável.

O que Walter exigiu era ainda mais invasivo. Também era algo que nunca fiz. E eu suspeitava que Luna também não tivesse feito.

— Não — Edon rosnou e o som carregou o ar. — Ainda não a tomei dessa forma. Sua bunda é minha. Ele vai tomar a boceta dela.

O pai sorriu.

— Tomar sua bunda virgem seria um castigo ainda melhor.

— Como afirmei outro dia, ela é minha companheira, e eu decido qual a melhor forma de puni-la, e essa é minha decisão. — Sua atenção se voltou para mim. — Se tocar no traseiro dela, vou te matar.

— Certo — sussurrei, sentindo a garganta seca pela guerra de vontades acontecendo diante de mim.

Como Edon esperava que eu me apresentasse sob essas condições estava além de mim. E os risinhos resultantes da multidão disseram que todos concordavam. Alguns chegaram a comentar a minha falta de excitação. Aparentemente, eles não entendiam por que estuprar uma mulher não me agradava.

Luna prefere você a qualquer outra pessoa neste grupo, Edon murmurou, sua voz mental diferente do tom rude que ele usou há alguns segundos ao ameaçar minha vida. *Lembre-se disso quando deslizar dentro do calor doce dela. Lembre-se da caçada, como ela nos levou ao riacho com a intenção de ter a nós dois. A forma como ela se submeteu em campo. A loba dela deseja você, Silas.*

— De joelhos, Luna — Edon falou e o comando em sua voz foi um tapa contra meus sentidos. — Parece que o vira-lata precisa de alguma motivação para se apresentar. Use a boca para ajudá-lo.

Capítulo dezenove

FOI PRECISO RESTRIÇÃO física para não reagir quando a matilha atacou Luna na chegada, e foi necessário ainda mais para não reagir agora, enquanto ela lutava para se levantar.

Qualquer sugestão de preocupação ou tratamento gentil da minha parte só pioraria essa experiência. Os olhos do meu pai estavam em mim, sua irritação por eu assumir o controle da situação evidente nas linhas rudes da sua boca.

Mas havia pequenas coisas que eu poderia fazer, como agarrar um punhado dos cabelos de Luna para deixa-la de pé. Para o público, parecia que eu tinha ficado impaciente. Na realidade, eu estava emprestando minhas forças enquanto me posicionava atrás dela. Ela ficou rígida quando suas costas bateram nas minhas pernas, uma reação que agradou a multidão.

Passei delicadamente o polegar ao longo da pele sensível atrás da orelha, com os dedos ainda entrelaçados em seus cabelos, o que, esperançosamente, parecia um aperto doloroso. Ela não aparentou relaxar, mas seu peso afundou nas minhas coxas enquanto ela usava o apoio que ofereci.

Essa confiança inerente foi direto para o meu pau. Ela entendeu o que eu estava tentando fazer sem que eu tivesse que expressar, e parecia que Silas também. Sua aprovação aqueceu o vínculo, sua mente não perdeu um único detalhe, apesar do seu foco estar no chão.

Ignore todos ao nosso redor e se concentre apenas em sua boca, sussurrei para ele. Era meu trabalho protegê-los, permitir-lhes uma sugestão de paz sob o disfarce de punição. E eu teria sucesso se Silas permitisse, se ele seguisse minhas palavras e apenas cedesse ao prazer do momento.

Envolvi o pescoço de Luna e mantive a mão em seus cabelos, em uma demonstração do meu domínio enquanto a escondia secretamente de uma maneira que pudesse obscurecer os movimentos do meu polegar. Seu pulso acelerou sob o meu toque, algo que procurei aliviar com círculos lentos e hipnóticos.

Esperava que ela sentisse as semelhanças desse momento com o que havíamos compartilhado mais cedo quando eu estava atrás dela enquanto ela chupava Silas. Eu precisava trazê-la de volta a essa experiência, lembrá-la da caçada e remover todos ao nosso redor.

Uma façanha difícil.

Felizmente, eu tinha sua loba do meu lado. E a deixei insatisfeita mais cedo com a promessa de mais. E agora eu daria a ela.

Com o pau do Silas.

— Motive-o, Luna — exigi, com a voz muito mais cruel do que o meu toque. — Mostre a todos aqui como você está ansiosa para se submeter da melhor forma possível.

Ela rosnou enquanto obedecia e sua língua traçou um caminho ao longo da crescente ereção de Silas quando ela corajosamente encontrou seu olhar.

Algo aconteceu entre eles.

Um entendimento.

Algo com o qual me senti conectado, mesmo quando estava de fora.

— Isso não me parece muito submisso — meu pai apontou.

Não parei de acariciar seu pulso. Meu toque era leve, mesmo quando respondi de forma dura.

— Ela está de joelhos, diante de um vira-lata, com o pênis dele pressionado seus lábios. Eu não chamaria isso de muito alfa.

— É mais como uma prostituta — Glenn falou, prestativo.

— Precisamos de uma nova vagabunda agora que Bianca está fora — Barry acrescentou. — Devemos considerar isso como um teste?

— Você está de brincadeira? Não quero a boca dela perto do meu pau depois disso.

O falatório continuou, declarações depreciativas sobre as ações de Luna e a posição de Silas dentro da matilha, se misturando em uma névoa de nojo ao nosso redor. Senti a tensão da minha pequena e o aborrecimento do meu descendente, me dando uma tarefa muito maior de ajudar os dois a se exibirem sob condições pouco agradáveis.

Porque se Silas não conseguisse se excitar e transar com Luna, meu pai interviria. Algo que senti que ele estava ansioso para fazer, mesmo agora.

Me conte sobre a língua dela, falei a Silas. *Me diga como é.*

Forçada, ele rosnou de volta para mim.

Você me acusou disso hoje mais cedo, mas pelo que me lembro, ela te chupou com ansiedade, grunhi na sua mente, o som baixo e suave. *Me conte como é alcançar a garganta dela. Senti-la engolir o seu pau enquanto pulsa dentro da boca de Luna.*

Ele gemeu alto e através da conexão.

Edon...

Agora pense como a boceta dela vai ficar bem apertada ao seu redor, Silas. Vai ser o paraíso e algo que nem senti. Quero todos os detalhes. Cada sensação. E por que pensar nisso me excitou? Ouvir sobre o prazer de Silas enquanto ele trepava com a mulher destinada a ser minha deveria me irritar, não fazer meu pau endurecer dolorosamente.

Mas, puta merda, eu queria vê-lo.

Queria ouvir suas respirações compartilhadas, sentir o cheiro da sua excitação e me conectar com meu descendente enquanto ele tomava a boceta doce e quente da minha companheira por trás.

Silas deve ter me ouvido, porque ele gemeu novamente, seu pau totalmente inchado e separando os belos lábios de Luna. Ele empurrou para dentro, exatamente como havia feito em minha casa, há apenas algumas horas. Ela se encolheu com a intrusão, mas um toque do meu polegar em seu pulso pareceu tranquilizá-la mais uma vez, e ela o engoliu com tudo que tinha. O que era impressionante e uma habilidade destinada a ser admirada.

Merda. Eu podia senti-lo em minha mão. A cabeça estava alojada tão profundamente que eu duvidava que ela pudesse respirar. Suas mãos flexionaram ao lado do corpo, incertas, seus músculos abdominais apertando com restrição. Os lobos ao nosso redor pensavam que ele estava prestes a gozar e seus zombadores ameaçavam estragar o momento.

Mas entendi sua tensão.

Ele não estava prestes a explodir.

Não. Silas ansiava por domínio. Ele queria agarrar Luna e forçar seu pau ainda mais fundo em sua linda garganta, mas minhas mãos estavam no caminho. E embora ele pudesse se sentir confortável em dominá-la, não podia me desafiar.

Quase sorri.

Os dois eram perfeitos. A sua batalha tácita por dominar era um afrodisíaco aos meus sentidos.

Puxei Luna para trás, e meu olhar encontrou o de Silas enquanto seus lábios se curvaram na mais leve sugestão de um rosnado que ele engoliu à força.

— Apresente sua boceta para o vira-lata — exigi, empurrando Luna no chão, de quatro. Todo mundo teria visto isso como um empurrão, mas minha mão em volta do seu pescoço a ajudou a se equilibrar durante a queda, dando a ela o aviso de que precisava para se apoiar nas mãos.

Meu pai estava muito ocupado rindo do que alguém havia dito para notar meus movimentos, algo que aproveitei ao máximo no momento.

Bati na bunda de Luna, com a mão posicionada de forma a

emitir um som alto sem causar muita dor.

— Abra — foi tudo o que eu disse.

E ela obedeceu.

Ela abriu aquelas belas coxas, não apenas para mim, mas também para Silas. E, puta merda, isso estava me incendiando por dentro da melhor maneira.

Todos os detalhes, lembrei-o quando ele se ajoelhou atrás dela.

— Não toque no traseiro dela — fiz questão de dizer em voz alta. Era uma indireta ao meu pai depois da sua ordem ultrajante. Eu não a protegi para mim, o que ela precisava saber, já que eu ainda a aceitaria de qualquer maneira. Mas eu não tinha certeza de como ela se sentia sobre sexo anal e me recusava a descobrir na frente desses idiotas.

— Entendido — Silas respondeu, com a voz grossa com uma variedade de emoções, que senti através do nosso vínculo de descendência.

Raiva.

Excitação.

Desafio.

Aborrecimento.

Luxúria.

Ela está molhada?, perguntei baixinho, observando enquanto ele se posicionava perto da boceta dela.

Sim, ele admitiu, engolindo em seco. *Porra. Sim.*

Bom. Parecia que minhas táticas de posicionamento haviam funcionado. Ou talvez o exibicionismo excitasse o meu lobinho. Talvez fosse uma mistura dos dois. *Entre lentamente. Finja que você está nervoso.*

Ele engoliu de novo.

Não vou machucá-la.

Eu sei. Foi por isso que o escolhi para esta tarefa.

E talvez, apenas talvez, eu também quisesse isso. Por que mais eu teria permitido que ele a caçasse comigo esta tarde? Não foi para que eu pudesse transar com ela na frente dele.

Não. Nós estávamos juntos nisso. Nós três. Dançando algum tipo de dança erótica. Algo que eu pretendia continuar agora.

Cacete, ela é apertada, Edon. A cabeça mal se encaixa. O suor escorria pela sua testa e ele mordiscava o lábio. Ao nosso redor, os lobos riram, esperando que ele ejaculasse em um único impulso. Eu os ajustei da melhor maneira possível, me concentrando em minha companheira, no meu descendente e em sua união abaixo.

Um gemido mental através do elo fez minhas bolas se apertarem. Silas estava se perdendo com a sensação da sua entrada apertada. As palavras soaram emboladas quando ele descreveu a intensidade, o calor, o desejo avassalador de empurrar seus quadris para frente para estocar nela até o fim. E então ele cedeu, penetrando-a com um rosnado que senti em meus ossos.

Puta merda, ela é perfeita, ele me disse.

Essas três palavras deveriam ter despertado a inveja dentro de mim, e o fizeram até certo ponto, mas não pelas razões que deveriam. Eu queria me juntar a eles, lamber a doce boceta de Luna enquanto Silas a estocava e depois forçá-lo a retribuir o favor. Eu queria comer seu traseiro enquanto ele tomava sua boceta, poder beijá-lo enquanto ele gemia, arrastar meus dentes ao longo do pescoço dela e reivindicá-la verdadeiramente como minha antes de permitir que ele lambesse a ferida com sua língua hábil.

Meu sangue esquentava a cada segundo que passava, mil ideias me atingindo uma após a outra, e nem todas eram minhas.

Porque eu não era o único que queria jogar.

Os anseios de Silas ficaram mais quentes a cada segundo, sua boca desejando meu pau, sua bunda flexionando como se estivesse esperando que eu o alcançasse e senti sua excitação aquecer meu interior.

Como ela está?, perguntei a ele.

Lisa. Quente. Ela está me apertando de um jeito muito, muito bom. Ele empurrou mais fundo, atingindo um ponto que a fez ofegar. Não com dor, mas com surpresa agradável, embora eu duvidasse que muitos dos meus irmãos soubessem a diferença. *Puta merda...*

Silas começou a pensar em seus cursos universitários, se inclinando de uma maneira que maximizasse a experiência para os dois, além de ajudá-lo a durar mais tempo. Quase sorri, mas algo em sua mente calculista só me excitou mais.

Como seria estar dentro dele e ouvir seus pensamentos? Ouvir Luna se juntar a nós de joelhos, levando-o à boca, sugando-o até a conclusão e depois lambendo-o.

Meu pau pulsava contra o zíper, implorando para me juntar a eles, para ceder aos meus desejos e ignorar todos os outros.

Mas eles estavam confiando em mim para mantê-los seguros, para protegê-los das massas. O que significava que eu tinha um papel a desempenhar neste teste fodido. Humm, embora talvez eu pudesse encontrar uma maneira de satisfazer os dois papéis — alfa e amante.

Eu os circulei e fingi avaliar a disciplina da minha companheira. O rosto de Luna estava escondido debaixo dos seus cabelos, aumentando o efeito da sua humilhação. Me agachei diante dela, enfiei os dedos em seus lindos fios e inclinei a cabeça para cima para estudar suas feições.

Lábios vermelho rubi — inchados pelo pênis de Silas.

Bochechas rosadas.

Pupilas dilatadas.

Impressionante.

— Você parece estar se divertindo — murmurei, minha voz destinada apenas para ela.

Mas é claro, meu pai ouviu.

— De que forma isso é eficaz? — questionou.

Seu comentário provocou um pouco de diversão entre a multidão.

Mas eu os tinha bem onde os queria.

— Não consigo imaginar uma experiência mais degradante do que não apenas permitir que um vira-lata me coma, mas também desfrutar. — Passei o polegar em seus lábios. — Faça-a gozar, Ômega. Supondo que você possa durar tanto tempo.

Isso elevou o espírito de todos, que riram do meu tom seco e sugestões cruéis. A vergonha ruborizou a expressão de Luna apenas o tempo suficiente para todo mundo ver, deixando todos com a crença de que meu método de menosprezá-la estava funcionando.

Silas tomou minhas palavras como um desafio e sua determinação floresceu através do vínculo. Ele leu nas entrelinhas e entendeu que eu não desejava o prazer de Luna pelo prazer do bando.

Dar prazer a Luna nos permitiu lhe dar a imagem de força, uma maneira de ela se apegar ao momento e optar por ceder às sensações que Silas agora provocava com suas penetrações hábeis.

Eu a soltei e me levantei, assumindo meu papel de avaliador mais uma vez. A excitação se agitou no ar, não apenas pelo casal no cio, mas pelos outros presentes. Meu pai estava entre eles, com os olhos famintos em Luna enquanto ela gemia.

Uma miríade de comentários grosseiros se seguiu.

Eles a chamavam de prostituta.

Vadia.

Menosprezaram seu lugar no bando.

Diziam que amava a sensação de homens inferiores a enchendo e que não merecia o status de mulher alfa.

Assisti cada insulto atingir minha linda companheira, fazendo o trabalho de Silas se tornar mais difícil a cada segundo. Mas foi o comentário que veio a seguir que forçou minha mão. Os lobos estavam ficando muito empolgados, fazendo suposições sobre quem poderia prová-la depois que Silas terminasse, e isso não me deixou escolha a não ser intervir. Tive que trazer Luna de volta e ajudá-la a ignorar tudo ao nosso redor antes de perder a fêmea mal-humorada dentro dela.

E o mais importante, eu tinha que ter certeza de que ninguém mais poderia tocá-la depois.

Eu poderia compartilhá-la com Silas. Com todo mundo? Sem chance.

— Humm, eu te amo desse jeito, Luna. — Me ajoelhei diante dela novamente, bloqueando seu rosto da vista dos outros e tracei sua boca com a ponta do meu dedo. — De quatro, sendo comida por outro lobo da minha escolha — continuei. — Está me fazendo querer ver se você realiza bem várias tarefas. — Apertei seu queixo entre os dedos, forçando-a a olhar para cima. — Quero a sua boca.

Essas palavras foram recebidas com sons coletivos de entretenimento, mas eu os ignorei, mantendo meu foco na bela alfa diante de mim.

Confie em mim, disse a ela com os olhos. *Me deixe te guiar através disso, para te dar um ato de poder.*

Eu precisava que ela entendesse o que eu estava lhe dando.

Muitos homens usavam o sexo oral como uma forma de dominar suas mulheres, mas sempre entendi o poder de colocar uma mulher de joelhos. Deixá-la tomar meu pau dava a ela todo o controle, e o alargamento de suas narinas demonstrou que ela sabia disso.

Ah, eu me beneficiaria.

Mas ela floresceu no momento, sabendo que poderia deixar um macho alfa de joelhos com um movimento da língua.

Vi o fogo em seu olhar quando ela chupou Silas, o jeito que ela estava decidida a destruir o controle dele. E eu estava dizendo a ela com meu olhar que daria a ela a mesma oportunidade.

Silas gemeu. Estava com o seu pênis alojado profundamente dentro dela, com os dedos trabalhando no ponto sensível entre suas pernas, enquanto ele atingia seu ponto G.

Ela está me apertando. Puta merda, Edon, não vou durar se ela continuar assim.

Não ouse gozar, eu avisei. *Continue transando com ela até que eu diga o contrário.*

Ele xingou e soube que minha ordem o atingiu em um lugar que ele não podia ignorar.

Arqueei uma sobrancelha para Luna, pedindo permissão a ela sem palavras. Se ela dissesse não, eu riria com um comentário severo e encontraria outra maneira de esgotá-la. Não seria fácil, mas eu me recusava a permitir mais alguém dentro dela.

Suas narinas queimaram e suas bochechas coraram em um tom de rosa profundo.

E ela abriu os lábios.

— Sim — falou em um sussurro, mas o suficiente para eu continuar.

Abaixei o zíper. O botão de cima da calça jeans já estava desabotoado e gemi quando meu pau caiu a centímetros daquela linda boca. Ela lambeu a cabeça, mantendo os olhos nos meus e quase gozei só com aquele olhar.

Sem medo.

Sem mortificação.

Apenas pura luxúria feminina.

Coloquei uma mão na parte de trás do seu pescoço e entrelacei a outra em seus cabelos para posicioná-la onde eu queria. Suas íris castanho-mel pareciam pulsar e seu desejo era uma presença palpável que consumiu os últimos vestígios de dúvida em minha mente.

Faça isso, ela parecia estar dizendo. *Atreva-se.*

Cuidado com quem você provoca, pensei para ela e curvei os lábios.

Não tenho medo de você, o olhar dela disse e, puta merda, isso me deixou ainda mais duro.

Silas mudou seu aperto no quadril dela, inclinando seus impulsos de uma maneira que despertou pequenos sons que rapidamente silenciei empurrando meu pau para dentro da sua boca. Ela engoliu e um rosnado retumbou no meu peito em resposta, um que Silas imitou em um gemido.

Esta não era a primeira vez que eu compartilhava uma mulher com outro homem. No entanto, *parecia*. A intensidade encobriu nosso ambiente em uma névoa de som e almíscar, os lycans ansiosos para se juntar, mas eu os mantive à distância.

Silas e Luna eram meus. Eles só não sabiam disso ainda.

Edon, Silas gemeu. *Puta merda... Luna...* seus pensamentos quebrados se juntaram aos meus enquanto a mulher deliciosa em questão passava os dentes ao longo do meu pau.

Eu sei, concordei. *Eu sei.*

Ela era uma deusa, seu corpo aparentemente feito para nós dois, e uau, ela era multitarefa. Eu a observei recuar contra Silas, pedindo que ele a comesse com mais força enquanto me punia com a boca.

Tão bom.

Tão perfeita.

Tão... puta merda.

Os pensamentos de Silas se fundiram com os meus, nossa necessidade intensificada por uma mistura inebriante que nos levou até o ponto sem retorno muito mais rápido e pareceu estimular Luna também. Seu corpo tensionou e seus olhos ficaram vidrados quando um grito vibrou meu pau.

Luna se desfez entre nós e seu rosto ficou ainda mais corado com o orgasmo. Silas rosnou baixo, seu torso esticado enquanto lutava contra o desejo de segui-la. Eu não tinha dado permissão ainda, e aquela pequena parte sua que eu possuía o forçou a aguardar, a esperar pelo meu comando.

Agora, disse a ele. *E não se contenha.*

Eu queria ver tudo dele, testemunhar sua explosão, sentir como se fosse minha.

Ele não decepcionou, seu rosnado era um som selvagem que cantava para o meu lobo, me forçando a acelerar o ritmo entre os lábios de Luna. Ela me recebeu ansiosamente, seu olhar enevoado estava preso no meu com uma facilidade preguiçosa enquanto ela chupava, mordiscava e lambia.

Quem a ensinou a chupar pau merecia uma medalha.

Como a mulher sabia exatamente como eu gostava, me levou ao limite da loucura enquanto ela recebia o esperma de Silas em sua boceta quente.

Ele ainda estava gozando, com a testa pressionada contra a minha mão no cabelo dela, colocando-o em uma posição de submissão que agradava ao meu lobo. As posições de suas cabeças tão perto da minha virilha inspiraram uma ideia totalmente nova, uma onde eu me revezava estocando cada uma de suas bocas enquanto eles esperavam com entusiasmo de joelhos para ver quem receberia meu sêmen primeiro.

Mas tinha que terminar o teste atual antes de poder me envolver em uma fantasia dessas.

Assim, Luna ganhou esta rodada. Meu êxtase irrompeu em sua garganta delgada com uma última estocada dos meus quadris. Ela engoliu ansiosamente e fechou os olhos, como se estivesse se deliciando com um doce.

Silas gemeu novamente, meu êxtase cascateando energia através de nossa conexão e arrancando um arrepio final dele. Meu nome se entrelaçou com o de Luna na cabeça dele, o que fez com que seu prazer fosse completo.

Até os sons da expectativa esfriarem o ar ao nosso redor.

Meu pai já estava se preparando e sua mente fodida pensando em transformar o castigo de Luna em algo muito pior.

Não. Eu recuso.

Apertei mais o pescoço de Luna, me guiando entre seus lábios até um ponto perigoso, perto da parte de trás de sua garganta.

Seus olhos brilharam para os meus, repleta de incerteza

enquanto eu a olhava.

Ela continuou a engolir.

Eu deveria estar me afastando.

Em vez disso, empurrei ainda mais, enquanto fingia estremecer com um segundo clímax. Ela parecia amordaçada, com as pupilas dilatando e levou as mãos para as minhas coxas como se fosse me empurrar para fora dela.

Confie em mim, eu queria dizer.

O que está fazendo?, Silas exigiu, notando a tensão ao longo da coluna dela. Ele começou a se mover, mas um comando mental meu o paralisou no lugar. *Por quê?*

Preciso apagá-la, expliquei, e minhas mãos endureceram mais enquanto Luna tentava me afastar. *Não a deixe se mexer.*

Silas não aprovou, mas obedeceu.

Senti as garras perfurarem minha pele. Luna tentou abrir caminho entre nós quando o terror tomou conta dela. Eu odiava fazer isso com ela, odiava o olhar de fúria misturado com o de traição que ela me deu, mas eu a segurei.

Alguns lobos podiam querer brincar com uma mulher inconsciente.

A maioria, inclusive meu pai, não aceitaria.

Imaginava que eles sempre pudessem esperar que ela acordasse, mas ela já teria ido antes que isso acontecesse.

O gemido sufocado de Luna machucou meu coração, assim como seus olhos ficando vidrados pela falta de oxigênio. Até que finalmente ela ficou mole. Esperei mais alguns segundos para ter certeza de que ela não estava fingindo, senti o pulso diminuir e sacudi meu pretenso estado orgástico com um rosnado baixo de alívio.

E então eu a soltei.

Ela desabou, imóvel.

Silas se ajoelhou e seu pênis bateu contra a coxa. Ele não olhou para cima, manteve o olhar em Luna.

Me levantei para fechar a calça, ignorando o desejo de verificar minha companheira. Seu pulso já havia retornado ao normal, me dizendo que estava bem. O que, infelizmente, significava que eu não tinha muito tempo para terminar esse ato. Se ela se mexesse muito rápido, a matilha viria para cima dela.

E então eu seria forçado a defendê-la.

Girei os ombros e olhei para Luna e Silas com uma expressão desapegada e dei de ombros.

— Ela é uma excelente multitarefa. — Olhei para o meu pai. — Melhor que a Bianca também.

Ele semicerrou os olhos.

— É cruel falar mal dos mortos.

Enquanto concordava, foi preciso um esforço considerável para não responder, *também é cruel matar um lycan por causa de um teste.* Que foi exatamente o que aconteceu aqui.

Eu não tinha ideia de como meu pai conseguiu revestir os restos de Bianca com o cheiro de Luna, mas ele claramente orquestrou tudo isso. Alguns membros da matilha também sabiam. Pude ver na satisfação brilhando em seus olhares. Eles não se importavam com Bianca, só queriam um motivo para incitar a retaliação para ver como eu me saía com o desafio.

Ou talvez eles não soubessem e simplesmente gostassem do show.

O fato de eu não perceber a diferença me incomodou.

— Leve minha companheira de volta para minha cabana, Ômega — exigi, não olhando para Silas, mas para o meu pai. *Espere por mim lá,* acrescentei mentalmente ao meu descendente.

Silas se inclinou para pegá-la em seus braços e parou com o rosnado do meu pai:

— Nós não terminamos.

— Pelo contrário, terminamos, sim. — Olhei para Silas. — Por que você ainda está aqui? Você obedece a mim, não a ele. — *Leve-a depressa. Vou cuidar disso.*

Meu pai rosnou baixo e de forma ameaçadora.

— Você está esquecendo seu lugar, filho.

— Não, estou subindo para o meu lugar, velho — respondi, ciente de Silas fazendo exatamente o que eu ordenei. Ele se moveu rapidamente, levantando Luna e fugindo do ringue.

Ninguém o deteve, pois o foco de todos estava nos dois alfas que ainda estavam ali.

Encarei meu pai, me recusando a ceder. Se ele queria um

embate, eu estava pronto. A matilha poderia apoiá-lo, ou talvez não. Cumpri os requisitos da punição e degradei minha fêmea, exatamente como eles exigiam. Fiz tudo certo e conquistei a confiança deles no processo. Pelo menos, da maior parte.

E o olhar no rosto de meu pai disse que ele também sabia disso. Eu sorri.

— Vai ter que fazer melhor do que isso para me derrubar, pai.

Sua mandíbula ficou tensa e ele pareceu pensar em suas opções. Todas apontavam para que ele fosse embora, e nós dois sabíamos disso. Mas não pude negar a pontada de alívio na minha coluna quando ele deu um aceno sutil de consentimento antes de sair do ringue.

Vários dos meus companheiros de matilha me deram um tapinha nas costas. Seu orgulho era uma doença que eu não permitiria que me infectasse. O fato de eles se sentirem realizados por minhas ações contra Luna dizia muito.

Este não era um mundo em que eu queria entrar. Eu queria muda-lo. E logo, muito em breve, estaria em posição de fazê-lo.

Capítulo vinte

VOZES MASCULINAS PROFUNDAS entravam e saíam da minha consciência. Eu não conseguia entendê-los, pois despertava e apagava.

Algo quente deslizou entre minhas pernas, provocando arrepios na minha coluna. Lábios acariciavam meu pescoço. Mais palavras. Um pano úmido deslizou nas minhas costas. Senti outro beijo na minha mandíbula. Alguém passando os dedos pelos meus cabelos.

Tudo isso proporcionou o sonho mais intensamente sensual da minha existência, cercado por calor, lobo alfa e movimentos de proteção.

Suspirei, me esticando contra o homem que estava atrás de mim e sorri quando ele beijou minha têmpora.

— Você está segura — ele sussurrou.

Eu sei.

No entanto, uma memória me incomodava. Um lugar onde eu não estava segura, mas horrorizada. Busquei a imagem em meus pensamentos, tentando encontrar a fonte e a verdade dela, e ofeguei, levando a mão ao pescoço depressa.

— Está tudo bem, Luna. — Reconheci aquela voz baixa, aquele perfume, aquele *macho*.

Edon.

Abri os olhos e o encontrei deitado ao meu lado. Seus olhos escuros brilhavam na baixa iluminação do quarto. Olhei por cima do ombro e descobri que Silas era a fonte de calor nas minhas costas e a palma da sua mão uma marca no meu quadril. Foi ele quem me garantiu que eu estava segura.

Mentiroso.

Edon me sufocou com seu pau, me deixando vulnerável e sozinha e com muito frio. Apertei o pescoço e surpreendi por minha garganta não doer, por ele quase me matar.

— *Por quê?* — questionei. Minha voz saiu em um rosnado que vibrou meu peito quando encontrei o olhar do alfa.

— Para manter os outros longe de você — ele respondeu, levantando a palma da minha mão e gentilmente afastando-a da minha pele. — Pude sentir meu pai planejando prolongar seu castigo às minhas custas. Então tirei o objeto do seu desejo. *Você.*

Pisquei, surpresa não apenas pela sua justificativa, mas também pela falta de hesitação em se explicar. Meus dedos se fecharam com a memória sob seu toque, mesmo que minha cabeça achasse que ele tinha feito a coisa certa.

Bem, não. O *certo* seria declarar minha inocência e não permitir que nada disso acontecesse. Mas, às vezes, as circunstâncias impediam que até as pessoas com a moral mais elevada fizesse a ação apropriada.

E eu sabia o que teria acontecido se Edon se recusasse a me punir. Ele teria recebido um corretivo muito pior, provavelmente com a minha morte. Um ato que permitiria ao pai prolongar o processo de ascensão.

Meus ombros cederam quando soltei um suspiro, odiando esta

vida mais do que nunca.

Exceto que Edon não havia reagido como um alfa normalmente faria. Por um lado, ele tentou me proteger. A maioria teria jogado sua companheira aos lobos. Literalmente. E só ficaria por perto para garantir que ninguém a matasse. Em vez disso, Edon mandou Silas me *contaminar*, o que pareceria horrível para os espectadores. Mas para mim... olhei por cima do ombro novamente, encontrando aqueles brilhantes olhos azuis.

Eu não tinha me importado.

— Você está bem? — ele perguntou suavemente e seu polegar acariciou o osso do meu quadril.

Edon se inclinou para beijar meu pescoço novamente e seu nariz roçou no meu queixo.

— S-sim — gaguejei. *O que está acontecendo? Por que eles estão...*

Estremeci quando Edon apertou meu pulso, voltando meu foco para ele. Ele estava a apenas um centímetro de distância, com um braço enfiado sob a cabeça e a mão oposta apoiada ao lado do corpo.

— Diga ao Silas que você não o odeia.

Franzi a testa.

— O quê?

— Ele está preocupado que você o odeie por ter transado com você. Diga a ele que não.

— Talvez eu o odeie. — Mas esse não era o ponto.

Edon curvou os lábios.

— Por favor, companheira. Tire Silas da sua miséria. Ele está me dando dor de cabeça. — O rosnado atrás de mim parecia divertir ainda mais Edon. Maldito macho alfa.

— A única pessoa que eu deveria odiar nessa situação é você — respondi, tentando tirar aquele sorriso arrogante da boca muito atraente. Infelizmente, minhas palavras só pioraram a situação, pois seus dentes brilharam enquanto ele sorria para mim.

— Um pedido de desculpas consertaria? — O tom provocador da sua voz me disse que ele não estava exatamente oferecendo, mas brincando.

— Você me sufocou.

— Sim.

— E não se sente mal com isso? — questionei.

Ele ergueu um ombro nu. Sim, ele estava nu. Claro que estava completamente nu. E parecia que Silas também estava.

— Te sufocar venceu a outra alternativa — o alfa respondeu e seu tom soou mais desapontado do que nunca. Ele levantou a mão para passar o dedo no meu pescoço, no esterno e o desceu até o umbigo. — Quer que a gente se sinta melhor, pequena? — Seu olhar escureceu com as palavras. — Acho que Silas gostaria disso.

— Silas tem sua própria voz — o homem atrás de mim respondeu.

— Então por que não a usa? — Edon rebateu, olhando por cima do ombro para seu descendente. — Fale com a Luna. Ela está acordada e muito alerta. — Ele pontuou suas palavras, passando o polegar por cima do meu peito. A eletricidade zumbiu em minhas veias como resultado desse toque. Meu corpo estava consciente de estar entre dois lobos machos viris. Eles praticamente irradiavam calor, seus aromas se misturando ao meu e me banhando em luxúria e sexo.

Estremeci, o que o convidou a me acariciar novamente. Só que desta vez ele apertou meu mamilo. Ofeguei, arqueando em Silas, e gemi quando Edon abaixou a boca para beijar meu peito machucado.

Puta merda... isso... eu não...

Fechei os olhos, depois os abri novamente, em conflito.

— Sinto muito — Silas sussurrou. Seus lábios estavam contra o meu ouvido. — Não... espero não ter machucado você.

Me machucado? Quase ri. Mas nada era remotamente engraçado. Só estive com outro lobo, que durou alguns minutos. Principalmente porque estávamos com pressa, mas certamente não gostei da experiência.

Mas Silas me fez sentir coisas. Deixou meu corpo formigando. Fez coisas sensuais. Ele me ajudou a esquecer a matilha e sua crueldade, apagou o motivo da nossa união e me deu prazer.

Porque Edon havia dito para que ele o fizesse.

Ah...

— Você não queria... — Engoli em seco, fechando os olhos.

— Claro que não — ele respondeu. — Quem poderia desejar

uma situação como essa?

Merda. O castigo tinha sido horrível para ele, talvez ainda pior com todas as coisas que a matilha havia dito a seu respeito, a maneira como eles haviam apostado em suas proezas sexuais, os comentários degradantes sobre seu pau de vira-lata e a maneira como Edon o forçou a executar seu plano usando o vínculo de descendência. Entendi por que ele fez e fiquei um pouco agradecida pela consideração, mas não considerei os desejos ou as necessidades de Silas.

Na verdade, eu não tinha pensado muito em seus desejos. Não quando exigi que ele me comesse naquele campo ou novamente quando me ajoelhei no banheiro. Eu apenas assumi que ele queria.

— Eu deveria estar me desculpando com você — falei em voz alta, girando de costas para encará-lo. Ele estava apoiado em um cotovelo e a outra mão seguiu o meu movimento para ficar no meu quadril. — Sinto muito, Silas. Não levei seus sentimentos em consideração, estava presa demais na minha própria miséria para prestar atenção em algo mais. O que não é uma desculpa. É, bem, a verdade.

Ele franziu a testa.

— Por que é que você está se desculpando comigo? Acabei de te estuprar por ordem do Edon.

O alfa rosnou um aviso baixo.

— Cuidado.

— O quê? Pelo menos admita o que fizemos com ela. — Silas semicerrou o olhar para o macho alfa. — Nada disso foi consensual.

— Nada neste mundo é consensual — Edon respondeu. — É tudo fabricado e organizado por quem está no controle.

Silas bufou.

— Diz o futuro alfa do Clã Clemente.

— Você diz isso como se fosse minha escolha.

— E você acha que ser o ômega de um clã lycan era a minha? Que eu queria ir para a Copa Imortal e matar todas aquelas pessoas? Algumas das quais eu conheci a vida inteira?

Fiquei boquiaberta, chocada com a fúria de Silas e com a facilidade com que ele soltou essas palavras para o alfa que o criou.

Mas o que mais me assustou foi a reação de Edon. Meu pai atacaria e colocaria o novato em seu lugar, talvez até o matasse.

Mas Edon não fez isso.

Não. Ele apenas suspirou e balançou a cabeça.

— Não, Silas. Não acho. Assim como transformá-lo em um lycan não foi minha escolha. Mas aqui estamos nós. Então, ou brigamos por causa disso – uma luta que você perderá – ou trabalhamos juntos e vemos o que podemos fazer para construir um futuro mais positivo no clã.

Silas ficou boquiaberto.

— Como?

— Ouvindo nossos idosos — Edon respondeu de forma enigmática. Em seguida, ele desviou o olhar para mim e o ébano em suas íris exibiu manchas marrons escuras. — Isso não foi consensual? Nós estupramos você, Luna?

Minha garganta ficou seca enquanto eu lentamente balançava a cabeça. Por que não, não foi estupro. Silas foi forçado a transar comigo? Sim. Mas eu já o queria e não foi exatamente uma dificuldade ficar com ele. E Edon me ofereceu uma escolha com o olhar, perguntando se poderia tomar minha boca. Entendi que ele estava tentando me devolver uma aparência de poder, me oferecendo uma distração.

— Seu pai teria me matado — acrescentei em voz alta. — Preferi o seu método.

— Isso não é exatamente certo — Silas murmurou.

— Não, não é — concordei, levando a mão para sua bochecha. — Mas no que diz respeito às punições, não me importei com essa. Eu... não foi *não-consensual*. Pelo menos não da minha parte. Teria acontecido na água. Certo?

Só que eu não sabia se Silas havia participado daquela caçada voluntariamente ou porque Edon o havia mandado. Eu nem sabia se ele estava aqui porque desejava ou se estava seguindo ordens.

Fiz uma careta.

— Você não...? Quero dizer, você não...? — Não consegui encontrar as palavras. Então olhei para Edon. — Você o está forçando?

Uma risada assustada veio do alfa, o som baixo e sexy e fazendo os pelos ao longo dos meus braços se arrepiarem.

— Não, pequena. Posso ter um pouco de influência, mas as reações dele são genuínas.

Pelo que observei, eu não tinha tanta certeza disso.

— Você o obrigou a transar comigo.

Ele olhou entre nós e uma carranca se formou.

— Está procurando um pedido de desculpas? Porque não tenho um para dar. Eu teria preferido que tudo isso acontecesse sob outras circunstâncias? Sim. Lamento como tudo aconteceu? Sim também. Mas que alternativa tínhamos? Ah, quero dizer, suponho que eu poderia ter deixado a matilha continuar te batendo, Luna, antes de treparem com você. — Ele semicerrou os olhos para Silas. — A propósito, Silas, ela teria sido estuprada, porque não queria aquilo. Diferente de como ela se sentia sobre você.

Edon fez uma pausa e sua expressão endureceu.

Eu não tinha certeza de como responder a isso e, pelo silêncio de Silas, suspeitei que ele também não soubesse. Felizmente, ou talvez, infelizmente, Edon não havia terminado.

— Vocês dois podem conversar comigo a noite toda sobre escolhas ou a falta delas. Porque eu entendo. Confiem em mim. Tenho um pai que está decidido a me fazer reprovar nesses testes, e suspeito que ele não se intimide em me matar. Mas, em vez de reclamar, estou enfrentando isso, porque é a única maneira de promover mudanças neste mundo. — Ele olhou para mim com um brilho de conhecimento. — Certamente você entende, Luna. Com os ensinamentos de Claudette e tudo mais.

Entreabri os lábios.

— Você conhece a Claudette? — *Como?* E por que ele não estava lívido? Ela pregava sobre os velhos tempos, constantemente me dizendo para não desistir da luta e me dando todos os motivos para viver. Todas as palavras que poderiam tê-la matado se meu pai as tivesse ouvido.

— Sim.

— Como? — questionei. Eu a havia mencionado enquanto dormia? Depois das drogas na outra noite? De passagem e apenas esquecido?

E então um pensamento mais perturbador me atingiu. *E se houver espiões no Clã Ernest? Tem algo...*

— Jolene Mason — Edon falou, me confundindo ainda mais.

— O que tem ele? — perguntei, sentindo a garganta tão seca quanto uma lixa. Jolene não era um homem que eu conhecia pessoalmente, mas eu sabia tudo sobre ele através de Claudette. Ele era uma lenda entre os lycans, o homem que ela amou e que acabou com outra, além de ter sido um dos alfas mais fortes da história. Pelo menos até o novo mundo.

Um fogo acendeu no olhar de Edon, que reconheci como orgulho.

— Jolene é meu avô.

Capítulo vinte e um

COM CERTEZA, eu tinha perdido algum tipo de aula de história, porque não fazia ideia de quem eles estavam falando. Mas o que Edon tinha acabado de revelar pareceu chocar Luna. Apertei a mão instintivamente em seu quadril, sentindo uma necessidade de protegê-la, vindo de um desejo avassalador que eu não sabia como dissipar.

Claudette era sua mentora no Clã Ernest, Edon explicou, tendo piedade da minha confusão. *Ela é uma amiga muito antiga do meu avô. De antes do novo mundo.*

O que isso significa?, perguntei, confuso com suas palavras.

— Eles se lembram de como era o mundo antes do Dia do Sangue. Quando os Testes Alfa eram um momento de orgulho entre pai e filho, o acasalamento realmente significava algo, e quando os humanos tinham certos direitos. — Edon encontrou meu olhar. — É ilegal falar sobre essas coisas, Silas. Mas meu avô me ensinou tudo sobre o mundo anterior e acredito que Claudette deu as mesmas lições a Luna.

— Deu, sim — Luna sussurrou. — Toda noite. Para mim e Logan.

Edon assentiu.

— Bem. Então talvez você me conheça melhor do que pensa.

O respeito brilhava em seu olhar e seus lábios se curvaram.

— É por isso que você trata Silas desse jeito. Você respeita os velhos costumes do vínculo de descendência.

Ele bufou.

— Estou tentando, mas ele não está facilitando para mim.

Arqueei as sobrancelhas.

— Estou deitado bem aqui.

— Confie em mim, nós sabemos. — Seus olhos escuros capturaram os meus. — Mas você está aqui porque exigi ou porque quer estar?

— Você sabe por que estou aqui.

— Mas a Luna, não. — Ele gesticulou com o queixo. — Ela parece pensar que estou te forçando a estar deitado aí. Estou?

Ele já sabia a resposta, então olhei para Luna quando respondi:

— Não. Exigi que ele me deixasse ficar para que eu pudesse ficar de olho em você e me certificar de que estava bem. — Emoldurei seu rosto, precisando que ela visse minha sinceridade. — Eu quero estar aqui, Luna.

— Mas ele fez você...? — Ela parou, mordendo o lábio.

Sim. Aquilo.

— Como ele disse, não havia uma alternativa melhor. — Passei o polegar sobre o lábio inferior, puxando-o dos seus dentes. — Eu teria escolhido um cenário muito diferente para a experiência, mas aconteceu. E agora, só preciso saber que você está bem.

Ela engoliu em seco.

— Estou.

— Que bom. — Me inclinei para tocar a boca na dela. — Da próxima vez, prometo que será melhor.

— Próxima vez? — Luna repetiu, parecendo esperançosa.

Sorri contra seus lábios.

— Supondo que Edon permita.

O lobo em questão passou a palma da mão em volta da minha nuca e apertou. Levantei meu olhar para o dele, de forma alguma me desculpando. Embora eu respeitasse que ela era sua companheira, ele me trouxe para esse jogo fodido e eu não recusaria outra chance de brincar com ela. Nem deixaria que ela continuasse pensando que Edon me forçou a tocá-la. Como se eu pudesse considerar essa atividade uma dificuldade.

Edon sorriu, me puxou para si e sua boca capturou a minha. Estremeci com a surpresa, depois me derreti no seu abraço. Porque, caramba, o homem sabia como beijar. Ele transbordava domínio, habilidade e pura necessidade masculina. Era tão diferente da feminilidade do toque de Luna, muito mais viril, mas igualmente viciante.

Sua língua possuiu a minha, exigindo que eu me submetesse. Mas não o fiz. Retribuí o beijo, combinando com o ritmo dele, e passei os dedos pelos cabelos para segurá-lo. Luna se contorceu entre nós e seu pequeno suspiro foi uma adição intoxicante à experiência. E quando a excitação dela perfumou o ar, nós dois nos separamos para olhá-la, famintos para experimentá-la.

— Humm, acho que ela gosta de nos assistir — Edon murmurou, se esticando ao lado dela. — Mas eu quero focar nela. Silas? — Ele colocou a palma da minha mão na parte superior da coxa dela, mantendo seu olhar no rosto dela.

— Acho que ela merece nossa atenção conjunta — concordei, imitando a pose de Edon do outro lado e olhando para ela.

Me entregar aos dois veio muito naturalmente, meus movimentos eram instintivos e muito, muito certos. Me inclinei para beijá-la novamente, desta vez deslizando a língua entre seus lábios.

Ela agarrou meu ombro como se precisasse se segurar, e talvez fosse verdade. Porque assim que terminei de beijá-la, Edon assumiu o controle e me disse, através do vínculo de descendência, para cobrir o espaço úmido entre suas coxas. Ela se arqueou sob o meu toque e depois gemeu alto na boca de Edon.

Uma onda de umidade encontrou meus dedos, facilitando que

deslizassem em sua boceta molhada e entrar nela. Ela me apertou da mesma maneira que tinha feito com o meu pau, e a memória sensual disso foi quase suficiente para me fazer gozar de novo.

Mas isso não era sobre mim.

Era sobre Luna.

E pela primeira vez, eu estava totalmente de acordo com as intenções de Edon. Ele passou os lábios do pescoço até os seios dela, permitindo-me a oportunidade de beijá-la novamente. Estabeleci um ritmo preguiçoso com a língua contra a dela, me deleitando com a sensação e o sabor viciante que de Luna.

— Eu poderia fazer isso por horas — admiti, sussurrando.

Ela não soltou meu ombro e a outra mão estava no cabelo de Edon enquanto ele continuava chupando os mamilos rosados. Apreciação mútua permeou o ar, nós três exalando nossas próprias fragrâncias eróticas que pareciam se misturar e se fundir com o outro. Criou a mistura mais fascinante, uma que eu queria usar e sentir em minha pele pelo resto dos meus dias.

Edon rosnou em aprovação.

Luna suspirou.

E cedi à vontade de beijá-la com mais força para aumentar seu cheiro excitante para minha gratificação pessoal.

Ela satisfez meu desejo, assim como Edon. Gemi. Estava tão duro para os dois que mal podia ver direito. Mas o pensamento de agradá-la me fez manter o foco. Encaixei os dois dedos profundamente dentro dela e acariciei aquele lugar que eu sabia que as mulheres gostavam. Seus quadris arquearam em resposta, pequenos sons de excitação escapavam da sua boca para a minha enquanto ela chegava à beira de um orgasmo que não estava pronto para acabar.

Luna estremeceu. O suor brilhava em sua pele. Aconcheguei sua bochecha e pescoço, adorando seu perfume e a pulsação acelerada em seu pescoço.

— Mais — ela sussurrou. — Por favor. Mais.

— Coisinha carente — Edon brincou, deixando uma trilha de beijos pelo abdômen até onde minha mão estava. Me movi para permitir que ele tivesse acesso a sua doce intimidade e sorri quando suas costas arquearam para fora da cama.

Meus lábios capturaram seu grito enquanto seu mundo desabou. Sua boceta úmida apertou tanto meus dedos que pensei que poderia quebrá-los. A lembrança dela fazendo isso no meu pau me fez gemer em sua boca.

Porra, você está me matando, Edon sussurrou. *Quero que o foco seja nela.*

Eu também, respondi. *Mas, puta merda. Sua vagina é como o céu líquido, Edon.*

Eu sei. Quero lamber cada centímetro dela. Ele pontuou a questão passando a língua em meus dedos e recuando novamente. Seu gemido de aprovação era um som intensamente palpável.

As unhas de Luna cravaram no meu pescoço e seus dentes roçaram em meu lábio em uma exigência silenciosa para fortalecer nosso abraço. *Ainda de cima a baixo,* pensei, cedendo a ela porque queria. E talvez porque eu tenha gostado um pouco de seu domínio.

A diversão de Edon ficou nítida através do vínculo. Sua cabeça estava focada na tarefa de fazê-la gritar novamente. Tirei a mão e permiti que ele assumisse e passei a palma em uma trilha úmida do abdômen até os seios. Desenhei um padrão em cada um dos seus mamilos, umedecendo sua pele com sua própria excitação e depois abaixei a cabeça para lambê-la.

Ela não soltou minha nuca. Suas garras afiadas estavam na base do meu couro cabeludo e me mantendo exatamente onde ela desejava. Rosnei um aviso baixo em resposta, e meu lobo apareceu para enfrentar seu desafio sexual.

Afundei os dentes em seu peito.

— Puta merda — ela murmurou, arqueando maravilhosamente debaixo de mim.

Você acabou de marcar minha companheira?, Edon perguntou, com uma sugestão de algo sombrio em seu tom.

Parei.

Sim. Foi um movimento tão natural que minha besta interna respondeu à fêmea flexível debaixo da minha boca. Luna estremeceu, seu peito subia e descia em rápida sucessão e sua forma ágil tremia de êxtase e sem angústia.

Meus caninos estavam alojados nela, imóveis. Porque fiquei

congelado no com o comentário de Edon. A tensão alinhava nosso elo, o alfa aparecendo.

Eu o havia pressionado demais?

Tentei me desculpar, mas as palavras não se formaram, nem mesmo em pensamento.

Porque eu queria mordê-la. E sua resposta me disse que ela gostou. Mas talvez ela estivesse perdida demais para sentir a gravidade do que acabei de fazer?

Edon levantou a cabeça, provocando uma queixa nos lábios entreabertos de Luna.

Até que ela captou o brilho sombrio de seu olhar.

Foi preciso um esforço considerável para libertá-la, para retroceder o suficiente e ceder. Meus olhos baixaram automaticamente. Meu lobo se curvou ao seu superior.

Engoli em seco, incerto e ainda incapaz de expressar as palavras que precisava dizer.

— Edon — Luna sussurrou, com a mão ainda na minha nuca.

Ele não disse nada. Sua superioridade era uma presença pesada entre nós. Segundos se passaram e meu coração ameaçava parar no peito. Não sabia se devia correr, rolar ou pedir perdão. No entanto, tudo o que eu podia fazer continuar deitado aqui com a mão espalmada no abdômen de Luna e a cabeça inclinada a alguns centímetros de seu peito.

Edon se inclinou para provar os buracos que fiz em seu peito e sua boca se fechou sobre a pele dela.

Luna praticamente saiu da cama, um grito surpreso entreabriu seus lábios quando ele deslizou seus caninos na mesma mordida. Não me mexi, muito conflitado e excitado com a visão. Edon se levantou mais uma vez, me agarrou pelo pescoço e me puxou para si com um rosnado.

Arqueei quando seus dentes afundaram no meu lábio inferior, a mordida era uma punição e uma reivindicação. Meu sangue esquentou, meu ventre tensionou. *Puta merda.*

Meus, ele gemeu em minha mente. *Vocês dois são meus.*

Capítulo vinte e dois

MINHA PULSAÇÃO não me permitia ouvir qualquer coisa. Pelo jeito que Edon segurava Silas, eu não sabia dizer se ele queria matá-lo, comê-lo ou transar com ele.

Levei um momento com a cabeça atordoada de desejo para perceber o que tinha acontecido: Silas havia me mordido. Ele exigiu minha submissão da mesma maneira que um macho alfa fazia com uma companheira, algo que Edon teve que aceitar como desafio.

Essa coisa toda era bem confusa. Especialmente pelo jeito que me *senti* depois que Silas afundou os dentes na minha pele. Paz, segurança e uma boa dose de prazer me levaram a uma nuvem de intenso desejo. Queria ceder a ele. Minha loba já estava se submetendo antes do verdadeiro alfa no quarto rosnar. Então ela ficou com os joelhos fracos, me deixando sem fôlego entre os dois machos.

Eles iam brigar ou transar?

Eu ainda não sabia.

Nem mesmo quando Edon mordeu Silas, provocando um som agudo dos dois.

E em seguida, eles se beijaram quase violentamente. Suas línguas pareciam brigar entre si em uma guerra pelo domínio. Edon ganhou e seus dentes tiraram sangue, que ele lambeu e engoliu antes de procurar mais.

Era muito intenso, mas sensual e incrivelmente excitante.

Soltei Silas, levando a mão entre as minhas coxas enquanto a outra acariciou meu peito. Isso foi demais. Eu precisava de alívio. E precisava agora.

Só que meus pulsos foram presos acima da minha cabeça em um segundo enquanto Edon olhava para mim. Choraminguei e gemi quando a língua de Silas deslizou em do meu calor úmido.

Uau...

Como eles fizeram isso? Eles se moveram tão rápido e... puta merda! A boca de Silas cobriu meu clitóris com tanta intensidade que não pude segurar o grito.

Edon capturou minha boca. Seu beijo não era tão duro quanto o que ele havia dado a Silas. Mas ainda mostrando seu controle.

— Diga-nos o que você quer, companheira — ele sussurrou. — Nossas mãos? Nossas bocas? Nossos paus? Nos fale como te agradar.

A energia vibrava em minhas veias, incendiando meu espírito com uma *necessidade* intensa que somente esses homens poderiam satisfazer. Como acabei aqui? Cheia de desejo e me contorcendo sob dois machos viris. Nunca quis me juntar ao Clã Clemente, e agora eu tinha dois motivos para ficar.

— Luna — Edon pressionou, seus lábios sussurrando nos meus. — O que você quer, pequena?

Tudo.

Prazer.

Transar.

Ergui os quadris para encontrar a boca de Silas, o que fez com meus mamilos intumescessem. Nunca me senti assim, nem mesmo sob meu próprio toque. E já havia gozado duas vezes hoje. Esses dois tocaram meu corpo com uma facilidade que era tanto perturbadora quanto viciante.

Edon rosnou, o som era um aviso baixo: o alfa exigindo uma resposta.

Mas eu não conseguia falar.

Não sabia como articular meu desejo. Era tudo muito novo, era demais para mim. Minha loba se inclinou, absorvendo a tensão sexual e se banhando no calor.

Os dentes agarraram meu lábio inferior, mordendo suavemente em repreensão por ignorar o alfa acima de mim. Seus olhos escuros encararam os meus quando Silas deslizou dois dedos em mim, me provocando de um jeito que arrepiou meu corpo inteiro.

De alguma forma, fiquei ainda mais excitada que antes. Meu corpo tremia com um desejo que eu não conseguia verbalizar. Não era possível

— Quantos amantes você já teve? — Edon perguntou baixinho enquanto envolvia a mão na minha garganta. — O que fizeram?

Engoli em seco, minha visão falhando com o ataque da língua de Silas e suas carícias profundas. As pupilas de Edon envolveram suas íris e seu rosto bonito estava muito perto do meu. Ele queria saber da minha experiência, mas eu não sabia o porquê. Talvez para ter certeza de que não estava me pressionando demais? Não. Alfas não se importavam com isso. Eles pilhavam e estupraram sem pensar.

Mas este, não minha loba sussurrou.

Humm, Edon estava provando ser uma anomalia. Eu não tinha certeza de como confiar nele depois de tudo que aprendi. Exceto que ele tinha um mentor parecido com a minha.

— Luna. — Ele me apertou novamente, desanuviando a minha visão o suficiente para ver as linhas severas da sua testa, o brilho conhecedor em seus olhos, e o leve sorriso nos lábios quando ele se afastou para me observar. — Preciso saber o que podemos fazer com você, pequena.

Permissão, traduzi, um tanto aturdida com isso. O alfa queria que eu estabelecesse as regras para que eles pudessem jogar dentro dos limites que eu criasse.

— Você não é nada do que eu esperava — admiti, emoldurando sua bochecha e puxando-o para um beijo. E ele me permitiu tomar mais do que realmente dar. — Minha experiência é limitada. Mas estou aberta a, hum, explorar.

Outro beijo. Este mais profundo. Dominador. Repleto de emoção.

— Preciso de mais, Luna. Quantos estiveram dentro de você? E onde?

Engoli em seco e ofegue quando Silas fez algo particularmente pecaminoso com a língua. Se ele continuasse assim, eu...

Ele parou, sua respiração quente contra a minha pele úmida.

— Responda a ele — disse. Não sabia se porque ele também queria a resposta ou porque Edon exigia isso através da conexão. Mas ouvir o comando em seu tom, juntamente com o olhar do alfa, não podia recusar.

— Apenas dois, incluindo Silas — sussurrei. — E o primeiro foi apenas uma vez. No dia da nossa cerimônia.

Um vislumbre de diversão iluminou o olhar de Edon.

— Para me impedir de tomá-la

— Sim.

— E como isso foi para você? — ele sussurrou, enquanto Silas ria contra a minha carne quente. Engoli em seco quando seus dentes roçaram meu clitóris e depois se agarraram com um vigor renovado que cascateava ondas de prazer através do meu ser.

— Puta merda — murmurei, segurando os lençóis de um lado enquanto minha mão oposta se enrolava no pescoço de Edon. — Tão bom... — Tentei puxá-lo para me beijar, mas ele permaneceu lá, me observando.

— Isso significa que você não desaprova minha escolha em mantê-la? — ele perguntou em voz alta, um sorriso sombrio em seus olhos. — Ou ainda prefere que eu te mande para casa? Para ser punida por seu pai?

— Edon...

— Não. Quero uma resposta, pequena. Diga-me como você se sente agora, com Silas acariciando sua doce boceta com a língua e a palma da minha mão no seu peito. — Você desistiria de tudo?

Anseia por outro? Deseja quem transou primeiro com você?

Quase ri da ideia de querer Volk no lugar de Edon e Silas, mas percebi o brilho predatório no olhar de meu companheiro alfa. Seu lobo fez essas perguntas, mais do que o homem, sua necessidade de saber sobre o meu desejo era um detalhe importante para satisfazer o alfa lycan sobre de mim.

Apertei as unhas em seu pescoço e semicerrei os olhos.

— Me coma e vou te dizer quem eu prefiro.

Isso me rendeu um rosnado.

— Ah, Luna, você está jogando um jogo perigoso.

— Com medo de não estar à altura do desafio? — perguntei, me sentindo muito mais ousada do que deveria. Especialmente quando estava debaixo de um macho alfa poderoso. Mas não pude deixar de provocá-lo, minha necessidade de lutar contra uma que me recusei a suprimir.

Silas levou sua carícia ao meu ventre e deixou uma trilha de beijos no meu peito antes de se acomodar ao meu lado. Seus olhos azuis brilhavam com aprovação e seus lábios, que brilhavam com a minha excitação, estavam curvados.

— Sua propensão a se submeter é admirável, Luazinha. — Ele beijou minha bochecha e levantou o olhar para o alfa. — Ela está pronta.

— Luazinha? — Edon repetiu e se inclinou para capturar a boca de Silas em um beijo longo e devastador. — Humm, você tem um sabor incrível.

— É o gosto da Luna.

— Eu sei. — Ele o beijou novamente, fazendo meu coração acelerar. Estavam tão perto, suas excitações unidas eram potentes e me excitavam demais. Apertei as coxas, buscando atrito, mas foram separadas quando Edon se posicionou entre elas. A cabeça do seu pau se encaixou na minha entrada e deslizou para dentro com facilidade, sem interromper seu abraço com Silas. Suas línguas se acariciaram, o pênis de Edon se alongou e minha boceta estava encharcada com uma *necessidade* irrestrita.

Segurei com mais firmeza o pescoço de Edon e passei o outro braço por Silas, nesse estranho abraço de êxtase. Edon agarrou meus quadris, penetrando profundamente dentro de mim, seu tamanho esmagador e muito *alfa*.

Gemi, inclinei a cabeça para trás enquanto tentava acomodá-lo e ofeguei quando ele começou a se mover.

Se mover *de verdade*.

Com força.

Profundo.

Estocadas.

Seu aperto ficou contundente, me forçando a segurá-lo, enquanto sua boca caiu no meu pescoço. A boca de Silas se moveu para a minha, me beijando profundamente, engolindo meus gemidos quando Edon estabeleceu um ritmo brutal.

Acasalamento, percebi. *Um lobo macho tomando sua companheira.*

Não tive escolha a não ser aceitar.

E pior, eu *queria*.

Arqueei os quadris para encontrar os seus, meus instintos assumiram o controle e meu beijo com Silas mudou de suave para algo selvagem. Ele acariciou meu peito, apertou o mamilo e me acariciou de novo. Em seguida, Edon estava me beijando. Sua língua era forte e dominadora, me lembrando do seu pau dentro de mim. Silas se moveu, deslizou a boca pelo meu ombro, para Edon e de volta para mim.

Muitas sensações.

Intenso.

Sexy.

Erótico pra caramba.

Silas me beijou de novo, depois Edon capturou minha boca, e então Silas reivindicou meus lábios mais uma vez. E o tempo todo, um inferno foi se construindo em meu ventre que implorava para ser desencadeado.

Seus toques se fundiram, o pau de Edon era como uma marca e seu corpo se moveu de um jeito que acariciou meu clitóris, mesmo quando ele encontrou aquele ponto dolorido no fundo.

E Silas.

Puta merda, ele estava em todo lugar. Suas mãos, dedos, língua e lábios. Jurava que ele havia beijado Edon também. Lambido. Mordiscado. Aumentando a insanidade do momento, misturando tudo isso em um tornado de *sentimentos*.

Isso... eu nunca poderia ter previsto *isso*.

Dentes arranharam minha pele, rosnados soaram no ar e um calor diferente de tudo que já senti envolveu a atmosfera ao nosso redor.

Gemi os dois nomes, incerta de quem tocava, mas sabia que tinha os dois.

E então eu estava beijando Silas novamente, sua boca me prendendo enquanto Edon me levava ao clímax com seus movimentos. Ele era intenso. Repleto de força e poder, trazendo seu lobo à tona, enquanto ele me dominava na mais antiga das maneiras.

Passei as unhas pelas suas costas, reivindicando-o.

— Mais — exigi, arqueando e oscilando à beira de uma explosão que provavelmente me destruiria. Mas não me importei. Queria os dois, mesmo que apenas por esta noite.

Ou talvez mais.

Algo para avaliar mais tarde.

Porque, uau, eles estavam se beijando novamente.

Meu orgasmo entrou em erupção, encobrindo minha visão de preto e provocando um som alto e erótico da minha garganta. Tremi, meus membros tensionaram e vibraram, minha respiração estava ofegante e com tudo isso, os senti lambendo, chupando e acariciando.

Edon mudou seu peso, me deixando vazia, e então Silas estava lá.

Arqueei embaixo dele, gemendo quando ele estabeleceu um ritmo um pouco mais suave, me levando através do prazer e me beijando profundamente. Edon se ajoelhou ao nosso lado, se acariciando preguiçosamente com uma mão enquanto passava a palma da mão oposta na coluna de Silas.

Minha respiração falhou quando percebi sua intenção.

Silas sorriu, olhando para Edon.

— Não tenho medo de você.

— Deveria ter — o alfa respondeu.

— Talvez — ele concordou. — Mas não tenho.

— Humm. Outro desafio. — Ele estalou a língua. — O que eu vou fazer com vocês dois?

— Nos comer? — sugeri, com a voz rouca e cansada.

— Ah, isso com certeza vou fazer. E logo, companheira, será você no meio. Mas como Silas é o que tem mais experiência, vou tomar seu traseiro primeiro. — Ele pontuou sua afirmação fazendo algo que fez Silas estremecer acima de mim.

Preparando-o, suspeitei. *Ah, doce mãe dos lycans...*

Já havia visto isso antes, mas nunca por prazer. Os machos faziam isso para machucar. No entanto, Silas parecia aceitar e sua expressão estava ansiosa de uma maneira faminta, não assustada.

Sua boca cobriu a minha, me puxando de volta para si, para seu pênis, para seus movimentos, para seu toque. Estremeci, meu corpo ainda cambaleando pelo ápice do momento anterior. Não havia como gozar de novo. Pelo menos era o que eu pensava. Mas suas estocadas lutaram para provar que eu estava errada.

Cacete.

Isso era insano.

Como eu poderia desmoronar novamente? Os lobos eram conhecidos por sua resistência e talento sexual, mas isso era demais.

Embora eu já tivesse testemunhado inúmeras vezes. Não necessariamente nas fêmeas, mas definitivamente nos machos. Eles eram insaciáveis, seus impulsos esmagadores e imparáveis.

No entanto, fui a única a gozar múltiplas vezes. Edon, não. Ele só gozou uma vez na minha garganta mais cedo e depois fingiu um segundo.

Silas gemeu quando Edon se posicionou atrás dele e os dois se uniram de uma maneira que eu não conseguia ver, mas sentia sob o peso deles.

— Puta merda — Silas sussurrou e inclinou a cabeça no meu pescoço. Como o som que se seguiu não era de agonia, presumi que Edon havia usado algum tipo de lubrificante. Mas ele certamente não era gentil. Ele estocou com força e Silas o recebeu com um grunhido, seu próprio pênis penetrando em mim ao mesmo tempo.

Fiquei maravilhada com a dança íntima, a maneira como nossos corpos se uniam de um jeito tão único que garantia todo o nosso prazer.

As palavras de Edon repetiram em minha mente.

E logo, companheira, será você no meio.

— Ahhh — gemi alto, essa ideia me aqueceu da cabeça aos pés.

Porque sim. Sim, eu queria experimentar isso. E se a expressão no rosto de Silas fosse algo a se levar em conta, eu iria gostar muito. Ele me beijou de novo, liberando todas as suas emoções com a língua e me forçando a engolir cada uma.

Edon escolheu o nosso ritmo, de alguma forma se inclinando de uma maneira que não esmagou Silas em mim, mesmo quando ele cedeu aos seus impulsos mais violentos. Rosnados, gemidos e palavras de aprovação entraram em uma espiral entre nós três.

Tão diferente do que vi no passado.

Não se tratava de domínio. Pelo menos, não por completo, mas de gratificação mútua. Edon passou os lábios no pescoço de Silas, e seu olhar capturou e prendeu o meu. Estendi a mão para passar os nós dos dedos em sua bochecha, depois retribui o beijo de Silas e me perdi novamente no êxtase do momento.

Silas gemeu, a intensidade parecendo rasgá-lo em dois quando Edon nos levou a um frenesi. Arqueei meus quadris, toquei os dois, apertei Silas, observei as expressões de Edon e senti a bola de fogo líquido se agitando mais uma vez. Até que eu não pudesse ver, pensar ou me mover.

Era como se eu estivesse caindo.

Em um penhasco com águas escuras, onde tudo se consumia em êxtase.

Senti Silas endurecer, ouvi seus sons de aprovação enquanto ele me seguia. Seus dentes perfuraram meu pescoço. Ou talvez tenha sido Edon quem me mordeu. Eu realmente não sabia dizer, pois estava muito sobrecarregada e absorvida no meu paraíso líquido. Mas *senti* Edon gozar e ouvi seu rugido. Tinha certeza de que todos no território ouviram. Ele vibrou através de Silas e diretamente para o meu coração, me envolvendo em uma camada protetora que aceitei sem pensar.

Tudo parecia certo.

Completo.

Inteiro.

Me recusei a lutar. Me recusei a pensar.

Em vez disso, fechei os olhos, bêbada com as sensações que flutuavam pelo meu corpo, sentindo o formigamento dos meus membros e a satisfação geral aquecendo meu interior.

Essa era uma vida que eu poderia desfrutar. Pelo menos, por um tempo.

Permiti que isso me seguisse nos meus sonhos. Para me deixar em um estado que nunca havia sentido antes.

Um estado de felicidade.

Da paz.

De harmonia.

De lar.

Capítulo vinte e três

LUNA DORMIU EM PAZ AO MEU LADO, com as bochechas coradas, os cabelos despenteados e os lábios inchados. Silas descansou do outro lado, com a palma da mão no quadril e o peito pressionado contra as costas dela.

A proteção irradiava dele. Seus olhos estavam fechados, mas seu corpo alerta.

Nunca passei muito tempo com um humano que virou lycan. A maioria era fraca demais para sobreviver. Silas, no entanto, provou que todas as probabilidades estavam erradas. Ele floresceu em sua nova forma, já rivalizando com a força daqueles que possuíam três vezes a sua idade. Um homem de ação nato, pelo menos de acordo com meus instintos.

E ele era meu.

Todos no bando assumiram que ele era um vira-lata regular sem muita habilidade. Eu queria que continuasse assim, pelo menos por enquanto. Não só me daria uma carta para ser tirada da manga no momento certo, mas também permitiria que ele continuasse a crescer e aprender a dominar suas habilidades.

Também me proporcionou segurança adicional para Luna.

O que quer que estivesse acontecendo aqui entre nós três desafiava a ordem natural. Alfas acasalavam com outros alfas. No entanto, de alguma forma, Silas se inseriu nos laços destinados apenas a Luna e a mim. Senti sua presença lá no fundo, sua mordida anterior uma marca que reivindicou Luna como sua, apesar de eu já tê-la identificado como minha.

E quando eu o mordi, algo mais se encaixou além do nosso vínculo de descendência.

Eu precisava ir até o meu avô para perguntar o que estava acontecendo. Não apenas entre nós três, mas com a matilha em geral.

Por exemplo, como meu pai havia incriminado Luna pelo assassinato de Bianca.

Isso não deveria ser possível.

— E quanto ao vampiro? — Silas perguntou baixinho, com os olhos ainda fechados, mas sua mente claramente sintonizada com a minha. Parecia que ele finalmente percebeu que o vínculo era dos dois lados. Ou talvez eu tenha pensado em voz alta. De qualquer maneira, ele estava acordado, ouvindo e pensando. — O vampiro que encontramos tinha o cheiro da matilha, não de um culpado específico. Seu pai orquestrou isso também?

Íris azuis claras cintilaram para mim quando ele preguiçosamente levantou as pálpebras. Sua expressão era de serenidade e conforto da nossa transa intensa há mais de uma hora.

Quando eu disse a ele que queria tomar seu traseiro, ele nem sequer se encolheu. Seus estudos incluíam essas atividades, mas eu sabia que tinha tomado o máximo de cuidado possível, apesar das minhas investidas mais duras. Na verdade, tornei isso agradável, algo que nos chocou.

Porque toda a experiência era nova para mim.

Transei com mulheres de várias maneiras, mas nunca com um

homem, e sempre duvidei que desejaria algo do tipo. No entanto, com Silas? Sim, eu pretendia fazer isso de novo. E mais uma vez. E de novo.

E, eventualmente, eu tomaria Luna também.

— Vai precisar aquecê-la um pouco mais antes que isso aconteça — Silas falou, parecendo pensativo, provando estar dentro da minha cabeça. Os lábios dele se curvaram. — E que lugar fascinante é a sua cabeça.

Eu bufei.

— Posso te bloquear. — Meu avô havia me ensinado a construir paredes mentais. Ele disse que seriam necessárias para quando eu obtivesse acesso à psique da matilha — o que aconteceria como resultado da minha ascensão. Ninguém seria capaz de simplesmente aparecer na minha cabeça, no entanto. Não como Silas, pelo menos. Ou Luna quando completássemos o vínculo. Essas conexões sempre seriam únicas.

— Talvez, mas você não vai — Silas respondeu, se referindo à minha ameaça de bloqueá-lo.

— Mas poderia.

Ele sorriu.

— Certo.

Sua arrogância deveria ter me irritado. Em vez disso, apenas me divertiu. Provavelmente porque eu estava relaxado demais para ficar irritada.

— Em relação ao vampiro, acho que você está certo — eu disse, voltando ao tópico que eu estava pensando antes de meu cérebro fugir para o meu pau.

— Eu te disse que farejei mais, no outro dia? — Silas perguntou, franzindo a testa. — Ou farejei alguma coisa. Foi antes de eu pegar Luna correndo. Ela me distraiu disso.

— Não, não mencionou. — Fiz uma careta. — Onde foi?

— Perto da fronteira, no pântano.

Ou seja, estava no território de Clemente, nos arredores de onde residiam os membros da elite da nossa matilha. Havia centenas de lobos dentro de nossas fronteiras, mas apenas um punhado de lycans cuidadosamente selecionados vivia na sede. Todos os outros residiam fora das áreas de pântano em cidades degradadas ou em outras áreas do deserto.

— Você já os sentiu em outro lugar?

— Antes do que morreu? Não. Mas não estive lá recentemente.

Luna começou a se mexer entre nós e seus lábios se entreabriram em um adorável pequeno protesto que dizia que seu corpo ainda não estava pronto para acordar. Dados os eventos de hoje, não fiquei surpreso. Ela já havia se recuperado do espancamento, principalmente porque o bando não teve tempo suficiente para causar danos graves. Mas sexualmente, Silas e eu a exaurimos.

Algo pelo qual não pediria desculpas.

Não quando ela aproveitava tanto os resultados do nosso carinho.

Deveríamos correr pelas fronteiras pela manhã, Silas falou, mudando para a nossa conexão.

Preciso ver meu avô primeiro.

Jolene. Ele parecia refletir sobre o nome, tendo claramente se lembrado disso de antes. *Por que não o vi?*

Ele não socializa com o círculo do meu pai com frequência. No entanto, mora nas proximidades. Vou apresentar vocês em breve.

A surpresa brilhou no olhar de Silas. Ele não comentou em voz alta, mas senti seu prazer silencioso com a oportunidade em potencial. Nada do que estávamos fazendo aqui era considerado normal. Eu, o herdeiro alfa, apresentando um novato vira-lata a um antigo alfa da matilha? Sim, isso não acontecia na nossa sociedade.

No entanto, algo me disse que meu avô mais do que aprovaria quebrar essa regra tácita.

Você pode ficar com a Luna amanhã enquanto eu visito meu avô?, perguntei.

Silas sorriu para mim.

Um pedido em vez de uma ordem? Preciso deixar você me comer com mais frequência.

Zombei disso.

Não preciso que você me deixe fazer nada. Basta uma simples ordem para você ficar de quatro como um bom lobinho.

Ele arqueou uma sobrancelha.

É? Agora quem está agindo de maneira arrogante?

Quase ri.

Nós dois sabemos que é verdade. Assim como nós dois sabemos que você vai tomar conta da nossa Luazinha amanhã.

— Ela é a minha luazinha — ele sussurrou e passou o braço ao redor dela de forma possessiva. — E a sua pequena.

— E que apelidos devemos dar um ao outro? — perguntei baixando minha voz para não perturbar a bela adormecida entre nós.

Alfa, ele provocou.

Ômega, respondi.

Não é o nome mais original. Mas talvez não precisássemos de nada.

— Talvez Luna e eu possamos patrulhar a fronteira amanhã juntos para ver o que podemos encontrar enquanto você se encontra com Jolene — ele sugeriu baixinho, provando para mim o seu valor como um potencial executor.

A capacidade de foco de Silas me atraía, assim como a mente afiada e focada na tarefa, mesmo em momentos íntimos. Eu imaginava que ele precisava estar constantemente analisando situações, considerando a tudo o que havia sobrevivido ao longo dos anos.

— Eu poderia treinar sua velocidade — acrescentou. — Ajudar a nos prepararmos para qualquer teste que venha a seguir.

Assenti.

— Sim. — Estávamos nos aproximando da próxima lua cheia. Qualquer tarefa que meu pai pretendesse me dar seria a mais dura. Porque ele estava ficando sem tempo para me incapacitar. Então, seria algo para me tirar da corrida ou...

— Ele vai tentar matar a Luna — Silas terminou para mim.

Porque eu não conseguia assumir sem uma companheira.

E meu pai deixou bem claro nos últimos dias que ele a via como dispensável.

— Isso não vai acontecer — falei.

— Eu sei — Silas concordou.

Mantive meu olhar no seu por um longo momento, notei a posse que queimava em suas pupilas e assenti novamente.

— Eu sei — repeti. — Porque ele terá que passar por nós dois.

— Algo que meu pai nunca anteciparia.

Ah, ele pode tentar me derrubar.

Mas Silas? Ele nunca consideraria isso.

E esse seria o seu fracasso final.

Durma um pouco, Silas sussurrou. *Você precisa mais do que eu. Vou ficar de vigília.*

Parecia estranho confiar em outro, tendo passado toda a minha existência cuidando de mim a cada momento. No entanto, pela primeira vez, obedeci a outra pessoa e permiti que meus olhos se fechassem.

Porque ele estava certo — eu precisava descansar.

Boa noite, Edon.

Boa noite, Silas.

Capítulo vinte e quatro

CALOR. Me aconcheguei na fonte da minha felicidade, contente com o calor que cobria minha pele. Uma risada soou no ar, profunda, baixa e deliciosamente divertida, seguida por um beijo na minha testa.

— Você parece bem descansada, Luazinha — Silas disse, passando a mão para cima e para baixo em minhas costas.

Me estiquei contra ele em um suspiro.

— Hum-hum.

A luz espreitava através das cortinas, iluminando os traços de Silas quando abri os olhos. Ele sorriu para mim, a imagem da tranquilidade.

— Bom dia, linda. — Ele olhou para a janela e seu sorriso se ampliou. — Bem, boa tarde.

— Que horas são? — perguntei, procurando um relógio.

— Hora de almoçar e dar uma corrida — ele respondeu, acariciando minha bochecha. — O Edon quer que verifiquemos as fronteiras.

— Em busca de quê?

— Cheiros estranhos — ele respondeu, deslizando de debaixo de mim. — Vou explicar durante o almoço.

Peguei sua nuca e o puxei de volta para mim para dar um beijo longo e indulgente. Humm, ele tinha gosto de menta e cheirava a sabonete. Seu cabelo molhado confirmou que ele havia tomado banho enquanto eu dormia, mas não se preocupou em vestir nenhuma roupa. Algo pelo qual minhas mãos ficaram muito gratas enquanto eu explorava seu torso quente e musculoso.

Foda-se a comida.

Eu queria lambê-lo e prová-lo.

Minha loba ganhou vida com a ideia e seu pelo suavizou sob a minha pele quando cedi à vontade de afundar as unhas em sua nuca enquanto minha mão oposta descia.

Silas sorriu contra a minha boca.

— Cuidado ou Edon vai ficar com ciúmes — ele avisou quando meu toque desceu para sua crescente excitação.

Firme. Quente. Suave. Perfeição.

— Onde ele está? — perguntei em voz alta, me referindo ao macho alfa que havia despertado todas essas ideias proibidas dentro da minha cabeça. Se tudo isso era apenas uma maneira de me destacar como sua companheira, estava funcionando muito bem. Porque eu queria mais. *Muito mais.*

— Foi encontrar com o avô — Silas respondeu, se estendendo em cima de mim. — Saiu há uma hora.

Passei a língua pelo seu lábio inferior e envolvi as pernas em seus quadris.

— Ele sabe que estamos acordados?

— Sabe.

— Você está falando com ele agora? — perguntei enquanto minha umidade envolvia o pau duro de Silas e deslizava contra ele em convite.

Ele gemeu, apoiando a testa na minha.

— Estou.

— Humm. — Eu o beijei novamente, suspirando quando ele entrou em mim até o fim. Eu nem precisava de preliminares, meu corpo já estava tenso só por acordar ao seu lado. O que era insano depois de tudo o que aconteceu ontem à noite, todos os orgasmos arrancados do meu corpo.

Mas, uau. Eu estava viciada agora. E me recusava a parar.

Silas me beijou profundamente e seus quadris estabeleceram um ritmo preguiçoso que provocou meus sentidos. Apertei-o com minha vagina e apertei as pernas ao redor da sua cintura para encorajá-lo a ir mais rápido e *mais forte,* mas ele manteve o mesmo ritmo. Quase como se estivesse tentando me provocar.

Arranhei as unhas nas suas costas, provocando um silvo. Ele mordeu meu lábio inferior em reprimenda, depois sorriu.

— Ansiosa, Luazinha?

— Me come.

— É o que estou fazendo.

Quase rosnei.

— Você está brincando.

— Sim — ele concordou. — Mas, tecnicamente, ainda estou transando com você. — Ele pontuou penetrando fundo. Minhas costas se arquearam em resposta, fazendo-o rir.

— Edon sabe que você está dentro de mim? — perguntei, segurando seus ombros enquanto ele repetia o movimento.

— Sim. — Ele mordiscou minha mandíbula e deu um beijo no meu pescoço. — Ele disse para fazer você ganhar. — Sua língua traçou um caminho até a minha orelha, seus dentes agarrando a loba. — E para lembrá-la de que ele tem uma tarefa para concluirmos.

— Diga a ele que não sigo bem ordens — ofeguei, apertando as coxas na cintura de Silas.

— Ah, ele sabe — Silas respondeu, suas palavras eram um sussurro no meu ouvido. — Mas ele não se importa, querida Luna. Quer saber por quê?

A provocação sombria em seu tom provocou um arrepio delicioso na minha espinha.

— Sim — admiti, engolindo em seco.

— Porque ele gosta de punição sensual. — Silas se afastou abruptamente, forçando minhas pernas a relaxar, e me virou antes que eu pudesse começar a reagir.

Tão rápido.

Tão forte.

Tão — ah, querida loba — meu.

Ele penetrou dentro de mim com tanta força que gritei e gemi sob o ataque de prazer que se seguiu.

— Puta merda — sussurrei, chocada e incrivelmente excitada.

— É isso que você quer, certo? — ele rosnou as palavras contra a parte de trás do meu pescoço, seu corpo cobrindo o meu quando ele entrou em mim com muito mais força do que na noite passada. Seu lobo claramente ansiava por domínio. E a minha parecia adorar submissão, algo que eu alegaria ser impossível há uma semana.

— Silas — sussurrei, tremendo embaixo dele, meu corpo dividido entre tormento e êxtase. Este era um castigo por si só, e uma maneira incrível de acordar.

— Edon falou para te dizer que ele planeja te tomar mais tarde — ele murmurou suas palavras quentes contra a minha nuca sensível. — Ele quer você se contorcendo, molhada e implorando entre nós. É por isso que ele está me dizendo para parar, Luna. Para deixar você ofegante e insatisfeita. Devo ouvir, Luazinha? Ou devo ser rebelde também?

Ele não parou, só acelerou o ritmo.

— Não — eu disse, me referindo à sua ameaça de parar. — Continue. — Eu não me importei de parecer desesperada, porque estava. Merda, do jeito que seu pau batia no meu interior, pensei que poderia queimar, e era o que aconteceria se ele se retirasse novamente. — Silas... — Seu nome saiu de mim em um gemido, provocando um profundo som de aprovação seu.

— Sim, foi o que pensei — ele respondeu, passando os dedos pelos meus cabelos e virando minha cabeça para trás em um ângulo que quase doía. E me beijou. Com força. Seu domínio se tornou completo quando ele se acomodou dentro de mim repetidamente, sua língua combinando com as investidas abaixo.

Dominador, abrangente, viciante.

Não me reconheci mais.

Não entendia em quem eu estava me tornando.

Mas vivi apenas por esse momento.

A dor agitada apertava meu interior, enviando lava líquida pelas minhas veias e me fazendo ver estrelas.

Meu orgasmo se formou, mas não atingiu o pico.

Minhas pernas tremeram.

Minhas respirações se transformaram em suspiros.

Tão, tão perto.

Ali.

— Ahh — eu gemi, desabando em uma onda de intensidade que abalou a minha alma.

Silas soltou um rosnado, com seus dentes afiados no meu pescoço, dando uma mordida que nenhum de nós deveria deixar. E, no entanto, eu aceitei. Minha loba se curvou, reconhecendo o macho mais forte e se preparando para sua reivindicação.

Isso me deixou tremendo embaixo dele.

— Puta merda. — A palavra era um sopro de ar contra o pescoço de Silas, sua massa pesada tremia com a minha.

Quase ri. O quebra-cabeça que criamos com nossos membros levaria a um desembaraço cuidadoso. Nos unimos em um frenesi, os lobos assumindo o controle nos últimos momentos e impulsionando nossa transa.

Como na noite passada.

Apenas um pouco menos avassalador sem Edon.

Mas ainda muito mais incrível do que qualquer coisa que eu poderia esperar.

O que estamos fazendo? queria perguntar. Mas acho que Silas também não sabia. Assim como eu duvidava que Edon também.

Este era um território desconhecido.

Os alfas estavam destinados a acasalar com outros alfas. Um homem e uma mulher. Não um trio. No entanto, isso não parecia certo. Edon e Silas estavam muito conectados, algo demais também. Não consegui identificar exatamente o que, mas a ideia de assumir uma sobre a outra parecia errada.

Talvez o tempo resolvesse isso.

Embora eu duvidasse.

De qualquer forma, o tempo só aprofundaria esse estranho vínculo entre nós três.

Silas se virou e me puxou para si, me beijando enquanto me acomodava em seus braços.

— Hora de tomar banho, Luazinha. Podemos brincar mais tarde. Com o Edon.

Estremeci quando ele se levantou e, sem esforço, me levou junto.

— Ele está bravo?

Ele sorriu.

— Assustado?

— Não.

— Nem eu. — Ele me carregou para o banheiro de mármore de grandes dimensões e me colocou na bancada, seus braços me bloquearam enquanto segurava a pedra em cada lado das minhas coxas. — Mas ele está divertido, não bravo. Ele sabia que nós o desafiaríamos. E agora, está ansioso para nos punir. Então, obrigado por isso.

Eu sorri.

— Não é culpa minha.

— Ah, foi inteiramente sua culpa. Eu estava pronto para o almoço e uma corrida, mas agora tenho que tomar banho de novo. — Ele se afastou para ligar a água, depois olhou por cima do ombro. — Agora traga sua bunda aqui para que eu possa transar com você de novo antes de comermos.

— A culpa é minha, hein? — repeti, rindo. — Parece que você está com tanta *fome* quanto eu.

— Ou talvez eu esteja apenas garantindo que a experiência valha a pena. — Ele balançou as sobrancelhas e me deu um sorriso brincalhão que aqueceu meu interior.

Este era um novo lado de Silas, um lado descontraído.

Gostei bastante.

— Transar, comer e correr — contemplei em voz alta. — Meu tipo de dia. — Não que eu tenha muita experiência com a parte da transa. Mas com Edon e Silas, eu seria bem educada muito, muito em breve.

* * *

EU MEIO QUE ESPERAVA que Edon aparecesse a qualquer momento e exigisse se juntar a nós, mas ele não apareceu. Em vez disso, permaneceu em contato mental com Silas durante todo o nosso banho e nos estimulou com algumas promessas sombrias do que ele pretendia fazer conosco mais tarde. Quando terminamos, estávamos prontos para fazer de novo, mas Silas insistiu em comer e correr.

Depois que ele explicou o porquê, concordei.

Fiz alguns sanduíches rápidos para reabastecer nossas reservas de energia esgotadas e depois abri o caminho para os limites externos para ver o que meu nariz podia detectar.

Fomos em forma de lobo porque era mais rápido e meu olfato era melhor de quatro.

Silas seguiu atrás de mim, seu tamanho muito maior impressionante para um humano que virou lycan. *Vira-lata* parecia um termo muito degradante para ele. E *novato* era muito mole.

Talvez *changeling* — criaturas de aparência humana, mas com poderes sobrenaturais — funcionasse.

Meu focinho tremeu, me tirando das minhas reflexões. Silas se juntou a mim, seu foco já seguindo a direção do cheiro. Ele deve ter percebido isso antes de mim.

Outro sinal de sua força anormal, como um *changeling*.

Ele partiu em direção ao cheiro comigo logo atrás, e o fedor da morte crescia a cada passo conforme atingíamos a passagem da fronteira.

Eu meio que esperava encontrar outro cadáver, como eles tinham encontrado na semana passada.

Mas não havia nada.

Silas fez um círculo, com o focinho no ar e bufou.

Encontramos o ponto mais forte, mas não havia sinal de um vampiro.

Ele deu alguns passos no campo, depois se virou e foi na outra direção, apenas para bufar novamente e olhar para mim.

Sacudi meu pelo, negando o caminho da trilha, e comecei a seguir ao longo da fronteira na direção oposta. Mas o cheiro diminuiu até desaparecer, me levando de volta ao mesmo lugar.

Isso não faz nenhuma sentido.

Comecei a mudança, o que levou Silas a me seguir. Quando ele estava diante de mim em plena forma humana — algo que levou um pouco mais de tempo do que eu — repeti minhas palavras em voz alta.

— Alguém, de alguma forma, está sacaneando com os cheiros da matilha e de vampiros — acrescentei.

— Como eles fizeram com o seu, no lugar da morte da Bianca. — Ele olhou em volta, apoiando a palma da mão na parte de trás do pescoço. — E com o corpo que encontramos que tinha o cheiro da matilha, não de um único culpado.

— Tem que ser o pai dele ou alguém do alto. Mas não sei como estão fazendo isso.

— Nem o Edon — ele respondeu, apertando os lábios. — Ele deveria perguntar ao avô sobre isso. Felizmente, ele está aprendendo algo útil, porque está em silêncio há cerca de uma hora.

Fiz uma careta.

— Em silêncio?

— Sim.

— Isso é normal?

Ele deu de ombros.

— Edon só fala comigo quando tem algo a dizer, o que é mais frequente do que não, mas imagino que ele esteja ocupado no momento.

Justo. Estudei o campo e depois o terreno de volta ao acampamento principal e mordisquei meus lábios.

— Por que um vampiro faria algo tão perto do coração do território do clã? Se estivéssemos perto das fronteiras da região de Silvano ou de Lilith, eu entenderia. Mas estamos a várias centenas de quilômetros da fortaleza de vampiros mais próxima. Estar aqui é um convite a problemas.

Vampiros e lycans conviviam bem na Aliança Sanguínea, mas não eram exatamente aliados. Eles simplesmente dividiram tudo meio a meio e governavam à sua maneira dentro dos limites do direito internacional. Além disso, não eram obrigados a ser amigos ou parceiros de negócios. Na verdade, os vampiros tendiam a fazer acordos comerciais com seus companheiros mortos-vivos, enquanto os lycans cuidavam dos próprios seus negócios.

— É estranho — Silas concordou, caminhando pela fronteira. — Me deixe te mostrar onde encontramos o corpo. Talvez você compreenda algo que não conseguimos.

Duvidava, mas concordei de qualquer maneira.

Corremos em forma humana para o local a cerca de três quilômetros de distância, mas todos os cheiros estavam livres da morte.

— Edon descartou os restos — Silas explicou.

— Ele fez um bom trabalho, porque não consigo encontrar nem um traço.

Silas assentiu.

— Sim. Ele se certificou disso.

Farejamos e não encontramos nada.

Finalmente balancei a cabeça.

— Tudo parece bem aqui. Normal, até.

— Sim. — Ele soltou um suspiro. — Acho que...

Seus joelhos dobraram, fazendo-o cair no chão com um grito de agonia que soou alto em meus ouvidos.

— Silas! — desabei com ele e levei as mãos aos seus ombros enquanto meus olhos vagavam sobre ele, procurando a fonte da sua dor. Mas ele parecia intacto, sua pele bronzeada e tensa como momentos atrás.

Mas ele segurou o coração como se alguém tivesse atirado nele e caiu de lado, com as pernas dobradas na posição fetal.

— *Puta merda...* — ele ofegou, deixando as lágrimas escorrerem pelo canto dos olhos. — Edon — ele finalmente conseguiu dizer com a voz rouca, enquanto seu corpo estremecia violentamente. — Algo está... errado... com Edon...

Capítulo vinte e cinco

DEMOROU MUITO TEMPO para afastar a dor inicial no meu peito.

E em seguida eu estava correndo de quatro.

Meu corpo doía, meus ouvidos vibravam com a intensa batida do meu coração, e minha visão estava turva. Mas eu tinha que chegar até ele, ajudá-lo, salvá...

Não! ele gritou na minha cabeça.

Eu o ignorei, meus instintos me empurrando sobre a terra com Luna logo atrás de mim. Nossas patas corriam em sequência, sua forma ágil uma forte presença nas minhas costas quando atingimos os arredores da vila principal.

Eles vão te matar, Silas, Edon rosnou em meus pensamentos. *Pare!*

Eu o afastei, mas algo nesse comando me fez parar logo atrás de uma das cabanas. Luna parou em cima de mim, sem fôlego e atordoada pela minha parada repentina.

É outro teste, Edon falou rapidamente. *Se você ou a Luna interferirem, usarão isso como desculpa para matar os dois. Isso é sobre aliados. Eu não posso... ter... aliados.*

A maneira como sua voz falhou no final fez meu coração disparar novamente. Ele claramente fez um esforço significativo para gritar comigo. O que significava que eu precisava *ouvi-lo*.

— O que houve? — Luna perguntou, já em forma humana novamente.

Me forcei a me transformar, com a respiração ofegante da corrida acelerada e a rapidez com a qual me force a alternar entre lobo e homem.

A conexão com Edon vacilou, me deixando saber que estava perdendo e recuperando a consciência.

— Ele não quer que a gente interfira — sussurrei, engolindo em seco. — Disse que é um teste sobre aliados.

— Que tipo de...? — Luna olhou bruscamente para as árvores, assumindo uma posição defensiva ao meu lado.

Franzi a testa e meus sentidos ficaram em alerta, procurando o que havia capturado seu interesse. Lá, meu lobo viu. Um ligeiro tremor de movimento nas árvores.

Luna rosnou baixo, o som muito mais ameaçador do que qualquer coisa que já ouvi dela.

E o intruso respondeu com uma risada.

— Claudette certamente se superou — disse uma voz profunda quando um homem com cabelos grisalhos e olhos escuros apareceu no caminho. — E Edon está certo, Silas. Isso é sobre aliados. Se você for a até ele agora, vão esperar que você se junte. Ou pior, eles verão quanto tempo você pode durar.

— Até o quê? — questionei. Não precisava exigir a identidade dele. Sua semelhança com meu criador, me indicou sua identidade – era o avô de Edon.

— Um teste de força — Luna falou, com a voz rouca.

— Sim — o homem mais velho confirmou.

— O que é um teste de força? — Quero dizer, eu entendia a

essência disso pelo nome. — O que isso implica?

— Eles espancam o alfa até ele ficar inconsciente, só para ver quanto ele pode aguentar — Luna sussurrou.

O lycan idoso assentiu.

— E conhecendo meu filho, ele adicionará vocês dois à mistura, apenas por diversão.

— Para remover todos os aliados de Edon do quadro — Luna acrescentou. — Talvez permanentemente. — Ela inclinou a cabeça, com o olhar astuto. — Você é Jolene.

O homem idoso sorriu.

— Ninguém me chamou por esse nome em muitas luas, criança. Mas sou, sim. — Ele olhou bruscamente para a esquerda, todos os traços de diversão morrendo. — Vocês devem ir antes que te encontrem.

Luna seguiu o olhar dele, o rosto empalidecendo.

— Eles vão me caçar.

— Silas conhece um lugar. — Ele arqueou uma sobrancelha para mim. — Não é?

A cabana, percebi.

— Mas e o Edon?

— Não deixe minha aparência te enganar, garoto. — Seu sorriso era enorme, se assemelhando com um lobo sob a pele. — Ainda sou um alfa, e aquele é o meu neto.

Uivos do coração da vila soaram, fazendo Luna se afastar dois passos.

— Eles estão vindo.

— Vá — insistiu Jolene. — Vou distraí-los.

Ele desabotoou a camisa, revelando um torso que mostrava sua força, e tirou a calça para começar a transformação.

Luna agarrou meu braço antes que eu pudesse assistir à transformação, o poder inundando o ar.

Puta merda.

— Silas! — Luna sibilou, me puxando. — Se eles me encontrarem...

Outro uivo soou, este muito perto.

E não veio de Jolene.

Caí de joelhos, fazendo a transição o mais rápido que meu

corpo permitia. Mas não foi rápido o suficiente. Três lobos deram a volta e seus olhares ficaram famintos enquanto se prendiam em Luna no meio da trilha. Ela rosnou, mostrando sua coragem, e então Jolene entrou na frente dela com um grunhido. Seu tamanho grande uma visão surpreendente.

Seu rosnado baixo forçou os outros lobos a se afastarem, baixando o olhar diante do alfa diante deles.

Fiquei cativado pela demonstração de domínio.

Este é o futuro de Edon. Do que ele é capaz, mesmo agora.

E, no entanto, sua matilha estava batendo nele. Para quê? Testar sua resistência?

Eu podia sentir sua agonia através do vínculo, a dor era uma força visceral da natureza que me chamava para encontrá-lo e ajudá-lo. Mas também senti sua relutância, o aviso em sua mente para ficar longe. Para proteger Luna a todo custo. Deixá-lo suportar esse teste sozinho.

Porque se viéssemos buscá-lo, seu pai também nos venceria.

E, ao contrário de Edon, não sobreviveríamos.

Um mordiscar no meu ouvido forçou minha atenção para o lado onde Luna me encarou, implorando. O medo irradiava dela, enquanto mais uivos soavam no ar quando alguém anunciou nossa posição para a matilha.

Viver como lycan não era melhor do que ser humano.

Eles eram animais, florescendo com a dor dos outros e exigindo submissão da maneira mais cruel possível.

Até os mais fortes dentre eles eram punidos apenas por sua posição. Derrubado por seus irmãos para provar seu lugar no topo.

Por que alguém permitiria isso?

Pela mesma razão que lutei na Copa Imortal. Edon suportava aquelas coisas para garantir seu lugar no topo, para ascender para a única posição em que ele poderia mudar tudo.

Esses testes iam muito além do seu destino. Tratava-se de reestruturar o Clã Clemente. E se Edon precisasse, ele colocaria isso acima de todos os outros em sua vida, incluindo eu e Luna.

Por isso ele precisava que corrêssemos.

Essa noite, ele não poderia nos proteger. Estávamos por conta própria. Mas ele me deixou com as chaves da nossa segurança. Um homem muito inteligente, sempre um passo à frente.

Meu coração se aqueceu com um respeito que eu nunca esperei sentir, um que me fez encontrar o olhar de Luna e inclinar a cabeça em um gesto para que ela me seguisse.

Seu alívio era palpável quando parti para a floresta. Minhas patas batiam na terra em um padrão destinado a confundir qualquer um que nos seguisse. Porque de jeito nenhum eu os levaria ao refúgio de Edon.

A aprovação de Edon vibrou em meu sangue, sua mente parecia cheia de gratidão, mesmo quando sua angústia ecoava pelo nosso vínculo.

Não deixe que esses cretinos te matem, falei.

Vai ser preciso mais que uma surra, Ômega, ele sussurrou, sua voz mental perturbadoramente suave.

Falo sério, Alfa. Ainda não terminamos.

As minhas palavras soaram divertidas, mas ele não falou mais. Parecia estar guardando sua energia. Enquanto eu o sentisse, não me preocuparia.

Mais de uma hora depois, finalmente nos conduzi à pequena cabana fora das fronteiras. Luna ofegou pesadamente atrás de mim, e seus olhos brilhavam com vida, admiração e admiração. Ela obviamente gostou da corrida, ou talvez da adrenalina nascida na fuga.

Me aproximei da porta e abri para ela.

— Não é tão bom quanto a casa principal, mas é confortável.

Estranhamente, o ambiente familiar continha uma pontada de nostalgia para mim. Mal passei algum tempo aqui, nem fazia muito tempo desde a minha última visita. No entanto, tantas coisas haviam ocorrido nos últimos dias, que parecia eras desde a última vez que coloquei os pés neste lugar.

No entanto, a cozinha ainda estava bem abastecida e todas as comodidades funcionavam.

Luna se aventurou no quarto principal, provavelmente seguindo o cheiro de Edon, e saiu alguns minutos depois vestindo uma camiseta velha. Ela me jogou um short, que vesti enquanto ela vasculhava os armários.

Então ela parou, apertando os ombros.

— Luna? — Fui devagar até ela, colocando a palma da mão nas suas costas. Ela tremeu sob o meu toque e se virou para mim. Qualquer empolgação que ela sentiu pela corrida tinha morrido rapidamente. Agora ela estava diante de mim com uma postura que irradiava derrota.

— Nós corremos — ela sussurrou.

— Sim.

Ela engoliu em seco, olhando para mim.

— Corremos como covardes.

— Não, fizemos o que o Edon queria. — Emoldurei sua bochecha. — Eles teriam nos machucado, Luna.

— Poderíamos ter lutado — ela argumentou. — Mas nem tentamos. Merda, eu nem pensei em tentar. Eu apenas... fugi. — Ela piscou. — Eu... e se...?

Envolvi os braços ao seu redor, encaixando sua cabeça debaixo do meu queixo.

— Não era a nossa hora de lutar. — Não por enquanto, adicionei mentalmente. Porque um dia – um dia que suspeitava que seria em breve – lutaríamos. Mas não esta noite. — Ajudamos o Edon não estando lá. — Pelo menos foi o que percebi pelo vínculo.

— Mas e se ele estiver errado? — Ela se afastou para me encarar. — E se o pai dele levar isso longe demais?

— Então temos que confiar em Jolene para ajudá-lo — eu disse, enervado com a noção de confiar em alguém que não fosse eu.

— Você pode...? — Ela fez uma pausa e engoliu em seco. Limpou a garganta duas vezes antes de continuar. — Você pode senti-lo?

— Sim. — Minha conexão com Edon florescia mesmo sob a dor. — Ele está guardando suas forças. — Um plano se formava na mente do alfa, um que eu não conseguia definir. Mas eu sabia que ele estava bem. — Acho que os lobos estão nos procurando. — Porque parecia haver uma pausa no teste, algum tipo de jogo de espera que Edon estava usando a seu favor para se curar.

Ela endireitou a coluna, uma pontada de desafio ultrapassando a incerteza em seu olhar.

— Lutarei se nos encontrarem.

— Não vão nos encontrar aqui. — Eu tinha certeza disso, não apenas por causa da minha evasão em fuga, mas porque confiava em Edon. Ele manteve este lugar por um motivo. Uma casa segura para os momentos em que ele precisasse se esconder – e agora era um desses momentos. — Mas devemos nos preparar para o caso.

Ela assentiu, escapando dos meus braços.

— Armadilhas.

— Armadilhas? — repeti.

Outro aceno.

— Sim. Sentiremos o cheiro deles, mas se acionarmos alarmes nos campos, também os ouviremos. E nos dará tempo suficiente para nos prepararmos.

Parecia um bom uso do nosso tempo.

— Tudo bem. Eu ajudo.

— Não. — Ela olhou para mim. — Você precisa juntar suprimentos médicos. Edon vai precisar que cuidemos dele. Portanto, mantenha contato com ele e traga-o aqui quando estiver pronto. Enquanto isso, vou preparar o terreno.

Quase sorri com sua autoridade, intrigado com a fêmea alfa que começava a se mostrar. Mas uma resposta divertida não seria tão apropriada considerando nossa situação. Então decidi responder:

— Certo. Vou continuar falando com ele.

— Ótimo. — Ela parecia um pouco mais segura, agora que encontrou um certo controle. — Diga que estamos esperando por ele.

— Pode deixar.

— E que não vamos cair sem lutar.

— Ele sabe disso, Luna.

— Não sabe, não — ela respondeu, encontrando o meu olhar. — Mas ele vai saber. — Algo parecia se formar dentro dela, uma espécie de resolução, uma que ela não tinha antes. Eu não tinha notado que isso lhe faltava, porque não sabia o que procurar, mas percebi agora.

Ela não queria mais correr.

Luna finalmente aceitou seu companheiro.

E faria o que precisasse para mantê-lo.

Meu coração bateu mais forte com essa noção e meu lugar do lado de fora do vínculo deles se fortaleceu. Infelizmente, agora não era hora de me preocupar comigo ou com meus sentimentos irracionais.

Eu tinha um criador para salvar. E, por algum motivo, ele me colocou no comando do bem-estar da sua companheira. Eu não decepcionaria a ele ou a Luna.

Eu sei, ele sussurrou, e as palavras pareceram um golpe contra o meu coração. *Vejo você em breve.*

Capítulo vinte e seis

CHUTEI UMA PILHA de sujeira e bufei, lançando poeira por toda parte. Essa vegetação era muito diferente da minha terra natal. Muito mais quente, por um lado. E seca.

Embora eu suspeitasse que a última fosse devido à falta de chuva.

Não que eu me importasse com o clima.

Ou mesmo com a falta de água.

Não, eu estava pensando em Edon e no fato de eu ter fugido. Era uma segunda natureza, meu terror por ser jogada em um ringue com ele sobrepujando meus sentidos.

E me transformando em uma covarde.

Rosnei baixo. Eu não era o tipo que fugia. Sempre lutei. Mesmo participando da porcaria da cerimônia de acasalamento, lutei do meu jeito.

Mas a noção de ter minhas forças testadas por Walter e seus homens havia me abalado de uma maneira que eu não estava acostumada. Visões de como eles me atacaram depois que dei um soco em Bianca, e os comentários e desejos sem vergonha expressados durante o ringue de punição... estremeci novamente só de pensar em tudo.

Era realmente de se admirar que eu quisesse fugir?

Esse não era meu objetivo desde que Edon me marcou como sua?

No entanto, chegar à casa segura com Silas havia despertado um novo campo de pensamento. Fugi para me salvar, algo que há uma semana eu teria respeitado. Mas deixar Edon sofrer agora parecia errado. Eu tinha visto muito do homem sob o verniz alfa e tinha ouvido o sussurro de suas verdadeiras intenções na maneira como ele falava sobre o passado e o futuro.

Ele me fez lembrar de Logan.

E eu nunca deixaria Logan para trás.

Outro rosnado saiu do meu focinho, o som muito mais feroz do que eu sentia.

Tudo mudou muito rapidamente. Meus pensamentos iniciais de fugir para territórios onde eu poderia me defender desapareceram em um instante. E por trás, senti uma conexão com um homem que nasci para odiar.

Durante toda a minha vida, me prometeram um futuro alfa com dois objetivos principais em mente: acasalar com uma fêmea alfa e forçá-la a carregar sua prole.

Fim da discussão.

Sem escolha

Minha vida tinha acabado antes mesmo de começar.

No entanto, Edon não era o homem que eu esperava. Ele não me forçou a fazer nada. Na verdade não, de qualquer maneira. Ele atendeu aos meus desejos e necessidades, não me forçou para além dos meus limites e valorizou claramente minha proteção.

Assim como Silas.

Ah, mas isso adicionou uma nova camada de complexidade a toda essa situação. Porque eu gostava de Silas tanto quanto de

Edon, mas de uma maneira totalmente diferente.

Os dois eram dominantes. Não havia dúvidas. Eles desejavam minha submissão e fariam o que precisavam para obtê-la. Com Edon, eu esperava isso. Silas, no entanto, foi uma surpresa. Minhas inclinações alfas e a genética de raça pura deveriam facilitar que eu o superasse. No entanto, ele não apenas lutou contra mim como também me venceu.

E não foi resultado da minha fraqueza.

Eu poderia enfrentar lobos duas vezes o meu tamanho.

Não, Silas tinha uma força que poucos possuíam. E eu suspeitava que tivesse nascido de anos de ter que lutar para sobreviver. Isso o marcou como semelhante, mas diferente, para Edon.

Silas também tinha uma suavidade que Edon não tinha. Ele era um pouco mais intuitivo e constantemente analisava seus arredores e escolhas. Edon também contemplava suas ações, mas nunca vacilava em uma decisão e sua palavra era lei. Em vez de debater, Silas parecia ceder, atendendo ao mais forte do par, em vez de tentar repreendê-lo.

A dinâmica entre eles era intoxicante e sensual pra caramba.

Isso me deixou querendo os dois igualmente, incapaz de escolher, e despertou um mundo inteiro de problemas. Porque, eventualmente, qualquer jogo que Edon estivesse jogando acabaria. Ele me disse desde o início que nenhum de seus lobos iria transar comigo. No entanto, Silas o havia feito mais de uma vez e sem consequências.

Claro, Edon havia permitido. Duas vezes. Mas não havia como ele continuar aceitando. A menos que ele me compartilhasse para ajudar a domar seus instintos possessivos. Não aprovavam que os alfas exibissem tendências possessivas. Talvez Edon estivesse apenas se preparando para exigências sociais futuras envolvendo o compartilhamento de parceiros?

Fiz uma careta.

Não. Isso era mais profundo. Eu podia sentir em meu âmago e Edon não parecia tão ansioso para cumprir os requisitos da sociedade. Ele impediu que os outros lobos me tocassem mais de uma vez agora. Exceto Silas, a quem ele parecia ansioso para juntar ao nosso ninho.

Talvez ansioso demais.

E se Edon preferisse Silas? Parei no meu caminho, vendo a lua brilhar no céu. *Edon não disse que Silas lhe deu o melhor boquete de sua vida?* Fiz uma performance para ele ontem à noite e ele não disse nada, até fingiu um segundo orgasmo na minha garganta.

Por que eu não era tão boa?

Foi a minha segunda vez — Silas sendo a primeira — então é claro que não foi tão bom.

Estremeci. A competição sempre aqueceu meu sangue, mas neste caso, me gelou. Porque eu não queria competir com Silas pelo carinho de Edon. Se ele fosse outra pessoa, sim, eu lutaria até o fim. Mas não Silas.

Sacudindo meu pelo, continuei andando, precisando de uma nova linha de pensamento. Isso tinha ficado muito profundo e confuso. Eu deveria estar preocupada com o bem-estar de Edon, imaginando se ele sobreviveria àquela armadilha mortal, sem pensar nas minhas habilidades sexuais — ou na falta delas — e me comparando a Silas.

Egoísta, pensei comigo mesma. *E idiota.*

Assim como fugir.

Argh. Parte de mim queria voltar ao acampamento para encontrar Edon, mas sabia que seria uma sentença de morte. Ele provavelmente estava muito machucado neste momento para lutar, e seria eu contra um bando de lobos sanguinários.

Que estavam surrando seu futuro líder.

Por que esse comportamento era aceitável?

Tão degradante e...

Minhas orelhas balançaram e o som de um galho estalando me alertou para a presença de outro lobo. Alguém forte. Sua aura explodiu a minha, algo que, percebi um segundo tarde demais, havia sido feito de propósito para chamar minha atenção.

Jolene estava a uns três metros de distância, segurando Edon inconsciente nos braços.

Fiquei surpresa, chocada por ele ter conseguido chegar tão perto de mim em forma humana sem que eu percebesse. Mas, novamente, ele era um macho alfa por um motivo. E viveu uma vida muito, muito longa.

— Ele está respirando, mas mal — ele falou, com a voz sombria. — Walter ia matá-lo.

Se eu estivesse em forma humana, entreabriria os lábios. Assassinar um herdeiro alfa não era algo inédito, mas era raro. A maioria dos alfas não queria abrir mão de seus filhos, mas nosso círculo de vida exigia isso.

Walter devia ter pensado que ele poderia produzir outro macho. Dado o estado mental da sua atual companheira, no entanto, eu suspeitava que seria impossível. A menos que ele encontrasse outra fêmea alfa para acasalar.

Alguém como eu. Arregalei os olhos. Ah, merda, não.

A expressão no rosto de Jolene sugeriu que ele tinha acabado de ler minha mente.

— Venha — ele exigiu. — Ele precisa do tipo de cura que apenas uma companheira pode fornecer.

Claudette havia falado sobre isso, a rara conexão entre os lycans, onde a força podia ser dada e emprestada para a cura. Suspeitei que Edon tivesse usado isso na outra noite para me ajudar depois que Walter e seus homens tivessem me vencido.

E agora ele precisava do mesmo de mim.

Não. Ele exigia muito mais.

É por isso que ele não nos queria no ringue, percebi enquanto seguia Jolene. *Edon sabia que precisaria de mim para isso.*

No entanto, eu tinha que estar disposta. Então era muito mais profundo do que preservar sua única fonte de vitalidade. Edon, contava comigo para ajudá-lo em um momento de necessidade, exigia confiança significativa. Eu poderia facilmente ir embora agora e deixá-lo morrer. Mas ele colocou sua fé em mim para não fazer isso. E, de alguma forma, saber disso me fez me mover mais rápido.

Não queria provar que ele estava errado.

Queria deixá-lo orgulhoso.

Para ajudar da única maneira que podia.

E ser sua companheira em todos os aspectos da palavra.

— Exigiram que ele revelasse sua localização — Jolene me informou quando nos aproximamos da cabana. — Mas ele recusou. Walter alegou que ele te escolheu ao invés da sua lealdade a matilha, e eles o aniquilaram por isso. — Ele balançou a cabeça e um rosnado baixo saiu do seu peito. — Meu filho transformou este clã em um bando de pagãos idiotas.

Funguei em concordância, mesmo que meu coração acelerasse. Ah, ele me escondeu de Walter para se proteger tanto quanto a mim. Entendi isso. Mas era a terceira vez que ele me protegia do horror da sua matilha.

Silas nos encontrou na porta, ciente da nossa chegada e com a expressão sombria quando mudei de volta para a forma humana. Ele me entregou a camisa que eu havia abandonado na varanda da frente e olhou para o homem ao meu lado.

— Edon pediu para agradecer por intervir.

Jolene pareceu surpreso por meio segundo antes de ir diretamente para o quarto de Edon.

— Você ainda pode ouvi-lo. — Não era uma pergunta, mas uma afirmação.

— Sim — ele confirmou, me fazendo dar um suspiro de alívio.

— Então ele não está tão ruim quanto eu temia — ele falou, colocando Edon na cama.

— Ele está sobrevivendo com suas reservas de energia. — Silas engoliu em seco. — Posso sentir.

Jolene pareceu impressionado.

— Seu vínculo de descendência é extraordinariamente profundo.

Silas pigarreou.

— Sim. Talvez. — Ele foi em direção ao banheiro. — Preparei alguns suprimentos que ajudarão. Vou pegar.

Compartilhei um olhar com Jolene.

— Não te incomoda? — ele perguntou. — O que está acontecendo entre os dois?

— Por que me incomodaria? — perguntei, sem vontade de jogar este jogo ou discutir relacionamentos agora.

— É verdade — ele disse, com um brilho de diversão em seu olhar. — Bem, imagino que você saiba o que fazer.

Assenti.

— Ótimo. — Ele interceptou Silas quando ele voltou, pegando

os suprimentos e entregando-os para mim. — Silas vai me ajudar a encontrar uma cama para dormir durante a noite. Comece a trabalhar no meu garoto.

Silas me deu uma olhada como se perguntasse: *você está bem?*

Assenti novamente. *Estou, sim.*

E estava.

Não havia outra escolha. Ou eu cuidava de Edon para que ele voltasse à vida ou fugiria de verdade... pelo resto dos meus dias. Porque me curvar a Walter — assumindo que esse era seu plano — nunca aconteceria. Eu morreria primeiro.

Silas e Jolene me deixaram em paz, suas vozes se transformando em um murmúrio baixo enquanto Jolene explicava o que eu precisava fazer. Normalmente, teria me chocado ouvir um alfa ser tão paciente e disposto a explicar algo a um novo lycan, mas isso não aconteceu. Estranhamente, apenas solidificou o que eu tinha que fazer.

Jolene havia ensinado Edon a ser o homem que ele era hoje e, claramente os princípios do lobo idoso estavam profundamente instilados no macho que agora eu reivindicava como meu companheiro.

Afastei os cabelos grossos de Edon de seu rosto machucado e me inclinei para tocar meus lábios nos seus.

— Estou aqui — sussurrei. — Pegue o que você precisar.

Fechando os olhos, me concentrei no seu cheiro e inspirei. Um profundo e delicioso inspirar repleto do cheiro de floresta e macho, pontuados com uma pitada de tempero que parecia ser todo Edon.

Eu o aceitei.

Reconheci sua reivindicação.

E permiti que ele tivesse acesso a minha loba.

Nada aconteceu. O ar continuava fresco, e sua expiração fraca.

Peguei uma das toalhas, já morna e úmida, e usei-a para limpar o sangue da boca, bochechas e testa, depois o beijei novamente.

Seus lábios formigavam sob os meus, mas não se mexiam, e sua respiração ainda estava fraca.

Repeti a ação com a toalha, limpando seu tronco e braços, suas coxas e panturrilhas fortes. Levei quase uma hora para limpá-lo, trocar as toalhas no banheiro e movê-lo de um lado para o outro para limpá-lo completamente. Ele ainda precisava de um banho, mas pelo menos seus ferimentos estavam acessíveis.

Usando a pomada que Silas preparou, esfreguei cada corte e envolvi a mais profunda das feridas. Enquanto cuidava de cada machucado, passei os lábios por ele, beijando sua mandíbula, sua têmpora, sua boca, seu pescoço e permiti que ele sentisse meu consentimento a cada toque.

Não tínhamos realmente finalizado nosso acasalamento. Isso não aconteceria até a próxima lua cheia. Ele apenas me reivindicou. Mas agora eu o estava reivindicando, concordando com o nosso relacionamento e concedendo-lhe acesso à minha alma.

Seu lobo parecia bocejar embaixo da pele, o espancamento o havia deixado exausto e solitário, mas eu sabia que ele me sentia, podia senti-lo farejando a conexão com interesse.

Me deitei ao seu lado, com a palma da mão em seu abdômen e a outra mão apoiando minha cabeça e comecei a cantarolar para ele. Uma melodia forte, que Claudette me ensinou há muito tempo, mas sempre me fazia sentir melhor.

Sua respiração havia se equilibrado, sua cura já estava em andamento, mas ele parecia relutante em me usar.

— Edon — sussurrei, passando a palma da mão pelo seu corpo, para apoiá-la sobre o seu coração. — Sei que fugi, mas não sou fraca. Você pode pegar o que precisa.

Nada ainda.

Lobo teimoso.

Mas senti o seu interesse. Eu o imaginei rondando ao meu redor, me cheirando, seu rosnado baixo e cheio de intrigas. Minha loba não se mexeu, sua postura era de força, não de submissão. Ele precisava de uma igual agora. Uma mulher digna de suas necessidades.

Desta vez, seu grunhido não estava apenas na minha cabeça ou como uma invenção da minha imaginação, mas um som real — um som que falhou vindo da sua garganta machucada.

Me inclinei para ele, passando o nariz pelo pescoço e pressionando a boca na sua orelha.

— Você está intimidado? — sussurrei. — É por isso que não

aceita o que precisa? — Mordisquei seu lóbulo e depois mordi com força o suficiente para tirar sangue. — Não tenho medo de você, Alfa.

Um rosnado veio do seu peito, o lobo ameaçando se libertar.

— Pegue o que quiser — disse a ele, com a voz baixa. — Estou aqui.

Ele ficou em silêncio novamente, o ritmo recomeçando — pelo menos na minha cabeça.

Suspirei contra seu pescoço.

— Será uma noite muito longa se você continuar assim.

Sem resposta.

— Ainda bem que sou teimosa — falei, beijando seu pulso firme. — É uma batalha de vontades.

Capítulo vinte e sete

GLENN.
Barry.
Oscar.
George.
Meu pai.

Um grunhido aqueceu meu peito. O som era uma promessa de vingança designada para aqueles que surgiam na minha cabeça. Eu tinha uma lista muito longa de lycans que queria matar.

Eles levaram o teste de força longe demais.

E meu pai exigir a localização da minha companheira? Sim, essa foi a cereja no topo do bolo. Eu sabia por que ele a queria e não tinha nada a ver com lealdade à matilha.

Minha mãe ficou estéril depois de todas as provações que

sofreu sob o domínio dele. Ela quase nem abria mais os olhos. Ter um novo herdeiro seria impossível. Mas com a Luna? Ah, ele poderia produzir um com ela.

Monstro.

Passei muitos anos da minha vida tentando ganhar sua aprovação, mas sem sucesso. Bem, isso estava acabado. Eu não ansiava mais por sua aceitação ou conselho. Eu me tornaria o alfa que pretendia ser na próxima lua cheia, e meu pai seria o primeiro lycan a ser banido. Seus apoiadores seriam os próximos.

Meu corpo inteiro doía, especialmente minha caixa torácica, onde meus ossos lentamente se recompuseram. Eles destruíram meu interior sob milhares de chutes; honestamente, era de se admirar eu ter sobrevivido.

Não.

Não era de se admirar.

Meu avô entrou em cena, ameaçando ir à Aliança de Sangue por causa do comportamento de meu pai. Matar um herdeiro injustamente era desaprovado e meu pai não podia usar um teste de força como desculpa. A não ser que eu tentasse revidar, o que eu não tinha feito. Levei a surra, como exigia o ritual alfa, e ele decidiu levar isso longe demais.

Bem, ele e meus companheiros de matilha, que haviam participado com muita ansiedade.

Daí minha lista.

Outro rosnado vibrou no meu peito. Era minha raiva florescendo em minhas veias. Eu queria esmagar a sua...

Meus sentidos despertaram quando alguém respondeu ao meu som de ira.

Não vocalmente, mas com outro rosnado. Um mais sexy...

Luna.

Sua forma flexível estava acomodada ao meu lado e a palma da sua mão era um peso agradável sobre o meu coração. Foi preciso um esforço significativo para abrir meus olhos, mas fiquei agradecido por tentar, porque encontrei uma visão deslumbrante diante de mim — ondas de cabelos castanhos despenteados sobre um ombro, a cabeça apoiada na mão oposta e íris cor de mel me olhando com uma ferocidade que fez minha respiração ofegar.

— Já era hora — ela falou, me fazendo arquear as sobrancelhas.

Entreabri os lábios em uma resposta que não tinha som. Não que isso importasse. Porque sua boca cobriu a minha antes que eu pudesse tentar novamente.

Senti o choque me atingir, seguido rapidamente por calor e desejo intenso.

Merda. Luna estava me beijando. Ansiosamente. De forma dominante. Levei meio segundo para compreender por que ela estava agindo de forma tão impulsiva. Ela queria que eu ativasse nosso vínculo de acasalamento e absorvesse sua força.

Isso não ia acontecer.

Eu me recusava a usá-la dessa maneira. Nem precisava. Minhas reservas de energia estavam me curando muito bem.

Mas a companhia dela?

Sim, isso eu aceitava.

Exceto que eu não conseguia me mover sem vacilar. Minha boca também não estava funcionando direito.

Ela apertou minha mandíbula, me fazendo estremecer.

— Está quebrada — ela sussurrou, e acariciou meu nariz com o seu. — Me deixe te ajudar, Edon. Por favor. — Outro beijo, este seguido de um mordiscar no meu lábio inferior quando não fiz o que ela pediu. — Por que você está lutando comigo?

Ah, o que eu poderia responder se minha boca funcionasse. Eu diria a ela: *você lutou comigo primeiro, linda. Talvez eu considere isso preliminares. Gratificação atrasada, pequena.*

No entanto, a verdade era que eu não queria machucá-la. Também não conhecia sua verdadeira intenção. Ainda que eu apreciasse que ela estivesse aqui ao meu lado, também sabia que era sua obrigação — algo que a sociedade exigia dela. E me recusava a forçá-la. Especialmente quando não precisava da sua força para me curar. Isso me recuperaria mais rapidamente? Sim. Mas ela merecia mais do que eu sugar sua vida como um vampiro.

Luna se afastou, com o olhar sombrio.

— Por que você está me rejeitando?

Arregalei os olhos. *O quê?* Não se tratava de rejeição.

— É... quero dizer, você...? — Ela mordeu o lábio, olhando para longe, depois de volta para mim novamente com uma tristeza que me doía muito mais do que a caixa torácica fraturada. — Você quer que eu chame o Silas? — ela perguntou baixinho, sua expressão irradiando uma emoção que eu não podia nomear. Não era bem tristeza, mas definitivamente cheia de dor. — Não sei se o vínculo de descendência pode ajudar, mas se você preferi-lo, eu entendo. E vou buscá-lo para você.

Onde você está?, perguntei a Silas através do vínculo.

Fazendo uma verificação de perímetro com Jolene antes que ele vá dormir, ele respondeu. *Por quê? Algo está errado?*

Sim. A Luna parece pensar que eu preferiria que você bancasse a babá em vez dela. Embora eu não me importasse que Silas se deitasse ao meu lado agora, eu não o favorecia em detrimento a Luna. Algo me dizia que o toque dela seria um pouco mais suave e o que eu precisava agora.

Ele bufou na minha cabeça.

Você não me parece o tipo de cara que gosta de ternura, Edon.

Eu não me importaria com isso vindo de uma certa loba, pensei, olhando para ela. *Só que ela parece bem chateada.*

Por que ela acha que você me preferiria aí? Ele parecia tão confuso quanto eu. *O que você disse a ela?*

Nada. Meu queixo está quebrado.

Ainda? Eu quase podia vê-lo coçando a cabeça. *Jolene disse que você se curaria mais rápido por causa do seu vínculo com a Luna.*

Sim, mas só se eu tirar energia dela, mas não vou fazer isso.

Por que não?

Porque não quero forçá-la.

Você não quer...? Ele começou a rir, me fazendo franzir a testa.

Isso não era para ser engraçado, Ômega.

Ah, mas é demais, Alfa, ele respondeu. *Você me manda transar com ela, mas não aceita o vínculo que ela está oferecendo agora? É mesmo?*

Sério? Vamos entrar nisso de novo? Você não pode me dizer que não gostou...

— Edon? — Luna sussurrou, o aborrecimento anterior em seu tom desapareceu completamente agora e substituído por algo semelhante à decepção. — Sei que você provavelmente não pode falar, mas pode pelo menos concordar?

Levantei o queixo um centímetro, testando o movimento do

pescoço. Doeu pra cacete, mas funcionou.

Se você deixasse a mulher entrar e absorvesse um pouco da força dela, talvez não doesse, Silas provocou na minha cabeça.

Vá se foder.

Eu podia jurar que o idiota me mandou beijos em resposta. Sua diversão era palpável. Mas o olhar no rosto de Luna arruinou minha inclinação para sorrir.

— Quer que eu chame o Silas para você? — ela perguntou baixinho.

Não assenti.

Ela franziu a testa.

— Eu não... não sei o que você quer, Edon. Estou tentando ajudar, mas você não me quer. É óbvio. Então vou buscar o Silas, tá? Talvez você deixe que ele ajude, ou, não sei. — Ela balançou a cabeça, mas vi nos olhos dela antes de os fechar.

Rejeição, percebi. *Ela acha que estou rejeitando nosso acasalamento.*

Porque você está, Silas respondeu.

Não, não estou. Só não vou sugar a fonte da sua vida, pensei, irritado. *Mas ela sabe disso?*

Aparentemente, não, pensei, notando a maneira como o lábio inferior dela tremia antes que ela o mordiscasse. Ah, pequena...

Ela foi tão forte, deitada ao meu lado, querendo que eu tirasse tudo dela. A falta de sangue na minha pele me disse que ela também me deu banho.

Ela está aceitando o lugar dela ao seu lado, Silas murmurou. *Vi isso nela mais cedo.*

E eu senti agora.

Luna começou a descer da cama, me fazendo alcançá-la. O que terminou em uma careta e um gemido que a fez olhar para mim alarmada.

— Desculpe, eu não queria te machucar mais. Só estava tentando, hum, me mover. — Ela se encolheu. — Você precisa de algum remédio para dor ou algo assim.

Não, o que eu precisava era de um corpo novinho em folha. Um que eu pudesse usar para matar meu pai e seus companheiros idiotas.

— Olha, com você me rejeitando, eu obviamente não posso

ajudá-lo — disse ela, parecendo que sua determinação estava voltando. — Então, eu vou me levantar bem rápido e encontrar o Silas. Já que você e ele são, bem, mais próximos.

Merda. Não era nada disso.

Rosnei porque parecia ser a única resposta que eu poderia dar, e isso a fez paralisar no lugar.

Então ela semicerrou os olhos para mim.

— Você rosnou para mim?

Desta vez, assenti.

— Por quê? — ela questionou.

Porque você acabou de me acusar de rejeitar nosso vínculo de união, pensei para ela.

Claro, foi Silas quem respondeu. *Então talvez você deva fazer o que for necessário para aceitá-la.*

Você faz parecer fácil, Ômega.

Porque é, Alfa.

Eu queria discutir esse ponto, mas não consegui. Porque eu claramente aceitei o vínculo de descendência com ele sem hesitar. Mas Luna era um pouco mais complexa. Já iniciei nosso acasalamento contra a sua vontade. Se eu a pegasse agora, finalizaria nossos destinos.

Claro, ela não tinha escolha, independentemente disso. E, na verdade, nem eu.

Luna soltou um som de frustração.

— Você é um lobo teimoso, sabia disso?

Meus lábios ameaçaram se curvar – o que doía e meio que arruinou o momento.

Ela semicerrou os olhos de novo.

— Você está se divertindo?

Meu queixo se inclinou afirmativamente, o que só a fez ficar mais furiosa.

— Me rejeitar te diverte? — ela questionou e o clima entre nós esfriando em um piscar de olhos. — Uau. Certo. Entendo que você não era exatamente favorável à nossa união no começo, mas pensei que a noite passada tivesse mudado as coisas. O que foi realmente ingênuo de minha parte, e agora percebo.

Opa, espere. Isso não é...

— Deus, você sabe, eu estava realmente preocupada com você? — Ela riu, mas o som estava cheio de tristeza. — Deixa pra lá. Vou te deixar aqui com o seu divertimento. Porque de jeito nenhum vou me sentar e deixar você se divertir as minhas custas.

Ela rolou da cama, me deixando rosnando para suas costas.

Como ela *ousava* fugir quando eu não tinha voz para me defender!

Volte aqui, exigi.

Mas ela não podia me ouvir, nem seguiu o comando que irradiava do meu peito. Ela continuou se movendo, com a coluna reta, mesmo quando seu desânimo azedou o ar.

Fêmea alfa por completo, se recusando-se a permitir que os outros vissem a sua dor. Mas o cheiro dela desmentia sua bravata.

Quando ela alcançou a porta, algo dentro de mim estourou.

De jeito nenhum eu ia permitir que ela se afastasse de mim assim.

Ela cambaleou sob o peso da nossa conexão repentina, sua respiração ofegou enquanto eu afundava minhas garras mentais nela e a coagia a ficar. Meu lobo não queria brincar; queria dominar.

Essa fêmea me pertencia.

E ela achava que eu pretendia rejeitá-la?

De. Jeito. Nenhum.

Cada parede construída entre nós desmoronou quando puxei com força o elo de ligação — a conexão que começou a se formar na primeira vez que a mordi. Nenhum de nós havia explorado o vínculo, principalmente porque era mais uma formalidade do que um desejo. Mas agora? Agora eu queria saber tudo sobre isso.

Porque se ela acreditou por um segundo que eu não a queria, ela ia se convencer do contrário.

Você. É. A. Minha. Companheira. As palavras eram do meu lobo mental, um rosnado em seu coração e mente ao mesmo tempo em que ele a circulava como presa. *Não vai se afastar de mim.*

Ela se virou e engoliu em seco, com os olhos arregalados.

— Eu... eu...

Volte aqui, eu disse a ela. *Agora.*

Mas ela não voltou. Em vez disso, a pequena mulher insolente olhou para mim.

— Não. Você estava rindo de mim, Edon. Só porque você criou o vínculo agora não significa que tenho que aceitá-lo.

E ela fez o impensável. Sua mente reconstruiu rapidamente os blocos que acabei de derrubar.

Já era ruim o suficiente que nosso vínculo não estivesse completo e eu só tivesse uma passagem só de ida em sua mente. Com a conexão aberta, eu poderia levar as coisas para ela — como palavras e sentimentos — e pegar o que ela me oferecesse de bom grado.

E agora ela queria me afastar completamente?

Não ia acontecer mesmo.

Eu não estava rindo de você, Luna, eu disse rapidamente, precisando que ela me ouvisse antes que ela terminasse de reconstruir aquela parede. *Eu me diverti com você me chamando de teimoso. E não rejeitei nosso vínculo de união. Só não queria te usar.*

Ela parou e seus lábios se curvaram para baixo.

— Explique.

Em vez de explicar, recapitulei toda a conversa do meu ponto de vista. Até a dei dicas sobre minha discussão com Silas, fornecendo uma visão geral. Quando terminei, o cenho franzido dela não existia mais.

— Essa é a coisa mais idiota que já ouvi — ela acusou. — O objetivo principal de um vínculo de união é ajudar um ao outro, Edon. Você não é o único com reservas de força e, francamente, estou insultada por você não achar que posso lidar com um pouco de vampirismo. Não sou uma loba ômega ou beta, mas uma alfa. Está no meu sangue, seu idiota.

Arqueei as sobrancelhas.

Cuidado, pequena. Você pode ter nascido alfa, mas eu ainda sou seu alfa.

— É? — ela provocou. — Porque tudo o que vejo é um lobo machucado que se recusou a fazer o que precisa sob alguma tentativa equivocada de proteger sua fêmea. Uma fêmea, lembre-se, que pode mais do que se sustentar. — Aqueles lindos olhos semicerram mais uma vez. — Como você se sentiria se eu rejeitasse sua força? Se eu assumisse que você é fraco demais para me ajudar?

Isso não é...

— Não, é *exatamente* isso, então não tente colocar de outra forma. Você não acha que sou forte o suficiente para ajudá-lo. — Ela cruzou os braços, o que fez com que minha camisa batesse em suas coxas. Sua aparência era muito sexy. Não que esse fosse o momento de considerar isso.

— Por que acasalou comigo, Edon? Para fazer filhotes? Para transar com seu descendente? A qual propósito sirvo, se você não acha minha força digna de um alfa?

Meu sangue esquentou com as suas acusações e meu coração disparou no peito.

Venha. Até. Aqui.

— Não.

Agora quem está sendo teimoso?, perguntei, irritado pra cacete. *Quer provar que é forte o suficiente? Então venha até a cama e se deite.*

— Eu não tenho que me dei... — Ela agarrou a parede em busca de apoio enquanto seus joelhos se curvavam sob a ordem faminta do meu lobo. Um puxão em suas reservas fez minha caixa torácica suspirar de alívio e o resto do meu corpo implorar por mais, mas eu só queria que fosse uma demonstração, não uma solução real.

No entanto, agora eu não queria parar.

Agora, Luna, exigi, adiando meu desejo de tirar mais dela. *A menos que você de repente esteja com muito medo?*

Um som desagradável veio da sua garganta, um que me disse exatamente como ela se sentia sobre isso.

— Odeio você — ela falou, enquanto se movia em direção à cama.

Mentirosa, sussurrei.

Ela zombou, mas se deitou ao meu lado de novo.

— Isso não significa que eu te perdoo.

Me entreguei a outra prova da sua vitalidade e meu lobo se esticou de satisfação sob seu belo calor. Ela suspirou ao meu lado, seu prazer aquecendo nosso vínculo e me incentivando a tomar mais. Foi o que fiz, permitindo que a sua energia passasse pelas minhas veias, membros, meus ossos e na minha própria alma.

Puta merda, isso era excitante e incrivelmente íntimo. Como meu remédio pessoal para aliviar a dor, sendo que na forma feminina e macia.

Eu precisava me machucar mais vezes se essa era a minha recompensa.

— Não se atreva — ela disse, ou porque eu falei essas palavras através do vínculo ou ela as ouviu, eu não tinha certeza.

Obrigado, pequena, murmurei, falando sério.

Ela não disse nada por um tempo, mantendo o foco no teto, mas acabou rolando de lado para me encarar.

— Disponha.

Capítulo vinte e oito

MEU CORPO FORMIGOU com a intrusão de Edon. Não de
uma maneira ruim, mas boa, me deixando um pouco sem fôlego
ao lado dele. E carente.

Ele permaneceu completamente imóvel, com os olhos
fechados, como se estivesse dormindo, mas senti seu estado de
alerta. Nosso vínculo ainda não estava completo, mas senti isso, a
chamada do seu lobo para a minha para terminar nosso vínculo na
próxima lua cheia.

Tudo o que precisaria era de uma única mordida — dos meus
dentes em sua pele.

Nem todos os alfas exigiam isso. Sua reivindicação inicial seria
o suficiente para forçar uma fêmea ao elo de acasalamento. Mas eu
sabia que Edon queria mais, podia ouvi-lo, agora que ele abriu o

portão e me permitiu entrar.

Cada parte sua estava livre para que eu explorasse, enquanto minhas próprias emoções e pensamentos permaneciam trancados atrás de uma parede de aço que ele não podia acessar sem a conclusão do nosso vínculo.

Mas agora sua mente era minha, e que lugar fascinante para estar.

Eu podia sentir Silas lá, seu vínculo de descendência forte e próspero.

Também peguei notas de seus sentimentos confusos, como ele nos desejava em um nível dolorosamente igual. Edon o questionava, se perguntando como fazer isso funcionar, e minha reação exagerada apenas aumentou sua confusão geral.

Ele achava que eu tinha ciúmes de Silas. E talvez, até certo ponto, eu tivesse, mas não inteiramente. Quando pensei que ele preferia seu descendente, me senti deixada de fora, mais do que qualquer outra coisa. Inútil também, como se todo o meu propósito para ele fosse sujo e errado.

Então ele explicou suas intenções.

Um desperdício de tempo e energia.

Em cerca de trinta minutos, seu corpo pareceu curado — pelo menos do lado de fora — por causa do nosso vínculo. *Tome, lobo teimoso. Pensou que eu não poderia lidar com isso ou não ia quer ajudar. Idiota.*

Os lábios dele se curvaram.

— Posso não ser capaz de ouvi-la, Luna, mas posso sentir suas emoções. — Sua voz soou clara, sua garganta e mandíbula completamente curadas. E quando ele olhou para mim, notei a falta do inchaço em seus traços faciais, seu belo rosto completamente sem marcas. — Você está se sentindo convencida.

— Por uma boa razão. — Apoiei a cabeça na palma da minha mão, permanecendo de lado e o encarando sem tocar. — Como está se sentindo, Edon?

— Relaxado. — Ele virou a cabeça no travesseiro e me encarou. — Aquecido.

Ficamos olhando um para o outro por um longo momento, a paz flutuando entre nós. Tudo parecia tão certo. O modo como minha vitalidade zumbia em minhas veias e a dele em um silêncio sem esforço, nos embalando em um estado de eterna tranquilidade.

— Me beije — ele sussurrou.

Não era um pedido, mas uma ordem.

Ele era um alfa, afinal.

Sorri.

— Você me quer? Venha me pegar.

Suas pupilas cintilaram com interesse.

— Vai me fazer correr, pequena?

Eu quase ri.

— Outro dia, talvez. Neste momento, vou me contentar com você se deitar de costas. — Parecia um bom lugar para começar, já que ele não havia se movido no que pareceram horas.

— Está duvidando da minha capacidade de te comer, Luna? — ele perguntou, com uma sobrancelha arqueada. — Porque eu lhe asseguro, isso não será um problema.

— Quem disse algo sobre sexo? Tudo que você queria era um beijo.

— Se vai me fazer trabalhar para isso, retornarei o favor de forma variada. — Ele se moveu antes que eu pudesse responder, e seu corpo grande cobriu o meu um segundo depois.

Soltei um ofego de surpresa, não só com a sua demonstração de força, mas também na velocidade com que ele reagiu.

— *Vá se foder* — exclamei.

— Sim, essa é a ideia — ele murmurou e encaixou os quadris entre as minhas coxas abertas. — Agora me beije, pequena.

Seus lábios estavam a milímetros dos meus, seu corpo irradiava calor e me banhava em um mar de luxúria que eu não podia negar.

Não neguei.

Eu o beijei. Não de forma doce ou em silêncio, mas apaixonadamente, e adorei o rosnado que ele me deu em troca. Retumbou do seu peito para o meu, um som possessivo que imediatamente encharcou minhas coxas em minha prontidão.

Minha loba se submeteu por instinto, o alfa muito mais forte assumindo o controle da minha boca com a língua. Eu gemia, enquanto a devassidão da luxúria inundava todos os meus pensamentos.

Eu estava completamente perdida para ele.

Para o seu toque.

Sua presença.

Para sua própria existência.

O destino forçado em que passei a maior parte da minha vida deu lugar a um fervor diferente de tudo que eu poderia ter antecipado.

Eu queria Edon. *De verdade.*

E permiti que ele sentisse isso pressionando meu calor dolorido em seu pênis duro. Ele gemeu, o som veio do fundo de seu abdômen e excitando minha necessidade.

— Edon — sussurrei, arqueando nele novamente.

— Pensei que você só queria um beijo — ele brincou, mordiscando meu lábio inferior e deixando uma trilha de beijos até minha orelha. — Você não está preocupada que eu não possa fazer?

— O pau pulsante que está pressionando minha boceta diz que você vai ficar bem — respondi, engolindo em seco.

— Humm, não sei. — Ele lambeu a base do meu pescoço, provando a transpiração que pontilhava minha pele e me deixando tremendo embaixo dele. — Talvez você devesse estar no topo, pequena.

Estremeci, a imagem de montá-lo do meu jeito destruiu minha capacidade de pensar ou responder.

Porque, sim. *Cacete*, sim. Eu queria isso mais do que queria respirar.

E de alguma forma ele sabia.

Ele se virou de costas, me levando consigo, com as mãos nos meus quadris. Eu o montei por impulso, mantendo meu sexo contra o seu e o corpo tremendo de desejo desenfreado.

— Me tome — ele encorajou, e puxou a camisa que eu ainda usava. — Mas tire isso. Quero ver todos os seus movimentos enquanto você me come, Luna. Todo gemido, todo balanço, cada respiração será minha.

Ah, querida loba, ele vai me destruir.

Tirei sua camisa do meu corpo devagar, joguei-a no chão abaixo e umedeci os lábios. Seu sorriso predatório me fez tremer, com uma promessa em seu olhar que eu pretendia cumprir.

— Assustada? — ele provocou.

— Aterrorizada — sussurrei. Não era mentira. Por que esse sentimento dentro do meu peito? Sim, isso me assustava. Mas eu não conseguia parar de erguê-lo e levá-lo para dentro de mim, nem de parar de balançar meus quadris contra os seus e grunhir seu nome.

Isso era um presente.

Um que eu apreciava mais do que ele jamais saberia.

A oferta de liberdade para expressar meus instintos alfa e pegar o que eu queria do homem forte abaixo.

A maioria das mulheres na minha posição nunca teve essa experiência, os homens preferiam dominar em todas as formas da palavra. Mas Edon permaneceu imóvel. Seu corpo estava tenso com o esforço de permitir que outra loba ditasse o ritmo e o montasse.

Uma lágrima escorreu do meu olho, e ele a pegou com o polegar antes de envolver a palma da mão na parte de trás do meu pescoço e me puxar para um beijo. Talvez ele tenha entendido a importância do que me ofereceu, o que só o tornou mais querido para mim.

— Edon — sussurrei.

— Shh. — Ele lambeu a minha boca. — Me devore, companheira. Me faça seu.

E eu fiz; com cada lambida, mordiscada e beijo, eu o reivindiquei. *Meu*. A única coisa que não fiz foi morder — um ato que eu guardaria para a próxima lua cheia, quando realmente contasse.

Meu estômago queimava e minhas coxas tremiam.

Um orgasmo pairou no horizonte, do tipo que demoliria minha capacidade de pensar e, provavelmente, minha inclinação para respirar.

Mas eu o persegui mesmo assim, subindo e descendo sobre ele, levando-o mais fundo e gemendo cada vez que meu clitóris o esfregava da maneira certa.

Ah, como eu precisava de mais.

Peguei o ritmo. O suor escorria de nós dois, mas não foi

suficiente. Gemi baixinho, caindo contra ele, e beijei sua mandíbula. Meu corpo estremeceu quase dolorosamente, a sugestão de êxtase tão perto e tão longe.

Edon passou os dedos pelos meus cabelos, me puxando de volta para um beijo, com a mão oposta apoiada na parte inferior das minhas costas. Sua pélvis se contraiu contra a minha, me fazendo ofegar contra sua boca. Puta merda, ele nem estava na sua melhor forma, mas podia se mover daquele jeito.

Cedi a suas proezas, exaltando sua habilidade

Estar no topo me proporcionou a confiança associada ao controle, mas a cada estocada para cima, ele redefinia o significado de *alfa*. Tanta postura, tanto poder, tanta *perfeição*.

Uma das suas mãos permaneceu na parte de trás da minha cabeça enquanto a outra deslizou da minha coluna para a lateral do meu corpo, e depois para o meu estômago e para baixo.

A ponta áspera de seu dedo acariciou meu ponto sensível exatamente como eu precisava, e me enviou em um redemoinho de êxtase. Seu nome saiu da minha boca e foi engolida pela sua, enquanto ele me acariciava através das intensas ondas de prazer. Cada uma me atingiu, me levando para a extremidade da Terra e de volta novamente. Ofeguei, gemi, arfei e cada som foi consumido por Edon quando sua língua acariciou minha boca com habilidade especializada.

Mal notei minhas costas batendo no colchão, ou o homem entrando no ápice entre as minhas coxas.

Tudo o que eu conseguia pensar era: *isso é o paraíso*. Com Edon me cobrindo em seu calor primitivo, não queria mais me mover novamente. Exceto que meus quadris ainda se levantaram para encontrar seus impulsos, meus membros vibravam sob o ataque da pressão crescente no meu abdômen, enquanto outra espiral de prazer dominou meus sentidos e me cobriu de arrepios.

Puta merda...

Não foi nem o meu orgasmo que me atingiu, mas o de Edon. Ele deixou a nossa conexão aberta, me banhando em suas sensações e me puxando para o buraco negro eufórico com ele. E caramba, estava quente. Sensual. Surpreendente.

Ele me deu tudo.

Sua emoção.

Seu domínio.

Seu desejo esmagador de me tomar de novo assim que ele terminasse de tremer.

Seu desejo por prazeres sombrios.

Estremeci, intrigada com as ideias que inundavam seus pensamentos — ideias que ele não escondeu de mim. Ele queria me aceitar de todos os modos, me marcar como sua para que ninguém mais pudesse me tocar.

A não ser Silas.

Também o vi nessas fantasias. Edon gostava de nós três juntos. Não, *ansiava* por isso. Mesmo agora, eu podia senti-lo se comunicando com Silas, mas não os ouvia. O vínculo deles permaneceu separado do que eu compartilhava com Edon. No entanto, senti Silas murmurando palavras nos pensamentos do alfa — palavras que Edon parecia estar respondendo.

— O que ele está dizendo? — perguntei, com as coxas ainda apoiadas na cintura de Edon.

— Que ele quer dormir no sofá — Edon respondeu com os lábios contra o meu pescoço. Ele se apoiou nos cotovelos, seu olhar estava aquecido enquanto estudava meu rosto. — Ele parece achar que você não se sentirá à vontade se ele se juntar a nós, então está ignorando meu comando.

Parte de mim queria sorrir com o fim da frase, mas a primeira cativou meu interesse.

— Por que eu ficaria desconfortável?

— Me diga você, pequena. — Ele passou os dedos pelos meus cabelos. — Tudo bem se o Silas se juntar a nós?

— O que você faria se eu dissesse não? — perguntei. — Você negaria a ele?

Ele engoliu em seco e seus olhos passaram rapidamente para a cabeceira da cama antes de retornar lentamente para o meu rosto.

— Se for o desejo da minha companheira, sim. Acho que precisaria.

Arqueei as sobrancelhas.

— Você me escolheria em detrimento a ele? — Por alguma razão, isso não me excitou do jeito que eu esperava. Na verdade, teve o impacto oposto. — Você não pode fazer isso com o Silas.

Ele riu.

— Eu não disse que queria, Luna. Não mentirei para você. Eu o quero tanto quanto quero você, mas seu conforto é importante para mim. Assim como é para ele. Se você não o deseja em nossa cama, ele não quer se juntar a nós. O que me deixa com pouca escolha a não ser respeitar o desejo de vocês.

Pisquei.

— Você não é quem eu esperava que fosse.

— Considerando que você estava antecipando um homem como o meu pai ou seu, vou aceitar isso como um elogio. — Ele passou o polegar pela minha mandíbula, enquanto seus olhos traçavam o movimento. — O que devo dizer a Silas?

— Para ele vir para cá agora — respondi sem hesitar. — Por que ele dormiria no sofá?

Os lábios dele se curvaram.

— É como se você pudesse ler minha mente, querida Luna. Porque eu disse exatamente a mesma coisa para ele. — Ele me beijou profundamente, e seu pau deslizando devagar dentro de mim. — Humm, puta merda, você pode ser minha nova atividade favorita, mas Silas precisa de um pouco de alívio.

— Estou bem — ele respondeu do outro lado do quarto. Sua forma ágil estava encostada no batente da porta em um par de jeans. A água escorria por seu torso nu, e seu cabelo estava úmido pelo que eu supunha ser um banho recente. Ele devia ter tomado banho após a corrida no perímetro.

— Prove — Edon murmurou, deslizando de dentro mim para o lado. Ele juntou meu corpo contra o seu, me colocando sobre o seu peito, então nós dois encaramos a entrada. Edon se apoiou no cotovelo enquanto a palma da mão oposta passava sobre o meu estômago e descia para a evidência da nossa transa. — Venha aqui, Silas.

O outro homem semicerrou o olhar, mas entrou no quarto e fechou a porta com o pé. Ele devia ter dito algo para Edon, porque o alfa riu atrás de mim. A vibração combinada com o dedo que deslizava em minha intimidade fez minha garganta secar demais para eu falar.

Não que eu soubesse o que dizer.

Um gemido parecia mais apropriado, especialmente com a maneira como o olhar de Silas observava os movimentos de Edon. Ele segurou a minha coxa e guiou minha perna para trás para apoiar sobre as suas, me abrindo para a visão de Silas.

— Ela não tem uma boceta linda? — o alfa perguntou baixinho, com os lábios perto da minha orelha quando sua mão voltou ao meu centro.

Silas engoliu em seco.

— Sim.

— Mas você está *bem*, não é? — Edon enfiou dois dedos em mim, me penetrando profundamente. — Tire seu jeans, Silas. Mostre-nos como você está *bem*.

Seu olhar se aprofundou e aqueles olhos azuis escureceram para um outro tom de azul quando ele desabotoou e abriu o zíper da calça.

Os dois homens eram igualmente dotados e bonitos, mas o pênis de Silas era mais fino e mais longo, enquanto o de Edon era mais grosso. De alguma forma, os paus eram apropriados para cada homem.

E eu estava com sede dos dois, apesar de ter acabado de gozar com Edon dentro de mim.

Silas chutou o jeans para o lado e apoiou as mãos nos quadris.

— Satisfeito?

— Eu? Muito. — Edon circulou meu clitóris com o polegar, mas sua mão inteira parecia explorar a umidade entre minhas coxas. — Mas você parece desconfortável, Silas. Talvez possamos ajudar com isso. A menos que você ainda esteja *bem*.

Eu me contorci quando Silas se ajoelhou na cama, seu calor e presença era um afrodisíaco para os meus sentidos.

Sim, por favor, minha loba sussurrou.

— Deite-se ao lado de Luna — Edon o instruiu, a autoridade em sua voz não deixando espaço para discussão. Era como se ele não tivesse sobrevivido a uma surra quase fatal, como se ainda não estivesse em processo de cura. No entanto, eu o sentia puxar minhas reservas, apenas um pouco, para promover sua recuperação. Ele podia estar no comando novamente, mas não estava com força total. Ele era apenas um alfa com muito ego.

Por uma boa razão, pensei, sorrindo enquanto Silas se deitava ao meu lado.

— Oi — sussurrei.

— Oi — ele respondeu, me dando um olhar muito mais suave do que aquele que havia dado a Edon. Suspirei quando ele se inclinou para me beijar, e seus lábios macios e quentes cobriram os meus. Ele não se apressou, agiu como sempre: provando cativando.

Edon removeu seu toque, provocando um gemido de mim que Silas subjugou com um rosnado.

— *Porra*, Edon — ele gemeu, arqueando de uma maneira que removeu sua boca da minha.

E eu pude ver o porquê.

Edon agarrou o pau de Silas e estava acariciando-o, usando a umidade combinada da nossa excitação para lubrificação.

Foi por isso que ele me tocou tão completamente, para cobrir a palma da mão após o ato sexual e umedecer o pênis de Silas.

Minhas coxas ficaram tensas, o calor se acumulando no meu abdômen. Porque uau, isso era demais. E Silas pareceu aprovar também, ao fechar os olhos com um som gutural enquanto Edon passava a mão sobre a cabeça.

Quem diria que assistir um macho masturbar outro poderia ser tão excitante?

Ou talvez fosse ver esses dois interagirem, enquanto estava encaixada no meio deles, que transformou meu sangue em lava fervente.

Não importava.

Eu estava perdida no momento, com os olhos grudados na mão de Edon e no ritmo que ele estabeleceu. Não era forte ou rápido, mas firme e consciente. Os músculos de Silas ficaram tensos, seu abdômen era um enigma de cumes que eu queria explorar com a minha língua.

— Ele está perto, pequena — Edon murmurou contra a minha orelha. — Quer descer para que ele possa entrar na sua boca? Ou devo deixá-lo gozar em cima da sua doce boceta e fazê-lo te lamber?

Silas respondeu com um som ininteligível, e revirou os olhos quando seu corpo começou a estremecer.

— Humm, parece que ele decidiu por você. — Edon mordiscou meu pescoço. Seu calor era como um cobertor nas minhas costas quando Silas gozou na minha boceta, me cobrindo com seu sêmen. — Ele não está bonito?

Assenti.

— Sim. — Ele realmente estava, com os cabelos dourados caindo em ondas sobre as orelhas, o pescoço esticando do maxilar tenso e os músculos fortes.

Mas era o grunhido vindo dele que eu mais adorava. Tão primordial, masculino e totalmente fascinante. Humm, eu queria ouvi-lo fazer isso contra o meu ouvido.

Ele ergueu as pálpebras e revelou lindas íris azuis, um pouco desfocadas do prazer.

— Porra, Luna, continue me olhando assim e vou gozar de novo.

Edon riu, enquanto acariciava meu pescoço com os lábios.

— Acho que você deveria limpá-la primeiro. Com a língua.

Silas estremeceu, depois se inclinou para encostar a boca contra a minha e apoiou a palma da mão no meu quadril.

—Nós fizemos bagunça, Luazinha? — Ele esfregou o nariz no meu e senti sua respiração quente contra meus lábios abertos. — Você quer que eu lamba tudo? Ou devo esfregar sua pele e marcá--la como nossa?

Palavras corajosas.

Mas receberam a aprovação do homem atrás de mim. *Senti* isso através do nosso vínculo de acasalamento. Ele gostava de Silas me reivindicando. Assim como gostava de compartilhar nós dois.

— Diga a ele o que você quer — Edon encorajou com a voz profunda. — Diga-nos como te atender, pequena.

Ele beijou meu pescoço enquanto Silas capturou minha boca, me deixando incapaz de responder entre eles. Não que eu soubesse o que desejava. Não podia escolher. Eu queria os dois.

E quando finalmente tive a oportunidade de expressar isso em voz alta, os dois homens riram. A palma da mão de Edon mergulhou entre as minhas pernas, seus dedos deslizaram através da minha intimidade e misturou nossas excitações juntas como uma só, então levantou a mão para que eu e Silas lambêssemos.

Nenhuma palavra foi trocada.

Apenas sentimentos.

Nossos corpos se moviam como um só - uma união de instintos.

Perdi a noção de quem tocou em quem, que boca pertencia a quem, e apenas me entreguei às sensações. Durante todo o tempo, senti o puxão gentil de Edon contra a minha força, seu corpo ainda se recuperando, apesar das suas proezas externas.

E, finalmente, depois de muito carinho e prazer, nós três caímos no sono.

Onde eu sonhava com um futuro em que um trio de lobos viviam felizes para sempre.

Apenas para serem comidos vivos pelas regras da sociedade...

Capítulo vinte e nove

OS CONVIDADOS ESTÃO CHEGANDO, eu disse a Edon enquanto observava do perímetro.

Os carros percorreram o caminho de cascalho em direção ao coração do território do Clã Clemente. Dentro havia uma mistura de lobos e vampiros de elite, todos aqui para testemunhar a cerimônia da lua cheia desta noite.

A eletricidade dançava em meu pelo e em cada parte vigilante minha.

Esta noite era a última chance de Walter de parar a ascensão de Edon.

E as últimas duas semanas e meia foram muito silenciosas para o meu gosto.

Seu pai tinha que estar planejando algo, porque de jeito

nenhum ele desistiria após o teste de força. Não depois de tudo o que ele havia feito. Em vez disso, ele deixou a nós três em alerta máximo, esperando por um ataque que nunca ocorreu.

O que significava que estávamos todos exaustos.

Algo que eu suspeitava era o objetivo.

Alguma coisa fora do comum?, Edon perguntou.

Além do fato de eu ser o único a proteger o perímetro agora? Não, realmente não.

Edon ficou em silêncio por um longo momento antes de dizer: *Eles estão tramando algo.*

Eu sei. Porque no mês passado, éramos vinte em serviço. Esta noite? Nenhum. Eu nem fui designado para estar aqui. Mas minha lealdade a Edon e Luna me colocou exatamente onde eu precisava estar.

Temos uma hora antes de começar. Quero você por perto.

Estarei lá. A confirmação não era necessária, nem a sua exigência, mas elas aumentaram a formalidade de hoje.

Caímos em um ritmo perigoso nas últimas semanas, em que comecei a ocupar um lugar muito mais poderoso na vida de Edon. Esta noite, no entanto, ele havia me colocado de volta no meu lugar como seu descendente.

Não, na verdade, isso não estava certo. Desempenhei o papel de descendente na cerimônia da lua cheia do mês passado. Ninguém falou comigo ou me reconheceu, além da minha velha amiga Rae, com quem conversei secretamente durante a recepção de abertura. E Edon me tratou como se eu não existisse.

Nada nesta noite se comparava à minha última experiência.

Porque eu tinha Edon na cabeça. Em meu sangue. Na minha própria alma.

Ele também me colocou em serviço de proteção não apenas por ele, mas por Luna.

Então, não, isso não era nada como o primeiro ritual.

Eu tinha muito mais a perder dessa vez.

E, no entanto, estaria perdendo tudo hoje à noite, independentemente. Porque Luna e Edon estavam prestes a finalizar seu vínculo de união. Depois que Luna o mordesse sob a lua, ele se tornaria dela irrevogavelmente, selando assim a conexão que ele criou há um mês.

Me deixando do lado de fora olhando para dentro.

De novo.

Meu rabo tremeu, minhas orelhas abaixaram. Parte de mim queria comemorar com eles, enquanto a outra parte se sentia incrivelmente sozinha. Eu sabia que tudo isso era para ser temporário, mas as últimas semanas estavam entre as melhores da minha vida. O que dizia algo sob a mortalha do estresse.

Eu gostava de estar com Luna e Edon. E não apenas no sentido sexual. Era certo estar com eles, como se pudessem ser o meu lar.

O que era loucura.

Eu não tinha lar.

Apenas camas temporárias.

Por acaso, eu preferia a que dormi ontem à noite. Com a cabeça de Luna no meu ombro e o braço de Edon em volta da minha cintura, foi o paraíso. Só que acordei esta manhã com a realidade brilhando em mim diante da lua que se aproximava.

Edon tinha proporcionado uma distração temporária, fazendo Luna me atacar enquanto ele a comia por trás. Ele ainda não tinha tomado seu traseiro — nenhum de nós dois —, mas eu sabia que ele o faria em breve. Depois de descobrir sobre sua falta de experiência real, ele decidiu prepará-la com a minha ajuda. E enquanto eu adorava estar envolvido, algo me dizia que eu não estaria lá para o eventual clímax.

Apenas um instinto.

Um sussurro do destino.

Na forma de uma esfera que brilhava sobre minha cabeça.

Olhei para ela e farejei o cheiro crescente de mortos-vivos que descia sobre nossa propriedade. Em vez de ficar pensando, eu deveria estar verificando os outros limites, procurando por algo de errado.

Luna e Edon estavam contando comigo, e eu me recusava a decepcioná-los.

O problema era que eu não tinha ideia do que procurar. Com todos esses aromas estranhos e a energia crescente em...

Meus instintos queimaram, o som distinto de um galho estalando à minha esquerda atraiu meu foco. Um dos veículos havia parado, estacionando no lado da estrada enquanto todos os outros continuavam adiante. Só havia eu e a entidade desconhecida dentro dele no perímetro.

Algo que não poderia ser uma coincidência.

Minhas suspeitas foram confirmadas no momento em que a porta se abriu e um homem de terno preto entrou no caminho de cascalho.

Olhos escuros brilharam sob a lua clara, se concentrando na minha localização entre as árvores.

— Silas — o vampiro real disse, sua voz facilmente sendo levada aos meus ouvidos.

Estremeci.

O fato de que ele me reconheceu em forma de lobo depois de apenas um encontro, demonstrava seu intenso poder. Não que eu tenha duvidado disso.

Afinal, Kylan era notório.

Violento. Cruel. Letal.

E acasalou com uma das minhas únicas amigas.

Ele se afastou, segurando a porta do carro preto aberta e arqueou uma sobrancelha. Aparentemente, ele considerou isso um convite. Rae levantou a cabeça com uma careta.

— Onde ele está? — ela perguntou.

Meus lábios se curvaram. Senti falta dessa voz. Caramba, senti sua falta.

E da Willow.

Costumávamos ser tão próximos, mas parecia ter sido há uma vida. Uma memória que consistia em falsos sonhos e esperanças que foram todos abatidos pela realidade em que agora residíamos.

Kylan assentiu em minha direção.

— Ele está em forma de lobo no momento. Vamos latir para ele? Talvez isso o encoraje a se mover mais rápido.

Bufei.

Idiota.

O quê?, Edon respondeu.

Isso foi para o Kylan, não para você.

Kylan? ele repetiu. *O vampiro mais letal do mundo?*

Eu me movi enquanto dizia:

O próprio. Ele está me chamando.

O quê? Sua preocupação irradiava através do nosso vínculo enquanto procurava a calça que eu propositalmente trouxe até aqui, caso precisasse estar em forma humana. Embora esse não tenha sido um dos cenários que previ originalmente. Não que eu me importasse.

Está tudo bem. Contei a ele sobre como Kylan arranjou para que Rae e eu conversássemos durante a última lua cheia e senti o choque de Edon através do nosso vínculo.

Pela primeira vez, o alfa ficou sem palavras. Isso era uma coisa boa também. Eu só tinha espaço suficiente para lidar com uma personalidade dominante e precisava de todo o meu foco para me aproximar do membro da realeza ao lado do carro.

Ele usava um terno — algo que eu assumi ser um traje padrão para todos os vampiros. Enquanto sua posição relaxada contra o carro parecia ameaçadora, eu sabia que não era.

Rae me olhou quando me aproximei, seu lindo rosto se iluminando de alívio. Ela praticamente pulou para fora do carro e foi diretamente para os meus braços. Se isso havia incomodado o membro da realeza, ele não demonstrou. Apenas observou inexpressivo. Seu tédio era palpável.

— Você está bem — Rae sussurrou, passando as mãos sobre meus braços nus como uma mãe checando seu filho. Ela verificou cada centímetro do meu tronco como se precisasse se convencer de que não estava machucado.

Eu ri.

— Você ficou muito tátil, Rae. Aquele professor do nosso curso de socialização ficaria muito emocionado.

Ela se assustou, depois riu.

— Ei, me dei bem nesse curso.

— Com a minha ajuda — eu a lembrei.

— Sim, sim — Ela zombou, depois sorriu. — Estava com saudade de você.

— Eu também. — Eu a abracei novamente, desta vez sem todo aquele toque, e suspirei contra seus cabelos. — É bom te ver. — Eu não tinha ideia do quanto eu precisava desse abraço – o quanto eu ansiava pela minha amiga – até ela chegar.

Emoções brotaram dentro de mim.

Abandono.

Confusão.

Fidelidade.

Adoração.

Solidão.

— O que há de errado? — Rae sussurrou, se afastando para estudar meu rosto. Ela emoldurou minha bochecha e observou meus olhos. — O que fizeram com você?

— Posso sugerir que voltemos ao carro? — Kylan perguntou, seu foco estava na estrada vazia pela frente. — Prefiro não chamar atenção indevida

Um feixe suave de luz apareceu logo após essas palavras, indicando outro veículo que se aproximava.

Rae entrou primeiro.

Kylan fez um gesto para eu segui-lo.

Meu pescoço vibrou com consciência quando segui seu comando tácito, então meu sangue gelou quando ele se juntou a nós dentro do carro. Havia dois bancos — Rae e Kylan se acomodaram em um, enquanto eu me sentava em frente a eles.

Uma batida no teto fez o carro seguir, indo em direção ao coração do território.

— Chegar com você vai provocar perguntas — observei secamente.

Devo ter mentalizado isso para Edon, porque ele respondeu imediatamente:

Ah, tenho várias para você.

Mais tarde, respondi. *Quando eu não estiver sentado diante de um vampiro real.*

A apreensão formigou através do vínculo, a preocupação de Edon por minha segurança era um calor que eu gostava.

Prometo que estou bem, eu disse a ele. *Concentre-se em Luna e na cerimônia.*

— Você está falando com seu novo alfa? — Kylan perguntou, o interesse cobrindo suas feições enquanto passava um braço em volta dos ombros de Rae. Os dedos dele se moviam sobre a alça do vestido vermelho – uma cor que combinava com os cabelos castanhos avermelhados.

Encontrei seu olhar e decidi que mentir para ele não acabaria bem.

— Sim. Estou.

Ele assentiu, sua aprovação era palpável.

— Esse é um desenvolvimento intrigante. Não é comum que um alfa se importe com seu descendente. Pelo menos, não mais.

— O que você quer dizer? — Rae interveio.

— Na sociedade antiga, os alfas cuidavam muito bem de seus lycans transformados. Mas no mundo de hoje, não se espera que os que estão no poder cuidem dos novatos. E os lycans, especialmente, preferem criar filhotes a presentear a imortalidade a um adulto mortal.

Ele falou com tanto estoicismo, como se suas palavras não significassem nada. E talvez não o fizessem. Mas significavam tudo para mim.

— Edon não é comum — eu disse, percebendo o erro na minha declaração no segundo em que ela saiu dos meus lábios. — O que eu quero dizer é que ele é um alfa decente. E ele estava checando sobre a segurança. — Não é exatamente uma mentira. Por acaso, era com a minha segurança pessoal que ele estava preocupado mais do que o perímetro.

Kylan sorriu.

— Claro. — Seu olhar brilhava sob a luz fraca no alto. — Ele parece estar cuidando muito bem de você. Com base no seu aumento de massa muscular e saúde, em geral, quero dizer.

Engoli em seco. Sua astúcia e sinceridade me enervaram. E eu não sabia como responder.

Felizmente, Rae sabia.

— Ele não deveria parecer mais saudável? Ele é um lycan agora.

— A maioria não sobrevive à transformação hoje em dia — Kylan respondeu e seus olhos não deixaram os meus. — Eles também não são cuidados depois.

Ela bufou.

— Por que não estou surpresa?

Kylan sorriu para ela — finalmente me dando um alívio — e acariciou seu pulso com o polegar.

— Porque você está aprendendo, Raelyn. — Ele a beijou antes que ela pudesse responder. O movimento foi um golpe que fez minhas mãos se fecharem.

Muito rápido.

Muito forte.

E, caramba, eu não queria sentir o cheiro da excitação da minha amigo. Mas fiquei preso nesse espaço muito pequeno enquanto ele a devorava como se eu não estivesse sentado diante deles.

Ela se contorceu, soltou um quando ele beijou seu pescoço e enfiou as presas em sua carne.

— Kylan... — Seu nome saiu em um gemido de reprimenda que me fez engolir em seco diante deles.

Vi Rae fingir prazer inúmeras vezes na aula.

Isso não era falso. Em absoluto.

Meu estômago revirou e meu coração acelerou. Não era assim que eu queria ver minha amiga. Nunca.

Você tem muito o que explicar, Edon rosnou na minha cabeça.

Sim, eu suspeitava que sim. Embora não tenha sido o meu passado que seria o motivo da conversa. Ele estava mais focado no presente e no futuro, não nos meus anos na universidade.

Kylan soltou Rae com uma risada sombria, deixando-a sem fôlego e olhando para ele confusa.

— Isso deve lhe dar cerca de vinte minutos de privacidade — ele falou, acariciando seu queixo antes de morder o lábio inferior.

— O-o quê? — ela perguntou, com o peito arfando enquanto piscava várias vezes.

Ele se concentrou em mim, e levou a mão para a porta ao meu lado.

— Vinte minutos, Silas. Depois volto para buscar minha consorte. Esteja ciente de que permitir que ela fique em um espaço confinado com outro homem não é algo que eu goste. Sugiro que você não me dê nenhum motivo para ficar ainda mais desconfortável. Entendeu?

O carro parou ao lado de outro vampiro real — Jace. E ao lado dele havia uma mulher de cabelos escuros vestindo o que parecia ser uma lingerie.

— O silêncio não me tranquiliza, Silas — Kylan me pressionou.

— Devo repetir minhas preocupações?

— Ela é uma das minhas melhores amigas — retruquei, a irritação tirando o melhor de mim. — Sua Alteza — acrescentei, esperando moderar minha afirmação pelo menos um pouco.

Ele sorriu.

— Edon parece se encaixar bem em você, jovem lobo. Assim como a Luna. — Ele abriu a maçaneta antes que eu pudesse responder, depois olhou de volta para Rae. — Se recomponha e me encontre lá fora. — O frio em seu tom ressoou através do carro, mas ele piscou para ela antes de sair para a noite. Ele bateu a porta atrás de si e puxou um lenço do bolso para esfregar a boca antes de se dirigir ao lado do outro membro da realeza do lado de fora. — Ela é um trabalho em andamento.

— Entendo — Jace respondeu e levou os lábios para o pescoço da beleza ao seu lado. — Como a Juliet. Não é verdade, linda?

Ela não tirou os olhos dos sapatos, mas assentiu com rigidez.

— Sim, Vossa Alteza.

— A presença dela aqui significa que Darius está por perto? — Kylan perguntou quando os dois começaram a andar.

— Sim, está com Luka e Mira em algum lugar.

— Ah, claro que está — Kylan murmurou, sua voz ainda forte nos meus ouvidos, apesar da distância crescente.

Uma vantagem de ser um lobo? Audição fantástica.

Assim como eu podia ouvir o coração de Rae batendo muito forte.

— Você está bem? — perguntei.

Ela engoliu em seco e assentiu.

— Sim. Claro. Sim. — Ela limpou a garganta. — Ele é apenas... Kylan.

— E ele está te tratando bem? — Olhei diretamente para o ferimento no pescoço dela. — Porque isso parece doer.

Ela riu.

— Confie em mim, não dói. Ele só me excitou e, bem, deixa pra lá. Morder é bom. Foi a maneira dele de me dar uma justificativa para a minha ausência, para que pudéssemos conversar, e estamos perdendo tempo. Como você está realmente?

— Eu poderia te fazer a mesma pergunta. Essa é uma tremenda

justificativa, Rae.

— Como eu disse, ele é Kylan. A única coisa de que ele é culpado é me fazer desejar mais, o que, suspeito, foi esse o ponto. Ele é um idiota territorial assim, e você é um calo no pé dele.

— Eu? — Quase ri. — Um calo? De que tipo?

— Ele sabe que costumávamos, você sabe, para as aulas. E por um tempo, ele usou seu destino contra mim, porque achava que eu te amava mais do que como amigo.

Arqueei as sobrancelhas.

— *O quê?*

— Isso não vem ao caso e você está se desviando da minha pergunta — ela acusou. — Fale comigo, Silas. O que está acontecendo?

Soltei um suspiro e esfreguei a palma da mão sobre o rosto, balançando a cabeça.

— Não há tempo suficiente para eu contar tudo a você.

— Então, resuma.

— Não é nada demais. Estou feliz em vê-la, Rae. Isso é tudo.

Seus olhos azuis semicerraram.

— Posso sentir o cheiro da sua mentira. Também posso sentir o cheiro de Edon e Luna em você.

— Sério? — Franzi a testa. Desde quando os vampiros podiam cheirar mentiras? — Achei que vampiros recentes dificilmente pudessem sentir alguma coisa. E como você sabe que são Edon e Luna?

— Porque a minha conexão com o Kylan não é típica.

Eu sabia que as circunstâncias em que ela se transformou não eram exatamente normais, mas achei que isso tinha mais a ver com política do que com a mudança física.

— Como assim?

— Não estamos falando de mim agora, Silas. Estamos falando de você. Por que você está com o cheiro do herdeiro alfa e da sua nova companheira? E que energia sombria você estava emitindo antes? Isso não se parece com você.

Ah, isso era típico de Rae, se recusar a me deixar escapar facilmente. Suspirei novamente. Desviar suas perguntas só a deixaria mais desconfiada e a lutar mais por uma resposta. E eu não tinha energia para afastá-la. Além disso, se eu pudesse falar com alguém, era Rae. Ela me conhecia melhor do que a maioria, com exceção de talvez Willow.

Meu coração estremeceu com a lembrança da nossa amiga perdida. Ela já estava morta ou desejando a morte. Eu preferia pensar nela com a primeira opção. Era menos doloroso que a outra alternativa.

Balançando a cabeça, encontrei o olhar de Rae e contei a ela uma versão curta de tudo o que havia acontecido desde a minha transformação. De qualquer forma, seria bom ter outra aliada do nosso lado, alguém para ficar de olho nas redondezas e talvez me informar sobre qualquer coisa que seus novos sentidos vampíricos captassem.

Ela permaneceu estranhamente quieta enquanto eu falava, sua expressão não revelando nada, enquanto explicava meus recentes arranjos de dormir — com dois alfas. Não dei detalhes específicos, mas ela leu nas entrelinhas.

E terminei com um resumo das façanhas de Walter.

Isso deixou suas bochechas vermelhas.

— Que idiota — ela falou.

Eu ri alto.

— Ah, Rae, senti falta de você.

— O quê? Ele parece um idiota.

— Você não está errada — admiti. — Mas isso nos deixou um pouco nervosos por causa de hoje à noite.

Ela assentiu pensativa.

— E você não está nem um pouco preocupado com o fato de que os dois lobos pelos quais você se apaixonou estão acasalando – sem você.

Pisquei.

— Não é isso, quero dizer, eu me preocupo com eles, claro, mas eles devem ficar juntos. O que está acontecendo comigo é temporário.

— O que você descreveu não me parece tão temporário. — Ela inclinou a cabeça. — Tenho certeza de que Kylan diria que é absolutamente incomum.

— O mesmo poderia ser dito sobre um membro do harém ser

transformado na consorte de um vampiro.

— *Touché*, mas, novamente, estamos falando de você, não de mim. — Parte da sua personalidade ardente veio à tona com esse comentário. — Você pode admitir como se sente, Silas. Eu não vou te julgar.

— Não tenho medo de você me julgar, Rae. É apenas um fato da vida que tenho que aceitar. Edon e Luna são companheiros alfa. Isso não me envolve em nada.

— Exceto que você estava percorrendo o perímetro e procurando ameaças – para protegê-los.

— Que é o meu trabalho como descendente dele.

— E amante deles — ela acrescentou. — Não desconsidere o que você é apenas porque não existe um termo adequado para isso. — O sorriso dela era triste. — Posso ser uma vampira agora, mas ainda te conheço, Silas. Você sempre foi incrível em esconder seus sentimentos. Esse pequeno deslize na sua fachada me diz o quanto você está exausto. Você nunca baixa a guarda.

Me permiti encostar a cabeça no banco e senti a garganta se apertar.

— Foram semanas esclarecedoras, Rae.

— Meses — ela corrigiu. — E eu concordo.

— É tudo mentira — continuei, permitindo que parte da minha raiva escapasse. — Tudo isso. A grandeza, as promessas da imortalidade – tudo era *mentira*. Porra, quantas pessoas eu matei na Copa Imortal? Seis? E o problema era que eu teria matado todos pelo futuro que pensei que me esperava do outro lado. Pessoas que eu conhecia. — Isso me deixa bravo, Rae. Muito bravo.

Ela estendeu a mão para pegar minha mão e a apertou.

— Sei como se sente.

— Você? — perguntei, rindo com humor. — Imagino que sim. Kylan, hein?

Os lábios dela se curvaram.

— Ele não é tão ruim quanto você pensa.

Bufei.

— Essa ferida no seu pescoço diz o contrário.

— Não se preocupe. Vou mordê-lo de volta mais tarde.

— Como isso funciona? — perguntei. — Vocês dois são

vampiros. Você não precisa de sangue humano?

Parte da sua diversão se transformou em uma expressão de segredo.

— Como eu disse, minha transformação não foi exatamente normal.

Abri a boca para pressionar esse comentário, quando um cheiro se aproximou e fez cócegas no meu nariz. *Morte.* Não era o mesmo perfume que Kylan e Rae usavam, mas um semelhante ao fedor de podre que eu continuava pegando perto das fronteiras no último mês.

Só que não estávamos perto da fronteira agora.

Não, estávamos no coração do território do Clã Clemente.

Olhei pelas janelas, procurando a fonte, tudo em silêncio no carro. Rae deve ter percebido minha atenção, porque ela não disse nada, mas olhou em volta também.

— Vampiros — ela sussurrou. — Muitos deles.

— Sim — eu concordei, procurando a escuridão com a minha visão de lobo.

A porta se abriu, me fazendo virar quando Kylan apareceu.

— Venha, Raelyn. — Ele estendeu a mão. — Agora.

Ela não hesitou, uma energia palpável mudando entre eles.

— Avise seu herdeiro alfa, Silas — Kylan disse, com a voz dura. — Uma guerra está vindo em sua direção. E parece que o Clã Silvano está sem sangue.

Capítulo trinta

TUDO PARECIA ERRADO. A lua. O ar. Esse vestido ridículo que minha mãe me trouxe. O jeito que Edon estava, sem parar de andar. Os pelos arrepiados na parte de trás do meu pescoço.

O fato de Silas não estar aqui... Engoli em seco e fechei os olhos. *Ele deveria estar aqui conosco.*

Ninguém podia me ouvir além de mim mesma e, mesmo assim, eu sabia que Edon sentia o mesmo, podia ouvir meu pensamento ecoar no dele.

Desde a abertura do vínculo entre nós, há algumas semanas, nenhum de nós procurou fechá-lo. Na verdade, ele apenas ampliou a entrada, me permitindo acesso irrestrito à sua mente o tempo todo. Era o método de Edon de estabelecer confiança, algo que apreciei muito porque não tive mais que adivinhar suas intenções.

Ele estava aborrecido, além de preocupado, e com um leve toque de medo.

Não por nós, mas por Silas.

Rae — a infame membro do harém que virou vampira — aparentemente era uma velha amiga dele. Algo que ele não mencionou para mim ou para Edon.

O que me fez questionar o quanto Silas confiava em nós.

Um pensamento ridículo, na verdade. Eu sabia como ele se sentia, podia sentir isso em cada toque. E Edon podia *sentir* suas emoções.

Não, não se tratava de confiança. Silas simplesmente não tinha mencionado isso ou muita coisa sobre seu passado. Estávamos todos muito focados no presente, no que Walter faria em seguida.

Abri os olhos para encontrar Edon me olhando, com a expressão séria.

— Quase na hora — falou baixinho.

— Eu sei. — A energia da lua deslizou pela minha pele, me deixando agradecida por Edon ter escolhido este local para se preparar. Estávamos sozinhos aqui, na varanda privada de seu avô, nos escondendo da agitação da cidade. Jolene não parou de falar que queria ir conversar com um velho amigo. Suspeitamos que ele estava se referindo a um membro da resistência silenciosa, mas estávamos preocupados demais com nosso próprio destino para pressioná-lo.

Edon emoldurou minha bochecha com uma mão, e a outra segurou meu quadril, onde ele acariciou a seda do vestido com o polegar.

— Depois desta noite, podemos recomeçar.

Eu me inclinei em seu toque.

— Sim. — Eu só queria saber o que isso implicaria. Tudo parecia tão certo nas últimas semanas com Edon e Silas, mas esta noite mudaria tudo. O mau agouro pesava na minha coluna, me deixando enervada.

— Você também sente — ele sussurrou. — Que está faltando algo.

— Silas — falei.

Ele assentiu.

— Sim.

— Ele deveria estar aqui.

Outro aceno.

— Quer que eu o chame?

— Não sei. — Seria melhor? Ou seria um adeus? Porque eu não estava pronta para isso. De alguma forma, de alguma maneira, aquele lobo havia me atingido quase tão profundamente quanto Edon. Quase como se a mordida que ele me deu fosse uma reivindicação. Só que eu sabia que isso era impossível. Apenas mordidas sob a lua cheia terminavam em um acasalamento.

Edon roçou um beijo nos meus lábios antes de pressionar a testa na minha.

— Este não é o fim, pequena.

— Então por que é assim? — perguntei, engolindo em seco. — Por que sinto que tudo está prestes a mudar?

Ele suspirou, e seu hálito mentolado se misturou com o meu.

— Porque vai. Mas isso não significa que seja um fim, mas um novo começo.

— Sem o Silas.

— Não sabemos disso.

— Não. Acho que nós dois sabemos exatamente isso — argumentei, me afastando para encará-lo. — Minha mordida nos conectará irrevogavelmente. Para sempre. Ela substituirá seu vínculo de descendência.

— Mas não excluirá.

Verdade.

— Vai substituir — esclareci. — O que não é justo com o Silas. Sobre isso, ele não tinha argumentos. Vi no seu olhar.

— Forçá-lo a permanecer conosco será cruel — acrescentei, engolindo em seco. — Você sabe disso tão bem quanto eu. Ele nunca será igual.

— Ele não foi criado para ser nosso igual, Luna. — Ele levou o toque do meu quadril para minha bochecha, embalando meu rosto entre as palmas das mãos. — Nós somos alfas. Nosso objetivo é acasalar. Silas... — Ele parou, com a expressão dolorida.

— Ele não é um ômega — sussurrei.

— Eu sei.

— Mas ele também não é um alfa — admiti, sentindo meu estômago revirar. — Ficar com ele... Edon, vai machucá-lo.

— Eu sei — ele repetiu, baixando o olhar.

— Não quero machucá-lo.

Ele pressionou seus lábios nos meus novamente. Desta vez o beijo demorou, como se ele precisasse de um momento para organizar seus pensamentos. Mas quando ele encontrou meu olhar mais uma vez, eu sabia o que ele planejava dizer.

Precisamos deixá-lo ir.

É para o seu próprio bem.

Mesmo que nos mate fazer isso.

No entanto, nenhum desses comentários saiu da sua boca. Em vez disso, ele paralisou e suas mãos ficaram rígidas contra a minha pele.

E então farejei.

O fedor rançoso da morte. Em toda parte.

Não conseguia olhar por cima do ombro dele para examinar nosso ambiente, porque ele me segurava com força. No entanto, senti a onda de poder que entrava.

Isso era mais do que alguns vampiros reais e seus soberanos.

Um exército se aproximava.

Edon me empurrou pela porta da casa do avô, me fazendo tropeçar em uma cadeira próxima, xingando. Em seguida, começou a se transformar.

Ele rosnou enquanto avançava em direção à linha das árvores que levava ao acampamento principal, deixando um comando na minha cabeça

Fique aqui.

Dane-se, pensei de volta para ele. Não que ele pudesse me ouvir. Não que alguém pudesse ouvir algo sobre o som da guerra na área.

Saí atrás dele e meu vestido desapareceu quando chamei minha loba.

Minhas patas batiam sobre a terra e meus sentidos aumentavam a cada segundo que passava.

Muitos vampiros. Raiva. Sangue. A necessidade de uma luta.

Isso fez meu estômago estremecer, provocando medo em mim.

Esse era o teste final. O que Walter havia preparado para que

Edon falhasse. Senti isso dentro de mim, sabia o que ele desejava.

A morte do meu companheiro.

De jeito nenhum, pensei, me esforçando para correr mais rápido do que nunca, enquanto seguia a trilha de Edon.

Gritos de guerra ecoavam no ar, seguidos por uivos.

Fiz uma pausa nos arredores e arregalei os olhos com o ataque do caos.

Centenas de vampiros haviam cercado o acampamento, seu ataque era iminente.

Walter estava no meio deles, enfrentando o líder. Silvano, um vampiro antigo conhecido por seu temperamento.

Merda...

— Não autorizei nenhuma dessas atividades — Walter rosnou e suas palavras ecoou ao redor. Os lobos andavam por ali, mas estavam em menor número do que o exército de mortos-vivos.

Edon se juntou a ele, entrando no círculo com duas pernas enquanto vestia uma calça jeans que ele havia pegado de algum lugar. Fui para o lado de uma das casas para ver, sentindo meu pelo estremecer sob a onda de energia violenta que agitava o ar.

— O que é que está acontecendo? — Edon exigiu.

— Silvano acha que temos caçado e matado vampiros em nossa terra — Walter falou, cruzando os braços. — Algo que todos sabemos que eu jamais autorizaria.

Ah, merda...

Tudo isso estava ligado ao primeiro teste.

Aquele com o corpo de vampiro morto.

O corpo que Edon havia descartado.

— Sei... — Silvano fez um gesto para que dois de seus vampiros vestidos de terno se aproximassem, um dos quais segurava uma bolsa. Ele jogou o conteúdo no gramado – uma coleção de cabeças. — Isso aqui demonstra o contrário, Walter. Vá em frente, respire. Têm o cheiro dos seus vira-latas.

Minhas orelhas se achataram e senti o choque me envolver.

Edon cruzou os braços, imitando a posição do pai.

— Então temos um problema em nosso clã, algo que resolverei assim que ascender.

Seu pai bufou uma risada.

— Que pitoresco. — Ele se virou para o filho, semicerrando os olhos. — E muita coincidência.

— Tirou as palavras da minha boca — Edon respondeu, sem parecer nem um pouco confuso. — Se não o conhecesse bem, diria que tudo isso faz parte das merdas dos seus testes alfas. Bem, é tarde demais, coroa. Estou pronto e vou ascender, com ou sem a sua aprovação.

— E daí? Você orquestrou tudo isso para menosprezar meu legado? Manchar minha reputação?

Os lábios de Edon se contraíram.

— Nós dois sabemos que não tenho apoio neste clã para conseguir algo assim.

— Ah, não? — Walter fingiu surpresa. — Talvez devêssemos testar essa teoria. — Ele olhou em volta enquanto Silvano observava em silêncio, com todos os seus vampiros preparados e prontos para a batalha. Um sinal dele e o caos começariam, mas ele os manteve quietos.

Porque tudo isso era para exibição.

Percebi isso assim que Walter perguntou:

— Quem dentre vocês está envolvido nisso? — Ele olhou em volta com o olhar astuto. — Meu palpite é que meu filho prometeu algo em troca de me enquadrar nessa loucura. Seria difícil para ele se não conseguisse ascender esse ano. Imploro que falem a verdade agora ou arrisque um futuro incerto, como meu filho fez.

Desgraçado.

Ele planejou tudo isso.

E esse pensamento foi confirmado quando dois homens se aproximaram, com cautela e os olhos baixos.

— Desculpe-nos, senhor — um deles falou, com a voz baixa. — Mas o E-Edon disse que estava autorizado, que estávamos pagando uma dívida.

— E-ele alegou que foi feito com a aprovação de Si-Silvano — o outro sussurrou.

O silêncio caiu.

Meu pelo se arrepiou de raiva.

E então Edon riu.

— Não acredito que vocês o deixaram manipulá-los dessa

maneira. — Ele balançou a cabeça, ainda sorrindo. — Vocês são dois imbecis.

Walter era um especialista na arte de fingir espanto.

— Você simplesmente não conseguiu ascender normalmente, não é? Tinha que tentar manchar minha reputação no processo. — Ele balançou a cabeça, suspirando. Então encontrou o olhar de Silvano. — Ele tem sido um problema desde o começo, mas eu tentei. É difícil, levando em consideração que a mãe dele é completamente inútil.

A fêmea em questão não estava em lugar algum.

Mas as palavras acenderam uma chama no olhar de Edon.

— E por que ela é inútil? — ele questionou. — Ah, certo, porque você acabou com ela. — Ele bufou e olhou para Silvano. — Não autorizei, nem conspirei contra seu território de forma alguma. O que eu teria a ganhar com isso?

— Muita coisa — Walter argumentou. — Me incriminar e manchar minha reputação só provaria que eu era incapaz de liderar e permitiria que você se tornasse o salvador deles. Algo que nós dois sabemos que você precisa muito, pois não é tão respeitado por seus colegas.

Ele abriu as mãos para os lobos ao seu redor, a maioria dos quais bufou em concordância.

Walter suspirou, o som dramático ao se concentrar novamente em Silvano.

— Diga-me como compensar isso, velho amigo. Me diga o que você quer.

— A minha morte, presumo — Edon declarou. — Fascinante. Quero dizer, você tem tentado fazer isso ao longo dos testes. Não é mesmo?

Ele pressionou a palma da mão no peito.

— Eu? Tudo o que fiz foi tentar torná-lo mais forte. — Ele novamente olhou para a matilha em busca de aprovação, o que eles obviamente deram, porque agiam como gado.

— Foi por isso que você acusou minha companheira de assassinato? — Edon perguntou. — Por isso que decidiu puni-la na tentativa de estuprá-la em grupo? Foi o motivo pelo qual você quase me matou no seu chamado teste de força? — Ele sorriu. —

Claro, *pai*. Estou certo de que tudo foi feito para o meu benefício.

— Você ficou muito próximo dela e daquele seu vira-lata, para pensar claramente, filho. É algo que te avisei. — Ele parecia tão aborrecido e triste que quase quis aplaudi-lo pelo ato.

O problema era que parecia que todos ao seu redor acreditavam nessa besteira.

Vários alfas se juntaram ao ringue, assistindo do lado de fora, incluindo meus pais. E um punhado de vampiros reais também. Todos com expressões correspondentes de indiferença. Mas senti a aceitação deles.

Eles deixariam Walter matar o filho.

Para fazer as pazes com Silvano e...

— Só há um problema com a sua acusação — disse uma voz profunda por trás das massas, me assustando. Silas cruzou o ringue usando jeans e se aproximou do lado do seu criador. A falta de surpresa nas feições de Edon foi resultado da antecipação da chegada de Silas ou de uma ótima atuação.

— Fui eu quem encontrou o corpo do vampiro morto — disse Silas, provocando algumas expressões de surpresa do círculo. — E esses dois idiotas estavam bem atrás de mim. Quando mencionei isso para o Edon, ele ficou tão chocado com o cadáver quanto eu.

Walter bufou.

— Isso não prova nada. Você é apenas um vira-lata sem nenhuma posição nesta comunidade.

Silas sorriu.

— E, no entanto, é o meu criador a quem você está acusando. Como tenho acesso à mente dele, argumentaria que minha opinião vale nessa discussão.

— Embora eu afirme que é inadmissível devido à influência — Walter respondeu, sem perder o ritmo. — Assim como a vadia da sua companheira seria considerada inútil neste julgamento. No entanto, não a vejo aqui tentando defendê-lo, Edon. Que interessante.

— Você gostaria disso, não é? — Edon disse, pressionando os lábios. — Porque assim, você poderia reivindicá-la sob a lua como sua. Depois da minha morte, é claro.

— Bem, vou precisar de um novo herdeiro. É melhor usar a

única fêmea alfa no território que pode dar o tipo de filho que eu preciso. — Walter deu de ombros. — Embora eu tenha que quebrar um pouco daquele orgulho. Já que você falhou.

Meu sangue gelou.

Sobre o meu cadáver, pensei, enquanto um rosnado ameaçou escapar da minha garganta. Mas engoli antes de deixá-lo escapar.

— Você pode tentar — Edon respondeu, inclinando a cabeça para o lado. — Algo me diz que será mais difícil do que você pensa.

Silas bufou.

— Mais como impossível. — Ele cruzou os braços. — Sabe, estou curioso sobre uma coisa.

Walter arqueou uma sobrancelha.

— E por que eu deveria me importar?

Silas deu de ombros.

— Porque você é o alfa titular. Sou um dos seus lobos. Ah, e seu filho é meu criador.

Palavras corajosas, pensei, balançando o rabo.

Mas não era nada disso.

Ele estava protelando.

Eu simplesmente não sabia o porquê.

— Nada disso é motivo para eu reconhecer ou mesmo ouvir um vira-lata. — Walter focou em seu filho. — O que você tem feito com esse lixo para dar a ele tanta confiança?

O sorriso de Edon era cruel.

— Vínculo.

— Tudo isso é bem interessante — Silvano interrompeu. — Infelizmente, já não me divirto com essa briga de família. O Clã Clemente cruzou as fronteiras sem permissão e matou vários de meus irmãos. Busco retribuição pelas vidas perdidas, das quais conto doze. Um herdeiro alfa é apenas um. Preciso de mais onze.

— Você não acha estranho alguém ter sido capaz de cruzar as fronteiras com tanta facilidade com tantos vampiros? — Silas perguntou, com o tom notavelmente calmo, considerando que ele estava se dirigindo a um vampiro real. O fato de ele encarar o homem demonstrava isso. — Eu era o único que estava patrulhando hoje à noite enquanto havia quase duas dúzias de nós na última lua cheia. Parece um pouco, não sei, organizado?

— Você está sugerindo que estou trabalhando com Walter? Que organizei para ter meus próprios homens mortos? — Silvano perguntou, arqueando a sobrancelha.

— Estou sugerindo que sua chegada foi antecipada. E também que Edon ainda não tem autoridade para ordenar que os lobos deixem as fronteiras. — Silas baixou os braços. — Conclua o que quiser.

Uma conspiração.

O que eu já havia descoberto.

Mas agora eu me perguntava se Walter e Silvano estavam trabalhando juntos, se talvez o vampiro soubesse o tempo todo que o alfa queria permanecer no comando.

Talvez ele tivesse alguns servos para sacrificar.

Não seria inédito descartar alguns imortais dessa maneira — facilitava a papelada.

E se eles tivessem um acordo estabelecido entre si? Walter ajudaria Silvano a se livrar de alguns vampiros indisciplinados enquanto Silvano ajudaria Walter a manter sua posição. Como eles compartilhavam os limites, seria do interesse deles permanecer leal um ao outro.

— Isso é intrigante — Kylan concordou do lado de fora.

— Sim — Jace concordou ao lado dele. — Me perguntei por que os lobos não estavam na fronteira. Quer explicar, Walter?

O alfa riu.

— Bem, nós deveríamos ter uma cerimônia hoje à noite. Imagino que meus lobos estavam interessados em assistir.

— Você teve uma no mês passado e relegou muitos deles para a patrulha de fronteira — Silas falou. — Incluindo eu.

— Porque você é um vira-lata indigno de participar — Walter rosnou, seu verniz escorregando um pouco. — Você tem sorte de eu deixá-lo entrar no coração do território, algo que corrigirei rapidamente quando essa bagunça acabar.

— Mas isso ainda não explica os outros — Jace pressionou. — Por que forçá-los a manter a guarda em um ritual, mas não em outro?

— Esta noite é uma cerimônia maior, com a ascensão de seu novo alfa — Walter respondeu, semicerrando os olhos para o membro da realeza. — Do que você está me acusando, Jace?

— Eu? — Ele tocou o peito, erguendo as sobrancelhas escuras. — Nada. Estou apenas curioso, velho amigo.

Política típica. Ninguém queria dizer o que eles estavam dizendo, e ainda assim todos estavam lançando acusações.

— Independentemente de quem tenha permitido o quê, me devem uma retribuição — Silvano declarou, sua voz ecoando na noite.

Palavras simples.

Seguido por um gesto da sua mão que fez meu coração cair no estômago.

Um tiro ecoou no ar, perfurando meus ouvidos e acelerando meu pulso.

Não havia sido autorizado.

A discussão não foi concluída.

Mas Silvano decidiu claramente terminar, com Edon como alvo.

Um grito soou no ar, me dizendo que a bala era de prata — o inimigo de um lycan, além do tempo. E para meu horror absoluto, vi Silas cair.

Ele pulou na frente da arma, cujo cano ainda estava apontado para Edon.

O caos irrompeu na sequência dos tiros, com Edon atacando o vampiro e torcendo a cabeça do homem em um ângulo que levaria vários dias para retornar. Enquanto Silas se contorcia no meio do campo, o sangue escorria de sua ferida.

Gritei, me transformando por instinto e me forçando a correr até ele sobre duas pernas.

Mas alguém o alcançou primeiro. Um vampiro de terno. Não registrei seu nome. Minha cabeça estava em branco com a insanidade do momento.

Tentei persegui-lo, chamar Silas, mas braços fortes como cimento prenderam minha cintura, me puxando para trás.

— Aí está você — uma voz profunda falou contra o meu ouvido.

Tremi, sentindo a energia ameaçadora, combinada com a sensação do seu peito contra minhas costas, que apertou meu coração.

— Walter — murmurei.

— Prefiro *senhor* — ele respondeu. Mas vamos trabalhar nisso, vadia. Vamos trabalhar me muitas coisas.

Capítulo trinta e um

SILAS!, rugi, virando meu corpo de um lado para o outro enquanto lutava golpe após golpe dos vampiros que desciam no campo. *É melhor você não morrer, Silas. Ou juro, vou rastejar para a vida após a morte só para bater em você.*

Sem resposta.

Puta merda!

Eu disse a ele para não intervir.

Para ficar parado.

Para não falar.

Ele me ouviu? Não. E como ele se moveu tão rápido? Eu nem tinha visto a arma, mas a ouvi pouco antes da bala atingir o peito de Silas. Agora eu não tinha ideia de onde ele foi ou quem o levou. Ele simplesmente desapareceu antes que eu tivesse a chance de reagir.

Meu punho encontrou o rosto de outro vampiro, e meu instinto de me transformar dominava meus pensamentos. Mas eu não podia pagar os poucos segundos necessários para assumir minha forma animal. Havia muitos vampiros e poucos lycans lutando.

Rosnei, dando uma cotovelada em outro agressor e uma joelhada no idiota na minha frente. Ele caiu com um grunhido e derrubou sua arma no chão. Peguei-a rapidamente e usei a adaga para cortar a garganta do homem atrás de mim.

Depois passei para o próximo.

O tempo todo chamando Silas.

Sem resposta.

Eu podia sentir a energia da sua vida escoando deste plano, a prata tirando-o de mim muito cedo. E tudo que eu podia sentir era raiva.

Walter pagaria por isso.

Todos os seus companheiros também.

Uivei, exigindo que a matilha se reunisse e lutasse, e para minha surpresa, vários atenderam a chamada.

Já. Estava. Na. Porra. Da. Hora.

E aqueles que se esconderam? Bem, seriam os primeiros da minha lista de seleção. Porque de jeito nenhum eu deixaria um exército de vampiros me derrubar.

Hoje, não.

Não por algo que não fiz.

Meu pai desapareceu, me deixando sozinho para cuidar de mim mesmo. *Covarde*. Silvano ficou, mas não para lutar. Ele apenas supervisionava, como se estivesse gostando da carnificina.

Matar vampiros exigia muito esforço.

Lycans eram mais fáceis, porque nos faltava o gene imortal. Mas isso não nos deixava fracos. Provei isso, derrubando mais três de seus homens enquanto ele observava em silêncio.

Onde estava o meu avô? Ele poderia acabar com essa loucura.

E Luna... eu a senti a poucos instantes. Para onde ela fugiu?

Um som de golpe na minha lateral me fez focar no idiota que tinha acabado de pensar em me atacar. Atingi seu queixo, antes de me virar para o vampiro que se aproximava de mim por trás.

Eram todos muito jovens, talvez com cem anos, na melhor das hipóteses.

O que significava que Silvano havia trazido o time mais despreparado para a luta.

Escolha ruim. Mas, ei, funcionava a meu favor, então eu não ia reclamar.

Silas, tentei novamente.

Estático. Quieto. Nada.

Meu coração doía, minha alma clamava pela injustiça da sua queda. Por que ele pulou antes da bala? Como...

Vi estrelas quando algo duro bateu na parte de trás da minha cabeça. Pisquei, balancei a cabeça e me movi para lutar, mas minha visão começou a sangrar em pontos de luz.

Não, eu não ia desistir. Ainda não. Não quando...

O que é isso? O grito agudo ecoou em meus ouvidos, dando um pontapé no meu coração. *Luna*!

Capítulo trinta e dois

— VÁ SE FODER — rosnei, esticando os braços enquanto tentava me soltar do aperto de Walter. Ele me puxou para atrás de uma das casas, com uma mão circundando meu pescoço enquanto a outra segurava meus dois pulsos.

— Assim que Edon morrer, concederei seu desejo — ele grunhiu, com os lábios perto demais do meu pescoço.

Não deixei de perceber seu objetivo. Meus laços com Edon morreriam com ele, permitindo a Walter apostar sua reivindicação sob a lua.

E então eu estarei realmente fodida. Figurativa e literalmente.

Isso não vai acontecer.

Eu o chutei, e ele respondeu me empurrando para a área externa da casa, me fazendo chorar de dor. Porque, *puta merda*, isso doía.

Meu pai estava por perto, com um olhar de nojo no rosto. Não para Walter, mas para *mim*.

E minha mãe. Seus olhos brilhavam com lágrimas.

Logan, no entanto, parecia pronto para cometer assassinato. Ele já tinha tentado intervir uma vez, o que resultou no olho roxo que agora marcava seu rosto bonito.

Nosso pai era um idiota.

Mas meu irmão parecia pronto para tentar novamente. Suas mãos estavam em punhos, seus olhos azuis presos nos meus enquanto ele tentava transmitir algum tipo de plano. Ele olhou intensamente para os meus pulsos, que estavam presos atrás das minhas costas. Em seguida, inclinou o queixo de forma brusca.

Não entendi seu objetivo até que ele avançou, o foco em Walter. Apertei as mãos no momento em que ele colidiu contra o alfa atrás de mim, soltando minhas mãos.

No entanto, a que estava no meu pescoço me apertou com força.

Ofeguei, sentindo minhas vias aéreas serem esmagadas sob suas garras, mas de repente fui liberada quando Logan deu um soco na mandíbula de Walter.

Meu pai rugiu em fúria, avançando, mas foi atrapalhado por minha mãe.

— Corre! — ela gritou para mim. Pouco antes de meu pai empurrá-la para o chão com um grito.

Eu não queria ouvir.

Não queria correr.

Mas não estava disposta a deixar a rebelião deles ter sido em vão.

Corri, sentindo o corpo doer nos lugares em que Walter havia me segurado. Se eu pudesse me esconder até o amanhecer, ficaria em segurança por mais um mês. Eu só tinha que fugir, para...

Uma mão alcançou minha boca, me puxando para trás contra um corpo duro que cheirava a morte. Outro braço apertou minha cintura enquanto eu tentava lutar, furiosa por ter escapado para cair nas garras de alguém mais uma vez.

Que merda é essa?!

Não sou essa mulher.

Não sou fraca.

Me solte!

Lutei de forma intensa, ganhando um xingamento e um grunhido do meu novo captor. E então ele me empurrou com força contra uma superfície implacável.

Outra casa.

Rosnei, farta de ser maltratada e tratado como uma donzela. Isso não era...

Ele me virou, com o antebraço na minha garganta, e penetrantes olhos azuis encontraram os meus. Da cor do gelo.

— Adoro uma loba mal humorada, querida, mas agora precisamos da sua ajuda para entender algo.

Entreabri os lábios. *Jace.*

E de *quem* ele estava falando?

Ele me empurrou pela porta da casa e a fechou com um chute.

— Não temos muito tempo, então sugiro que você seja uma boa loba e jogue junto.

— Eu te disse, é muito cedo — outro homem disse com a postura casual enquanto ele se inclinava contra a parede. — Precisamos de mais tempo antes de mostrar nossas cartas.

— Então vamos deixar o Edon morrer e tentamos começar de novo? — Jolene respondeu com as mãos nos bolsos. — Não posso garantir que estarei vivo o tempo suficiente para ver isso acontecer, senhores. Dei àquele garoto tudo o que tenho e ele é exatamente o que precisamos nesta região.

— E o Silvano? — o vampiro de cabelos escuros perguntou, seu tom tão indiferente quanto sua pose. — Isso vai levantar muitas perguntas, especialmente logo após o que aconteceu com a Robyn.

— Isso nem estava relacionado — uma quarta voz soou, com um bufo irônico. *Luka.*

Merda. Para o que Jace me puxou?

— Se estava ou não, não é a questão. Toda essa agitação vai assustar Lilith. O de cabelos escuros se afastou da parede. — Não estou descartando o fato de você ter se esforçado muito nisso, Jolene. Só estou apontando a papelada que estará envolvida, caso possamos intervir. Isso pode nos atrasar anos, pois seremos forçados a manter um perfil discreto.

— Se não intervirmos, perderemos dois clãs — Jace respondeu baixinho. — O que nos atrasa várias décadas.

— Dois? — Luka perguntou.

— Logan acabou de agredir Walter. — Jace olhou para mim. — Para salvar a irmã.

Engoli em seco. Era nisso que ele queria minha opinião? Porque eu não sabia o que dizer.

— Bem, merda. — Luka passou a mão pelo rosto, balançando a cabeça. — Niko não vai gostar disso.

— Não, acho que não. — Jace ainda estava olhando para mim. — Conte-nos sobre o seu relacionamento com Edon e Silas.

Minhas sobrancelhas se levantaram.

— O quê?

— Você está transando com os dois. É porque o Edon está te obrigando? — Seu tom indiferente não correspondia à gravidade de sua pergunta.

— Vá se foder — grunhi. — E que se foda sua suposição.

Os lábios dele se curvaram para cima.

— Ah, Claudette criou você muito bem. — Ele olhou para Luka. — Ainda há esperança para sua preciosa filha, se Logan for parecido com ela.

— Considerando que ele acabou de atacar Walter, vou dizer que ele é um candidato perfeito.

Jace deu de ombros.

— Verdade. — Seu foco se voltou para mim novamente. — Seu relacionamento com Edon e Silas não é aceito pelas condições sociais atuais. Como você se sente sobre isso?

— O meu relacionamento com Edon e Silas não é da sua conta — respondi de forma categórica. — Que merda é essa? Tem uma guerra acontecendo lá fora, e vocês estão fofocando sobre com quem estou transando? Falando sobre meu irmão como se ele fosse um peão no seu jogo de xadrez? Vão se foder. Vocês estão perdendo meu tempo. — Dei um passo, mas me deparei com o homem de cabelos escuros nas minhas costas.

Ele emanava poder, o que provocou arrepios em meus

membros e me lembrando que eu estava nua em uma sala cheia de machos dominantes.

Não era bom.

Especialmente considerando a propensão de Jace em brincar com lobas.

Engoli em seco.

— Olha, o Edon é inocente. Ele não atacou os vampiros de Silvano ou emitiu qualquer tipo de decreto dizendo aos lobos para irem à caça. O pai dele quer é manter o poder. — Olhei para Jolene, implorando. — Diga a eles.

— Eles já sabem, querida — ele respondeu, tirando o paletó e o entregando para mim. — Estão tentando descobrir se devem intervir.

— Bem, se querem minha opinião, acredito que sim — uma nova voz soou quando Kylan entrou pelos fundos da casa. — Quero dizer, que tipo de revolução é essa, sem uma festinha para chutar alguns traseiros?

A única indicação de que eles ficaram surpresos com sua aparição foi o ligeiro enrijecimento nos ombros de Luka.

— Sabe, perdi o meu convite para a festa — Kylan comentou e sua expressão era de pura diversão. — Mas sinto suas intenções há algum tempo. O que todos estamos esperando? Voto que devemos derrubar Silvano. Ele é um dos motivos pelos quais estamos nessa confusão. Juro que ele não fará falta para quem conta.

O silêncio seguiu sua declaração.

Mas o pulsar na mandíbula de Jace demonstrou que o homem havia atingido um ponto.

— Eu posso fazer isso — Kylan continuou. — Já tenho um talento especial para irritar a Lilith. Talvez ela me coloque onde quer que tenha escondido o Cam.

Todos os homens trocaram um olhar.

— Ah, vamos lá. Não sou o único que suspeita que ele ainda esteja vivo. — Ele olhou para Luka. — A Erosita dele vive com o seu clã, certo? — Ele suspirou com o silêncio contínuo deles. — Entendo. Bem. Se meus serviços forem solicitados para o que quer que seja, sabem onde me encontrar.

Jace o deteve com a mão no ombro e seus olhares se encontraram em um longo e silencioso duelo, enquanto os gritos de lobos e vampiros ecoavam através do ar da noite lá fora.

Meu peito doía por todos, especialmente Edon. A única coisa que me mantinha de pé era a força que irradiava através do seu vínculo de acasalamento.

Ele estava vivo, lutando e lamentando por Silas.

Que ele não podia mais sentir.

Uma lágrima escorreu do canto do meu olho e enfiei as unhas com força no paletó ao meu redor.

— Não podemos ficar aqui — sussurrei. — Não sei por que vocês estão discutindo uma linha do tempo quando poderiam estar ajudando. Mas sei de uma coisa: não intervir quando vocês podem, faz de todos um bando de covardes. — Olhei diretamente para Jolene. — Seu neto está lutando por sua vida lá fora. Vou me juntar a ele com ou sem a sua ajuda.

Empurrei meu cotovelo para trás, esperando atingir o vampiro de cabelos escuros, mas só encontrei o ar. Ele estava na porta com uma expressão divertida.

— Deveríamos apresentá-la a Juliet — ele falou, olhando para Jace. — Ver se não podemos incutir um pouco dessa energia agressiva.

— Confie em mim, D. A Mira já está trabalhando nisso — Luka acrescentou.

D. sorriu.

— Brilhante. — E então ele abriu a porta. — Depois de você, lobinha.

Lobinha.

Pequena.

Luazinha.

Eu estava muito, *muito* cansada de todo mundo me chamar de *pequena.*

Eu não era pequena.

Nem fraca.

Por acaso, eu era menos musculosa e menor do que os outros ao meu redor. Mas eu possuía uma linhagem alfa por uma razão. E eles estavam prestes a descobrir o porquê.

Capítulo trinta e três

VERMELHO.

Tudo ao meu redor estava manchado de vermelho. Os vampiros. Os lobos. Silvano e seu maldito sorriso. A lua. A grama. O macho tentando me morder.

Estava. Tudo. Vermelho.

Eu não conseguia ouvir Silas. Não consegui encontrar Luna. Nem conseguia focar em nada além dos idiotas que continuavam tentando me derrubar.

Eu não cairia. Não assim. Não até saber o destino de Silas e Luna.

Um grunhido rasgou minha garganta quando derrubei mais um sugador de sangue. Eles continuaram *vindo*. Felizmente, parecia que a maioria estava sem armas.

O que aconteceu com a arma? Me perguntei pela milésima vez. Alguém tinha uma. No entanto, ele fugiu, deixando apenas vampiros com facas em seu rastro.

O que me levou a acreditar que não era um vampiro que tentou me matar, mas um lobo.

Como Silas sabia?

Não. Não há tempo para isso agora. Eu analisaria depois.

Silvano. Ele era a chave para acabar com tudo isso. Se eu pudesse chegar perto o suficiente para incapacitá-lo, seus subordinados...

Merda!

Uma ponta afiada atingiu meu tórax, me deixando de joelhos e rolando para longe de quem me golpeou, enquanto sentia o fogo lamber minhas veias.

Outra faca.

Melhor que uma arma.

Me virei no chão, ignorando a dor na lateral do meu corpo e atingi quem me atacou. Só que o ar fugiu dos meus pulmões e se recusava a voltar.

Ele perfurou meu pulmão.

Certo, tão ruim quanto um tiro.

Um arrepio me deixou inútil por meio segundo. Tempo suficiente para meu agressor pular em cima de mim e apontar a lâmina para minha garganta.

Segurei seu pulso e o torci, mas manchas embaçavam a minha visão, me deixando tonto. Ele me empurrou, sua força combinando com a minha por causa de sua posição superior.

O sadismo irradiava do rosto do homem, contorcendo seus lábios em um sorriso maligno.

Não era bom. Nada bom.

Agarrei sua garganta com uma mão enquanto tentava quebrar seu pulso com a outra. Qualquer coisa para impedi-lo de colocar aquela arma mortal no meu pescoço mais uma vez.

Mas ele se aproximou.

E se aproximou mais.

Até que uma bola branca o derrubou com um rosnado violento.

Luna.

O alívio me inundou ao ver sua forma esbelta destruindo o rosto do vampiro enquanto ele gritava em agonia. Sua faca havia sido esquecida. Agarrei-a e me dei um segundo para me recuperar antes de me levantar. Doeu pra cacete, mas uma nova adrenalina surgiu dentro de mim.

Minha companheira estava viva.

Ela estava aqui.

E a mulher lutava como uma deusa.

Ela derrubou mais dois vampiros só com a mandíbula, arrancando a garganta deles antes de voltar para o meu lado, com o pelo sujo de sangue.

Linda.

Se não estivéssemos no meio de uma luta por nossas vidas, eu a teria agarrado, a forçado a se virar e transado com ela neste campo mesmo.

Mas havia outra horda de vampiros aparecendo da linha das árvores, como se Silvano tivesse um exército inteiro de reservas esperando para atacar. Ele deveria tê-los implantado aos poucos. Isso explicava por que ele não agiu antes, durante minha discussão com Walter.

Quais são suas reais intenções?, pensei. Porque ele não desperdiçaria tantos recursos apenas para me derrubar por causa de um velho amigo. Tinha que ter outro objetivo, uma maneira de enfraquecer o Clã Clemente e tomar mais terras.

E meu pai idiota se deixou levar por isso, abrindo as fronteiras.

Venha direto.

Destrua meus lobos.

Enquanto eu mantiver meu trono, não me importo.

Quando eu sobrevivesse a essa loucura, meu pai pagaria.

Com meus pulmões começando a se recuperar, graças à minha cura como lycan, mais vampiros caíram no chão, suas ordens claras. *Matar.*

Os recém-chegados estavam revigorados.

Eu, não.

Meu lobo doía para sair, mas não havia tempo. Girei as facas em minhas mãos, aquelas que roubei dos vampiros que vieram antes deles.

— Bem-vindos ao Clã Clemente — eu os cumprimentei, semicerrando os olhos. — Permita-me me apresentar adequadamente.

Luna rosnou e os recebeu com os dentes à mostra, enquanto eu esculpia minhas iniciais em sua pele.

Eu estava no meio do golpe do terceiro vampiro quando um silêncio caiu sobre a multidão. E todos os vampiros ficaram de joelhos ao mesmo tempo.

Olhei ao redor, buscando o motivo.

Kylan.

Ele parou de forma casual no meio do campo repleto de sangue, usando um terno impecável. E sem cerimônia cortou a cabeça de Silvano, que caiu no chão.

— Sinto muito. Interrompi alguma coisa? — ele perguntou, com o tom indiferente enquanto limpava a mão com um lenço.

— Acho que você acabou com a diversão deles — Jace respondeu quando se juntou a ele.

— Que pena. — Kylan dobrou o tecido sujo e o devolveu ao bolso, depois olhou para a multidão. — Bem, vejo que nossas regras sociais estão funcionando esplendidamente. Alguém gostaria de ligar para a Lilith? Tenho certeza de que ela ficará emocionada.

Silêncio.

É claro que ninguém queria denunciar isso à Aliança de Sangue.

Luna se moveu para o meu lado. Sua pele pálida brilhava com sangue enquanto ela parava, parecendo orgulhosa. Passei os lábios ao longo de seu pescoço, em seguida, deslizei o nariz em sua bochecha, sentindo seu aroma sedutor.

— Obrigado — sussurrei.

— Você é o meu companheiro — ela respondeu baixinho, e seu olhar encontrou o meu. — E o Silas?

Balancei a cabeça, sentindo meu coração falhar.

Não consigo senti-lo, admiti em sua mente. *Não consigo senti-lo.*

E isso me deixou sentindo muito vazio.

Machucado.

Perdido.

Sozinho.

Culpado.

Luna emoldurou minha bochecha e me beijou de forma terna, mesmo quando seus olhos se encheram de lágrimas.

— Você não é...

— Onde está o Walter? — Jace exigiu, interrompendo o nosso momento.

Pressionei a testa na dela brevemente, me permitindo um segundo de sofrimento antes de endireitar a coluna e me concentrar no membro da realeza. Estava na ponta da minha língua reivindicar meu lugar como alfa quando a voz rouca de meu pai soou atrás de uma das cabanas.

— Aqui. — O imbecil apareceu acompanhado de alguns alfas, incluindo o pai de Luna. Todos eles pareciam irritados, mas meu olhar era para o cretino que os liderava.

Ainda era lua cheia.

E eu tinha muita agressividade para colocar para fora.

Por mim.

Por Luna.

Por Silas.

— Lute comigo — exigi antes que mais alguém pudesse falar. A política que se danasse, eu queria acabar com essa merda. — Termine com isso de uma vez por todas.

Sua risada não tinha humor.

— Agora não é hora de suas travessuras, garoto.

Eu sorri.

— Pelo contrário, agora é a hora perfeita. Estamos todos aqui, certo? Ainda é lua cheia. Minha primogenitura define esta noite como minha ascensão. E estou reivindicando-a. Quer manter seu lugar como alfa do clã? Lute comigo e ganhe. Talvez você até tenha uma vantagem, já que eu estive aqui lutando com o clã enquanto você abaixava o rabo e corria.

Alguns lobos exaustos ao meu redor bufaram em desgosto, mas pela primeira vez, foi dirigido ao meu pai e não a mim.

Joguei as lâminas no chão, ao lado de dois dos vampiros ajoelhados, e dei um passo à frente.

— Lute. Comigo. — Permiti que a ordem permeasse meu rosnado, vibrando o campo ao nosso redor. — Ou se curve e me reconheça como seu alfa.

Meu pai se irritou.

— Não preciso fazer nem reconhecer nada.

— Na verdade, precisa, sim — meu avô o interrompeu. Ele caminhou até o campo com Luka ao seu lado, os dois machos em pé, na mesma altura. A energia irradiava deles, denotando suas linhagens. Mas era o meu avô quem parecia ser o mais poderoso da dupla.

— É direito de qualquer herdeiro alfa desafiar o alfa titular durante qualquer ritual de lua cheia após o vigésimo segundo aniversário do herdeiro. O que, para Edon, ocorreu há três meses.

Vários lobos murmuraram concordando, incluindo dois dos alfas ao lado de Walter.

Levantei uma sobrancelha.

— Assustado?

Meu pai cuspiu no chão, semicerrando os olhos.

— Por você? — Ele soltou outra daquelas risadas sem humor. — Dificilmente.

— Ótimo. — Porque eu pretendia destruí-lo e queria que ele sentisse cada minuto. — Forma de lobo ou homem?

Ele pareceu considerar: se era minha pergunta ou suas chances de sair dessa, eu não tinha certeza.

Não me importava.

Eu só queria aniquilá-lo.

— Quero um par — ele declarou, se referindo ao seu desejo de um parceiro.

Sussurros atingiram na multidão, já que a exigência do alfa não era comum. Geralmente, dois lobos lutavam até a morte sozinhos.

Mas entendi imediatamente por que meu pai escolheu esse caminho.

Ele não achava que eu tinha alguém para lutar ao meu lado, e estava apostando que seria uma luta de dois contra um.

Idiota.

Ele curvou os lábios.

— A menos que não haja ninguém em quem você confie para lutar ao seu lado — ele provocou.

Luna se irritou.

— Eu vou lutar ao lado dele.

Puta merda. Isso não iria funcionar para mim. Se ela tentasse brigar com meu pai, eu perderia o foco. Eu confiava nela, sabia que ela podia lutar, mas de jeito nenhum eu poderia permitir que meu pai tocasse um fio de cabelo em sua cabeça.

E seu sorriso em resposta demonstrou que ele sabia.

— Bem, isso deveria...

— Eu vou lutar com ele — meu avô anunciou.

Murmúrios encheram a noite, todos chocados com o pronunciamento. Exceto meu pai, que apenas riu.

— Nós dois sabemos que isso é contra as regras, Jolene.

Jolene. Nunca *pai.* Ou *papai.* Sempre Jolene.

— Alguns diriam que provocar uma guerra para manter o poder também é contra as regras — meu avô respondeu casualmente.

As feições do alfa titular exibiram descrença.

— Não me diga que você acredita nas besteiras que meu filho está falando sobre mim.

— Infelizmente, não há como confirmar ou negar a questão, com todas as testemunhas mortas e tudo mais. — Ele olhou de relance para a cabeça de Silvano no chão antes de olhar para Kylan – que deu de ombros – e depois viu a carnificina de lycans mortos por todo o campo. Barry e Glenn estavam entre eles.

Que triste.

— Pode acreditar nisso? — Meu pai olhou para Niko. — O velho alfa está me acusando de orquestrar essa carnificina. Tudo para se desviar das regras que dizem que um ex-alfa não pode lutar no ringue de desafio. Pelo menos, não como parceiro.

— E eu que pensei que você gostaria de ter a chance de lutar comigo — meu avô comentou. — Uma pena que você é tão covarde.

Eu sorri. O velho sabia brincar com as palavras — um talento que herdei dele.

— Ao contrário de você, Jolene, eu só desejo seguir as regras e, como Luna falou primeiro, vou permitir que a vadia sirva como sua parceira. — Seu sorriso era enorme. — A menos que ela desista do desafio.

Fiz uma careta, sabendo muito bem que ela não o faria.

Mas uma voz mais profunda respondeu em seu lugar. Uma que parou meu coração.

— Como seu descendente, eu me ofereço para ser o seu parceiro.

Capítulo trinta e quatro

A MULTIDÃO SE DIVIDIU ao meu redor com expressões de surpresa.

Sim, olhem tudo o que quiserem, idiotas, pensei enquanto me movia com Rae ao meu lado. Eu estava de bom humor, graças à bala de prata que quase perfurou meu coração.

Quando Rae me disse o que estava acontecendo, eu nem precisei pensar na minha decisão. Edon precisava de um parceiro e eu era o único em quem ele podia confiar, além de Luna. E embora ela pudesse enfrentar os inimigos, eu sabia que ela também serviria como uma distração. Seus instintos protetores exigiriam que ele intervisse, tirando o seu foco.

Comigo, ele deveria ser capaz de fazer o que fosse preciso. Bom, era o que eu esperava.

Jolene me deu um aceno sutil do outro lado do pátio quando encontrei seu olhar. Rae mencionou que ele não havia feito nada e Kylan disse a ela que era por minha causa. Eles queriam que eu lutasse ao lado de Edon. Não precisava do apoio deles, mas apreciei o voto de confiança.

O membro da realeza em questão me interceptou, baixou o olhar para o meu peito e viu que o sangue estava seco e a ferida curada. Ele sorriu.

Disponha, os olhos dele pareciam dizer, me deixando desconfortável. Não queria ter uma dívida com ele, mas eu tinha. Só que não foi como se eu tivesse pedido a sua ajuda. Foi ele quem abriu o pulso e me forçou a beber dele.

Ele estendeu um braço para Rae.

— Consorte.

— Senhor — ela se afastou de mim e se acomodou ao lado dele.

— Boa sorte, lobo — ele murmurou, saindo do meu caminho.

Sorte. Sim. Parecia um pouco frívolo.

Porque eu não precisava disso.

Seu sangue me deixou estranhamente enérgico. Revitalizado. Todos os meus sentidos foram intensificados, como se eu tivesse renascido como algo incontestavelmente diferente. Eu podia ouvir o coração de Edon batendo, apesar de ele estar a vários metros de distância.

Puta merda, eu podia ouvir *todo mundo*.

— Silas — Luna murmurou com lágrimas brilhando intensamente nas profundezas de seus olhos.

Esse olhar desviou meus pensamentos e me fez caminhar rapidamente em sua direção. Eu a segurei quando ela jogou os braços ao redor do meu pescoço. Edon me olhou por cima do ombro dela, seu olhar escuro brilhando com uma infinidade de perguntas.

Provavelmente porque ele não conseguia acessar minha mente.

Teríamos que descobrir o porquê mais tarde.

Por enquanto, ele precisava entrar no jogo e não se preocupar com coisas sobre as quais não tínhamos controle.

— Surpresa não é bom para você, Alfa — falei, com um tom

de aviso. — Prefiro que você esteja com raiva e desejo de vingança. — Se íamos lutar com o pai dele, eu precisava do seu foco.

— Você está bem — Luna sussurrou, sem perceber a mensagem.

E o tom dolorido em suas palavras me abalou mais uma vez.

Que se dane as convenções. Esses idiotas podem esperar mais um minuto.

Segurei a bochecha de Luna e a beijei suavemente, ignorando os sons de surpresa que surgiram na multidão. Ela estremeceu contra mim, apertando mais o meu pescoço.

— Você levou um tiro. — Suas palavras eram tão baixas que eu duvidava que alguém além de mim e Edon a ouvissem, mesmo com sua audição aprimorada. — De bala de prata — acrescentou.

— Eu me curei. — Encostei os lábios sobre os dela mais uma vez antes de pressionar a boca em sua orelha. — Vou explicar mais tarde, Luazinha. Eu prometo.

Ela assentiu, engolindo em seco.

— Tudo bem. Certo. — Ela parecia estar se lembrando de nossos arredores, e suas feições se transformaram no que parecia uma máscara. — Certo — repetiu.

Edon ficou imóvel ao nosso lado. Seus ouvidos captaram cada palavra e sua expressão ainda estava cheia de perguntas.

— Você está pronto para ascender? — perguntei a ele quando soltei Luna com um beijo final em sua têmpora.

Ele me olhou, parando o olhar no meu peito e vagando para baixo antes de voltar para o meu rosto.

— Você pode lutar?

Eu sorri.

— Não estou sangrando, estou?

— Você parece bem curado para alguém baleado com bala de prata — ele avaliou, semicerrando os olhos. — Quero saber, como isso é possível?

— Agora, não. — Olhei para o pai dele e ergui meus ombros. — Como eu disse, sou voluntário como seu parceiro.

Walter riu, e o som foi cruel.

— Acho que você se *voluntariou* para servir meu filho de várias maneiras ultimamente. — Ele olhou para Jolene. — Acho que tríades costumam acontecer na família, certo?

Tríades? Esse não era um termo que eu já tinha ouvido antes, mas pude adivinhar o que isso significava.

— Bem, eu aceito sua escolha, Edon — Walter continuou, com a voz baixa. — Vou tirar um pedaço de Luna depois de vencer.

Edon sorriu.

— Tão confiante.

— Estou — ele respondeu. — Porque eu escolho Niko como meu parceiro.

Suspiros soaram no pátio, ecoando pelas árvores circundantes. Edon e eu trocamos um olhar.

— Isso tem que ser contra as regras — Luna declarou, tirando as palavras da minha boca. — Se o Edon não pode lutar com Jolene, você não pode lutar com o alfa de outro clã.

— As maneiras da sua filha são péssimas — Walter falou, em tom de conversa. —Estou começando a questionar como você criou seus filhos no Clã Ernest.

Niko bufou.

— Confie em mim, vou ter uma longa conversa com Claudette quando voltar. — Ele olhou furioso para Luna. — E as regras dizem que Walter pode escolher qualquer pessoa ligada à sua matilha, da qual faço parte, graças à sua união com o filho dele. Pode não ser uma escolha comum, mas é aceitável. Como tenho um herdeiro quase na idade de ascender, sou elegível para competir. Não que isso importe, pois não tenho intenção de perder.

Walter riu.

— Nem eu.

— Você está esquecendo de um detalhe importante: o herdeiro alfa deve aceitar seus termos — disse Jolene. — E como eles são ridículos, eu sugiro...

— Ah, eu aceito — Edon anunciou. — Eu só estava esperando os dois terminarem a exibição. — Ele parecia muito equilibrado e à vontade com a perspectiva de derrubar dois alfas. Não, não apenas alfas. Mas dois alfas *experientes*.

Comigo ao seu lado.

Um novato.

Um ômega.

— Tem certeza disso? — perguntei baixinho. Porque eu, com certeza, não tinha. Um dos outros lobos do clã? Sim, claro. Mas outro alfa? Essa era uma situação completamente diferente.

— Definitivamente — ele respondeu.

— Edon — Luna sussurrou, envolvendo a mão no braço dele. — Você não conhece meu pai como eu. Esta não é uma boa ideia.

— Tenha um pouco de fé. — Ele a beijou na bochecha e deu um passo à frente. — Que forma você escolhe, Walter?

Não deixei passar sua escolha de usar o primeiro nome do pai. Ele estava se desapegando das obrigações da família e se preparando para o que tinha que ser feito.

Ele estava se preparando para a morte inevitável.

— Lobo — o pai respondeu, olhando para mim. — Isso não será um problema para o seu novo descendente, não é?

Idiota, pensei. Ele sabia que eu seria mais fraco na forma animal, uma vez que tudo ainda era tão novo para mim.

Mas é claro que Edon não levou isso em consideração. Ele apenas disse:

— Que seja lobo. — Só preciso de um minuto com meu parceiro e podemos começar.

— Claro — o pai concordou, parecendo convencido.

Edon se virou para mim e levou sua mão a minha nuca, enquanto me puxava para perto.

— Por que não posso ouvi-lo? — questionou, as palavras ditas em um sussurro só para os meus ouvidos. Luna pareceu não entender a pergunta, porque sua testa franziu como se ela não conseguisse compreender o que ele estava fazendo.

— Não sei — admiti. — Mas acho que está relacionado à Kylan.

— Kylan?

— Sim. — Baixei ainda mais minha voz, garantindo que absolutamente ninguém, nem mesmo Luna, ouvisse. — Ele me deu seu sangue.

As sobrancelhas de Edon se ergueram.

— *O quê?*

— O que houve? — Luna perguntou, e sua preocupação era palpável. — Do que vocês dois estão falando?

Edon manteve o olhar no meu por um longo momento, depois me soltou e se inclinou para falar diretamente em seu ouvido. Apesar do tom suave, ouvi todas as palavras – graças aos meus sentidos aprimorados.

— Silas bebeu o sangue de Kylan.

Ela ofegou e arregalou os olhos.

— Isso é...

— Proibido — Edon terminou para ela. — Sim.

— Não foi como se o membro da realeza tivesse me dado uma escolha — eu disse entre os dentes, olhando para o vampiro em questão. Ele piscou para mim de sua posição, completamente imperturbável. — Por que é proibido?

— Porque melhora seus sentidos e forças — Edon sussurrou. — O que é perfeito para a nossa situação atual, exceto pela energia de Kylan bloqueando meu acesso à sua mente.

Luna franziu a testa.

— Walter não deve perceber que Silas foi baleado.

— E não vejo motivo para informá-lo — Edon respondeu, olhando para o pai. — Ele mais do que merece uma pequena surpresa, não acha?

Revirei os ombros e meu pescoço estalou com o movimento.

— Sim, eu diria que merece.

Ele olhou para o meu jeans e subiu o olhar de novo.

— É meu?

— Sim.

— Ótimo. — Ele segurou meu pescoço novamente e me puxou para frente até que nossos peitos se tocaram. — O sangue dele pode estar correndo pelo seu organismo agora, mas você ainda é meu. Você me sente?

Sua boca cobriu a minha, tornando impossível responder.

Puta. Merda.

Edon estava me reivindicando.

Na frente de toda a matilha.

E não apenas como seu descendente.

A pura posse do seu beijo me deixou sem fôlego e deu um chute no meu coração.

Até um grunhido do seu pai interromper o momento.

Edon terminou nosso abraço com um mordiscar no meu lábio inferior e seus olhos escuros brilharam.

— Isso ainda não acabou.

— Eu sei.

— Não há como voltar atrás, Ômega.

— Digo o mesmo para você, Alfa.

— Então vamos chutar alguns traseiros. — Ele agarrou Luna e a beijou ternamente antes de virá-la para os meus braços. — Isso não foi um adeus, pequena. Apenas uma promessa.

— Eu sei — ela murmurou, desviando o foco dele para mim. — Vocês se protegerão.

— Sempre — jurei, inclinando a cabeça para encostar os lábios sobre os seus recém-beijados. — Esteja preparada para correr caso algo aconteça — murmurei contra seu ouvido.

Eu a soltei antes que ela pudesse responder e me mudei para o lado de Edon.

Walter ficou olhando zangado para o filho a vários metros de distância.

— Você me enoja.

— Que bom — ele respondeu. — Isso significa que estou fazendo algo certo.

Seu pai abriu a boca para falar novamente, mas foi cortado por Jace.

— Estou ficando entediado com toda essa conversa. Você vai lutar? Ou devo tomar uma bebida e voltar mais tarde?

Walter riu.

— Sempre muito ansioso para ver lobos rasgarem uns aos outros, não é, velho amigo?

— Sim, eu gosto de um pouco de sangue — o vampiro respondeu. — Talvez eu experimente alguns de seus lobos quando tudo estiver terminado.

Walter deu de ombros.

— Você é meu convidado.

— Só por enquanto — Edon acrescentou. — Em breve ele será meu convidado e não haverá amostragem de nada sem consentimento.

Walter balançou a cabeça.

— Eu deveria ter te matado quando você era um filhote.

Edon sorriu.

— Pare de enrolar, velho. Vamos terminar isso.

— De bom grado. — Walter tirou o paletó e a camisa, revelando um torso musculoso pontilhado de pelos finos castanhos. Niko seguiu o exemplo, seu corpo um pouco menos largo, mas igualmente magro e atlético.

— Precisamos de uma estratégia — sussurrei.

— Nós temos uma. — Edon abriu o botão da calça jeans e deslizou o zíper. —Matar.

Sim, excelente estratégia, pensei, tirando a calça. *Que ótimo que perguntei.*

Não vejo o problema, lobo. Você não assassinou a maioria de seus oponentes durante a Copa Imortal?

Eu me levantei e encarei Kylan, que me ignorou, mantendo o olhar em Rae.

Saia da minha cabeça.

Ele estalou a língua.

Ora, ora. Só estou aqui para te ajudar. Depois te liberto para o seu alfa.

Não quero sua ajuda, grunhi, chutando meu jeans para longe dos meus pés e chamando meu lobo interior.

Se você morrer, Raelyn ficará chateada. Portanto, você vai tolerar minha ajuda e força, assim como aceitou meu sangue.

Se meus lábios não estivessem se alongando, eu teria xingado. Kylan queria ajudar? Ótimo.

Só não me distraia.

Pelo contrário, lobo. Pretendo guiá-lo. Walter acha que você é fraco em sua forma animal. É por isso que ele a escolheu. E agora que ele viu a afeição do filho por você, vai usar as duas coisas em sua vantagem, fazendo Niko atacar Edon enquanto Walter tenta matá-lo. É um movimento clássico que ele espera usar para distrair o filho e enfraquecer os dois.

Obrigado pela dica, pensei e sacudi meu pelo.

Essa não foi minha dica, Silas. Minha sugestão é que você se mantenha contra Walter até Edon terminar com Niko.

Me manter contra um alfa de trezentos anos. Entendi.

Trezentos e vinte e dois, mas isso é apenas semântica. Use meu sangue. Eu te dei mais do que suficiente. É poderoso. Não desperdice.

Se eu soubesse como usá-lo, usaria.

Instinto, lobo. Siga seus instintos.

Jolene entrou no campo, inexpressivo, enquanto observava os quatro lobos no pátio.

— Deem a eles um espaço amplo — aconselhou, empurrando a multidão para trás para criar um ringue gigante – um que me lembrou uma versão muito maior do círculo de punições.

Edon estava sentado ao meu lado, sua forma de lobo um pouco maior que a minha. Ele parecia perfeitamente à vontade, como se não tivéssemos nos inscrito para lutar até a morte.

Niko e Walter andavam com expectativa, seus tamanhos rivalizando com os de Edon.

Me deixando como o menor.

O ômega.

Ótimo.

Com esse espírito, vai morrer em dois minutos, Kylan me repreendeu. *E isso vai perturbar minha consorte. Você não quer que isso aconteça, Silas. Confie em mim.*

Ameaças realmente não funcionam nessa situação, eu o informei.

Você realmente sobreviveu a todo esse tormento só para morrer na mão de um alfa que detesta? ele questionou. *Porque isso seria uma pena.*

Não é como se eu quisesse morrer.

É? Que tal provar isso, lobo? Pense no que essa sádico idiota fará com sua preciosa Luna. Pense no que ele já fez. Canalize isso e use minha força. Não me faça me arrepender de tê-la emprestado a você.

Seu comentário anulou o que Jolene estava dizendo. Algo sobre os parâmetros, que resumi como uma luta até a morte ou até alguém desistir.

Como eu estava em pé em um ringue com três machos alfa, eu duvidava que o último ocorresse.

Jolene listou algumas regras rituais, afirmando que ninguém da plateia poderia interferir — o que fez Kylan bufar na minha cabeça — e reiterou os termos que Edon concordou com Walter.

— Quem ganhar, reivindica o Clã Clemente como seu. Se o alfa titular do Clã Ernest morrer, seu sucessor assumirá o comando. Há alguma objeção antes de começarmos?

Silêncio.

— Então declaro este desafio válido. Podem

Walter pulou e eu reagi, me esquivando para a minha esquerda. Puta merda! Não sabia que começaríamos imediatamente. O alfa nem esperou que Jolene terminasse. E, pelos grunhidos que ouvi à minha direita, Niko também não.

Um turbilhão de pelo branco passou por mim pouco antes de Walter atacar novamente.

Desviei, provocando um rosnado dele e vários suspiros da multidão. Porque isso os chocou, eu não fazia ideia. Também não tive tempo de considerar, quando meu atacante saltou em minha direção.

Outro pulo, seguido de um giro e um salto para o lado, o fez rosnar furiosamente.

Aparentemente, ele não era fã do meu jogo difícil.

Que pena para ele.

Porque eu não ia parar.

Tudo o que eu tinha a meu favor era a velocidade e agilidade. Se ele me pegasse, eu estava ferrado. Minha força não combinava com a dele, e nós dois sabíamos disso. Foi por isso que ele continuou tentando me pegar e eu continuei me mantendo fora de alcance.

O choque permeava o ar, seguido pelo cheiro pungente de medo.

Eu não conseguia descobrir o que causava isso, pois mantinha o olhar firme no alfa furioso vindo atrás do meu rabo.

Suas garras se aproximaram um pouco demais, enquanto eu escapava do seu alcance novamente.

Se Kylan estava falando, não o ouvi, pois cem por cento do meu foco estava no campo e no meu oponente. Eu só precisava...

Algo bateu nas minhas costas, me fazendo voar sobre a terra e diretamente no caminho de Walter. Ele bateu em mim com força total e suas garras atingiram a lateral do meu corpo com uma pontada aguda de agonia.

Merda!

Lute! uma voz exigiu. Eu não sabia a quem pertencia e não fiquei parado para descobrir.

Bati em Walter com uma das minhas patas, mais rápido e mais

forte do que nunca, e resmunguei quando bati em pelos sólidos. Lutar em forma de animal era novo para mim, algo com o qual não tinha experiência, então me entreguei ao meu lobo e o deixei dirigir meus movimentos.

Mordida.

Pancada.

Desviar.

Girar.

Mais rápido.

De novo.

A dor cortou minhas costas e senti unhas cravando em minha carne enquanto eu mordia um bocado de penugem branca. E pele. Ah, sim. Senti gosto de sangue. Muito. E eu queria mais.

Walter era maior e mais forte, mas eu tinha a velocidade a meu favor, e a aproveitei, retribuindo seus ataques. No entanto, ainda não era suficiente. Ele me prendeu, seus dentes tentando encontrar minha garganta.

Me recusei a ceder, apertando os ombros e protegendo meu pescoço enquanto me contorcia debaixo dele e procurando uma fraqueza. Qualquer coisa para empurrá-lo de cima de mim, para...

Gritos ecoaram pela noite e, de repente, Walter se foi. Edon o segurou. Suas formas eram equilibradas e eles começaram a pular no chão em um turbilhão de pelo que eu não conseguia acompanhar.

Respirei fundo, me coloquei de quatro novamente e sacudi o pelo. A forma sem cabeça de Niko estava no chão a alguns metros de distância, de volta à sua forma humana após a morte.

Edon venceu.

Ainda não, uma voz respondeu. *E ele está ferido. Então pare de brincar e vá ajudá-lo.*

Não pensei, agi, correndo atrás do borrão branco e batendo na lateral do corpo de Walter. Ele gritou quando Edon agarrou seu membro, os dentes rasgaram a perna até o osso e o esmagaram sob as mandíbulas.

Mordi o flanco de Walter, forçando-o a saltar quando Edon mudou para a coxa oposta e a mordeu.

Só que Walter não queria ficar parado.

O cretino rugiu e girou com uma força que eu não esperava, me esmagando debaixo dele e deixando Edon de alguma forma no topo. Caninos encontraram minha garganta, alcançando minha traqueia..

Edon o arrancou de mim com um grunhido e apertou o pescoço de Walter.

Os sons que vinham dos dois me assombrariam pela eternidade.

E, no entanto, eu não conseguia parar de ver, fascinado pela visão de Walter *sangrando*. Eu queria dar a volta da vitória, comemorar o seu tormento, mas o maldito lobo bateu uma pata no chão, fazendo Edon congelar.

Não entendi, a princípio.

Pensei que algo estava errado.

E então compreendi.

Walter. Estava. Se. Rendendo.

Ah, merda, não! Aquele desgraçado merecia a morte e não ser deixado vivo.

Mas Edon se afastou, com os lábios curvados para revelar os dentes afiados como navalha enquanto observava Walter voltar à sua forma humana com as duas pernas quebradas. Ele caiu na posição fetal, como um bebê, e estremeceu.

— É uma luta até a morte ou até que um se renda — Jolene anunciou com a voz sombria. — O alfa titular do Clã Clemente se rendeu.

Insultos soaram no ar por todos os lados.

— Pelo menos, Niko morreu com honra — um deles falou.

— Tudo isso para uma rendição de um alfa — outro acrescentou.

— Patético.

— Fraco.

— Mate-o. Ele não é digno da vida.

Edon voltou à sua forma humana, uma variedade de cortes e feridas profundas estragando sua forma atlética, e se levantou. Semicerrou o olhar para o homem que estava tremendo no chão.

— Se renda — ele grunhiu. — Me chame de seu alfa.

Walter tremia, os ombros sacudiam, mas os lábios continuavam fechados.

Edon agarrou sua nuca e o puxou para gritar em seu rosto.

— Se renda!

— V-você é o alfa — ele sussurrou.

— Não é bom o suficiente, velho. — Edon jogou-o de volta no chão. — Não. É. Bom. O. Suficiente. — Ele o chutou para o lado, fazendo Walter chorar de dor. — Eu quero ouvir dos seus lábios, seu velho pedaço de merda. Também quero todas as confissões. Ou vou acabar com você agora mesmo, aqui.

O sorriso que Walter abriu era cruel e malicioso.

— Você não tem coragem de me matar, garoto.

As sobrancelhas de Edon se levantaram.

— Não? — Ele olhou para mim e depois para Luna. — Todos nós sabemos que você não matou Bianca, que meu pai de alguma forma colocou seu cheiro em toda a cena do crime. Você quer ouvir a admissão dele?

— Não é necessário — Jolene falou, entrando no campo com uma espada. — Seu pai está explorando a psique da matilha. Suspeito disso há anos, e hoje à noite o confirmei. Ele obrigou seus próprios lobos a iniciarem uma guerra e depois se escondeu como um covarde enquanto todos lutavam por suas vidas. — Ele balançou a cabeça e olhou para o homem patético no chão. — Você literalmente enlouqueceu, como avisei que aconteceria se abusasse do poder de ser alfa.

— Vá se foder — Walter retrucou. — Você não sabe nada sobre o verdadeiro poder. Você é apenas um velho fraco, com muito medo de fazer o necessário para manter a matilha viva.

— E demorei muito para perceber que você se sentia assim, meu filho — ele respondeu, entregando a espada a Edon. — Avisei que não era para abusar da psique da matilha, mas você está brincando na mente de seus lobos há muito tempo.

Psique da matilha, pensei, franzindo a testa. Luna mencionou isso uma vez, mas eu realmente não entendi. É como se todos tivessem uma mente só?

Sim, Kylan respondeu. *Não sou um lobo, mas pelo que entendi, a psique da matilha é um plano mental de existência que só pode ser alcançado pelo alfa de um clã. Isso lhe dá a capacidade de verificar todos os membros sob sua proteção, monitorá-los e entrar nela, em caso de necessidade. Semelhante ao vínculo de descendência com Edon, apenas requer uma quantidade significativa de foco para entrar enquanto seu vínculo é muito mais natural.*

Pela expressão de Edon, ele já havia entendido tudo isso. Ele deu uma risada sem humor e balançou a cabeça.

— Puta merda, eu deveria saber. Claro que você invadiu a psique da matilha. Eu nunca considerei isso como a causa, mas faz muito sentido. Você virou todos neste grupo contra mim para seu próprio ganho. E usou a todos para culpar outros pelos crimes que você cometeu.

Como o vampiro morto, pensei, compreendendo. *Era por isso que tinha o cheiro da matilha. Mas como ele manchou o corpo de Bianca com o perfume de Luna?*

Alterando os sentidos daqueles que estavam no local, Kylan respondeu. *Melhor palpite, pelo menos. Presumo que o corpo dela foi removido imediatamente?*

Sinceramente, não sabia. Mas era provável.

Walter bufou.

— Confie em mim, não foi necessário lavagem cerebral. — Ele cuspiu um bocado de sangue e olhou furioso para o filho. — Todo mundo sabe que você é patético para um alfa. Eles nunca seguirão você.

— Os que você manteve por perto, não — Jolene interrompeu. — Mas você está se esquecendo de todos os outros lobos que residem dentro de nossos limites. Lobos que você manteve fora do círculo interno. Lobos que você renegou por muito tempo. Lobos que você deixou morrer de fome.

— Eles não eram dignos dos meus recursos — Walter respondeu. — E eles parecem estar indo bem por conta própria.

— Porque eu os guiei — Jolene grunhiu. — Garanto que eles sobreviveram por tempo suficiente para o novo reinado de Edon.

Edon girou a espada, semicerrando o olhar.

— Que começa agora.

Walter começou a falar, mas Edon não lhe deu uma chance.

A lâmina cortou o ar tão rápido que quase perdi a bela conexão com o pescoço atarracado de Walter. O que seria uma pena, porque vê-lo decapitado era uma das vistas mais magníficas da minha existência.

Quase tão bom quanto assistir sua cabeça rolar pelo chão até o coro de surpresa.

Luna deu um passo à frente e cuspiu no cadáver do velho.

— Desgraçado.

Eu teria sorrido, mas isso pareceria mais um rosnado na minha forma atual.

— Eu diria que é um julgamento justo — Jace declarou, em tom de conversa. — Quero dizer, o homem provocou uma guerra com Silvano com suas atitudes.

— Ah, eles estavam trabalhando juntos — Kylan respondeu. — Eu não mencionei isso quando deixei sua cabeça cair no chão? Foi mal.

— Um membro da realeza e um alfa levando seu povo a danos desnecessários? — outro refletiu, fazendo a conversa explodir no ar e me deixando com uma dor de cabeça insana por causa do barulho.

Tudo para terminar com um som estridente que veio de uma fonte desconhecida perto das casas.

Tanta agonia e dor, e santa Deusa...

Lilith.

Capítulo trinta e cinco

AH, MERDA. Isso não vai acabar bem.

Lilith entrou no círculo da morte com seus grandes olhos verdes, os saltos altos afundando na terra e os cabelos louros frisado pelo calor. Este não era o terreno dela e estava nítido.

Ela olhou para os cadáveres de Niko e Walter, a espada na minha mão e depois o campo da morte ao nosso redor. Alguns dos vampiros e lycans estavam começando a se mexer, sua genética sobrenatural lhes permitindo curar, pelo menos aqueles que ainda tinham cabeças.

Somente a bala de prata no coração ou uma decapitação poderiam manter um lobo indefinidamente.

O que me fez lembrar... *o que aconteceu com a arma usada contra Silas? E quem atirou?*

Nenhum dos outros vampiros havia lutado com bala de prata, me dizendo que estavam tentando minimizar o dano. Um fato que provou que meu pai e Silvano estavam trabalhando juntos.

Só que o ataque foi muito além dos meios necessários para realizar um golpe.

Então, o que Silvano queria ganhar exatamente? Ele não poderia dominar o território se ainda existissem lobos, e como apenas alguns estava realmente morto, ele não teria chance de possuir o Clã Clemente.

— Por quê? — Lilith exigiu, com os olhos na cabeça de Silvano. — Quem tirou a vida dele?

— Eu — Kylan respondeu com a postura relaxada. — Era a única maneira de parar a luta. Uma vez que segurei seu corpo morto, seus vampiros se submeteram ao meu controle. E eu ordenei que parassem com esse absurdo violento.

Lilith ficou boquiaberta. Então olhou em volta novamente, observando sua audiência: lobos, vampiros, membros da realeza, alfas, companheiras. Ela balançou a cabeça como se quisesse colocar os pensamentos em ordem, com o rosto muito mais pálido do que o habitual sob a lua.

Havia mais de cem reunidos neste campo. A maioria estava nua e coberta de sangue.

Ela estudou os restos mortais de Walter, depois semicerrou o olhar para mim.

— Imagino que agora você está no comando aqui?

— Não oficialmente — respondi, endireitando a coluna. — Não tivemos a chance de terminar os rituais devido ao ataque inesperado liderado por Silvano.

Ainda que eu fosse tecnicamente o Alfa Clemente agora, eu não tinha ascendido corretamente, então ainda não tinha acesso à psique do bando. No entanto, isso não me impediria de lidar com quaisquer desafios lançados no meu caminho. Eu poderia não ter o poder mental, mas possuía os meios físicos para defender minha posição.

— Encontre um local para nos reunirmos, de preferência fora da lama — ela disse. Sua voz tinha um tom de autoridade que agitou o pelo do meu lobo interno. — Quero que todos os membros da realeza e alfas presentes se reportem de uma só vez para uma reunião do conselho de emergência.

Claro que ela queria.

— Enquanto isso, todos os outros, limpem-se. Não somos animais — ela estava fervilhando e deu meia-volta, antes que eu pudesse corrigir essa afirmação. Eu não tinha ideia de onde ela pensava que estava indo. Talvez de volta ao carro ou apenas à estrada de cascalho para limpar os sapatos arruinados.

— Podemos usar a cabana principal — falei atrás dela e dei algumas instruções para ela seguir.

Ela não me reconheceu, mas se virou para onde sugeri. Balançando a cabeça, me virei para me dirigir aos lobos.

— Reúnam os mortos — instruí. — Vamos lamentá-los adequadamente amanhã. Movam quem estiver se curando e ainda não acordado para um local seguro. — Olhei para os vampiros, depois me concentrei em Kylan, pois ele alegou estar no comando deles agora. — Os vampiros de Silvano são bem-vindos para retirar seus mortos da maneira que desejarem. Meus lobos não vão interferir. — Acrescentei a última parte com um olhar penetrante para os lycans em questão. — Estamos em paz.

— Por enquanto — um vampiro falou, e seus cabelos escuros se misturaram na noite. Ele se aproximou de Kylan – seu traje casual de jeans e camiseta era muito diferente de todos os membros da realeza presentes. E aquelas tatuagens que apareciam no bíceps dele? Que estranho. Ele quase parecia mais lobo do que vampiro.

— Não vou me curvar a você — ele anunciou categoricamente, com o foco em Kylan.

— Uma decisão imprudente, mas que posso respeitar — o vampiro real respondeu. — *Por enquanto.*

— Como o vampiro mais antigo de Silvano, participarei da reunião do conselho em representação de suas terras — o homem acrescentou, ignorando a ameaça persistente no tom de Kylan. Esses dois claramente tinham uma história de algum tipo.

— Claro. Aguardamos a sua explicação sobre o que aconteceu aqui. — Kylan sorriu. — Tenho certeza de que é uma história e tanto. — Ele virou as costas para o vampiro corajoso e se dirigiu à multidão. — Vocês ouviram a Lilith. Limpem-se. E se alguém sacar uma arma ou instigar outra briga em nossa ausência, vou partir ao meio como fiz com Silvano.

Um tremor pareceu atravessar a multidão e a reputação cruel de Kylan trabalhou fortemente a seu favor. Ninguém queria ir contra o membro da realeza supostamente louco.

Nem mesmo eu.

E o sangue dele estava correndo pelo organismo do meu descendente.

Puta merda.

Me virei para Luna e levei a mão a sua nuca enquanto a puxava para um beijo que ela retribuiu em um suspiro.

— Fique perto do Silas. Não sei no que isso vai dar.

Ela assentiu e segurou minha bochecha.

— Estaremos esperando por você.

— Eu sei — sussurrei, passando a língua pelo seu lábio inferior. — Você me deve uma mordida, companheira. — Algo que eu pediria agora, enquanto ainda tínhamos lua cheia, se eu não pudesse sentir os olhos de todos em mim. Infelizmente, o dever chamava.

Estava na hora de agir como alfa.

Soltei Luna com outro toque da minha boca contra a dela, em seguida segurei Silas e capturei seus lábios com os meus.

O choque percorreu seu corpo como aconteceu na última vez que eu o beijei, como se ele não pudesse acreditar que eu estava demonstrando carinho a ele na frente de todos. Discutiríamos isso mais tarde, porque se ele achava que eu pretendia esconder isso, estava muito enganado. Eu queria os dois e que se dane qualquer um que pensasse mal de mim por isso.

— Tome conta da Luna — eu disse a ele.

— Com a minha vida — ele prometeu.

Soltei-o e encontrei o olhar do meu avô no quintal. Havia uma melancolia que eu não entendia, mas o orgulho espreitava em suas profundezas.

— Vou ajudar aqui enquanto você lida com a Lilith — ele falou. Suas palavras viajaram pelo espaço com facilidade, graças à minha audição de lobo.

Assenti.

— Obrigado.

— Só estou fazendo o meu trabalho — ele respondeu, sorrindo. — Leve o Logan com você. Ele representará o Clã Ernest.

Fiz uma careta e olhei em volta.

— Onde ele está? — Eu não o vi, nem mesmo durante a luta.

Meu avô acenou com o queixo em direção a uma das cabanas. Logan estava parado ao lado dela, com o braço ao redor de Cora, que estava gravemente machucada. Luna seguiu a linha de visão com um suspiro e partiu em direção à mãe, com Silas em seu rastro.

Niko filho da puta.

Se ele ainda estivesse vivo, eu o mataria novamente. Porque todos os ferimentos na fêmea alfa foram provocados pelo alfa morto.

Logan a deixou nos braços de Luna e pude ver um dos seus olhos fechado e seriamente machucado — provavelmente pelo punho do pai. Ele havia tentando se juntar a luta para ajudar o Clã Clemente? E seu pai o parou?

Não, tinha que ser algo pior para Cora ter sido espancada.

— Enfrentamos o Walter quando ele tentou levar Luna — Logan explicou, sentindo minha confusão.

Arqueei as sobrancelhas.

— Walter *o quê?*

— Não importa — Luna falou, com o braço em volta da cintura de Cora. — Ele está morto. Todos eles estão. Vá ao conselho. Estaremos aqui quando você voltar. — A fêmea alfa deu ênfase a essas palavras, fazendo meus lábios tremerem. Luna usava seu domínio com orgulho, e eu aprovava muito.

— Sim, senhora — respondi, piscando para ela.

Silas bufou.

— Você se curva ao comando dela, mas não ao meu.

— Ela é uma alfa. Você é apenas um ômega. — Era mais uma provocação do que a verdade.

Outro bufo.

— Um ômega que lutou ao seu lado em um ringue da morte. De nada, a propósito.

Apertei seu ombro.

— Sim, você está certo. Você será um bom executor. — Logan ergueu as sobrancelhas em surpresa. Ele sabia o que esse termo significava, assim como todos que estavam perto o suficiente para ouvir. — Mantenha todos na linha enquanto eu estiver fora.

Não esperei que ele respondesse aos meus pedidos e, em vez disso, abri caminho para a cabana principal, com Logan ao meu lado. Paramos em uma para que eu pudesse pegar um jeans — estava um pouco apertado, mas servia — e continuamos em silêncio.

Todo mundo estava esperando por nós quando chegamos, e a expressão de Lilith tinha uma pontada de impaciência que eu ignorei quando me acomodei em uma posição contra a parede.

Eu sabia que havia muitos alfas e membros da realeza presentes hoje à noite, mas não houve uma chance de notar quem realmente estava aqui. A maioria estava entre a multidão.

Claude, Lajos, Cormac, Jace — todos vampiros com uma propensão a brincar com lycans.

Kylan era o único participante incomum. Sua vinda no mês passado me surpreendeu. Todos os membros da realeza eram convidados para esses eventos, mas apenas alguns geralmente aparecia, e Kylan era conhecido por se manter distante. Agora que eu sabia sobre sua conexão com Silas — o que quer que ela fosse —, sua aparição fazia sentido.

O vampiro corajoso estava no lugar de Silvano com os braços cruzados. Algo nele me parecia estranho. O poder espreitava sob sua pele — um poder que ele parecia estar escondendo. Quando me pegou olhando, ele arqueou uma sobrancelha escura em desafio.

Sim, eu não queria bater de frente com ele. Ele me parecia muito mais duro e mais severo que Silvano. Como se estivesse acostumado a lidar com lobos, além de vampiros.

Não, obrigado.

Quanto à parte lycan do conselho, tínhamos todos os nossos vizinhos deste lado do globo, bem como alguns das áreas nos arredores do Clã Ernest. Todos os lobos desfrutavam de uma boa ascensão, pois fazia parte da natureza de nossa matilha.

Luka do Clã Majestic.

Brandt do Clã Calgary.

Vlad do clã Vladik.

Miko do clã Maykel.

Dimka do Clã Kostenka.

As lideranças tinham idades variadas, mas tinham em média cerca de duzentos anos. O que significava que a maioria era amiga de longa data de meu pai, algo que provavelmente me afetaria após minha ascensão.

Ah, que fosse.

Aqueles que se opusessem que fossem se danar.

— Agora que estamos todos aqui, podemos começar — Lilith anunciou com o foco em mim – uma reprimenda sutil por fazê-la esperar. Como se eu fosse pedir desculpas por organizar meu clã antes de participar de uma reunião política. Meus lobos sempre vinham primeiro.

Lilith começou a falar sobre sua decepção com o conselho por não ter agido mais cedo, que apenas um deles se preocupou em chamá-la e como foi uma sorte que ela já estava a caminho quando recebeu essa ligação.

Um monte de besteira. O que ela teria feito? Batido as mãos recém cuidadas e gritado para que todos parassem?

Sim, isso teria sido uma visão adorável.

Ela pediu uma explicação de como tudo começou, que Vlad forneceu como um grupo de observação. Quando ele chegou à parte sobre as acusações de Silvano e Walter terem orquestrado a batalha, todos os olhos caíram no vampiro corajoso.

— O que você tem a dizer sobre isso, Ryder? — Lilith exigiu.

Ele deu de ombros.

— Parece um ato clássico de Silvano para mim. Aquele idiota só pensava em si mesmo. — Ele fez uma pausa antes de acrescentar: — Que ele descanse em paz.

Lilith claramente não gostou dessa resposta. Ela semicerrou os olhos.

— É tudo o que você tem a dizer?

— Você age como se eu soubesse o que estava acontecendo — ele respondeu. — Um grupo de vampiros passou por minhas terras a caminho da fronteira, e eu o segui porque despertou minha curiosidade. Nem participei da confusão. Só estou aqui como resultado da minha idade e direito de nascimento. Pelo que observei, Silvano orquestrou um grande ataque com a expectativa de assumir o Clã Clemente depois. Meu palpite é que ele concordou com os termos de Walter com a intenção de acabar com o alfa depois. No entanto, não funcionou para nenhum dos dois.

Pela primeira vez, a estimada Deusa apareceu sem palavras.

Certo, talvez eu goste desse Ryder.

— Mas se eu fosse você, procuraria Catalina — ele acrescentou. Seu tom era tão entediado quanto sua postura. — Ela fugiu depois de atingir a mais nova adição do Clã Clemente com bala de prata. Acho que ela não queria enfrentar as consequências disso com o novo alfa, já que ele era seu alvo original.

Kylan sorriu.

— Ainda bem que Jace a nocauteou e a amarrou em uma das cabanas.

— Parecia estranho que ela estivesse com tanta pressa de fugir quando seus irmãos estavam tão ansiosos para lutar — Jace falou em tom de conversa.

— É verdade — Kylan concordou. — Devemos buscá-la para você, minha dama?

— Como se eu confiasse em você para não matá-la sem julgamento — Lilith estava irritada.

Kylan arqueou as sobrancelhas.

— Não sabia que precisava de um julgamento nessas situações. Você preferiria que permitíssemos que continuassem lutando como animais? — Ele inclinou a cabeça para o lado. — Ou precisamos discutir as exigências ditadas por nossas linhagens? Porque, da última vez que verifiquei, sou o vampiro mais antigo, e eu diria que isso me dá uma posição de responsabilidade. Mas talvez eu esteja errado. Talvez eu precise de um título maior para afirmar esse poder.

Vários membros do conselho trocaram olhares para o desafio muito claro lançado por Kylan. Todo mundo sabia que seu direito de primogenitura substituía Lilith, mas ele nunca reivindicou sua posição. Provavelmente porque não desejava a dor de cabeça resultante de estar no comando e preferia manter seu próprio território.

Mas suas ações ultimamente pareciam pressionar alguns dos limites dela.

Testando as águas.

Provocações sutis para o seu lugar no topo da hierarquia.

— Quero falar com Catalina — ela respondeu, com a cabeça erguida e o olhar fixo em Kylan. — Todos vocês — ela olhou em volta rapidamente antes de focar no membro da realeza novamente — permanecerão aqui enquanto eu investigo essa bagunça e determino uma resolução adequada.

— Você quer que fiquemos nas terras do Clã Clemente? — Brandt questionou. — Por quanto tempo?

— Até que eu tome uma decisão — ela retrucou.

— Não sou um cachorro para quem você pode dar ordens, rainha vampira — Dimka respondeu. — Temos responsabilidades em casa.

Ela semicerrou o olhar para a alfa loira-acinzentada.

— Você ficará até eu lhe dar permissão para sair. A menos que você prefira que nos mudemos para Lilith City?

Vários dos alfas se irritaram com a ameaça. Nenhum de nós queria ir ao coração do território dos vampiros. Especialmente ao *seu* território.

— Cinco dias — Luka sugeriu. Vamos concordar em permanecer aqui por cinco dias enquanto você investiga. Isso deve ser tempo mais que suficiente e é um piscar de olhos para a maioria de nós.

— A maioria das evidências vai desparecer numa semana — Cormac concordou, com o sotaque bem acentuado. Escocês, pensei, se minha geografia das terras antigas estivesse certa. — Não posso concordar em ficar mais, senhora.

Vários concordaram assentindo ou com palavras de concordância, deixando Lilith sem escolha a não ser ceder às suas demandas.

— Bem. Vou começar imediatamente.

Eu quase zombei. Como se ela fosse esperar algumas horas.

— Jace, venha comigo. E, Edon? Arranje as acomodações apropriadas — ela exigiu. — Ah, e parabéns pela sua ascensão. — A última parte era quase um desdém, mas ela abriu um sorriso educado antes de sair da sala com um floreio.

— Vou ficar na casa de Walter — Jace disse enquanto passava por mim. — Sua mãe e eu somos velhos conhecidos.

Estava na ponta da minha língua discutir, mas ele saiu antes que eu pudesse comentar.

E então todos os outros na sala começaram a adicionar seus próprios requisitos de acomodação de uma só vez.

Merda. Vai ser uma longa semana.

— Bem-vindo à liderança, garoto — Kylan falou, me dando um tapinha no ombro.

Sim. Ótimas boas-vindas.

Capítulo trinta e seis

— VOCÊS FORAM PARA a universidade juntos? — Arregalei os olhos. — Uau. Quais as chances disso?

Silas e Rae trocaram um olhar.

— Não são muito grandes — os dois responderam ao mesmo tempo.

Assenti, fingindo entender. Esses dois claramente tinham uma história juntos, algo que me deixou um pouco irritada, porque eu queria ser a única com quem Silas compartilhava esse tipo de olhar. Mas não estávamos nem perto desse nível, apesar do tempo que passamos juntos, e eu não tinha como saber se chegaríamos a esse lugar.

Se Kylan compartilhava do meu ciúme, não demonstrou. Ele se sentou ao lado de Rae no sofá da casa de Edon, com o braço esticado e as pontas dos dedos roçando no ombro da mulher. Silas estava sentado em uma cadeira enquanto eu me acomodei no pufe ao seu lado.

Minha mãe e Logan estavam usando um dos quartos. Aparentemente, Rae e Kylan estariam ocupando a área que originalmente reivindiquei para mim, não havendo outra opção a não ser ficar no quarto de Edon até que esses novos arranjos de moradia terminassem.

Não que eu me importasse.

Eu só esperava que Silas se juntasse a nós.

Limpei a garganta.

— Quando você disse que Edon voltaria? — perguntei a Kylan.

Pelo que eu entendi, Edon estava ocupado encontrando lugares para os nossos supostos convidados dormirem. A maioria dos membros da realeza e dos alfas pretendia apenas participar da cerimônia e retornaria aos seus jatinhos, mas a Deusa exigia que todos ficassem até que ela resolvesse a confusão que o pai de Edon havia feito.

— Não disse — Kylan respondeu. — Ele parecia determinado a remover Jace e Darius da casa de Walter, uma luta que não acho que ele vencerá. Então pode demorar um pouco.

— Por que ele se importaria com isso? — Silas perguntou.

— Porque o Jace tem uma propensão a seduzir lobas, e há uma morando naquela casa que significa muito para o jovem Edon — Kylan explicou, curvando os lábios. — Mal sabe ele que os dois compartilham uma história e tanto.

— Ele não vai machucá-la — minha mãe disse baixinho ao entrar na sala, com o olhar abatido.

Submissa demais para uma fêmea alfa. Mas pelo menos ela não estava catatônica como a mãe de Edon. Não, a minha se defendia de vez em quando. Como esta noite.

E agora, ela nunca mais teria que se defender de novo, a menos que meu irmão a negociasse com outro alfa. Ela ainda era jovem e bonita o suficiente para que outros demonstrassem interesse, pelo menos em torná-la uma concubina. No entanto, não acreditava que Logan concordaria com algo do tipo, não se sua posição protetora ao lado dela fosse uma indicação.

— Eu nunca disse que ele iria, Cora — Kylan respondeu. — Só informei sua propensão e história.

Minha mãe contraiu os lábios.

— História é algo que Jace tem com muitos.

Semicerrei o olhar, mas Edon entrou antes que eu pudesse questioná-la. Ele deu uma olhada na sala de estar e grunhiu.

— Oi para você também — Silas o cumprimentou, sorrindo.

— Foi uma longa noite. — Edon foi direto para a cozinha e voltou com uma cerveja que encostou na testa. — Não me lembro de tê-lo convidado, Kylan.

— Tudo bem, jovem alfa. Decidi fazer isso por você — ele respondeu.

Edon resmungou.

— Estou exausto demais para discutir.

Kylan sorriu.

— Imagino que os outros já estejam te pressionando o bastante. — Ele se levantou e estendeu a mão para Rae. — Vamos nos recolher e permitir que sua tríade o acalme?

Tríade. Silas e eu pedimos a Jolene para explicar o que aquilo significava mais cedo enquanto limpávamos o pátio. Ele respondeu vagamente sobre o relacionamento raro entre três lycans antes de ser chamado para ajudar a restaurar o ombro de um lobo em recuperação. Não o vimos novamente depois disso.

— Por que todo mundo continua falando sobre tríades? — Logan perguntou, franzindo a testa.

— Porque sua irmã está no meio de uma que está florescendo — Kylan respondeu enquanto puxava Rae para o seu lado. — A sociedade atual a desaprova, porque é um vínculo inquebrável que substitui todo e qualquer outro relacionamento dentro de uma matilha, mas negar o destino é como tentar desafiar um vampiro real, uma péssima ideia. — Ele roçou os lábios contra a boca de Rae e sorriu. — A menos que você seja Raelyn. Então você pode desafiar um vampiro real o quanto quiser.

Ela semicerrou o olhar.

— Você só está tentando me seduzir.

— Está funcionando?

— Talvez. — Ela mordeu a mandíbula dele, e uma mensagem

não dita passou entre seus olhares, algo que fez Kylan sorrir e puxá-la para fora da sala com um sussurro.

— Ele mudou — minha mãe disse, franzindo a testa enquanto observava o corredor vazio.

Logan a ignorou, seus olhos azuis passando de mim para Silas e para Edon e de volta para mim.

— Espere... vocês três estão...? — Ele semicerrou os olhos para Edon. — Você está *compartilhando* minha irmã com *ele*?

Edon segurou a mão do meu irmão antes que chegasse perto do seu rosto e o empurrou para trás.

— Tive uma noite muito longa, Logan. Faremos isso amanhã.

Silas pulou da cadeira e interceptou Logan enquanto ele tentava atacar Edon de novo.

— Recue.

— Está tudo bem — interrompi, me levantando e me juntando a Silas. — *Estou* bem.

Logan piscou.

— Isso está confuso. — Ele passou os dedos pelos cabelos e soltou um suspiro. — Puta merda, essa noite inteira está confusa.

— Não brinca — Edon murmurou. — E a semana não será melhor.

Logan balançou a cabeça e se afastou de nós sem dizer uma palavra, nos deixando para ir para o quarto no final do corredor.

— Vou falar com ele — minha mãe sussurrou, estendendo a mão para apertar a minha. — Quando ele conhecer a história da Claudette em sua própria tríade com Jolene, ele vai voltar.

— *O quê?* — Fiquei boquiaberta. — Que história com Claudette?

Ela fez uma careta.

— Ele não mencionou isso?

— Não — nós três dissemos em uníssono.

— Explique — Edon acrescentou em seu tom alfa.

— Ah, não acho que seja meu papel contar — minha mãe respondeu, dando um passo atrás. — Talvez você deva conversar com seu avô sobre isso. Não percebi... eu apenas pensei... — Outro passo para longe de nós. — Pergunte ao Jolene.

Ela fugiu com essas palavras, me fazendo franzir a testa.

Edon murmurou um xingamento e abriu sua cerveja.

— Dane-se. Dane-se tudo. Chega de tentar resolver quebra-cabeças hoje à noite. Só quero fugir por uma hora e não pensar.

Silas olhou para mim antes de se virar para encarar Edon.

— Podemos ajudar com isso.

Sorri, me virando também.

— Sim. Podemos ajudar com isso, com certeza. — Silas e eu tomamos banho juntos mais cedo enquanto todo mundo estava se limpando e se trocando.

Mas Edon ainda estava imundo.

Sujo de sangue.

E usando uma calça jeans que claramente não lhe servia.

Abri o botão, afrouxando a cintura.

— Venha conosco, Alfa.

Silas pegou a cerveja de Edon, dizendo:

— Sim, venha conosco, Alfa — e liderou o caminho.

— Eu mereço isso — Edon resmungou e suas bochechas coraram.

— E você vai beber — Silas respondeu com um olhar por cima do ombro. — Você disse que não queria pensar. Então, vamos fazer isso por você. — Ele abriu a porta do quarto principal. — Confie em nós.

Passei por Edon e Silas, e tirei a camisa, deixando-a cair no chão. Em seguida, voltei a olhar para eles.

— Vou tomar banho enquanto vocês dois resolvem isso.

Seus rosnados me seguiram até o banheiro, onde tirei o jeans e liguei a água.

Silas e eu não conversamos muito durante o banho, apenas nos ajudamos a nos lavar e nos beijamos algumas vezes antes de nos juntarmos aos outros na sala de estar. Não parecia certo sem Edon. Como se estivéssemos sentindo falta de um pedaço de nós mesmos. Foi uma daquelas coisas mutuamente entendidas que não exigiam palavras. Um sentimento que notei no olhar de Silas provavelmente tão facilmente quanto ele no meu.

E quando ele entrou no banheiro, eu sabia que ele entendia e compartilhava minha intenção.

Ele largou a garrafa, tirou a camisa e o jeans, e sorriu quando

Edon tirou a própria calça.

Com um movimento da cabeça, Silas indicou para onde ele queria que Edon fosse.

O alfa tensionou a mandíbula — não acostumado a seguir ordens —, mas ele finalmente cedeu e se juntou a mim sob o jato quente.

Eu o recompensei envolvendo meus braços ao redor do seu pescoço e o beijando.

Ele levou as mãos nos meus quadris quando me prendeu contra a parede, e senti sua excitação crescer contra o meu estômago e lançar calor nas minhas veias. Silas se juntou a nós e deu um passo atrás do alfa, deslizando as mãos sobre as costas de Edon.

O cheiro de sabonete fez cócegas no meu nariz e me disse o que ele estava fazendo.

Limpando o alfa.

Enquanto eu o distraía com minha língua.

Humm, Edon podia beijar tão bem. Tão dominante, avassalador e perfeito. Eu gemi, arqueando nele e permitindo que ele aprofundasse nosso abraço enquanto Silas lavava suas pernas, bunda e braços.

Logo seria a minha vez de ensaboar a frente do seu corpo, enquanto eles faziam amor com a boca um do outro, e só esse pensamento me fez apertar as coxas com necessidade não suprimida.

Edon grunhiu para o que Silas fez nas suas costas e afastou os lábios dos meus para beijar seu descendente em submissão. Pela maneira como suas bocas duelaram, parecia uma batalha pelo domínio — uma batalha hipnotizante.

Eu amava quando eles se abraçavam.

Era muito primitivo, sensual e excitante. A maneira como Edon estendeu a mão para segurar Silas pelo pescoço deixou meu sangue em chamas.

Peguei o sabonete da palma de Silas para passar sobre o abdômen do alfa, ensaboando cada centímetro do seu torso antes de descer para agarrar sua ereção. Seu peito vibrou em resposta, o membro grosso pulsando na minha mão enquanto eu deslizava meu toque mais para baixo para segurar suas bolas.

— *Foda...* — ele murmurou.

— Humm, essa é a ideia — Silas respondeu, e seus lábios seguiram o caminho do pescoço de Edon até o ombro.

Quase sempre era eu ou Silas no meio, nunca Edon, e estávamos gostando da mudança. Até o alfa, que parecia um pouco perturbado por seu descendente assumir o controle.

Silas capturou meu olhar e gesticulou para baixo com o queixo, me dizendo o que fazer.

Sorri e fiquei de joelhos diante de Edon, enquanto a água escorria do abdômen até as coxas grossas, lavando a espuma.

— Permita-me distraí-lo, Alfa — eu disse, olhando para ele. — Por favor.

Ele inclinou a cabeça para trás em um gemido e a cabeça grossa se projetou em direção aos meus lábios em uma acolhida implícita. Lambi-o, amando a essência salgada na ponta, e depois o levei profundamente em minha boca. Silas o beijou novamente, fazendo Edon empurrar violentamente contra a minha língua.

Minhas coxas se apertaram, minha necessidade aumentou a cada segundo enquanto eles se devoravam.

Edon passou os dedos pelo meu cabelo, enquanto a outra mão ainda segurava a nuca de Silas e o guiava para baixo para se juntar a mim no chão.

— Minha vez, Luazinha — Silas murmurou, assumindo o controle. Ele sugou o pênis do alfa, o levando ao fundo da garganta e engoliu visivelmente.

O antebraço de Edon bateu na parede para se apoiar melhor, e sua mão oposta se deslocou entre a minha cabeça e a de Silas enquanto alternávamos sua ereção entre nossas bocas. Seus gemidos se transformaram em um som sombrio e gutural que provocou uma onda de calor que escorreu entre minhas coxas.

Um barulho tão sexy.

Queria ouvir de novo.

Queria *senti-lo* contra a minha boceta quando ele me lambesse.

Queria que ele grunhisse assim no meu ouvido enquanto ele transasse comigo até o fim.

Devo ter gemido, porque, subitamente, ele levou os dedos aos meus cabelos, me puxando levantando. Em segundos, ele me prendeu contra a parede de azulejos, estocou seu pau profundamente dentro de mim em um único impulso e minhas coxas envolveram sua cintura.

— Edon — murmurei, arqueando nele.

E então minha boca foi ocupada.

Não por Edon, mas por Silas, e senti sua língua quente, penetrante e viciante. Segurei Edon com um braço e envolvi o outro ao redor de Silas, cravando as garras em seu couro cabeludo.

Alguém apertou meu peito.

Edon.

Outro acariciou meu mamilo.

Silas.

Seus lábios desceram para lamber enquanto Edon reivindicava minha boca.

O pensamento me escapou, substituído firmemente por sentimentos e sensações. Uma palma quente encontrou meu traseiro e um dedo deslizou para encontrar minha outra entrada. Não me estremeci, nem me encolhi, enquanto Edon me preparava.

Dois dedos deslizaram para dentro, a dupla penetração provocando um gemido baixo da minha boca. Não porque doía, mas porque eu queria *mais*.

Ele deve ter percebido, porque acrescentou um terceiro, o que me levou a um clímax explosivo que sequer senti que ia chegar. Gritei, e meu corpo o aperou dos dois lados, forçando-o a se juntar a mim no gozo.

Silas inclinou a cabeça no meu ombro, seu ofego se misturando ao nosso. Edon deslizou para fora de mim, seu aperto sendo substituído pelo do seu descendente.

E então eu estava completa de novo, desta vez com a longa e dura perfeição de Silas.

Inclinei a cabeça bateu contra os azulejos, sentindo meu corpo doer, formigava e tensionar, e em seguida fazer tudo de novo. Edon estava lá, com a boca no meu pescoço, a palma da mão retornando ao meu traseiro. Silas entrou em mim de forma brusca, com movimentos urgentes, fazendo com que as juntas de Edon batessem na parede. Mas isso não o impediu de deslizar os dedos de volta para dentro e encaixá-los de uma maneira que me fez contorcer.

— Goze, Ômega — Edon grunhiu. — Goze para que possamos lambê-la juntos.

Ah, merda...

Meu corpo tremia e meus membros formigaram.

Tudo parecia se centrar no meu ventre.

Silas pareceu ir mais fundo, procurando aquele lugar que eu amava e o atingiu com a força que eu precisava para alcançar o ápice de novo.

Preto.

Isso foi tudo o que pude ver.

Pura. Felicidade.

Eles me levaram a um outro nível de existência, onde minha cabeça estava completamente desligada.

Não me importei demais, me sentindo abalada demais até para respirar. Mas eu os senti me lamber, ouvi Silas rir enquanto pegava a cerveja e disse a Edon para beber o líquido enquanto o derramava sobre mim. E ele bebeu.

Cada gota.

Sua língua memorizou minha pele.

Sua boca espalhou beijos sobre o meu corpo enquanto eles me deitavam na cama macia de Edon.

Ambos me estimulando, me adorando, me amando.

Suspirei e me aconcheguei em um de seus peitos, enquanto o outro me abraçou por trás.

Céu, pensei. Este é o meu paraíso. E eu me recusava a deixar alguém me forçar a sair dele.

Capítulo trinta e sete

— É SURREAL VÊ-LA ASSIM — falei quando encontrei Rae enrolada no sofá com uma caneca fumegante que tinha cheiro de chocolate. Kylan estava na cozinha com Luna, e os dois conversando baixinho sobre o café da manhã.

Certo. *Isso* era ainda mais surreal.

Pelo menos o cretino estava fora da minha cabeça. Levou só dois dias.

Só quero ter certeza de que estamos com o mesmo foco, ele não parava de dizer. *E talvez eu precise te usar para proteger minha Raelyn.*

Não deixei de notar que a única razão pela qual ele salvou minha vida foi para apaziguar sua consorte. Que se não fôssemos velhos amigos, ele teria me deixado morrer sem pensar duas vezes. Então, tê-lo na minha cabeça por tanto tempo era realmente um saco. Especialmente porque ele ficava me lembrando que poderia me fazer de sua marionete.

Também não gosto muito dele, Edon murmurou.

Fiquei tão feliz por tê-lo de volta que nem me dei ao trabalho de comentar sobre ele estar lendo minha mente sem permissão. Em vez disso, perguntei:

Onde você está?

Verificando a minha mãe.

De novo?

O Jace está morando na casa dela, ele rosnou.

Fiz uma careta.

Achei que você tinha dito que eles estavam só jogando xadrez.

Durante sua visita de ontem, ele encontrou os dois na varanda envolvidos em um jogo sério. Isso irritou tanto o alfa que ele voltou com uma expressão confusa, afirmando que nunca tinha visto sua mãe tão animada. O que, eu imaginava, dizia muito, já que tudo o que ela estava fazendo era ficar sentada em uma cadeira enquanto movia as peças do jogo em um tabuleiro de xadrez.

Edon resmungou algo incoerente, me fazendo rir. Soou como *Maldito sugador de sangue real idiota.*

Tente não ser morto por esse babaca real, tá?

O bufo de resposta do alfa vibrou na minha cabeça.

Trouxe o Logan comigo. Nós podemos enfrentá-lo.

Aham, pensei de volta para ele, me sentando na cadeira reclinável ao lado de Rae. *Que bom que vocês dois estão se dando bem agora.* Ficou tenso no começo, mas a promessa contínua de Luna de que ela estava bem pareceu apaziguar um pouco o irmão. No entanto, isso não o impediu de ter uma conversa severa comigo e com Edon sobre o que aconteceria se a machucássemos. Como se nós fossemos deixar isso acontecer.

— Edon? — Rae perguntou, com um sorriso em seus olhos azuis claros.

— Sim. — Passei os dedos pelo meu cabelo. Estava ficando desgrenhado de novo. — Ele não está nada feliz por Jace ficar com Aurora.

— Jace tem um jeito de manter sua reputação sem realmente fazer jus a ela — Kylan disse de forma enigmática quando se juntou a Rae no sofá.

— Humm, isso soa estranhamente familiar — Rae respondeu, batendo no queixo, pensativa. — Não faço ideia do porquê...

Kylan mordiscou seu pulso e acariciou seu pescoço, e o gesto foi inexplicavelmente brincalhão. E não é o que eu esperaria de alguém tão conhecido por seu sadismo.

— Humm, parece que há muitos brincando com reputações ultimamente — ele murmurou contra o pescoço dela. — Como os lobos se aproximando da porta.

Senti o cheiro um segundo depois que ele falou, mas foi Luna quem correu em direção ao vestíbulo. Ela abriu a porta.

— Onde é que você estava? — ela questionou. — Tenho perguntas para você.

Jolene riu.

— Olá, querida. Presumo que a Cora tenha falado algo. — Ele entrou na casa seguido por Luka e seu olhar astuto analisou a sala de estar. — Onde está o meu neto?

— Verificando a Aurora — respondi, de pé. — Ele não está gostando de Jace ficar com ela.

Luka resmungou.

— Boa sorte para Edon. Jace é uma força da natureza.

— Você acasalou com a Claudette? — Luna interrompeu, todo o seu foco em Jolene. — E nunca pensou em nos contar sobre isso?

Ele semicerrou o olhar para ela.

— Cuidado com o seu tom, jovem. Vou precisar de uma longa soneca antes de revisitarmos meu passado. Não se esqueça de que que nada disso é da sua conta.

Ela colocou as mãos nos quadris, sem se intimidar.

— Você estar em uma tríade com minha mentora não é da minha conta? Fascinante. Eu diria que é bastante pertinente, não é, Silas?

Ah, eu sabia que não devia discordar da minha Luazinha.

— Acho que ele nos deve uma explicação do que é uma tríade e como ela se aplica à nossa situação, sim. Mas também acho que devemos esperar até que o Edon esteja aqui para ouvi-lo.

O último comentário me rendeu um breve sorriso de Jolene.

— Provavelmente deveríamos discutir o que Luka e eu ouvimos primeiro, mas acho que devemos esperar pelo meu neto. Diga a ele para voltar e trazer Jace e Darius com ele.

— Isso significa que finalmente estou dentro? — Kylan perguntou, inclinando a cabeça para o lado. — Ou ainda estamos fingindo que não sei o que vocês estão fazendo?

Luka semicerrou os olhos azuis para o membro da realeza.

— Só para constar, votei contra trazer você a bordo.

— A bordo do quê? — Luna perguntou.

— Mas Jace e Darius parecem pensar que você pode ser um aliado — Luka continuou, ignorando minha Luazinha.

— Em quê? — questionei, não satisfeito por vê-la ignorada com tanta insensibilidade.

Luka me olhou de cima a baixo, me analisando. Eu ainda não tinha conhecido o macho alfa, mas sabia a seu respeito. Líder do Clã Majestic, acasalado com Mira e, no geral, nem tudo isso era memorável.

— Você deve ter muita coragem para enfrentar um alfa de duzentos anos de idade, garoto.

— Eu disse que ele era especial — Jolene comentou, me dando um tapinha no ombro. — Luna também. A tríade deles será inestimável. — Ele olhou em volta. — Logan também, para onde quer que ele vá. Pelo menos de acordo com minha Claudette.

— Ainda quero saber do que vocês estão falando — Luna respondeu, um rosnado baixo permeando seu tom. — E mais informações sobre essa tríade todo mundo continua a mencionar.

Kylan suspirou.

— É um relacionamento raro entre três lycans. Você, Silas e Edon estão claramente em uma tríade. Por que isso é tão difícil e enigmático?

— Porque um ritual deve ser realizado para solidificá-lo — Jolene respondeu. — Mas não falo mais até os outros estarem aqui. Enquanto isso, vou tomar um café.

Seu avô está sendo enigmático e rude com Luna, rosnei. *Tudo bem, rude, não. Mas ele não vai explicar sobre a tríade até você voltar e quer que traga Jace e Darius junto.*

— Diga a ele para trazer Aurora também. Seria bom vê-la. —

Foi Luka quem falou.

Retransmiti a mensagem para Edon.

O que sou, um garoto de recados? Ele questionou.

Acho que isso me torna um mensageiro honrado, respondi.

Edon bufou.

Vou resolver isso com meu avô quando chegar aí. Dê um beijo em Luna por mim.

Pode deixar.

Com a língua, ele acrescentou.

Eu sorri.

As tarefas que você me designa são muito complicadas. Peguei Luna a caminho da cozinha e a puxei contra mim, capturando seus lábios antes que ela tivesse a chance de falar.

— Esse é do Edon — sussurrei depois de um momento. — E esse é meu. — Aprofundei o abraço, deixando-a sem fôlego e ofegante nos meus braços enquanto todos observavam.

Minha, pensei, sentindo um instinto esmagador de proteção. Talvez porque houvesse muitos homens dominadores na casa. Ou apenas porque me apetecia. De qualquer maneira, eu a reivindiquei com um mordiscar e lambi o sorriso que se seguiu.

Nossa, Edon corrigiu.

Nossa, concordei. *Volte logo.*

Capítulo trinta e oito

TEM VISITA DEMAIS NA MINHA CASA, pensei enquanto me sentava na minha cadeira favorita. O sofá ao meu lado estava cheio de vampiros: Jace, Darius, Kylan e Rae. A virgem de sangue de Darius, Juliet, estava sentada em uma cadeira trazida da cozinha.

Luka estava no pufe.

Jolene pegou a outra poltrona.

Logan se sentou no chão.

Cora, Mira e minha mãe estavam na sala de jantar tomando chá. O que foi uma experiência realmente estranha, pois minha mãe nunca saía de casa de boa vontade para socializar. Eu não conseguia nem me lembrar a última vez que ela levantou a cabeça, muito menos falou.

No entanto, a morte de Walter parecia tê-la relaxado um pouco, ou talvez fosse o membro da realeza de quem ela tanto gostava. Ela beijou Jace na bochecha antes de se sentar em frente a Mira.

Tipo, que merda foi essa?

Foco, Silas me repreendeu. Ele ficou atrás de mim, com os braços cruzados sobre a almofada superior da minha poltrona enquanto Luna se aconchegou ao meu lado.

Você tem sorte de eu estar distraído, eu disse a ele enquanto beijava o topo da cabeça da minha pequena.

E, no entanto, você está distraído, o que estou tentando consertar, ele falou.

Bufei e olhei para ele.

Cansado de ser o ômega? Quer ficar no lugar do alfa?

O que eu quero são respostas, ele respondeu de forma categórica.

Bem, eu não podia discutir com ele sobre isso.

— Onde você esteve? — perguntei ao meu avô. — Tentamos te encontrar.

— Luna mencionou isso — ele respondeu. — Eu estava com o Luka, espionando o interrogatório de Lilith com Catalina.

No que dizia respeito às desculpas, essa era boa.

— No aeroporto? — Lilith se recusou a ficar na sede do Clã Clemente, afirmando que seu jato particular seria suficiente. E levou o soberano de Silvano com ela.

— Sim. Não foi fácil — ele respondeu, carrancudo.

Imaginei que não. Não havia muitas árvores por lá.

Hã. Quem diria que meu avô ainda fazia papel de espião. Eu sabia que ele foi reverenciado em seus dias como um dos alfas mais fortes do seu tempo, mas sua idade estava pesando. A maioria dos lycans viveu entre seiscentos e setecentos anos, e ele estava bem acima desse intervalo.

— E? — Kylan perguntou, parecendo entediado. — O que a boa soberana tem a dizer sobre o comportamento da sua majestade?

— Que ele a encarregou de matar Edon e Walter de uma vez só. — Luka apoiou uma perna sobre o joelho. — Catalina também confirmou que Silvano estava usando Walter para cuidar de alguns vampiros indisciplinados. Ele os entregou ao Clã Clemente para descarte.

O que significava que os lobos mataram os sugadores de sangue.

— E meu pai concordou com isso. — Não expressei como uma pergunta, mas como uma afirmação. Walter era um idiota ainda maior do que eu acreditava.

— Pelo que Catalina confirmou, sim. Os lycans fizeram disso um esporte, como a caçada à lua, trocando por vampiros a serem descartados. — Meu avô parecia enojado com a admissão.

— Isso explica todos os cheiros sem os corpos — Silas falou, se referindo ao fedor que ele continuava captando próximo ao perímetro da sede.

Eu assenti.

— Sim. Então, por que enganar Walter? — Eu raramente usava o nome do meu pai, mas parecia mais natural agora. Como se ele não merecesse mais o carinho de *pai*.

— Catalina disse que o objetivo de Silvano era ganhar mais território, especialmente nos arredores da antiga fronteira entre Texas e Louisiana. Onde as fazendas de sangue e os campos de procriação estão alojados — Luka explicou.

— Ele achava que enfraquecendo a matilha poderia expandir — Jace esclareceu. — E como as fazendas de sangue e os campos de criação carregam incentivos financeiros, ele poderia se beneficiar ao assumir o controle do Clã Clemente.

— E cobrar de nossos lobos uma taxa mais alta para procriar — compreendi. — Algo que o clã estaria disposto a pagar se perdessem a liderança e precisassem recomeçar. — Eu não sabia que tipo de sangue os campos abrigavam no momento, mas se houvesse vestígios de alfa em qualquer humano, transariam com eles até a morte para criar uma nova linhagem.

Pode-se criar linhas alfa de humanos? Silas perguntou.

Sim. Suspeito que você tenha traços disso, eu admiti. *Tem a ver com tendências dominantes, algo que eu diria que você tem de sobra.* Era por isso que eu pretendia torná-lo meu líder.

Então um alfa não precisa nascer lycan? Ele parecia confuso. Eu realmente não podia culpá-lo. A genética era complicada.

Se um lycan produz uma criança com uma mortal, em seguida transforma a mortal em lycan durante a gravidez, a criança nascerá lycan.

Parece fácil demais, ele disse, olhando para mim.

Encontrei seu olhar quando respondi:

Há uma taxa de mortalidade de noventa e nove por cento. A transição enquanto uma mulher está grávida é tipicamente letal para a mãe e a criança. Somente o mais forte dos mortais sobrevive.

Ah, e os mais fortes geralmente são alfas, ele concluiu.

Geralmente, não. Sempre. A maioria dos humanos é morta no processo.

— O que explica por que ele queria os campos de procriação. Cretino esperto — comentei em voz alta, interrompendo o que Jace estava dizendo a Kylan.

Os dois olharam para mim com as sobrancelhas arqueadas, obviamente não satisfeitos com a minha interrupção e desejando uma explicação.

Limpei a garganta.

— Só estava explicando o processo de criação de alfas para Silas.

— Entre lycans e humanos — Silas esclareceu. — Não sabia que era assim que funcionava. Nos acampamentos, quero dizer.

— Depende do objetivo do criador — Jace falou, com o foco em mim. — E que conclusão você tirou, Edon?

— Se Silvano destruísse a linhagem alfa do Clã Clemente, os lycans deixados para trás ficariam desesperados para criar uma nova família dominante. O que exigiria o envolvimento de outros clãs. Uma escolha improvável, considerando o número de fêmeas alfa restante em nosso mundo. Ou eles tentariam as fazendas de procriação.

— E pagariam o preço mais alto por cada concepção — meu avô acrescentou. —Esse é o motivo que Luka e eu concluímos também. — O orgulho iluminou seu olhar quando ele acrescentou a última frase, a emoção dirigida a mim, não a si mesmo.

— E a Lilith? — perguntei em voz alta. — Ela chegou à mesma conclusão?

Os dois alfas balançaram a cabeça.

— Ela ligou para o Ryder — meu avô respondeu. — Parece que ele sabe mais do que está dizendo.

— Tenho certeza de que sim — Kylan respondeu, divertido. — Mas não será sobre Silvano.

— Quem é Ryder? — perguntei. — Ele não faz parte da hierarquia de Silvano. Ou eu o teria conhecido. — No entanto, o outro dia no campo foi a primeira vez que vi o vampiro. A idade e o poder flutuaram sobre ele como uma nuvem negra, e ele não lutou. — Por que ele está aqui?

— Ele mora perto dos campos — Luka explicou. — Do lado de Silvano. Ele se mantém sozinho, se recusa a jogar o jogo político e só apareceu porque Silvano conduziu o exército por sua propriedade.

— Sim, ele estava pedindo que Lilith o liberasse, dizendo que ele apenas se ofereceu para representar Silvano na reunião inicial e não tinha intenção de ficar. — Meu avô bufou. — Ela recusou, é claro. Disse que Catalina estava em custódia, e que ela precisava de um ancião por perto para manter todos os vampiros de Silvano alinhados.

Kylan sorriu.

— Aposto que ele se ofereceu.

— Você acha que ele sabia o que Silvano pretendia? — perguntei. — Estavam trabalhando juntos?

Kylan riu alto.

— De jeito nenhum. Ele odiava aquele cretino.

— Silvano passou com os vampiros pelas terras de Ryder — Luka falou.

— Tenho certeza de que sim — Kylan respondeu. — Foi a melhor maneira de provocar o velho recluso a sair e brincar, e Ryder caiu.

— Mas por que provocá-lo? —perguntei. — Por que trazê-lo para isso?

— Talvez para ser um bode expiatório, caso ele precisasse. Ou porque era a rota mais fácil. — Kylan deu de ombros. — Independentemente disso, tenho certeza de que Ryder não está envolvido. Ele pode ser velho e senil, mas não é suicida.

— Estou inclinado a concordar com Kylan que Ryder nunca trabalharia com Silvano nisso. — O tom de Jace era firme e confiante. — Mas esse é o verdadeiro problema. A questão permanece: como Lilith reagirá às notícias?

— Você quer dizer se ela vai me punir por tirar a vida de

Silvano? — Kylan sorriu. — Ela pode tentar.

Jace sorriu.

— Pode, sim. Enquanto isso, Edon e Logan devem ficar bem, pois Walter foi quem aceitou o desafio e pediu para lutar com Niko ao seu lado. Sem grandes problemas, mas imagino que ela os observe de perto por conta disso.

— Tudo aconteceu de acordo com a lei da matilha — acrescentei. — Ela não pode nos culpar por segui-la. — Mas Kylan, sim, poderia ter problemas.

— De fato. — Darius coçou a barba por fazer. — Ainda assim, acho que todos precisamos ficar quietos por alguns meses enquanto a poeira assenta. Muitas perturbações tão próximas uma da outra colocam a aliança em risco e não podemos nos dar ao luxo de sermos notados.

— Matar Silvano para impedir que vampiros e lobos se matem dificilmente será visto como um movimento revolucionário — Kylan destacou. — Sou o membro da realeza louco, lembra? Faço loucuras o tempo todo. — Ele pontuou isso com um beijo no pescoço de Rae. — Certo, consorte?

Ela apenas balançou a cabeça, mas o zumbido de energia entre eles sugeriu que ela estava na cabeça dele. *Que fascinante.* Eu não sabia que vampiros poderiam se comunicar assim com seus descendentes. Sempre pensei que era uma coisa de lobo.

Ele a transformou depois que fez dela a sua Erosita, Silas explicou. *Ela me disse que isso alterou sua transformação.*

Fascinante, repeti.

— É verdade. Todos os atos rebeldes dos últimos tempos envolveram Kylan. Se alguém corre o risco de ser censurado, é ele. — Luka olhou para o vampiro. — É por isso que não queria trazer você a bordo. Você é um perigo para os nossos planos.

— Você está sugerindo que eu possa bisbilhotar sobre vocês para me salvar? — Kylan perguntou, curvando os lábios. — O que aconteceu com a boa e velha confiança, lobo? Você não sente o cheiro da minha lealdade?

Bufei com isso.

— Você tem cheiro de antigo e poderoso para mim. — Assim como Jace e Darius. Eles tinham pelo menos dois ou três mil anos de idade.

Logan resmungou.

— Para mim também. Mas eu gostaria de saber sobre o que é toda essa merda de revolução que estamos falando.

Jace sorriu.

— Você está bem no meio disso.

E assim começou uma conversa de uma hora sobre aqueles que tentavam derrubar o Conselho da Aliança de Sangue.

Quatro dos membros fundadores estavam nesta sala — Jace, Darius, Luka e Jolene. Mas havia vários outros em todo o mundo, todos vivendo em silêncio e esperando a hora de aparecer. Era algo que eles não planejavam fazer por mais alguns anos, talvez até décadas, mas os eventos nos últimos dois meses apressaram sua linha do tempo.

Esta semana, em particular, abriu caminho para o futuro.

Porque Logan e eu fomos criados com um propósito — levar nossos clãs à rebelião. No entanto, tinha que ser sutil. Pequenas coisas como, nos livrar da caçada à lua podiam não ser percebidas, especialmente porque isso só acontecia algumas vezes por ano.

Outra seria permitir a formação de relacionamentos, incentivar acasalamentos em vez de degradá-los.

Só que tinha que ser com calma. Imperceptível para as outras matilhas.

— Com Silvano fora de cena, podemos ter uma oportunidade — Darius acrescentou. — Jaxon é um dos mais antigos do território.

— Mas não em posição de liderança — Jace respondeu.

— Nem eu estava. — Darius sorriu. — No entanto, aqui estamos nós.

— Por causa do meu lugar no topo. — Jace piscou para a virgem de sangue de Darius. — É bom ver seus olhos, linda.

Ela corou, mas não desviou o olhar. Claramente, ela estava envolvida em tudo isso, porque pelo que eu sabia, virgens de sangue eram criadas para serem submissas. No entanto, ela parecia bastante confiante e equilibrada ao lado de Darius, como se tivesse todo o direito de se sentar neste círculo.

E talvez tivesse.

— Quantos outros jovens lycans estão sendo treinados para sua rebelião? — Luna perguntou com os olhos em Luka. — Sua filha? Para Logan?

Sua expressão ficou mais sombria.

— Só porque Niko decidiu se aposentar mais cedo não significa que minha filha vai se casar no próximo mês.

Bem, isso não foi o que Luna perguntou. Mas parecia ser um assunto delicado para o alfa lycan.

— Então a minha matilha deve ficar sem liderança até você decidir que ela está pronta? — Logan perguntou, arqueando a sobrancelha. — Você sabe que eu não posso ascender sem uma companheira.

— É um tópico que continuaremos discutindo — Jolene deu com um olhar penetrante para Luka. — E para responder sua pergunta, Luna, existem alguns mentores para ajudar a guiar os lycans mais jovens, sim. No entanto, você, Edon e Logan foram nossos principais objetivos para essa fase. Como mencionamos anteriormente, pensamos que tínhamos mais tempo. Mas parece que nossos peões estão se encaixando mais cedo do que o previsto.

— Muito antes — Darius concordou. — Precisamos reavaliar várias caminho, mas parece que outros se abriram para navegarmos.

— Disponha — Kylan interrompeu.

Darius o ignorou.

— Acho que seria prudente que Edon se envolvesse em sua tríade, pois isso estabelecerá um precedente imediato para o grupo. Assim como eu aconselharia Luka a reconsiderar sua posição sobre as núpcias da sua filha. O Clã Ernest exigirá unidade para se reconstruir, e Logan não pode fazer isso sozinho.

Luka rosnou, mas fiquei de pé antes que ele pudesse responder.

— Sabe o que seria sábio? Alguém explicar o que diabos é uma tríade antes de me pedir para fazer isso — sugeri, não muito educadamente.

Todos os olhos se voltaram para o meu avô.

Ele suspirou em resignação.

— É o que eu tive com sua avó e Claudette.

Luna ficou rígida ao meu lado.

— E o que isso significa exatamente? — ela exigiu.

— Sim, também quero saber — Logan concordou.

Não comentei, pois me perguntava a mesma coisa.

Mas foi para mim que meu avô falou.

— Nós três éramos uma unidade muito parecida com a que você, Silas e Luna estão formando. — A tristeza cintilava nas profundezas de seus olhos escuros. — Sua avó era a fêmea alfa e Claudette era uma humana que se tornou lycan. Durante meus rituais alfa iniciais, eu a transformei, depois reivindiquei Yazmine sob a lua algumas semanas depois.

Como era o costume de uma ascensão alfa.

Eu entendia isso.

— E? — incentivei-o a continuar.

— E ao contrário do seu par com Luna, Yazmine era minha por escolha. Ou seja, entramos em nossa reivindicação inicial com amor já em nossos corações. Como você sabe, o macho morde primeiro. Então a fêmea morde durante a próxima lua cheia. Mas algo aconteceu entre mim e Claudette nesse ínterim, e esse algo se espalhou para a minha Yazy. Não entendemos a princípio. A conexão física era incrivelmente intensa.

Parece familiar, pensei.

— E na lua cheia seguinte, nós três estávamos envolvidos demais para que eu e Yazmine continuássemos sozinhos. Convidamos Claudette para se juntar a nós e, em vez disso, fizemos uma tríade para grande surpresa da nossa matilha. Então vivemos juntos como um trio por quase quinhentos anos, trezentos dos quais governei o Clã Clemente. Nós não nos separamos até a nova ordem mundial e, até hoje, acredito que essa divisão foi o que matou minha Yazy. — Ele engoliu em seco e baixou os olhos. — Tríades não devem ser separadas.

— Ele está dando um aviso a vocês — minha mãe acrescentou baixinho da área de estar, sua voz surpreendendo a todos nós. — Você não pode inserir uma tríade aos poucos. Vocês três têm que estar comprometidos e preparados para lutar por isso.

Capítulo trinta e nove

DOIS DIAS DEPOIS, Lilith ainda não havia convocado o conselho. Aparentemente, ela não estava com pressa de emitir um veredicto.

O que deixou lobos e vampiros por toda a sede do Clã Clemente.

E, especificamente, na casa de Edon.

Estiquei as pernas, me preparando para uma corrida muito necessária quando Silas se juntou a mim lá fora.

— Forma humana ou de lobo? — ele perguntou.

— Humana. — Porque eu queria falar com ele sobre todo esse negócio de tríade. Evitamos a bomba de Jolene por tempo suficiente. Embora eu soubesse como Edon se sentia, não fazia ideia do que Silas pensava sobre tudo isso.

Ficar temporariamente como um *trisal*, tudo bem.

Nos comprometer em um por toda a eternidade? Sim, o cenário era completamente diferente. Mesmo que me despedaçasse ver Silas partir, eu o deixaria se fosse isso que ele queria.

E aí estava o problema — não conseguia lê-lo. Assim como ele não podia me ler.

Supostamente, esse problema seria resolvido se nos aceitássemos na próxima lua cheia, mas eu não estava disposta a fazer isso até me certificar de que ele desejava as mesmas coisas que eu.

— Forma humana então. — Ele saiu para calçar meia e tênis, e voltou sem camisa. Algo que meus olhos mais do que apreciaram. — Pronta?

— Sim.

Ele sorriu.

— Vá na frente.

— Você só quer dar uma olhada na minha bunda — falei, decolando em uma corrida para a linha das árvores.

— Esse short é terrivelmente curto, Luazinha. Não pode me culpar por admirar a vista.

Bufei e peguei o ritmo.

— Você acabou de me ver nua, tipo, há uma hora. — Ele se juntou a mim no chuveiro, não para brincar, mas para fazer companhia. O que foi legal. Gostei da maneira como ele lavou meu cabelo.

Claro, eu precisaria de outro banho após esta corrida.

Talvez Edon já tivesse voltado e nós três pudéssemos nos divertir. Supus que dependeria de como fosse a sua conversa com o avô. Eles estavam revisando a lista de companheiros de matilha que Jolene recomendava para promoção na sede. Aparentemente, ele acompanhou todo mundo nos últimos dez anos, se preparando para o momento em que seu neto ascendesse.

Um tapa na minha bunda me fez dar um pulo.

— Ei!

— Achei que íamos dar uma corrida. Isso está mais para um passeio preguiçoso.

Olhei por cima do ombro para o homem arrogante.

— Quer correr, novato?

— O que aconteceu com o *lobão*? — ele brincou, se referindo àquele dia na cozinha.

— Você ainda não ganhou — respondi. — Me ganhe até o riacho e talvez eu reconsidere.

Saí a toda velocidade, sem lhe dar a chance de responder ou reagir. Sua risada me seguiu, o som muito perto para o meu conforto. Então me esforcei mais, minha loba interior rosnando de ressentimento das minhas duas pernas. Queria estar livre para correr, cheirar as árvores e sentir as correntes de ar contra o pelo.

Mais tarde, prometi.

Eu queria conversar com Silas usando roupas, porque não confiava em mim mesma para conversar com ele nu. Acabaríamos embolados um no outro. Especialmente depois de uma corrida cheia de adrenalina pela floresta.

Seu ombro roçou no meu e suas longas pernas o carregaram mais rápido.

Com quatro patas, eu me garantia por causa da minha experiência. Mas parecia que ele tinha me batido em forma humana.

A cada centímetro que ele colocou entre nós, fiquei cada vez mais agitada.

E igualmente excitada.

Porque o homem era bonito, com músculos que atravessavam as árvores e desviavam dos galhos como um profissional. Eu queria lamber aquele rastro de suor que percorria sua espinha, mordiscar a parte de trás do pescoço e prendê-lo no chão.

Só para tê-lo lutando comigo debaixo dele, algo que eu sabia que ele faria. E então ele entraria direto no meu calor.

Era por isso que estávamos vestidos.

Só que minha blusa de repente parecia pegajosa e muito pesada.

Meu short era muito grosso.

Meus sapatos sufocantes.

Eu queria *respirar.*

Não.

Tinha que falar com ele primeiro, e estávamos quase no riacho — o mesmo local em que eu havia brincado com Edon todas aquelas semanas atrás. Muita coisa mudou desde então.

Uma revolução? Quem pensaria que isso era possível? Mas sim, eu estava dentro. Edon e Silas também. A questão era: lutaríamos juntos como uma tríade ou como companheiros de matilha amigáveis?

Silas alcançou a água primeiro, e seu sorriso triunfante me atraiu para ele ainda mais. Foi preciso um grande esforço para não pular nele e envolver as pernas ao redor da sua cintura. Mas parei ao seu lado, com as mãos nos quadris, enquanto ofegava.

Ele me levou ao meu limite. Eu ainda podia ir mais alguns quilômetros, mas caramba. Minhas pernas pareciam gelatina.

— Ganhei meu apelido? — ele perguntou, muito menos ofegante que eu. Algo me disse que ele poderia ter se esforçado mais, e teria sido, se Edon estivesse correndo com ele.

Eu precisaria me exercitar mais para acompanhar esses dois. *Genética masculina sortuda.*

Silas emoldurou minha bochecha e roçou a boca na minha.

— Prefiro *querido* a *lobão.*

— É? — Lambi seu lábio inferior. — E se eu preferir *lobão?*

— Você poderia me chamar de *bola de pelo* e eu ainda responderia, Luna — ele sussurrou, me beijando novamente.

E caramba, ele tinha um gosto tão bom. Como sexo, lobo e homem, tudo nele. Humm, mas eu precisava falar com ele primeiro. Esse era todo o — *ah, isso é bom* — objetivo disso...

Arqueei em sua direção, gemendo quando sua língua fez algo decididamente perverso com a minha.

Olá, dureza, pensei, sentindo sua excitação sob o jeans. Ele devia ter gostado tanto daquela corrida quanto eu, apesar de termos percorrido só um quilometro ou pouco mais.

A palma da sua mão envolveu a parte de trás do meu pescoço, a mão oposta apoiou no meu quadril, e ele me devorou com a boca.

Nos beijamos um pouco no chuveiro, mas foi mais mordiscada e diversão. Silas pretendia brincar então. Agora? Sim, agora ele parecia com fome. Não, *faminto.* E eu era sua próxima refeição.

— Silas — murmurei, e meu pulso acelerou como sempre fazia quando ele me tocava. — Eu quero... — Sua língua me silenciou e embaçou meus pensamentos.

Estremeci, minha loba se curvando ao dele.

Humm, não, eu *preciso...*

— Tríade — consegui me forçar a dizer, a palavra soando muito mais sensual do que eu esperava.

Mas isso chamou sua atenção.

— Tríade? — ele repetiu, se afastando o suficiente para me encarar com os olhos arregalados.

Ah, querida lua, a fome em seu olhar...

Foco!, me repreendi.

Limpei a garganta, tentando me lembrar o que queria dizer. Mas não consegui. Não com ele tão perto, com suas íris azuis me hipnotizando, seus lábios carnudos me provocando por outro beijo. Eu o queria, e não apenas fisicamente. Eu queria *Silas*. Todo ele.

— Eu quero a tríade — sussurrei. — Quero estar com você. Com Edon. Conosco. Quero ouvir sua mente. Conhecer sua alma. Tocar seu coração. Quero saber como seria ser amada por você. Te amar de volta. Ser sua companheira, seu tudo. Conectar a nós três. Para sempre. Mas não vou te obrigar, mesmo que seja tudo em que eu possa pensar, tudo o que eu sempre quis para mim nesta vida. Porque você tem o direito de escolher. E eu nunca tiraria isso de você.

— Ei, ei — ele falou baixinho, afastando as lágrimas que caíam dos meus olhos, sem que eu tivesse notado, com o polegar.

Deusa, eu estava chorando.

Mas o pensamento de ele não me querer quebrou algo dentro de mim.

Eu não tinha percebido o quanto isso era importante para mim até este segundo. Se ele me rejeitasse, nos rejeitasse, eu... eu não conseguiria respirar direito de novo.

Eu já o amo, percebi. *Já amo os dois.*

Pressionei a mão na boca, me sentindo chocada. Como eu deixei isso acontecer? Ou nunca houve uma escolha?

Minha loba se submeteu a ambos por instinto.

Ela *conhecia* seus companheiros, mesmo quando minha metade humana não.

— Luna — Silas murmurou, acariciando minha bochecha com

o polegar novamente. — Doce Luazinha, olhe para mim.

Eu tinha baixado o olhar sem perceber, minha mortificação por me apaixonar tão profundamente ameaçando me destruir.

— Não posso — admiti. Não era uma resposta ao pedido de olhá-lo, mas à dor muito real que me atingia. Nunca na minha vida me senti assim, tão aterrorizada com a potencial da resposta de alguém.

Odiava não ser capaz de senti-lo ou aos seus pensamentos. *Como ele se sente?*

Seria tão fácil assumir, mas para sempre era muito tempo. Esse relacionamento contornava muitos padrões da sociedade. Nada sobre ser uma tríade era considerado típico. Nenhum de nós realmente entendia o que isso significava além do que Jolene havia dito.

Mas eu queria tanto que meu peito doía com o vazio da incompletude. Doía respirar, trazendo mais lágrimas aos meus olhos.

O medo não era dele nos rejeitar, mas de nós negarmos o vínculo.

Agora que me permiti considerar a tríade, pude sentir o que o espaço incompleto estava fazendo comigo.

— Eu me sinto tão vazia, Silas.

— Eu sei. Também me sinto — ele sussurrou, com os lábios contra a minha testa. — É uma agonia sem você dentro de mim, Luazinha. Edon está lá, eu o sinto todos os dias, mas você... sinto sua falta, mesmo quando você está bem na minha frente. Também quero essa conexão com você. Esse vínculo para te chamar verdadeiramente minha, para reivindicar vocês dois. Já o faço no meu coração, Luna. Você já é minha.

Engoli em seco e meus olhos se encheram de lágrimas novamente.

— É mesmo?

— Todos os dias — ele prometeu. — Você é minha Luazinha. Minha Luna. Na próxima lua cheia, vou provar isso ao mundo. Para você e Edon, para ambos. Eu não gostaria de estar em outro lugar.

Agarrei-o e beijei-o, e minhas lágrimas caíram entre nós quando deixei todas as minhas inibições desaparecerem. Todas as minhas dúvidas. Todos os meus medos. Tudo. Dei tudo o que tinha, beijando-o até que eu não conseguia respirar e não parei para encher meus pulmões.

Ele era meu dono.

Edon também.

Meu pescoço formigou de consciência, um calor familiar se aproximando por trás. Como ele nos encontrou, como ele sabia, não me importei. Porque quando senti os lábios de Edon no meu ombro, desabei, permitindo que os dois homens me embalassem entre eles.

— Eu também quero — ele sussurrou em meu ouvido. — Quis vocês dois desde o começo. Você é minha, pequena. E Silas também é meu.

Minhas roupas foram tiradas e deixas em uma pilha nas rochas. Silas seguiu o exemplo. E Edon havia chegado nu, provavelmente em sua forma de lobo.

Me virei em seus braços, beijando-o como fiz com Silas, derramando todas as minhas emoções e *meu coração*, na minha língua enquanto acariciava a dele.

Eu te amo, pensei para ele. *Eu te amo tanto que dói.*

Ele não podia me ouvir, pois nosso vínculo de união estava incompleto.

E isso me atingiu com força.

Eu não queria esperar até a lua cheia, mas não tínhamos escolha.

Mais quatro semanas... eu teria que sobreviver todo esse tempo sem ele me ouvir, sem me conectar a Silas.

— Não chore, pequena. — Edon lambeu a lágrima da minha bochecha. — Vamos resolver isso em breve.

— Quero que você me ouça — falei. — Quero que vocês dois me *ouçam*.

— Então grite por nós, querida — Edon falou. — Grite para que todos ouçam, e diga ao mundo quem é o seu dono.

Silas mordiscou meu ombro, com seu corpo quente pressionado nas minhas costas.

— Deixe-nos cuidar de você. Vamos mostrar como nos

sentimos por você, como nos sentimos um pelo outro. Junte-se a nós, Luna. Ame a nós dois. Ao mesmo tempo.

Estremeci, meu coração batendo contra meus pulmões.

— Sim. — Engoli em seco. — Sim.

Se não podíamos ter um ao outro mentalmente, faríamos isso fisicamente.

Os dois dentro de mim de uma vez.

Sentindo tudo o que eu tinha para oferecer.

— Sim — eu disse pela terceira vez, inclinando a cabeça contra o peito de Silas enquanto Edon lambia a base do meu pescoço. A palma da mão dele pressionou meu abdômen, deslizando para baixo, entre as minhas pernas.

— Tão molhada — ele sussurrou, enquanto seus dedos deslizavam facilmente para dentro.

Gemi, movendo os quadris contra seu toque, implorando para que ele se aprofundasse.

Mas ele tinha outra coisa em mente.

Ele tirou a mão e a guiou até as minhas costas. Silas se deslocou para permitir que ele se movesse, mas o senti segurar seu pênis com a mão úmida.

O calor deslizou por minhas veias e deixou meu corpo em chamas quando Edon penetrou no meu anus.

Silas puxou minha cabeça para trás para um beijo, me distraindo com a língua. Mas a pressão aumentou dentro de mim enquanto Edon se esforçava para lubrificar os dois lados, me preparando para tomar os dois.

Isso me destruiria.

Acabaria com a minha capacidade de pensar em ninguém além deles.

E eu estava bem com isso. Porque Silas e Edon me faziam sentir inteira. Eles eram minha matilha, meu passado, presente e futuro, e eu apenas os desejaria.

— Ela está pronta — Edon sussurrou segundos, ou talvez minutos, mais tarde. Eu não sabia, meu corpo estava tenso demais com antecipação para compreender o tempo.

Ele capturou minha boca, sua língua me envolvendo completamente enquanto guiava nós três ao chão. Silas se deitou de costas ao meu lado e seus traços bonitos derreteram meu coração.

— Monte, Luazinha — ele pediu.

Sua excitação me provocou tanto que fez minha boceta apertar em expectativa. *Sim, por favor.* Subi nele, montando seus quadris e envolvendo seu pau em minha umidade.

— *Puta merda...* — Ele segurou meus quadris, me deslocando para onde ele me queria – com a cabeça na minha entrada. — Deslize para baixo.

Obedeci.

Essa ordem? Isso demoliu minha capacidade de me rebelar, de lutar, de fazer outra coisa senão aceitar. Meu ventre se apertou com a sensação da sua ereção grossa e quente dentro de mim, como um vício crescente em meu sangue. Me sentei nele, nos encaixando tão profundamente que ele gemeu em aprovação.

Edon segurou meus quadris e roçou os dentes no meu ombro.

— Se incline e beije-o, pequena.

Meu coração acelerou, minha loba se envaidecendo sob o comando do alfa.

Me inclinei para Silas, capturando sua boca com a minha, enquanto ele passava a palma da mão em volta da minha nuca.

Minha, ele estava dizendo.

Sua, concordei.

Era disso que eu precisava, nossos corpos se conectando e confirmando que pertencíamos um ao outro.

— Mais — implorei, não, *ordenei*. Não era um pedido, mas uma exigência. Eu precisava de *mais*.

Edon acariciou minha coluna, provocando arrepios com seu toque. Isso me deixou sentindo leve e amada. Sua língua deslizou pela parte inferior das minhas costas com toques mais suaves, enquanto ele segurava minha bunda e me abria.

Eu meio que esperava sentir sua boca lá. Em vez disso, ele se moveu, e algo muito mais duro e maior pressionou contra a minha abertura.

Engoli em seco, me sentindo insegura de repente.

Mas um mordiscar de Silas me lembrou da minha tarefa, e seus lábios se moveram sob os meus. Maliciosos. Suaves. Perfeitos. Me obrigando a retribuir seu beijo. E foi o que fiz, me perdendo para ele quando uma pressão intensa começou a me preencher por trás.

Devagar.

Com cuidado.

Dentro e fora, um centímetro de cada vez.

Isso doía.

No entanto, também provocava todo tipo de coisas pecaminosas em meu interior.

Gemi na boca de Silas, minha metade inferior latejando de dor e prazer, os dois homens se juntando a mim de uma maneira que me deixou encantada.

— Como você se sente, Luna? — Edon perguntou, com a respiração um pouco mais ofegante do que antes, como se estivesse se contendo nessa tarefa.

— Quente — sussurrei, engolindo em seco. — *Preenchida.*

Ele riu.

— Ainda não está preenchida, pequena. — Ele empurrou um pouco mais, me fazendo recuar e gemer.

— Posso te sentir — Silas falou, apertando a mandíbula. — Puta merda, eu posso te *sentir.*

— Espere até eu começar a me mover — Edon respondeu, passando as mãos para cima e para baixo nas laterais do meu corpo. — Só mais um pouco, Luna. Quase lá.

Algo ininteligível saiu da minha boca quando ele me forçou a levá-lo ao máximo.

Algo que parecia muito com um grunhido misturado com um grito.

Algo que lembrava seu nome e um xingamento.

Ele abaixou a cabeça nas minhas costas enquanto me permitia me ajustar aos dois. Eu não conseguia me mexer, presa entre dois machos fortes, enquanto suas mãos e lábios traçavam a minha pele e eles me elogiavam por tomar os dois. Por aceitar nosso vínculo. Por nos permitir estar juntos tão completamente.

E foi exatamente assim que me senti — *completa.*

Esses eram meus dois companheiros. Meus machos. Meus amantes. Meu futuro.

— Me comam — falei, precisando senti-los se mover. —

Preciso que vocês me *comam*.

Silas riu, passando os lábios na minha bochecha.

— Você ouviu a mulher, Edon.

— Ainda chegando ao fundo — ele disse em voz alta.

— Como se você fosse fazer de outra maneira — Silas respondeu.

— Eu não faria. — Edon deslizou quase todo o caminho para fora de mim e entrou de novo, me fazendo gritar.

Puta merda.

Eu esperava que isso doesse. Não foi o que aconteceu. Em vez disso, me deixou sem fôlego da melhor maneira.

— *Por favor* — eu disse, sem saber pelo que queria implorar por mais. Outro impulso? Mais forte? Mais suave? Mais rápido? Eu me sentia muito cheia. Absoluta. Viva.

Seus quadris bateram nos meus novamente.

— É isso que você quer, pequena? — ele perguntou contra o meu ouvido. — Me sentir tomar sua bunda virgem e fazer dela minha?

Silas arqueou debaixo de mim, seu pau pulsando dentro de mim.

— Mais uma vez — murmurou.

Edon obedeceu, me deixando sem fôlego e quente entre eles. Eu estava envolvida em deliciosos músculos masculinos, todos se movendo no ritmo do meu corpo, me selando em um casulo de sexo selvagem.

Os dois encontraram um ritmo que tentei manter, mas cada estocada me deixou vendo estrelas. Nunca me senti tão dominada. Completamente controlada. Possuída. Ainda assim, adorada.

Eles estavam me beijando, me tocando, se certificando de que eu estava amava isso tanto quanto eles. E esse cuidado me fez cair em um poço de inconsciência tão profundo que lutei para ressurgir.

Um toque no meu clitóris me trouxe de volta, dentes no meu pescoço, uma palma apertando meu peito e uma forte exigência de "goze de novo".

Edon. Ele queria o meu prazer, me dividir ao meio para que todos pudessem ouvir.

E meu corpo ansiava por dar a ele.

Os dois homens se moveram bruscamente, entrando e saindo, me atingindo em lugares que eu nunca soube que eram pontos erógenos. Isso me deixou tremendo entre eles, fazendo meu prazer aumentar novamente, só que desta vez foi muito mais intenso. Era como se lava líquida se derramasse através do meu organismo, culminando em meu ventre e ameaçando explodir.

— Edon — gemi. — Silas. — Não sabia a quem implorar, a quem gritar, mas quando o fogo aumentou, comecei a suar. Vibrar. Gritar.

Estava me rasgando em dois. Metade de mim reivindicada por Silas, a outra metade por Edon. E os nomes deles saíram da minha boca, como eles desejavam.

— Tão linda — Edon elogiou, com o pau tão profundo em meu traseiro, que eu não conseguia me mover, só podia estremecer enquanto o prazer continuava a ondular através de mim.

— Perfeição — Silas concordou, inclinando as costas no chão quando entrou dentro de mim com um rugido que ecoou nas árvores e explodiu meus sentidos.

Edon nos seguiu, seu sêmen pulsando profundamente dentro de mim como se tivesse encontrado a essência de Silas.

Uma paz repentina se apossou de mim.

Conectados.

Finalmente estávamos juntos. Nós três, em mente, corpo e espírito.

Com Silas debaixo de mim e Edon nas minhas costas, finalmente estávamos acasalados em uma harmonia de felicidade.

Meus, minha loba sussurrou. *Esses machos são meus.*

Assim como eu era deles.

Não precisávamos de uma cerimônia para nos completar.

Já estávamos completos.

Como um.

O ritual no próximo mês seria apenas uma formalidade. Porque eu sentia no meu sangue que nossas almas já estavam ligadas. Prometidas para a eternidade.

Uma tríade.

Para sempre.

Capítulo quarenta

LILITH ANDAVA PELA sala da cabana principal, com o vestido flutuando ao seu redor em uma ridícula onda de vermelho. Ela parecia pronta para participar de um baile, não para se dirigir a uma multidão agitada de alfas e membros da realeza.

Esta noite encerrava o prazo de cinco dias desde o incidente. E ela esperou até o último segundo para chamar a "reunião do conselho de emergência". Era como uma disputa de poder.

Cruzei os braços e me encostei na parede, observando enquanto ela andava pelo chão de madeira com seus saltos altos de dez centímetros. Alguém poderia pensar que essa vadia estaria ansiosa para correr de volta para casa. Infelizmente, não.

— Revi as evidências — anunciou, parando no centro sob a luz mais forte. Isso deu a seus cabelos claros um feio brilho amarelo.

Parecia adequada para sua personalidade.

Está começando, eu disse a Silas. Ele havia voltado à minha casa com Rae, Luna, Darius e Juliet.

Se algo acontecesse hoje à noite, eles estavam sob ordens estritas de fugir para a região de Jace. Mas eu suspeitava que o ato de fuga não seria necessário. Lilith teria trazido um exército com ela se esse fosse o caso, e só havia dois lacaios ao seu lado. Dois jovens vampiros que Kylan e Jace poderiam dar cabo com um segundo de aviso.

Essa equipe revolucionária certamente estava se mostrando útil.

Lilith pigarreou e olhou para Kylan.

— Não posso permitir que um precedente seja estabelecido onde a realeza ou os alfas decidam tirar a vida de outro apenas para tranquilizar uma situação. Somos imortais. Existem maneiras de nos incapacitar sem acabar com uma vida.

O vampiro real sorriu.

— Devidamente anotado. Vou me lembrar disso daqui para frente.

— Por que não atirou nele? Ou quebrou seu pescoço? Por que arrancar a cabeça dele? — ela exigiu.

— Porque não gostei da atitude do idiota — Kylan respondeu. — E ele colocou minha vida em perigo instigando uma guerra. Por que não estamos analisando sua culpa, Lilith? Quantas vidas foram perdidas desnecessariamente devido à sua intromissão?

— Como você sabe que ele é culpado? — ela respondeu.

— Não é óbvio? — ele perguntou, erguendo as sobrancelhas. — Achei que você havia concluído a sua pesquisa de evidências. Se não constatou que Silvano enganou Walter com a intenção de prejudicar o Clã Clemente para seu próprio ganho financeiro, então talvez você precise mais do que cinco dias naquele seu jato sofisticado.

Esse vampiro real era corajoso.

E Lilith parecia pronta para matá-lo por isso. O sangue corou suas bochechas da cor de porcelana, pintando sua pele em um tom vermelho-cereja.

— Você checou tudo isso antes de matá-lo?

Ele semicerrou o olhar.

— Tenho mais de cinco mil anos, Lilith. Quase o dobro da sua idade. Isso me proporciona uma experiência diferente de tudo que você possa imaginar. E um jogo duplo como o de Silvano não é uma ocorrência incomum ao longo da minha longa história. Então sim, jovem, cheguei. E fiz a justiça que ele merecia.

Ele deu um passo à frente, sua vantagem de altura clara quando a olhou.

— Meu único arrependimento é não ter arrancado a cabeça do lobo também, pois ele certamente merecia por planejar uma jogada política tão ridícula. Se fosse eu, teria sido muito mais astuto. Mas, novamente, esse tipo de conhecimento vem com a experiência. Algo que tenho muita.

Ela engoliu em seco, mas não se mexeu.

— Você está me ameaçando, Kylan?

— Não, querida — ele respondeu, sorrindo. — Por que eu desejaria seu assento no topo? Vivo com alvos suficientes nas minhas costas.

O silêncio caiu sobre a sala.

O som dos corações batendo ecoavam nas paredes.

Todos esperavam o veredicto dela e a reação de Kylan.

Sua amiga Rae deve ser uma das pessoas mais corajosas que já conheci, murmurei para Silas.

Por quê?

Porque ela mora com o Kylan. Esse vampiro é aterrorizante. Ele não parecia nem um pouco perturbado, sua postura intimidava, mas era relaxada ao mesmo tempo.

Algo me disse que ele não teria problemas em vencer uma luta contra Lilith. Especialmente com essa multidão. Ela podia ter alguns apoiadores presentes, mas também havia vários contra ela.

Exceto que ainda não podíamos ir atrás dela. Eu havia perguntado, e Jace explicou que eles precisavam dela viva porque era a única pessoa que poderia ajudá-los a encontrar Cam, o ex rei vampiro. Ele achou que o homem estaria morto. Sua Erosita, que morava com o Clã Majestic, provou o contrário. Porque se Cam estivesse morto, ela também estaria.

Absorvi todas essas informações com uma expressão chocada.

Silas, no entanto, apenas deu de ombros e disse:

Nada neste mundo é o que parece.

Se ao menos pudéssemos ser tão descontraídos e aceitar isso.

— Sem acréscimos ao seu harém — Lilith declarou. — Sem presença no Dia de Sangue. Sem saídas sociais de qualquer tipo. Você está confinado à região de Kylan até que eu diga o contrário. Está entendido?

— Esse deveria ser meu castigo? — ele perguntou, inclinando a cabeça. — Parece férias.

— Então considerarei adicionar racionamento de sangue à lista — ela fervia. — Saia da linha e vou ameaçar sua posição no topo como membro da realeza.

Ele curvou os lábios.

— Você poderia tentar. Mas eu não recomendaria.

O queixo dela tremia quando ele voltou para o seu lugar em nosso círculo improvisado.

Fazia parte do nosso plano que ele assumisse o controle da situação, e ele agiu de maneira esplendida. Só esperava que não tivesse nenhuma repercussão. Mas pelo menos, todos os holofotes permaneceriam nele como um potencial rebelde, e não em nenhum de nós.

— Edon e Logan têm permissão para ascender — ela continuou com um floreio, virando as costas para Kylan. — Edon agiu dentro do seu direito de desafio, e não vejo razão para ele ser punido. Logan era um espectador inocente a quem sou grata por ter atingido a maioridade. Infelizmente, ele não pode ascender por mais onze luas, o que representa um problema de liderança em seu clã.

— Tenho uma sugestão — Luka interrompeu. — Se me permite.

Ela acenou com a mão.

— Sou toda ouvidos, Alfa.

Ele limpou a garganta e deu um passo à frente.

— Após a ascensão de Edon, envie Jolene para o Clã Ernest para atuar como líder enquanto Logan completa seu último ano de treinamento. O antigo alfa pode ser velho, mas ainda é uma força da natureza. Como foi evidenciado na outra noite quando ele assumiu o papel cerimonial para o desafio de Edon. Sinto que ele estaria mais do que apto para administrar os testes alfa no próximo ano.

Ela considerou isso por um longo momento.

— Há alguma objeção a isso? — ela perguntou, dirigindo-se aos outros alfas na sala. Seu olhar caiu em mim. — Edon?

— Concordo com a sugestão de Luka. Jolene pode ser velho, mas ainda é um alfa. — Usei propositadamente o seu nome, não o meu termo carinhoso por ele. Quanto mais desapegado ela acreditasse que eu era, mais provável seria que ela concordasse. Por mais que eu fosse sentir falta dele, sabia que esse era o seu desejo — voltar para sua Claudette.

— E também não tenho objeções — Logan acrescentou. — Não há alfas anciãos no meu clã, e eu ficaria grato pela liderança de alguém tão experiente.

Alguns outros concordaram, ninguém falando sobre o caminho claramente óbvio.

— Muito bem — Lilith disse. — Edon, por favor, informe ao Jolene de sua nova colocação depois que terminarmos aqui.

— Pode deixar — concordei. Não que eu tivesse escolha. Ela pode ter usado a palavra *por favor*, mas quis dizer isso como uma ordem.

Ela assentiu.

— O último item a ser tratado é a região de Silvano. A soberana Catalina confessou seu envolvimento em seus nefastos planos de instigar uma guerra em benefício da conquista de terras. — Ela olhou para Kylan, com uma alfinetada sutil em seu tom. O que significa que não posso confiar em suas escolhas políticas nessa região e preciso realizar uma investigação completa pessoalmente. Então, vou assumir temporariamente o cargo de rainha do território até que um candidato apropriado possa ser encontrado.

— Ou você poderia me permitir servir temporariamente e evitar ter que fazer várias viagens — Ryder comentou, fazendo com que várias cabeças se virassem. — Quero dizer, conheço todas as qualificações reais e já moro na região. Parece uma resposta mais adequada.

Bem, isso é inesperado.

O que foi? Silas questionou.

Ryder se ofereceu para ser a liderança temporária da região de Silvano. E pelo olhar no rosto de Lilith, ela não estava feliz com isso.

— Você recebeu a chance de assumir sua posição na realeza há um século e recusou — ela retrucou, mostrando seu temperamento. — Por que agora?

— Porque você disse que seria temporário. — Ele sorriu. — Temporário, eu aceito. Permanente? Neste novo mundo? Não.

Ela se irritou.

— Você não é adequado para liderar.

— Por quê? — ele questionou em resposta. — Por que recusei sua preciosa oferta há um século? — ele bufou. — Nós dois sabemos que sou mais do que qualificado, Lilith. E se eu quisesse, poderia exigir a posição permanentemente

Poderíamos ter ouvido um alfinete cair — estava silencioso demais.

Os outros membros da realeza na sala pareciam estar de acordo, mantendo seus olhares fixos em Lilith, esperando por sua decisão.

Mas Ryder não havia terminado.

— Decidi cuidar do meu próprio negócio, mas Silvano mudou isso quando liderou um exército de idiotas pelo meu quintal. Não sei o que ele estava ensinando aos vampiros em sua região, ou por quê. O que sei é que eles precisam de uma reforma, algo que eu posso fazer. — Ele arqueou uma sobrancelha. — A menos que você esteja duvidando da minha sanidade também?

Kylan sorriu.

Ryder, não.

— Nós dois sabemos que o Texas não é seu playground, Lil — Ryder acrescentou. — Me deixe liderar por você, ensinar uma lição a eles enquanto você encontra um candidato adequado para o meu lugar. Embora, como pagamento, eu queira liberdade para voltar a não dar a mínima e cuidar da minha vida. Entendido?

Caramba, ele era um forte concorrente a Kylan no departamento de coragem. Porque, puta merda. Ele simplesmente colocou sua decisão, agindo como se ela já tivesse concordado.

E talvez ela tivesse.

Porque ela ficou olhando para ele, visivelmente sem palavras.

— Parece um bom arranjo, senhora — Cormac falou. — Ele é digno e está se oferecendo. Não pode ficar melhor que isso, se você me perguntar.

Lajos assentiu.

— Vai levar tempo para encontrar um candidato adequada, Lilith. Gerenciar os dois territórios nesse meio tempo seria uma tarefa pesada. Deixe o Ryder assumir. Apenas mantenha o cretino na coleira.

Ryder bufou.

— Mantenha os fetiches do seu quarto fora dessa discussão, Lajos.

Lilith levantou a mão entre eles antes que Lajos pudesse responder.

— Chega. — Ela abaixou o braço e pressionou o dedo indicador na têmpora para massageá-la. — Bem. Ryder pode assumir como líder temporário. Até eu encontrar uma solução melhor.

Merda. Ela cedeu. Eu esperava que ela lutasse mais ou recusasse, mas de repente ela parecia exausta demais para se importar.

Darius disse que é uma jogada política inteligente, Silas respondeu. *Ryder poderia reivindicar royalties a qualquer momento e exigir um território. Ela realmente não está em posição para recusar.*

Sério?

Foi o que Darius disse.

Hum. A política dos vampiros era fodida.

— Acho que isso cobre tudo então — Lilith continuou. — Todo o conselho se reunirá em Lilith City dentro de dois meses. Não vamos mais nos reunir anualmente, mas trimestralmente. — Ela olhou ao redor da sala, procurando uma objeção.

— É uma ocasião social em que não vou participar? — Kylan perguntou, me fazendo lembrar de uma criança rebelde fazendo uma pergunta petulante.

Isso provocou um sorriso de Ryder do outro lado da sala.

— Seria muita sorte nossa.

— *Todos* os membros do conselho devem comparecer — Lilith respondeu em tom repleto de autoridade. — Até a Robyn.

Todo o bom humor fugiu das feições de Kylan.

— É como se você estivesse me desafiando a matar outro membro da realeza, Lilith.

Ela semicerrou o olhar.

— Dado seu histórico recente, Kylan, eu não recomendaria.

— Ora, querida, isso quase soa como um desafio — ele murmurou. — Suponho que todos somos livres para ir embora?

A mandíbula dela apertou.

— Sim. Podem ir — ela respondeu com um sorriso muito tenso.

— Excelente. — Ele se virou com um floreio, saindo sem sequer olhar para trás.

Vários o seguiram, mas pararam para me agradecer por minha hospitalidade ao sair. Alguns até me parabenizaram, comentando que voltariam para minha ascensão oficial. Jace estava entre os últimos. Luka também. Aparentemente, teríamos uma festa novamente em pouco menos de um mês. Impressionante.

Felizmente, Lilith disse que não seria capaz de vir.

Fingir minha decepção não foi fácil.

Até Logan pareceu lutar enquanto esperava ao meu lado.

O barulho de carros partindo do lado de fora foi um som bem-vindo, me fazendo suspirar quando o último membro do conselho desapareceu, me deixando sozinho com Logan. Tínhamos alguns assuntos a tratar, com meu avô se mudando para seu território.

— Como você se sentiria se eu trouxesse a Claudette comigo? — Logan perguntou. — Para sua ascensão, quero dizer.

— Acho que o meu avô gostaria disso — eu disse, sorrindo. — Você se importa se eu o segurar por algumas semanas? Para resolver o caos no Clã Clemente?

Ele havia participado de uma das reuniões com meu avô, onde analisamos todos os membros da matilha, suas habilidades, localizações e potencial de progresso. Então Logan sabia que tipo de tempestade de merda que Walter havia deixado para eu limpar.

— Sim, posso administrar por algumas semanas sem ele. — Ele sorriu. — Isso me dará a chance de escolher alguns membros por conta própria.

Meus lábios se curvaram.

— Eu ouvi isso. — Havia vários idiotas por aqui que eu mal podia esperar para remover. Dei um tapinha nas suas costas. — Mantenha contato, sim?

— Tenho certeza de que vou — ele respondeu. — Tenho que garantir que você não machuque minha irmã mais velha.

Eu ri quando saímos da cabana.

— Confie em mim. Sua irmã pode se cuidar.

O orgulho iluminou seus olhos azuis.

— Sim. Ela pode.

Estou voltando para casa, disse a Silas. Deixe Luna nua.

Já é um trabalho em andamento, ele respondeu em um tom ofegante. *Começamos assim que os vampiros foram embora.*

Eu não teria feito diferente.

Capítulo quarenta e um

ISSO FOI MUITO DIFERENTE da minha primeira cerimônia de acasalamento.

Por um lado, eu não queria estragar tudo.

Por outro, queria que o alfa cheirasse minha recente experiência sexual por um motivo completamente diferente.

O olhar nos olhos de Edon quando ele trilhou um caminho de beijos pelo meu corpo na frente da matilha fez meus esforços valerem a pena. E quando ele encontrou o ápice entre as minhas coxas, rosnou de fome ao sentir a recente marcação de Silas.

Se o alfa cheirasse a parte de trás, sentiria seu próprio cheiro.

Mas ele não o fez.

Em vez disso, sorriu e me mordeu onde havia mordido há pouco mais de dois meses, me reivindicando para que todos vissem. Só que desta vez, Silas se ajoelhou e mordeu a outra coxa.

Engoli em seco, o calor do abraço conjunto iluminando uma brasa dentro de mim que se recusava a esfriar. Se eles não se erguessem rapidamente, eu me juntaria a eles no chão.

Mas lentamente eles se levantaram, seus sorrisos eram igualmente ferozes.

— Você nos aceita como seus companheiros? — Edon perguntou, com os olhos mais escuros que a meia-noite e ainda brilhando da lua cheia acima.

— Aceito. — Envolvi a mão na sua nuca e o beijei, depois repeti o gesto com Silas. E me ajoelhei diante deles.

Passei o nariz para cima e para baixo em suas coxas, respirando seus ricos aromas masculinos. Esses dois machos viris eram todos meus. Para a eternidade. Humm. As coisas que faríamos juntos. Mas primeiro eu tinha que reivindicá-los adequadamente sob a lua, na frente de nossos colegas da matilha, e todos os nossos ancestrais.

Meus dentes afundaram em Silas primeiro, nossa conexão se encaixando com uma força que roubou o ar dos meus pulmões. Todas as suas emoções, seus pensamentos, seus sentidos se tornaram meus. Assim como ele herdou o mesmo de mim, nosso vínculo era permanente, surpreendente e preenchia um vazio dentro de mim.

Ah, mas eu também precisava de Edon.

Não perdi tempo em mordê-lo.

Ele gemeu em minha mente, dois meses de satisfação parcial me atingindo ao mesmo tempo. Puta merda, seu desejo de acasalar era potente. A felicidade que se seguiu quase me derrubou no chão. E o sentimento avassalador de amor que floresceu dentro dele, derreteu meu coração.

Pulei em seus braços, capturando seus lábios com os meus e o devorei. Silas rosnou, passando os dedos pelos meus cabelos quando me puxou para longe e cobriu minha boca com a sua.

Companheiros, murmurei.

Sim, eles responderam em uníssono.

Nos beijamos por tanto tempo que nosso público ficou inquieto. Eles queriam mais. Nós três estávamos nus, nossa excitação evidente. Mas ainda não havíamos terminado.

Edon precisava estabelecer um vínculo de acasalamento com Silas e vice-versa. Seria mais profundo do que o vínculo criador-descendente e solidificaria firmemente nossa tríade.

Depois de outro longo beijo com Edon, os machos me soltaram para focar um no outro.

— Antes de fazer isso, tenho um anúncio a fazer — meu companheiro alfa declarou, com a voz rouca e sexy pra caramba. Amava seu tom dominante. Foi o que me fez ficar de joelhos, mas quando ouvi o que ele queria dizer em sua mente, não segui meu instinto.

Em vez disso, sorri.

Sim, disse a ele. Não que ele precisasse da minha aprovação, mas dei mesmo assim.

Ele olhou para a multidão, se concentrando em vários membros do nosso clã — todas as novas adições ao quartel-general após algumas seleções cuidadosas nas últimas semanas. Uma vibração muito diferente da minha chegada. Esses lycans estavam curiosos, ainda que um pouco cautelosos. No entanto, Edon os levaria a um novo modo de vida enquanto Silas e eu ajudaríamos da maneira que ele precisasse.

— É muito raro um humano transformado em lycan sobreviver. Ainda mais raro ele exalar muita força em sua nova forma. Dito isto, tenho notado uma incomum determinação e proezas misteriosas em meu descendente. Tanto que suspeito que ele seja de uma linhagem alfa rara. O que explicaria a minha atração por Luna e por ele. — Ele fez uma pausa para sorrir para Silas, um leve zumbido me dizendo que eles estavam falando na mente um do outro.

Logo nós três possuiríamos essa característica.

Sem paredes.

Sem nos esconder.

Tudo aberto de forma intensa e amorosa.

— Então, por que estou lhes dizendo tudo isso? — Edon continuou, sua diversão era palpável por algo que Silas havia dito. Provavelmente um comentário sobre o porquê Edon e eu estávamos apaixonados por ele.

A única coisa atraente no meu sangue é a maneira como ele preenche meu pau quando vocês dois querem transar, Silas murmurou em minha mente. *Foi o que eu disse a ele.*

Mordi o lábio para não rir e lhe dei um olhar pecaminoso. Isso me rendeu um rosnado baixo através de nossa nova conexão.

Pare de flertar, Edon repreendeu suavemente. *Estou fazendo um anúncio importante.*

Em voz alta, ele disse:

— Estou lhes dizendo tudo isso porque estou promovendo Silas para a posição de executor dentro do grupo.

Uma onda de choque caiu sobre a matilha.

Seguido por um aplauso.

Jolene ficou de pé, com os olhos brilhando de satisfação, as mãos erguidas enquanto aplaudia. E logo os outros se juntaram, o foco e o respeito deles direcionado a Silas.

Todos os sinais de diversão fugiram, e sua expressão era de total espanto.

— Executor?

— Considere o seu novo apelido oficial — Edon murmurou, sorrindo enquanto o som da aprovação aumentava. — Você o merece.

Eu nem sei o que isso significa, Silas sussurrou.

Significa que você é o braço direito dele, expliquei. *Se Edon se afastar dos negócios, você é o alfa atuante. É extremamente raro. A maioria dos alfas não nomeia um executor, porque sugere que ele acredita que você é um candidato à posição dele no topo. Que você poderia ser o Alfa do Clã Clemente.*

Silas ficou boquiaberto com Edon.

— Você não pode estar falando sério.

— Você sabe que nunca faço nada sem propósito — ele respondeu, envolvendo a mão na nuca de Silas. — E agora, está na hora de fazer você realmente nosso. — Ele se ajoelhou enquanto mantinha o olhar preso no de seu novo executor, a adoração e a estima irradiando da sua expressão. — Você nos aceita, Silas?

— Sim. — A palavra saiu abafada, então ele pigarreou e disse de novo. — Sim. — Ele pegou minha mão, me segurando perto.

E Edon o mordeu.

Estremeci, sentindo as conexões se quebrando, a energia

chiando entre nós três enquanto a tríade pedia que Silas terminasse.

Os homens trocaram de lugar, o braço de Edon deslizando ao redor de minhas costas enquanto Silas se ajoelhava diante de nós e beijava o abdômen inferior do alfa. Uma promessa provocante iluminou seu olhar azul, fazendo com que um tremor surgisse em mim por uma razão completamente diferente.

Que provocação, ouvi Edon resmungar.

O fato de eu senti-lo conversando com Silas confirmou o quanto estávamos perto da conclusão. Choraminguei, precisando que isso fosse concluído para finalizar nosso destino.

Amo vocês dois, Silas murmurou. *Do fundo do coração.*

Do fundo do coração, Edon concordou.

Por toda a eternidade, acrescentei.

A eletricidade nos envolveu quando Silas o mordeu, terminando o ritual.

O poder se encaixou.

Vozes.

Sentimentos.

Sensações.

Amor.

Tudo isso de uma vez, me deixando transbordando de vida — *três* vidas.

Suspirei, caindo nos braços dos meus machos, nossos lábios um sobre o outro ao mesmo tempo. Não por sexo. Mas por amor. Adoração. Um voto para sempre.

Mal registrei as palmas, capturada demais na nova conexão para me concentrar em outras coisas. A boca de Silas cobriu a minha. Edon acariciou meu pescoço. Ambos estavam na minha cabeça, mas o alfa era mais alto.

Hora de ascender, companheira, ele murmurou. *Junta-se a mim?*

Ele não quis dizer na ascensão real — uma mulher não poderia ser a alfa de um clã — apenas na cerimônia. Eu não reclamaria disso.

Executor?, ele perguntou.

Vou aonde você for, Silas respondeu. *Para sempre.*

Vocês dois serão o que me manterá de pé, ele disse baixinho. *Tempos difíceis virão.*

E estaremos com você a cada passo do caminho, prometi.

A cada passo, Silas ecoou.

Eu sei, ele sussurrou.

E ele realmente sabia. Senti essa garantia irradiando através dele.

Assim como eu sentia seu amor.

Nosso amor.

Podia haver uma revolução no horizonte, que podia acabar em desastre. Mas eu não estava com medo. De fato, daria boas-vindas a alguém que tentasse nos derrubar. Porque como uma unidade, éramos impossíveis de ser contidos.

Toque em um de nós e acabaremos com você.

Somos a tríade do Clã Clemente.

Ande com cuidado.

Nós mordemos.

Epílogo

— ASCENSÃO BONITA — Jace elogiou, com um olhar para a lua.

— Obrigado — respondi. — Mas foi Edon quem ascendeu. — E ele estava parado a uns dez metros à direita, conversando com Luka.

— Ah, eu sei. Mas tenho algo para você, lobo. — Jace me entregou um envelope. — É do Kylan. Como você sabe, ele não pôde comparecer devido ao pequeno castigo de Lilith.

Fiz uma careta para o item.

— Ele me escreveu uma carta?

Jace deu de ombros.

— Disse que tinha informações que você gostaria. Não li, então não tenho ideia do que ele quis dizer.

— Entendo. Bem, obrigado.

Ele assentiu e se virou, depois parou e se virou de volta.

— O que Edon planeja fazer com o harém restante de Walter? Suponho que ele não esteja usando as escravas no porão de Aurora?

— Eu não sabia que havia — respondi, franzindo a testa. Edon e eu nunca discutimos isso. Na verdade, nunca tinha visto o harém de Walter. Eu meio que presumi que ele havia matado todos.

Jace sorriu.

— Então Aurora fez o que eu sugeri. Garota esperta.

— Sugeriu o quê?

— Ah, um cavalheiro não beija e conta, novo lobo. — Ele piscou. — Considere isso uma lição.

O rei se afastou com as mãos nos bolsos, me deixando dividido entre exigir uma explicação e ler a carta.

Ela os deu a Luka, Edon murmurou. *Só havia três, pois Walter tinha a inclinação de transar com seu harém até a morte. Parece que minha mãe tentou ajudar as fêmeas restantes, alimentando-as quando meu pai não estava olhando.*

Fiz uma careta.

Isso não me surpreende. Mas por que você não disse nada? Parecia algo que ele mencionaria.

Porque acabei de descobrir. A psique da matilha está cheia de informações. Aparentemente, meu avô a ajudou.

Ele faz muito mais do que fala, respondi, olhando o homem mais velho na multidão.

Ele estava com um braço em volta de uma mulher muito menor, que tinha cabelos tão brancos quanto os dele. Mas o jeito que ele a segurava me lembrou de como eu abraçava minha Luna. Ela estava ao lado deles, com os olhos brilhando. A felicidade irradiava dela, fazendo-me sorrir.

Ela é realmente linda, não é?

Sim, ela é, Edon concordou suavemente. *Nossa pequena.*

Nossa Luazinha, pensei de volta para ele.

Vocês sabem que posso ouvir vocês dois, certo? Luna entrou. *A conexão está aberta agora, meninos. Comportem-se.*

Nunca, Edon grunhiu.

Eu já podia ver que mais tarde seria divertido. Todos nós na cabeça um do outro? Sim, isso seria sensual. Pena que tínhamos mais uma hora para nos misturar. Pelo menos estávamos vestidos de novo, porque se eu tivesse que ver Edon e Luna dançando nus a noite toda, eu não duraria mais cinco minutos.

Tão carente, Edon brincou.

Diz o homem que está ficando mais duro a cada segundo, joguei de volta para ele quando abri o envelope. Era melhor me distrair por um momento com a carta de Kylan. Eu não conseguia imaginar o que ele tinha a me dizer, a menos que fosse em relação a Rae.

Desdobrei a nota, meus olhos percorreram as palavras em uma rápida varredura que levou meu coração à minha garganta.

Ah, merda...

Willow.

Jovem lobo,

Minha consorte solicitou que eu enviasse minhas descobertas sobre uma velha amiga. Para cumprir seus desejos, estou redigindo essa correspondência.

Depois de finalmente localizar o destino do acampamento da sua amiga, encontrei algumas notícias preocupantes. Parece que ela escapou há quatro semanas e ainda não foi encontrada. O que me leva a acreditar que ela agora está na região de Silvano. Se ela tivesse escolhido a direção oposta para correr, você a teria sob custódia agora, pois ela estava sendo mantida no campo de procriação do Clã Clemente.

Continuarei minha busca. No entanto, por enquanto, cheguei a um beco sem saída. Espero que sua amiga tenha um fogo semelhante ao seu e da minha parceira. Ela vai precisar para sobreviver.

Saudações,
K.

Obs. Parabéns pela tríade.

A HISTÓRIA CONTINUA EM REBELDIA PERDIDA...

REBELDIA PERDIDA

Willow
Corra, corra, corra!
Estão me perseguindo, até nos meus sonhos.

E quando acordo, eu o vejo. Os olhos azuis impressionantes com uma pontada de maldade lá dentro. Ele é meu salvador e meu pior pesadelo combinado.

Porque ele é meu dono.
Ele me encontrou.
Ele me salvou.

Mas não quero pertencer a ninguém. Quero ser livre. Mesmo que isso me mate.

Ryder

Eu precisava de uma diversão, um brinquedo, algo para me distrair desse tédio perpétuo. E ela apareceu como se o Todo-Poderoso tivesse ouvido minhas orações.

Ou, mais precisamente, o diabo.

Porque não sou um bom homem. A humanidade dentro de mim morreu há muito tempo. Era o que eu precisava para sobreviver.

Mas ela é uma coisinha tão linda. Acho que vou mantê-la e fazê-la minha. Pelo menos por um tempo. Afinal, os seres humanos são muito frágeis.

Bem-vindo à região de Ryder.
Pode não ser minha ainda, mas será em breve.
Não vivi todo esse tempo sendo bonzinho.
Prefiro morder.

SOBRE A AUTORA

Lexi C. Foss é uma escritora perdida no mundo do TI. Ela mora em Atlanta, na Geórgia, com o marido e seus filhos de pelos. Quando não está escrevendo, está ocupada riscando itens da sua lista de viagem. Muitos dos lugares que visitou podem ser vistos em seus textos, incluindo o mundo mítico de Hydria, que é baseado em Hydra nas ilhas gregas. Ela é peculiar, consome café demais e adora nadar.

www.LexiCFoss.com
https://www.facebook.com/LexiCFoss
https://www.twitter.com/LexiCFoss

MAIS LIVROS DE LEXI C. FOSS

Série Aliança de Sangue
Inocência Perdida
Liberdade Perdida
Resistência Perdida

Império Mershano
O Jogo do Príncipe: Livro 1
O Jogo do Playboy: Livro 2
A Redenção do Rebelde: Livro 3

Outros Livros
Antologia: Entre Deuses